全球顶级畅销小说文库

全球文化，尽收眼底；
顶级经典，尽入囊中！

FANGIRL
少女作家的梦和青春

［美］蓝波·罗威 著　夏星 译

Rainbow Rowell

文汇出版社

献给总是能再找出一把光剑的詹妮弗

2011年秋季学期

西蒙·斯诺系列小说

来源：维基百科——普罗大众的百科全书

本文介绍的是一部系列儿童读物，关于其他用法，详见西蒙·斯诺（消歧义）[1]。

《西蒙·斯诺》是英国语言学家杰玛·T.莱斯利的奇幻文学系列小说，共七部，讲述了西蒙·斯诺——一名来自兰开夏郡的十一岁孤儿被招募进沃特福德魔法学校学习并最终成为魔法师的故事。随着年龄渐长，西蒙加入了法师团，这个魔法师组织与妄图消灭魔法世界的恶魔——阴险大魔王哈姆德拉姆——展开了斗争。

自从《西蒙·斯诺与大法师传人》于2001年问世以来，该系列被翻译成了53种语言，截至2011年8月，总销量已超过3.8亿。

有人批评该系列小说过于暴力，也有人批评莱斯利塑造了一个时而自私自利、时而脾气暴躁的主人翁。2008年，

---

[1] 消歧义：指消除由于一词多义所引起的歧义。此链接的目的是让读者可以选择同名不同义的条目。——译者注（如无特殊说明，皆为译者注）。

第四部《西蒙·斯诺与海豹四仙子》中的一个驱魔场景引发了美国数个基督教团体对该书的抵制活动。尽管如此，该系列依然是一部举世公认的现代经典名著。2010年，《时代》杂志将西蒙誉为"自哈克贝利·费恩以来最伟大的儿童文学人物"。

该系列的最后一部——第八部——于2012年5月1日出版发行。

出版历程

《西蒙·斯诺与大法师传人》，2001年

《西蒙·斯诺与第二条毒蛇》，2003年

《西蒙·斯诺与第三道门》，2004年

《西蒙·斯诺与海豹四仙子》，2007年

《西蒙·斯诺与五片利刃》，2008年

《西蒙·斯诺与六只白兔》，2009年

《西蒙·斯诺与第七棵橡树》，2010年

《西蒙·斯诺与第八支舞》，计划于2012年5月1日发行

一

她的房间里有个男生。

凯丝抬头望望漆在门上的数字,又低头看看手里的宿舍分配单。

庞德楼,913。

这里肯定是913房间没错,但兴许不是庞德楼呢——这些宿舍楼看起来全都一个样子,就像那些供老年人居住的公共住宅楼一样。没准凯丝应该设法赶紧联系爸爸,趁着他还没把其余的箱子都搬上来。

"你一定是凯瑟吧。"那个男生说道,咧嘴一笑,伸出了手。

"凯丝。"她说,同时觉得胃里惊慌地跳了一下。她没有理会他伸出的手。她还拎着箱子呢,他指望她能怎么做?

这事搞错了——肯定是搞错了。她知道庞德楼是男女合住的宿舍……但难不成还有男女合住一个房间这回事吗?

男生从她手里接过箱子,放在一张空床上。房间另外一边的那张床已经摆上了衣服和箱子。

"你还有东西在楼下吗?"他问道,"我们刚刚搬完。我想我们这就要去吃汉堡了。你想来一个汉堡吗?有没有去过皮尔汉堡店?那儿的汉堡有你的拳头那么大。"他抬起她的胳膊。凯丝咽了一下口水。"攥个拳头。"他说。

凯丝照做了。

"比你的拳头还要大。"那男生说着放下了她的手,捡起她放在门外的双肩包,"你还有别的箱子吗?你肯定还有别的箱子。你饿不饿?"

他又高又瘦,皮肤黝黑,一头深色的金发四散垂落,好像刚刚才把绒线帽从头上摘下来似的。凯丝又低头看了看自己的宿舍分配单。难道这位就是芮根?

"芮根!"那男生高兴地说道,"瞧,你的室友来了。"

一个女孩从凯丝旁边侧着身子走进房间,冷冷地回过头瞥了她一眼。她有一头顺滑的红褐色头发,嘴里还叼着一支没有点燃的香烟。男生一把将香烟夺了过来,放进自己的嘴里。"芮根,这是凯瑟。凯瑟,这是芮根。"他说。

"是凯丝。"凯丝说道。

芮根点了点头,从她的包里又摸出一根烟来。"我选了这边,"她边说边冲着房间右边的那一堆箱子点了一下头,"不过我无所谓。要是你很在意风水的话,只管把我的东西挪走就是了。"说完她转过头看着那个男生,"你好了吗?"

男生转过头看着凯丝。"你来不来?"

凯丝摇了摇头。

他俩走了,门关上以后,凯丝在那张光秃秃的床垫上坐了下来,显然这就是她的床了,她从来都不在意风水这玩意。她把脑袋靠在身后的煤渣砖墙上。

她只是需要定一定神而已。

她很焦虑,两眼直发黑,喉咙里仿佛又多出一颗心来。她要把这种感觉塞回到胃里去，那才是它该待的地方——在那里，她至少可以给它打一个漂亮的结，留待以后解决。

爸爸和琳恩随时都可能上来，凯丝可不想让他们知道自己就快要崩溃。要是凯丝崩溃了，爸爸就会崩溃。无论他俩当中哪一个崩溃，琳恩都会认为他们是存心跟她过不去，认为他们是想毁掉她完美的入学第一天，毁掉她美丽的新冒险。

你将来会为此而感谢我的。琳恩总是这么说。

她第一次说这话是在六月。

当时凯丝已经把自己的大学住校申请表交上去了，在室友一栏里她理所当然地填上了琳恩的名字——这事她压根就没有多想。十八年来，她俩一直住在同一个房间，为什么现在要改变呢？

"可是咱们俩已经在同一个房间住了十八年。"琳恩提出了异议。她坐在凯丝的床头，十分火大地摆出一副"我比较懂事"的臭脸。

"这样挺好的呀。"凯丝说道，朝着房间四周挥了一下胳膊——这里摆着一摞一摞的书籍和数张西蒙·斯诺的海报，还有她俩塞进了所有衣服的衣柜，多数时候甚至不用去操心哪件衣服是谁的。

凯丝坐在床尾，努力想让自己看起来不像"那个爱哭的可怜虫"。

"这是大学。"琳恩坚持道，"大学的全部意义就在于认识新朋友。"

"拥有一个孪生姐妹的全部意义，"凯丝说，"就在于用不着担心这种事情。不用担心身上散发着色拉调料味道的变态陌生人会偷走你的卫生棉条，也不用担心她在你睡觉的时候用手机偷拍你……"

琳恩叹了一口气。"你到底在说什么啊？怎么会有人身上散发着色拉调料的味道呢？"

"就像色拉醋的味道一样。"凯丝说道,"我们去参加新生游览的时候,有一个女孩的房间里就有意式色拉醋的味道,你不记得了吗?"

"不记得了。"

"嗯,闻起来可真恶心。"

"这是大学。"琳恩边说边恼火地用双手捂住了脸,"上大学应该是一种冒险。"

"这已经是冒险了。"凯丝爬到姐姐身边,把琳恩的手从脸上拉开,"想想就叫人害怕。"

"咱们应该去认识新朋友。"琳恩再次说道。

"我不需要新朋友。"

"这恰恰证明了你有多么需要新朋友……"琳恩捏了捏凯丝的手,"凯丝,想一想吧,如果我们住在一起,大家就会把咱俩当成同一个人。等到四年过去,甚至都没人能分得清咱俩谁是谁。"

"他们只要注意看了就能分清。"凯丝摸了一下琳恩下巴上的那道伤疤,就在她的嘴唇下方。(这是滑雪时出的事故。那年她们九岁,雪橇撞到树上时,琳恩坐在前面。凯丝从后面摔下雪橇,跌进雪里。)

"你知道我是对的。"琳恩说。

凯丝摇了摇头。"我不这么认为。"

"凯丝……"

"求求你不要让我一个人。"

"你从来都不是一个人。"琳恩说,又叹了一口气。"这就是拥有一个孪生姐妹的该死的意义。"

"这里真是挺好的。"爸爸边说边环顾着庞德楼913房间,同时把装满鞋子和书本的一个洗衣篮放在凯丝的床垫上。

"爸,一点也不好。"凯丝一动也不动地站在门口说,"这就像医院的病房,只是小一些,而且还没有电视。"

"从这里看到的校园风景很美。"他说。

琳恩溜达到窗子旁边。"我的房间正对着一个停车场。"

"你怎么知道的?"凯丝问道。

"谷歌地图。"

琳恩简直迫不及待想开始操办入学的事情。她和她的室友考特尼这几个礼拜一直在讨论这事。考特尼也住在奥马哈,她俩已经见过面了,还一起去买了宿舍里要用的东西。凯丝也跟着去了,在她俩挑选海报和配套台灯的时候,她只能尽量让自己别露出不高兴的表情。

爸爸从窗边走回来,用一只胳膊搂住了她的肩膀。"会好起来的。"他说。

她点了点头。"我知道。"

"好,"他说着拍了一下手,"下一站,施拉姆楼。再下一站,比萨自助餐。第三站,我那伤心的空巢。"

"我不去吃比萨了。"琳恩说道,"爸,对不起,今天晚上我和考特尼要去参加新生烤肉会。"她看了凯丝一眼。"凯丝也应该去。"

"我吃比萨。"凯丝不服气地说。

爸爸笑了。"你姐姐说得对,凯丝,你应该去。认识一些新朋友。"

"今后九个月里,我唯一要做的就是认识新朋友。所以今天我决定去吃比萨自助餐。"

琳恩翻了个白眼。

"那好吧。"爸爸说着拍了拍凯丝的肩膀,"下一站,施拉姆楼。女士们?"他打开了门。

凯丝没有动。"你可以先把她送去,然后再回来找我,"她看着姐姐说,"我想这就开始整理行李。"

琳恩没有争辩,只是走到了走廊里。"明天再见。"她说道,只拿侧脸对着凯丝。

"好啊。"凯丝说。

整理行李的感觉真好。把被单铺在床上,再把她那些贵得离谱的新教材在新书桌上方的书架上摆好。

爸爸回来以后,凯丝就和他一同步行去瓦伦蒂诺比萨店。他们一路上看见的人都跟凯丝年纪相仿,这可是件怪事。

"为什么每个人都是金发?"凯丝问道,"为什么他们全都是白人?"

爸爸大笑起来。"你只是在内布拉斯加白人最少的地区住惯了而已。"

他们的住所位于奥马哈南部的一个墨西哥居民区,凯丝一家是那个街区唯一一户白人。

"哦,天哪。"她说,"你觉得这个镇上会有卖墨西哥小吃的塔可[1]车吗?"

"我好像看到了一家墨西哥卷饼速食店——"

她失望地呻吟了一声。

---

1 塔可:英文为taco,即墨西哥卷饼。

"得了,"他说,"你喜欢墨西哥卷饼速食店的。"

"这不是重点。"

他们到达瓦伦蒂诺的时候,店里已经挤满了学生,也有几个是像凯丝一样和父母一起来的,不过不多。"这简直像科幻小说里的情节,"她说,"没有小孩子……也没有人超过三十岁……老人们都到哪儿去了?"

爸爸举起了他手中那片比萨。"《绿色食品》[1]。"

凯丝笑了。

"我还不老,你知道的。"他用左手的食指和中指轻轻地敲着桌子,"我才四十一岁。其他那些上班族在我这个岁数才刚刚有孩子呢。"

"这倒是个好主意,"凯丝说,"你早早就摆脱了我们。如今你可以开始把小妞们往家里带了——障碍已经扫清了。"

"小妞们……"他低头看着自己的盘子说,"我不放心的小妞就只有你们两个而已。"

"呃……爸,这样说好怪啊。"

"你懂我的意思。你和你姐姐怎么了?你们以前从来没有像这样吵过架……"

"我们没在吵架。"凯丝说完咬了一口培根芝士汉堡比萨。

"哦,见鬼。"她把比萨吐了出来。

"怎么啦,你吃到眼皮了吗?"

---

[1] 《绿色食品》:一部美国反乌托邦科幻电影。片中描述在2022年,因环境污染和人口过剩,天然食品成为了奢侈品,大多数人只能依靠食用Soylent集团制造的人工食品为生。该公司最新研发的Soylent Green饼干号称用海水和黄豆制成,结果一位警察在侦查一桩谋杀案的时候却偶然间发现这种食品其实是用死人做成的。后文提到的"吃到眼皮"同样是暗指本片。

"没有,是泡菜。没关系。我只是没想到会吃到这个而已。"

"你们俩的样子就像是在吵架。"他说。

凯丝耸了耸肩。她和琳恩连话都不怎么说,更别提吵架了。"琳恩想要更加……独立。"

"听起来有道理啊。"他说。

当然有道理了。凯丝想,这不正是琳恩的特长吗?不过凯丝没再提起这事。这会儿她不想让爸爸为了这事担心。他一直在敲桌子,凯丝从他敲桌子的方式可以看出他就快坚持不下去了。今天他已经一连当了好几个小时的正常父亲。

"累了吧?"她问道。

他对她抱歉地笑了笑,把手放到腿上。"今天是个重要的日子。既重要,又辛苦——我是说,我早知道会这样的。"他扬起一条眉毛,"你们俩都上大学了,同一天,太快了。我还是不敢相信你们不会跟我一起回家了……"

"别高兴得太早。我还不知道自己能不能撑得过这个学期呢。"她只想开个小小的玩笑,他也听出来了。

"你不会有事的,凯丝。"他把自己的手——不怎么抽筋的那只手——放在凯丝的手上,捏了捏她的手,"我也不会有事的。你明白吗?"

凯丝不由自主地盯着他的眼睛看了一会儿。他看起来很累,而且——没错——很紧张,但他还在坚持。

"我还是希望你养一条狗。"她说。

"我永远都不会记得给它喂食的。"

"也许咱们可以训练它给你喂食。"

凯丝回到宿舍的时候,她的室友芮根还没有回来,也可能她回来过又走了,她的箱子似乎都没有动过。把自己的衣服收好之后,凯丝打开了她从家里带来的一箱私人物品。

她拿出一张自己和琳恩的合影,把它钉在书桌后面的软木板上。那是高中毕业的时候拍的。她俩都穿着红色的毕业袍,笑靥如花。那时琳恩还没有把头发剪短……

琳恩甚至都没有告诉凯丝她打算剪头发。夏末的一天,她出去打工,结果顶着一头利落的短发回到了家,看上去漂亮极了——这就意味着,凯丝剪这个发型可能也会很漂亮。但是凯丝现在却没法这么干了,哪怕她真能鼓起勇气把头发剪短十五英寸[1]也不行。因为她不能跟自己的孪生姐姐上演真实版的《叠影狂花》[2]。

接着,凯丝拿出一张镶在相框里的爸爸的照片,在家的时候,这张照片一直摆在她和琳恩的梳妆台上。照片里的爸爸分外英俊,这是他结婚那天拍的。当时他还很年轻,笑容灿烂,西服的翻领上戴着一朵小小的向日葵。凯丝把这张照片摆在书桌上方的架子上。

然后她又摆上一张她和艾贝尔毕业舞会时的合影。凯丝穿着闪闪发亮的绿色连衣裙,艾贝尔则佩戴着同色的徽带。凯丝这张照片拍得很好,尽管她的脸因为没戴眼镜而显得无遮无挡、又扁又平。艾贝尔拍得也很好,虽然他看起来一副很烦的样子。

他看起来总是有点烦。

到了这个时间,凯丝本来应该给艾贝尔发过短信了,告诉他自己已经到校——但是她想等到自己觉得更轻松自在、更从容不迫的时候

---

1 十五英寸:大约等于38厘米。
2 《叠影狂花》:1992年上映的美国惊悚电影,其中的变态因记恨女主角,一举一动都模仿她。

再联系他。短信一出，驷马难追。要是你的短信显得你闷闷不乐、情绪低落，这条短信就会一直待在你的手机里，提醒你自己是个令人讨厌的家伙。

箱子的最底下是凯丝收藏的西蒙和巴兹海报。她仔细地把这些海报摊在自己床上，其中有一些是原稿，是有人专门为凯丝画的，有的是素描，有的则上了色。她得选出自己最喜欢的几张，这些要是全都贴在书桌后面的软木板上可贴不下，而且凯丝已经决定墙上一幅画也不挂，不然大家就会注意到它们。

她挑了其中的三幅。

西蒙高举着大法师之剑；巴兹懒洋洋地坐在有尖牙的黑色王座上；他俩从飞舞的黄叶间一同走过，大风吹起了他们的围巾。

箱子里头还有几样东西——一朵干掉的胸花；一条写着"饕餮之徒"的丝带，这是琳恩送给她的；还有西蒙和巴兹的纪念半身像，这是她从诺贝尔藏品网订购的。

凯丝为每一样东西都找到了合适的地方，然后在那把破旧的木制写字椅上坐了下来。如果她坐在这里，背冲着芮根那边光秃秃的墙壁和箱子，这样差不多就有家的感觉了。

西蒙的房间里有个男孩。

那男孩的黑发梳得油光锃亮，一双灰色的眼睛冷若冰霜。他正在转圈，手里高高地举着一只小猫，一个女孩则跳着想要抓住小猫。"把它还给我，"女孩说，"你会伤着它的。"

男孩大笑起来，把猫举得更高了——这时他看见西蒙站在门口，于是停了下来，脸色也变得警觉了。

"你好。"黑发男孩说道，松手把小猫放在地上，它四脚一着地就从房间里跑了出去。女孩也跟在它后面跑了。

男孩没有理会她们，而是将自己的校服外套整齐地塞回原位，他歪起左边的嘴角，露出了微笑。"我认识你。你是西蒙·斯诺……大法师传人。"他自以为是地伸出了手，"我是提兰诺斯·巴西尔登·匹奇。不过你可以叫我巴兹——以后咱们就是室友了。"

西蒙沉下脸来，没有去握男孩那苍白的手。"你知道自己刚刚在对她的猫做什么吗？"

——摘自《西蒙·斯诺与大法师传人》第三章

杰玛·T.莱斯利2001版权所有

二

在书里，每当人们在陌生的地方醒来时，总会有那么一会儿迷迷糊糊的，搞不清楚自己究竟身在何处。

凯丝从来没有遇到过这种事，她每次都记得自己睡着时的情形。

尽管如此，在这个全新的地方听到同样的闹铃响起，这种感觉还是很奇怪。房间里的光线也很怪异，虽说是早上，天色却很黄。宿舍里的空气有一种清洁剂的味道，凯丝不知道自己会不会闻着闻着就习惯了。她拿起手机，关掉闹铃，想起自己还没有给艾贝尔发短信。昨晚睡觉前，她就连邮件都没有查看，也没有登录同人小说[1]网的账号。

"开学第一天。"她给艾贝尔发短信道，"回头再细说。吻你，抱抱。"

房间另一边的那张床依然是空着的。

这一点凯丝倒是可以习惯。也许芮根会整天待在她男朋友的宿舍或者公寓里。她男朋友看起来年纪比较大——没准他跟另外二十个家伙一起住在校外，他们的房子破烂不堪，前院里还摆着一张长沙发。

---

1 同人小说：指利用原有的漫画、动画、游戏、小说、影视作品中的人物角色、故事情节背景设定等元素进行二次创作的小说。

虽然房间里只有她一个人，凯丝还是觉得在这里换衣服不安全。芮根随时有可能进来，芮根的男朋友也随时有可能进来，他俩谁都有可能是手机拍照变态狂。

凯丝拿着衣服去了盥洗室，在一个小隔间里换了衣服。水槽边有个姑娘一个劲儿地想要用眼神表示友好，凯丝假装没有看见。

她做好了准备，还剩下大把的时间可以用来吃早餐，不过她却并不想冒着风险去餐厅，她还不知道餐厅在哪里，也不知道怎么在餐厅里买吃的。

在新的环境里，那些人人都懒得向你解释的规矩才是最棘手的。（而且网上还搜不到。）比如说，队伍是从哪边开始排的？可以买到什么吃的？你应该站在哪里，接着又应该坐在哪里？吃完以后要去哪里？为什么大家都在看你？……真讨厌。

凯丝拆开一盒蛋白棒。她的床底下还有四盒蛋白棒和三大罐花生酱。要是慢慢吃的话，她也许能撑到十月再去面对餐厅的问题。

她打开笔记本电脑，一边嚼着角豆燕麦口味的蛋白棒，一边登录了自己的同人小说网账号。她的页面上有一大波新评论，大家全都急得搓手顿足，就因为凯丝昨天没有发布《别放弃》的最新一章。

嗨，大家好。她打字道。昨天很抱歉。开学第一天，家里有点事，还有其他的情况。今天也许依然不会更新。不过我向你们保证，星期二我一定会回归黑暗，而且打算写一些特别精彩的内容。回见了，魔法凯丝。

走去上课的路上，凯丝有种挥之不去的感觉——自己就像是在一部成长类的电影里假扮大学生。场景非常完美——高低起伏的绿色草坪，砖石砌成的各式建筑，背着双肩包的孩子们随处可见。凯丝不自在地挪了挪肩上的背包，瞧瞧我的样子——简直就是从素材图片里走出来的大学生。

她提前十分钟来到美国历史课的教室，可惜还是不够早，教室后面已经没有座位了。教室里每个人看起来都是既尴尬又紧张，仿佛考虑了很久才决定好要穿什么衣服。

一旦开始，就要坚持下去。凯丝昨天晚上把衣服摆在床上时就想好了，今天穿牛仔裤、印着西蒙的T恤衫和绿色的开襟羊毛衫。

坐在她旁边那个座位的男生戴着耳塞，同时还不自觉地点着头。凯丝的另一边坐着一个女生，她在不停地把头发从肩膀的一边甩到另一边。

凯丝闭上眼睛。她能够感觉到这两个人的桌子嘎吱作响，还能够闻到他们身上止汗剂的气味。知道他们在旁边，她就已经很紧张了，仿佛是被他们逼得走投无路一般。

要是凯丝稍稍克制一点自尊心，她本可以跟姐姐一起上这门课的——她和琳恩都需要历史课的学分。也许她应该跟琳恩一起上课，趁着她俩现在还有一点交集，有些课程是她们都要学的，但是她俩对其中哪一门课都不感兴趣。琳恩想学市场营销，也许将来会像爸爸一样从事广告业。

而凯丝却根本无法想象自己从事任何工作或是职业。她的专业是英语，她希望这意味着自己可以把今后的四年都用来读书和写作，也许再往后的四年也还是这样。

反正她已经通过了大一写作的考试，可以免修这门课了。早在今年春天和指导教师见面时，凯丝就说服了他相信自己能够跟得上小说写作的入门教学，这是大三的课程。凯丝所期待的就只有这一门课而已，恐怕这也是她对大学唯一的期待。这门课的教授是一位如假包换的作家，凯丝在暑假期间把她所写的三本书（写的是美国乡村的衰败与荒凉）全部读完了。

"你干吗要看这个？"琳恩看到时曾经这么问她。

"什么？"

"这书的封面上既没有龙也没有精灵。"

"我在拓展新领域。"

"嘘！"琳恩说着捂住了贴在床上方墙上的电影海报里巴兹的耳朵，"巴兹会听见的。"

"巴兹对我们的感情很有安全感。"凯丝说道，她不由自主地笑了。

想到琳恩，凯丝不禁伸手去拿自己的手机。

昨晚琳恩可能出去了吧。

听起来好像全校都在彻夜未眠地狂欢。凯丝在她那间空荡荡的宿舍里感觉就像被包围了一般。喊声、笑声、音乐声全都从四面八方传来，琳恩肯定没法抵挡这样的噪音。

凯丝从背包里掏出手机。

"起床了吗？"发送。

几秒钟以后，她的手机响了。"这不是我的台词吗？"

"昨晚太累，没有更新《别放弃》。"凯丝打着字，"十点就上床睡觉了。"

手机响了。"你这就开始不管粉丝们的死活了……"

凯丝笑了。"你总是这么嫉妒我有粉丝。"

"过得愉快。"

"好。你也是。"

一个中年印第安人走进阶梯教室，他身上穿的粗花呢夹克很有安抚人心的效果。凯丝关掉手机,悄悄把它放进背包里。

回到宿舍时,凯丝简直要饿死了。照这个速度,她的蛋白棒不到一个礼拜就要吃光了。

有个男生坐在她的宿舍外面,还是那一个。他是芮根的男朋友,还是她的烟友?

"凯瑟!"他笑着说道。一看见她,他就开始站起身来。这个场面比原本应该呈现的样子更加精彩,就他的身体而言,他的腿和胳膊实在是太长了。

"叫我凯丝。"她说。

"你确定吗?"他用一只手捋着头发,仿佛想确认头发是不是依然乱糟糟的,"我真的很喜欢凯瑟这个名字。"

"非常确定。"她斩钉截铁地说,"这个问题我已经想了很久了。"

他站在那里,等着她开门。

"芮根在吗?"凯丝问道。

"如果芮根在的话,"他微笑着说,"我就不会在外面了。"

凯丝捏着钥匙,但是并没有开门。她不想让他进去。今天她接受的新鲜事物和其他状况已经过量了。这会儿她只想在她那张吱吱叫的陌生床上蜷作一团,再吃上三根蛋白棒。她越过男生的肩膀看过去。"她什么时候到?"

他耸了耸肩。

凯丝的胃一紧。"嗯,我不能就这样让你进去。"她脱口而出。

"为什么?"

"我连你是谁都不知道。"

"你在开玩笑吗？"他大笑起来，"咱们昨天见过面的。你遇到我的时候，我就在你的宿舍里呢。"

"没错，但我不认识你。我连芮根都不认识。"

"那你也打算让她在外面等着吗？"

"听着……"凯丝说道，"我不能让陌生人进我的房间。我甚至不知道你叫什么，这种情况有可能会引发强奸案的。"

"有可能引发强奸案？"

"你明白的，"她说，"对吧？"

他耷拉下一条眉毛，摇了摇头，依然在微笑。"不明白。不过我现在不想跟你一起进去了。'有可能引发强奸案'这句话让我很不舒服。"

"也让我很不舒服。"她感激地说道。

他背靠着墙，滑到地上又坐下了，抬起头来看着她，然后举起了手。"对了，我叫利瓦伊。"

凯丝皱起眉头，稍稍握了一下他的手，她手里还握着自己的钥匙。"好。"她说，接着打开门，又尽可能迅速地把门关上了。

她拿起笔记本电脑和蛋白棒，爬到了床上的角落里。

凯丝想在房间里她自己的这一侧来回走一走，可是地方不够大。这里本来已经够像监狱了，现在就更像了，因为芮根的男朋友利瓦伊站在外面的走廊上守着，要不就是坐在那里守着，管他呢。凯丝觉得如果她能和人说说话，感觉也许会好一点。她不知道这会儿给琳恩打电话会不会太早了。

于是她给爸爸打了电话，留下了一通语音留言。

她又给艾贝尔发了短信。"嗨，上完一次课了，你怎么样？"

她打开社会学的课本,接着打开笔记本电脑,然后又站起来打开了一扇窗。外面很暖和。有人在街对面的联谊会会所外头拿着玩具枪互相追逐。联谊会的这些家伙们看起来可真怪。

凯丝拿出手机,拨了个号码。

"嗨,"琳恩接了电话,"第一天过得如何?"

"挺好的。你呢?"

"还不错。"琳恩说。琳恩总是能把话说得轻轻松松、满不在乎。"其实,我觉得很伤脑筋。上统计学课时,我走错了教学楼。"

"那可真是糟透了。"

门开了,芮根和利瓦伊走了进来。芮根古里古怪地看了凯丝一眼,但利瓦伊只是笑了笑。

"是啊。"琳恩说道,"虽然这只让我迟到了几分钟,但我还是感觉自己很傻。嗨,我和考特尼正在去吃晚饭的路上,我回头再给你打过去行吗?还是你明天想来和我们一起吃午饭?我们可以中午在塞勒克楼见面。你知道在哪儿吗?"

"我会找到的。"凯丝说。

"好,那就好,到时见。"

"好。"凯丝说完按下挂机键,把手机放进口袋里。

利瓦伊已经四仰八叉地躺在芮根床上了。

"别闲着不干事。"芮根说着把一条皱巴巴的床单扔到他身上。"嗨。"她对凯丝说。

"嗨。"凯丝说。她在那里站了片刻,等着对话往下进行,不过芮根似乎没什么兴趣。她正在翻箱倒柜,仿佛在找什么东西。

"第一天过得怎么样?"利瓦伊问道。

凯丝过了一会儿才意识到他是在跟自己说话。"还好。"她说。

"你是大一的新生，对吧？"他正在给芮根铺床。凯丝在想他是不是打算在这里过夜。那样可不行，绝对不行。

利瓦伊仍然在看她，对着她微笑，于是她点了点头。

"你知道自己的课都在哪里上吗？"

"知道……"

"认识新的人了吗？"

有啊，她想道，你。

"不是我故意想认识的。"她说。

她听见芮根不高兴地哼了一声。

"你的枕头套在哪儿？"利瓦伊对着衣橱问道。

"箱子里。"芮根说。

他把一个箱子里的东西全都倒了出来，开始往芮根的书桌上摆，仿佛他知道这些东西该放在哪里。他的脑袋向前垂着，似乎只是松松垮垮地连在他的脖子和肩膀上，活像那种可动人偶，通过体内已经没有弹性的橡皮筋组装在一起。利瓦伊看起来有一点野性。他和芮根都有一点野性。人们往往就是这样走到一起的，凯丝想道，不是一家人，不进一家门。

"那么，你是学什么的？"他问凯丝。

"英语。"她说，然后过了好一会儿才问，"你是学什么的？"

他似乎很高兴有人问他这个问题。也可能是只要有人问他问题他都高兴。"牧场管理。"

凯丝不知道这是个什么专业，不过她也不想问他。

"求你了，别提起牧场管理这茬儿。"芮根抱怨道，"咱们定个规矩吧，从现在起到年底，不许在我的宿舍里谈论牧场管理。"

"这也是凯瑟的宿舍。"利瓦伊说。

"凯丝。"芮根纠正他道。

"那么你不在的时候呢?"他问芮根,"你不在这间宿舍里的时候,我们能不能谈论牧场管理?"

"我不在这间宿舍里的时候——"她说,"我想你会在外面的走廊上等着吧。"

凯丝对着芮根的后脑勺露出了微笑。这时她看见利瓦伊在看自己,赶紧收起了笑容。

教室里每个人看上去都是一副等这节课已经等了整整一个礼拜的模样,仿佛他们等的是一场音乐会的开始,或者是一部电影的午夜首映。

派珀教授走了进来,她迟到了几分钟。凯丝发现的第一件事情竟然是她本人比作品护封上的照片看起来要瘦小。

也许这么想很傻。毕竟,书上的照片只是大头照而已。但是派珀教授倒是确确实实把照片给填满了——她的颧骨很高,一双蓝色的大眼睛水汪汪的,还有一头引人注目的褐色长发。

在现实生活中,这位教授的头发也一样壮观,只是其中夹杂着缕缕白发,而且比照片上要稍微浓密一点。她的身材非常瘦小,得跳起来一点才能坐到她的桌子上。

"那么,"她用这句话代替了"大家好","欢迎你们来上小说写作课。你们当中有几个人我认得……"她环顾着教室,对着除了凯丝以外的人露出了微笑。

显然凯丝是教室里唯一一个大一新生。她刚刚才开始弄明白大一新生有什么特征——背包太新,女生化妆,男生穿着热门话题[1]的搞

---

1 热门话题:一个在美国年轻人中极具人气的潮牌,销售与流行文化相关的服装及配饰,以及授权的音乐CD。

笑T恤。

凯丝身上的每一件东西——从崭新的红色范斯帆布鞋到她在塔吉特百货精挑细选的深紫色眼镜——都是新生的典型特征。高年级学生们戴的都是黑色雷朋粗框眼镜,教授们戴的也是这种。如果凯丝也弄一副黑框雷朋眼镜戴上,恐怕她用不着出示身份证就能在这一带买到金汤力酒了。

"好,"派珀教授说道,"很高兴你们都来了。"她的声线很温暖,带着呼吸的气声——即使说她在柔声低语也毫不夸张。她说起话来很温柔,大家全都得静静地坐在那里才能听得见。

"这学期我们有很多事要做,"她说,"所以别再浪费时间了。咱们这就开始吧。"她坐在桌子上,身体前倾,"准备好了吗?你们愿意和我一起全心投入吗?"

多数学生都在点头。凯丝低头看着自己的笔记本。

"好。咱们先来问一个其实没有答案的问题——我们为什么写作?"

年纪大的学生中有一个男生想要勇敢地尝试一下。"为了表达自己。"他给出了一个答案。

"的确。"派珀教授说道,"这就是你写作的原因吗?"

那个男生点了点头。

"好……还有别的原因吗?"

"因为我们喜欢听到自己的声音。"一个女生说。她的头发跟琳恩很像,不过颜色也许偏冷一些。她看上去就像《魔鬼圣婴》中的米娅·法罗,还带着一副雷朋眼镜。

"是的。"派珀教授笑道。她笑得很优雅,凯丝心想。"我肯定是因为这个才写作的。我教书也是这个原因。"他们全都跟着她一起笑了起来。"还有呢?"

我为什么要写作?凯丝努力地想要找出一个有深度的答案。不过她知道,即使自己想到了,也不会大声说出来的。

"为了探索新天地。"有人说道。

"为了探索旧世界。"另一个人说。派珀教授点着头。

为了去到别处。凯丝想道。

"所以,"派珀教授柔声低语道,"也许是为了了解我们自己?"

"为了让自己解脱。"一个女生说。

为了摆脱自己。

"为了让别人看到我们的脑子里在想些什么。"有个身穿红色紧身牛仔裤的男生说。

"假设人家想知道的话。"派珀教授加了一句。大家都笑了。

"为了让人们开怀大笑。"

"为了引人注意。"

"因为我们会做的就只有写作。"

"这只能代表你自己,"教授说道,"我还会弹钢琴呢。大家继续——我很喜欢这个说法。非常喜欢。"

"为了让脑海里的声音停下来。"坐在凯丝前面的男生说。他有一头黑色的短发,头发的走势在脖子后面汇成一个模糊的点。

为了停下来。凯丝想。

为了不再存在,也为了不再去任何地方。

"为了留下自己的印记。"米娅·法罗说,"为了创造出比我们的生命更加长久的东西。"

凯丝前面的男生又说话了:"无性生殖。"

凯丝想象着自己坐在笔记本电脑前。她想要用语言表达出那是什么感觉,状态良好的时候是什么样子,进展顺利的时候是什么样子,字字句句在她发觉之前就源源而来的时候又是什么样子。它们不断地从她胸中涌出,像吟诗,像说唱,又像跳绳,她想,就像在绳子快要击中脚踝的时候跳起来。

"为了分享真实的事情。"另一个女生说。她也戴了一副雷朋眼镜。

凯丝摇了摇头。

"我们为什么写作?"派珀教授问。

凯丝低头看着自己的笔记本。

为了让自己消失。

他聚精会神，而且沮丧至极，压根就没看见那个红发女孩在他桌上坐下了。她梳着长辫子，戴着一副老式的尖角眼镜。如果你打算扮成女巫去参加化装舞会，戴的就会是这种眼镜。

"你会把自己累垮的。"女孩说。

"我只是想把这事做好。"西蒙咕哝着说，他再一次用自己的魔杖敲了敲那枚两便士的硬币，然后痛苦地皱起眉头。什么事也没有发生。

"这样。"她说，在那枚硬币的上方轻快地挥了挥手。

她没有拿魔杖，但是她的手上戴了一枚硕大的紫色戒指，上面缠着纱线，以免戒指从她手上掉下来。"飞回家去吧。"

那枚硬币一抖，长出了胸部和六条腿，开始小跑起来。女孩轻轻地将它从桌上扫到一个罐子里。

"你是怎么做到的？"西蒙问道。从她毛衣胸前的绿色盾牌可以看出，她也是一年级的，就像他一样。

"魔法不是做出来的，"她说，努力想要笑得谦虚一些，而且差一点就成功了，"你要有魔法。"

西蒙瞪眼瞧着那只两便士的瓢虫。

"我是佩内洛普·邦斯。"女孩说，同时伸出手来。

"我叫西蒙·斯诺。"他说着握住了她的手。

"我知道。"佩内洛普说道，露出了微笑。

——摘自《西蒙·斯诺与大法师传人》第八章
杰玛·T.莱斯利2001版权所有

三

这样是没法写作的。

首先,她们的宿舍实在太小了。这个房间是一个小小的长方形,宽度只够在房门两侧分别摆上她俩的床——门一开就碰到凯丝的床垫末端了,长度只够在两边的床和窗户之间勉强挤下一张书桌。要是她俩有谁把沙发带来的话,屋子中间所有空着的地方就要全被占满了。

她俩都没有带沙发来,也没有带电视机,更没有带什么从塔吉特百货买来的可爱灯具。

芮根似乎什么私人物品都没带来,除了她的衣服和一个完全违反学校规定的烤面包机——还有利瓦伊,这会儿他正躺在她床上,闭着眼睛,听着音乐,而芮根则用力敲着自己的电脑。(和凯丝的电脑一样是便宜货。)

凯丝已经习惯和别人同住一个房间了,她一直和琳恩住在一起。但是她俩在家里的房间几乎有这儿的三倍大,而且琳恩也不像芮根这么占地方。这指的并不是实际的空间,而是头脑里的空间。琳恩在旁边时,凯丝根本就感觉不到。

凯丝仍然不知道该如何与芮根相处。

从一方面来说，芮根似乎对于整晚不睡、互相为对方编辫子、从此成为好闺蜜这档子事没什么兴趣。这让凯丝松了一口气。

从另一方面来说，芮根似乎对凯丝毫无兴趣。

实际上，这也让凯丝轻松了一点。她害怕芮根。

芮根做事一向重手重脚的。她总是猛地把门推开，再"砰"的一声把门关上。她比凯丝块头大，她的个头更高一些，身材也丰满得多（说真的，确实丰满）。她的外表看起来更高大，内心也比凯丝更强大。

每当芮根在宿舍的时候，凯丝就尽量离她远远的，也尽量不跟她发生眼神交流。芮根就当凯丝不存在，所以凯丝也当她不存在。通常情况下，这一招似乎对她俩都挺管用。

但是此时此刻，假装芮根不存在却让凯丝很难写出东西来。

她正写到一个很难处理的场景——西蒙和巴兹在争论吸血鬼是不是真有可能被看作好人，以及他俩是否应该一起去参加毕业舞会。这一幕本来应该非常有趣、非常浪漫、引人遐想，这正是凯丝平日里最拿手的。（她写起背信弃义的桥段来也相当精彩，还擅长写会说话的龙。）

可是她现在却没法写出这样的句子："西蒙将他那蜜棕色的头发从眼前撩开，然后叹了一口气。"她就连巴兹的动作都写不了。她一直想着芮根和利瓦伊就坐在自己身后，脑子里总是响着：入侵警报！

而且，她简直快要饿死了。只要芮根和利瓦伊离开宿舍去吃晚饭，凯丝就会立马吃光一整罐花生酱——如果他们去吃晚饭的话。芮根一直在猛敲键盘，仿佛想要力透桌面，利瓦伊也一直没走，凯丝的胃都开始吼起来了。

她抓起一根蛋白棒，走出房间，想沿着走廊快步走走，好让脑子清醒一下。

可是过道里简直像在举行见面会一样。除了她们的房间，所有的房门都是敞开的。女生们成群结队地四处乱转，说说笑笑。整个楼层散发出微波爆米花烧焦的味儿。凯丝溜进盥洗室，在一个小隔间里坐了下来，拆开蛋白棒的包装纸，不安的泪水不由得一滴滴流下脸庞。

天哪，她想，天哪，好吧，这也没有那么糟。其实什么问题都没有，真的。哪里出问题了呢，凯丝？什么问题都没有。

她觉得身上到处都紧绷绷的，就快要支持不住了。胃里也如火烧火燎一般。

她拿出手机，思忖着琳恩这会儿在干什么。没准是在随着Lady Gaga的歌曲编排舞蹈场面吧，也可能是在试穿室友的毛衣，但是恐怕不会坐在马桶上吃着杏仁亚麻籽口味的蛋白棒。

凯丝可以给艾贝尔打电话，可她知道他明早就要动身去密苏里科技大学了。今晚他的家人正在为他举行一个盛大的派对，派对上会有自家做的玉米粉蒸肉和他奶奶做的椰子悠悠饼。这种饼非常特别，就连他们自己家的面包店都不对外出售。艾贝尔在自家店里打工，他们一家就住在面包店楼上。他的头发闻起来总是有种肉桂和酵母的味道……上帝啊，凯丝是真饿了。

她把蛋白棒的包装纸塞进女性卫生用品废物箱里，然后洗了把脸才回宿舍。

芮根和利瓦伊正好走出来，谢天谢地，他俩总算走了。

"回见。"芮根说。

"拜拜。"利瓦伊微笑着说。

门关上的时候，凯丝恨不得要晕倒了。

她又拿起一根蛋白棒，一下子跌坐在那把古老的木制将军椅上——她已经喜欢上这把椅子了——然后打开一个抽屉，把脚放在上面。

西蒙将他那蜜棕色的头发从眼前撩开,然后叹了一口气。"虽然我连一个吸血鬼英雄都想不起来,但这并不意味着他们就不存在。"

巴兹没再试着让自己的扁衣箱浮在空中,而是对着西蒙亮了一下他那颗闪闪发光的尖牙。"好人都穿白衣服,"巴兹说道,"你有没有试过从白斗篷上把血洗掉?"

塞勒克楼是位于校园正中间的一栋宿舍楼。即使不住在楼里,也可以在这里吃饭。凯丝一般都在大厅里等着琳恩和考特尼,这样她就用不着一个人走进餐厅了。

"你的室友是个什么样的人?"考特尼在她们排队走过色拉台时问道,口气就好像她和凯丝是老朋友似的——仿佛凯丝很了解考特尼,可是凯丝知道的就只有她爱吃农家干酪配桃子。

塞勒克楼的色拉台简直逆天了。农家干酪配桃子,罐头梨配切达奶酪丝。"这是怎么一回事?"凯丝挖起一勺凉拌腰子绿豆色拉问道。

"恐怕又是内布拉斯加西部的什么特产吧,"琳恩说,"我们宿舍楼里有些男生整天戴着牛仔帽,好像从来就没摘下来过,就连在走廊里转悠时都戴着。"

"我去找个位子。"考特尼说。

"嗨,"凯丝看着琳恩把蔬菜堆在盘子里,"咱们有没有在哪篇小说里写过西蒙和巴兹一起跳舞?"

"我不记得了。"琳恩说,"怎么啦?你在写跳舞的情节吗?"

"华尔兹,在城墙上跳。"

"很浪漫。"琳恩四处张望着在找考特尼。

"我担心我把西蒙写得太轻飘飘了。"

"西蒙本来就很轻飘飘的。"

"真希望你也在看。"凯丝边说边跟着她走到桌子旁边。

"全北美所有的九年级学生不是都在看吗?"琳恩在考特尼身边坐下了。

"还有日本的。"凯丝说着坐了下来,"我在日本也很受欢迎,这可真是不可思议。"

考特尼朝着凯丝探过身子,出其不意地加入进来,仿佛她知道某个惊天大秘密似的。"凯丝,琳恩跟我说你在写西蒙·斯诺的小说。这真是太酷了。我是西蒙·斯诺的超级粉丝。所有的书我小时候都看过。"

凯丝疑惑地拆开三明治的包装纸。"这一系列还没完结呢。"她说。

考特尼咬了一口农家干酪,没听出凯丝是在纠正她的话。

"我是说,"凯丝说道,"书还没有出完,第八部要到明年才会出……"

"跟我们说说你的室友吧。"琳恩说着对凯丝挤出一点微笑。

"没什么好说的。"

"那就编一些说说。"

琳恩生气了,这惹得凯丝也不高兴了。可是她转念一想,自己马上可以吃到需要用银餐具盛着的食物,还能跟认识的人说说话,这实在是一件可喜的事情,于是决定还是努力和琳恩那位闪亮登场的新室友搞好关系。

"她叫芮根,有一头红棕色的头发……她还抽烟。"

考特尼皱起了鼻子。"在你们宿舍里抽?"

"她不怎么待在宿舍里。"

琳恩一脸怀疑的表情。"你们还没说过话吗?"

"我们打过招呼,"凯丝说,"我跟她男朋友说过几句话。"

"她男朋友是个什么样的人?"琳恩问道。

"不知道。个子很高?"

"好吧,开学才几天而已。我相信你会慢慢了解她的。"然后琳恩转而说起了她和考特尼去过的某个派对上发生的事情。她们住在一起才两个礼拜,却已经有了许多凯丝完全听不懂的玩笑话。

凯丝吃完了自己的火鸡三明治和两份法式炸薯条,趁着琳恩没注意又塞了一个三明治到包里。

那天晚上芮根终于是在宿舍睡的了。(谢天谢地,利瓦伊没有在这儿睡。)她上床时凯丝还在打字。

"我开着灯会影响你吗?"凯丝问道,指着装在她桌上的那盏台灯,"我关掉也行。"

"没关系。"芮根说。

凯丝戴上了耳机,这样她就听不见芮根睡觉前的那些噪音了。呼吸的声音,被单摩擦的声音,床嘎吱嘎吱的声音。

房间里有个陌生人,她怎么能就这样睡过去呢?凯丝想不通。她一直戴着耳机,后来爬上床的时候也没有摘下来,然后将被子高高拉过头顶蒙住了脑袋。

"你还没跟她说过话？"过了一个礼拜，琳恩在午餐时问道。

"我们说话的。"凯丝说，"她说，'你介意我关上窗户吗？'我说，'你关吧。'我们还会说'嗨'。每天都要跟对方说一回，有时候一天还说两回。"

"这样好奇怪啊。"琳恩说。

凯丝拨弄着自己的土豆泥。"我已经习惯了。"

"那也还是很奇怪。"

"真的吗？"凯丝问道，"你真的想谈谈我是怎么会和一个奇葩室友住到一起的吗？"

琳恩叹了一口气。"她男朋友呢？"

"好几天没看见他了。"

"这个周末你打算干什么？"

"我估计会做做作业、写写西蒙吧。"

"今天晚上我和考特尼要去参加派对。"

"在哪里？"

"在三角屋！"考特尼说。她说起这个地方的表情就像一个十足的蠢货在说"花花公子豪宅"一样。

"三角屋是什么地方？"凯丝问道。

"是一个工程师联谊会。"琳恩说。

"那么他们会在喝醉酒以后去造大桥吗？"

"他们是喝醉了以后去设计大桥。你想不想来？"

"不用了。"凯丝咬了一口土豆烤牛肉，塞勒克楼每周日的晚餐都是这个，"喝醉的宅男，不是我的菜。"

"你喜欢宅男。"

"我不喜欢加入联谊会的宅男，"凯丝说，"对这种宅男我一点兴趣也没有。"

"艾贝尔出发去密苏里之前,你没叫他签一份滴酒不沾保证书吗?"

"艾贝尔是你男朋友?"考特尼问道,"他长得帅吗?"

凯丝没有搭理她。"艾贝尔不会变成酒鬼的,他连咖啡因都受不了。"

"这话的逻辑可有点问题。"

"琳恩,你知道我不喜欢参加派对。"

"你也知道爸怎么说——只有尝试过了才有资格说不喜欢。"

"真的吗?你是在用爸的话来说服我去参加联谊会派对吗?我还真参加过派对。那一回在杰西家里,还有龙舌兰酒——"

"龙舌兰酒你喝了吗?"

"我没有,但是你喝了,后来你吐的时候,是我帮你清理干净的。"

琳恩若有所思地笑着抚平了自己额前的长刘海。"喝龙舌兰酒的过程比结果更重要。"

"你会打电话给我的,"凯丝说,"对吗?"

"在我吐的时候?"

"在你需要帮助的时候。"

"我不会需要帮助的。"

"但你会打电话给我吧?"

"天哪,凯丝。我会的。放心吧,好吗?"

"可是，先生。"西蒙还在争取，"我每一年都得和他当室友吗？年年如此，一直到我们毕业离开沃特福德？"

大法师宽容地笑了，揉了揉西蒙那焦糖一般的棕发。"在沃特福德，跟自己的室友互相配合是一项神圣的传统。"他的声音温和而又坚定，"是熔炉把你们俩铸造在一起的。你们要相互照应，像兄弟一样了解彼此。"

"是的，可是，先生……"西蒙在他的椅子上坐立不安，"熔炉一定是搞错了。我的室友是个十足的饭桶，甚至还可能有坏心眼。上个礼拜，有人用咒语把我的笔记本电脑给合起来打不开了，我知道是他干的，他差点就笑出声了。"

大法师一本正经地摸了几下胡须。他的胡须不长，底下尖尖的，刚好遮住他的下巴。

"西蒙，既然熔炉把你们铸在一起，你就应该小心提防他。"

——摘自《西蒙·斯诺与第二条毒蛇》第三章

杰玛·T.莱斯利2003版权所有

四

校园里的松鼠太温驯了,它们简直就是驯化过了头。只要你在吃东西,甭管吃什么,它们都会径直来到你面前,在你旁边叽叽直叫。

"吃吧。"凯丝说,她把一大块草莓大豆蛋白棒扔给脚边那只胖胖的红松鼠。她用手机给它拍了张照片,然后发给艾贝尔。"欺负人的松鼠。"她在短信中写道。

艾贝尔给她发过他在密苏里科技大学的宿舍照片——他住的是套间,还有他和五位室友站在一起的照片,他们全都跟《生活大爆炸》里的宅男一个样儿。凯丝试着想象了一下请求芮根摆个造型拍张照片的情形,忍不住笑了出来,她笑的声音有点大,把那只松鼠吓住了,不过它并没有逃跑。

每周三和每周五,凯丝上完生物学之后,要再过四十五分钟才上小说写作课。最近她都在这里打发时间,在英语楼比较安静的那一侧,坐在一片幽暗的草地上。在这里不用和人打交道。这里只有松鼠。

虽然手机并没有响,她还是看了一下有没有新短信。

自从凯丝三周前离开家到学校以来,她和艾贝尔就几乎没有说过话了,不过他给她发过短信,还时不时给她发邮件。他说自己很好,还说密苏里这边的竞争已然非常激烈。"这里的每个人以前都是自己毕业班里最聪明的孩子。"

凯丝忍住了冲动,没有回复他这么一句:"只有你不是,对吧?"

尽管艾贝尔在学术能力评估测验的数学那一部分拿到了满分,但这并不表示他是他们班里最聪明的学生。他的美国历史学得很差,西班牙语也是勉强考过的。那可是西班牙语,天哪。

他已经告诉过凯丝,要到感恩节才会回奥马哈来,她也没有试图劝说他早一点回来。

她真的不是很想念他。

琳恩总是说,这是因为艾贝尔并不是凯丝真正意义上的男朋友。这样的对话在她俩之间反复上演。

"他是个完美无缺的男朋友。"凯丝会这么说。

"他就是个茶几。"琳恩会这么答。

"他总是在我身边。"

"……好让你放杂志在上面。"

"你难道更希望我去跟杰西那样的人约会吗?这样咱俩就可以每个周末都一起哭上一整夜?"

"我更希望你跟某个你真心想亲吻的人约会。"

"我吻过艾贝尔。"

"哦,凯丝,打住。我的脑子都要被你说吐了。"

"我跟他已经交往三年了,他就是我的男朋友。"

"你对他还不如你对巴兹和西蒙的感情深呢。"

"废话,那是巴兹和西蒙啊,这样可不公平——我喜欢艾贝尔。他是个可靠的人。"

"你说的还是茶几……"

琳恩八年级的时候就开始和男孩子出去约会了（比凯丝想到约会这回事还早了两年）。直到和杰西·山德士交往之前，琳恩跟每个男孩子在一起的时间都只有短短几个月而已。而她之所以把杰西留在身边那么长时间，是因为她总是搞不清楚他是不是喜欢她——至少凯丝是这么认为的。

通常情况下，别人一旦对琳恩动了真心，琳恩就会对他失去兴趣。收服别人的心是她最喜欢的桥段。"就是那一刻，"她对凯丝说，"你意识到有个人看着你的眼光发生了变化。你在他的眼里越来越重要。那一刻，你知道他再也无法对你视而不见了。"

凯丝非常喜欢最后这句话，几个礼拜之后，她把这句台词给了巴兹。琳恩看到的时候非常恼火。

总而言之，杰西从来没有真正被琳恩收服。他的眼里从来不会只有琳恩，即使在他们去年秋天发生过关系之后也是如此。琳恩的手段不管用了。

当杰西获得爱荷华州立大学的橄榄球奖学金时，凯丝松了一口气。他可没有谈异地恋的长性，而且，内布拉斯加大学起码有上万个小鲜肉等着琳恩去收服。

凯丝又朝那只松鼠扔了一大块蛋白棒，但是有个穿着一双拷花皮鞋的人走得离他们太近，松鼠吓了一跳，慢吞吞地逃走了。校园里的胖松鼠，凯丝想，他们跑得真费劲。

那双拷花皮鞋又朝她走了一步，然后停住了。凯丝抬起头来。有个男生站在她面前。从她坐着的角度看——他是站着的，而且是逆光——他似乎有两米多高。她眯起眼睛仰望着他，还是没有认出他是谁。

"你叫凯丝。"他说道，"对吧？"

她听出他的声音来了,他是小说写作课上坐在她前面的黑发男生——尼克。

"是的。"她说。

"你的写作练习做完了吗?"

派珀教授让他们从一个非生命体的视角写一篇一百字的短文。凯丝点了点头,仍然眯着眼睛仰望着他。

"哦,对不起。"尼克说,他从阳光下走出来,坐在她身旁的草地上,把包放在两膝之间。"你写的是什么?"

"一把锁。"她说,"你呢?"

"圆珠笔。"他做了个怪相,"我担心大家都会从笔的视角来写。"

"不用担心。"她说,"写笔这个主意烂透了。"

尼克大笑起来,凯丝低下头看着草地。

"那么——"他问道,"你觉得她会叫咱们大声把自己的文章念出来吗?"

凯丝猛地抬起头。"不会。她干吗要这样?"

"教授们总是这样啊。"他说道,仿佛这事凯丝早该知道似的。她还不习惯从正面看见尼克。他的脸长得很孩子气,那对蓝眼睛似乎总也睁不开,两条又粗又短的黑色眉毛简直都要连到一起去了。他看起来就像是拿着统舱票登上泰坦尼克号的那种人,排着队站在埃利斯岛[1]上,心地纯洁,家世古老,而且还很帅气。

"可是,如果我们每个人都念的话,课堂上的时间就不够了吧。"她说。

---

[1] 埃利斯岛:美国纽约市附近的小岛,曾是美国的移民检查站。

"我们也许会先分成好几个小组。"他说,又是一副她早该知道这事的样子。

"哦……我是才开始上这门课的。"

"你是大一新生?"

她点点头,转了转眼珠。

"派珀教授这门课是对大三学生开的,你一个新生怎么进来的呢?"

"我要求的。"

尼克扬起他那两道浓眉,伸出下嘴唇,一脸钦佩的样子。"你真的认为写笔这个主意烂透了?"

"现在我都不知道你希望我说什么了。"凯丝答道。

"你有进食障碍吗?"芮根问。

凯丝坐在自己的床上,正在学习。

芮根紧紧抓住她的衣柜门,一跳一跳的,想要穿上一只黑色的高跟靴。她也许正准备去上班吧——芮根总是在准备去某个地方。她把她们的宿舍当成了一个中转站:上完课以后,去图书馆之前;从学生活动中心下班以后,去橄榄花园[1]上班之前;她都会在这里停留一下,换身衣服,放下课本,把利瓦伊接走。

有时候也有其他男生会来。上个月有个叫内森的来过,还有个叫凯尔的。但是他们似乎都不像利瓦伊这样,是属于芮根星系的一部分。

这就导致了利瓦伊也变成了凯丝星系的一部分。今天他在校园里看见她了,于是就和她一起走到欧华楼去,一路上说着他在学生活

---

1 橄榄花园:美国的一家连锁休闲餐厅,专营意大利美食。

动中心外头买的什么连指手套。"手工编织,产于厄瓜多尔。你见过羊驼吗,凯丝?它们的模样就像世界上最萌的美洲驼。尽你所能想象一下最可爱的美洲驼,然后一直往可爱的方向想,它们就是这个样子的。它们的羊毛——不算真正的羊毛,而是细丝,可以防过敏……"

芮根现在正瞪眼瞧着凯丝,眉头紧锁。她身穿一条紧身的黑色牛仔裤和一件黑色的上衣。也许她不是要去上班,而是打算出去约会。

"你的垃圾桶里装满了蛋白棒的包装纸。"芮根说。

"你翻了我的垃圾桶?"凯丝觉得一股怒气涌上心头。

"是利瓦伊要找个地方吐他的口香糖……所以?你有进食障碍吗?"

"没有。"凯丝说,就算她真有进食障碍,她肯定也会说没有。

"那你为什么不正正经经吃饭?"

"我吃啊。"凯丝的双手握起了拳头,她感觉到皮肤绷得紧紧的,"只是不在这里吃而已。"

"你是有成年人偏食症吗?"

"没有。我——"凯丝仰起头来望着天花板,她觉得在这样的时候真相会比谎言更加简单,"我不知道餐厅在哪里。"

"你已经在这里住了一个多月了。"

"这我知道。"

"你还没找到餐厅?"

"我压根就没去找。"

"你干吗不找个人问问呢?问我就可以啊。"

凯丝转了转眼珠,然后看着芮根。"你真的希望我问你这些蠢问题吗?"

"如果是关于吃、喝、住或是生存的问题,当然可以问。天哪,凯丝，我可是你的室友。"

"好的。"凯丝边说边转过头继续看自己的书，"我记下了。"

"那么，你想要我带你去餐厅吗？"

"不用，这样就行了。"

"你不能靠着吃减肥棒过活。很快就要吃完了。"

"我不会这么快吃完的……"

芮根叹了一口气。"利瓦伊恐怕吃了几根。"

"你竟然让你男朋友偷吃我的蛋白棒？"凯丝弯腰到床底下去查看自己囤的干粮——所有的盒子都被人打开了。

"他说这是在给你帮忙。"芮根说，"逼着你去解决问题。再说他也不是我男朋友。我跟他完全不是这种关系。"

"他这是领地入侵！"凯丝愤怒地说，一时忘记了芮根没准是她见过最可怕的人。

"穿上鞋。"芮根说道，"我带你去餐厅。"

"不。"凯丝已经能够感觉到焦虑就要把她的肠胃撕成无数个紧张不安的小碎片了，"我并不是找不到餐厅……我是不喜欢新的地方，也不喜欢新的环境。餐厅里有那么些人，我会不知道该坐在哪里——我不想去。"

芮根坐在她自己的床尾，在胸前交叉起双臂。"那你去上过课吗？"

"当然上过。"

"怎么上的？"

"上课跟吃饭不一样。"凯丝说，"在课堂上你可以集中注意力去听课。虽然也很糟糕，但是还能忍受。"

"你在吃药吗？"

"没有。"

"也许你该试试……"

凯丝将拳头抵到床上。"这跟你一点关系都没有。你甚至都不认识我。"

"正是因为如此,"芮根说,"所以我才不想跟大一的新生住在一起。"

"你干吗要管我?我招你惹你了吗?"

"咱们这就去吃晚饭。"

"不。咱们不去。"

"拿上你的学生证。"

"我才不要和你一起去吃晚饭。你讨厌我。"

"我不讨厌你。"芮根说。

"这真是太可笑了。"

"上帝啊,你都不饿吗?"

凯丝紧紧地攥着拳头,关节都发白了。

她想起了炸鸡排,又想起了焗烤马铃薯,还有草莓大黄饼。不知道庞德楼的餐厅是不是像塞勒克楼的餐厅一样也有个冰淇淋机。

她还想起了谁输谁赢的问题。想起了她是如何任凭这个东西——管它是什么呢——说服了她内心疯狂的那一面。凯丝,零分。疯狂,一百万分。

她俯下身子,把胃里的那个结给压了下去。

然后,她尽可能收拾起仅有的尊严,庄重地站起身来,穿上了她的帆布鞋。

"我有正正经经吃过饭……"她咕哝着说,"我跟我姐姐一起在塞勒克楼吃午餐。"

芮根打开房门。"那你为什么不在这儿吃?"

"因为我等得太久了。我在心里建起路障,把它围在了中间。这很难解释清楚……"

"说真的,你干吗不吃点药呢?"

凯丝从她身旁走过,来到宿舍门外。"你有精神科医生的执照吗?还是你只是在学电视里的样子?"

"我是指嗑药。"芮根说,"毒品可真是好东西。"

餐厅里并没有出现什么尴尬的时刻,也不用端着盘子站在门口努力决定坐在哪里才是最不得罪人的。

芮根遇到一张有空位的桌子,就在那里坐了下来。对于同桌的其他人,她甚至连头都没有点一下。

"你上班不会迟到吗?"凯丝问道。

"我是打算出去,但是要在这里吃了晚饭再走。这些东西是咱们花钱买的,还是全都吃完的好。"

凯丝的托盘里有一盘烤通心粉和两碗球芽甘蓝。她饿坏了。

芮根吃了一大口意面色拉。她的长发从肩上垂下来,泛着十几种深浅不一的红色或金色,可是其中没有一种颜色像是天生的。"你真的认为我讨厌你?"她问道,嘴里塞满了食物。

凯丝把嘴里的东西咽了下去。在今天之前,她和芮根几乎连话都没怎么说过,更别提正儿八经地谈话了。"呃……我感觉到你不想跟别人住在一起。"

"我是不想跟别人住在一起。"芮根皱着眉说道。她经常皱眉头,就像利瓦伊常常微笑一样。"但是这跟你没关系啊。"

"那你干吗还要住宿舍呢?你又不是大一新生,对吧?我以为大

三、大四的学生都不住校的。"

"我必须得住。"芮根说,"这是包括在我的奖学金里的。本来今年我就能住上单间了——名单上有我——可是所有的宿舍楼都人满为患。"

"对不起。"凯丝说。

"这又不是你的错。"

"我也不想跟别人住在一起。"凯丝说道,"我是说……我以为会跟我姐姐住在一起。"

"你还有个姐姐也在这儿上学?"

"双胞胎姐姐。"

"呃,好怪啊。"

"这有什么奇怪的?"凯丝问道。

"就是很奇怪啊。让人毛骨悚然的,就像有个二重身一样。你们俩长得一模一样吗?"

"完全一样。"

"呃。"芮根夸张地打了个冷颤。

"这不可怕啊,"凯丝说,"你是怎么啦?"

芮根做了个鬼脸,又抖了一下。"那你为什么没跟你姐姐住在一起呢?"

"她想认识新朋友。"凯丝说。

"你说得就好像是她和你分手了一样。"

凯丝又戳起一个球芽甘蓝。"她住在施拉姆楼。"她对着自己的盘子说。等她抬起头来时,芮根正凶巴巴地看着她。

"听你这么一说,我又替你感到难过了。"芮根说。

凯丝用叉子指着芮根。"别为我难过,我可不想你为我难过。"

"可是我忍不住。"芮根说,"你真可悲。"

"我才不可悲。"

"你就是。你一个朋友也没有,你姐姐抛弃了你,你有偏食症……你对西蒙·斯诺这么感兴趣也很奇怪。"

"你说的每一个字我都表示反对。"

芮根嚼着食物皱起了眉。她涂的唇膏是暗红色的。

"我有很多朋友。"凯丝说。

"我可从来没见过。"

"我才刚到这儿。我的朋友们大多去了别的学校。要不就是在网上认识的。"

"网友不能算朋友。"

"为什么不能算?"

芮根不屑一顾地耸了耸肩。

"我对西蒙·斯诺这么感兴趣也没什么奇怪的。"凯丝说,"我只是在粉丝圈里很活跃罢了。"

"'粉丝圈'又是个什么玩意?"

"你不会明白的。"凯丝叹了一口气,她真希望自己刚才没有提起这个词,她也知道如果她试图继续为自己辩解的话,只会让情况越来越糟。芮根不会相信,也不会理解凯丝不仅仅是个普通的西蒙粉。她还是那种粉丝:一个自己也有粉丝的著名粉丝。

要是她对芮根说,她写的西蒙·斯诺小说点击量常常能达到两万……芮根只会笑话她而已。

而且,把这些事全都昭告天下会让凯丝觉得自己是个彻头彻尾的笨蛋。

"你桌上摆着西蒙·斯诺的头像。"芮根说。

"那些是纪念半身像。"

"我真替你难过,我要跟你做朋友。"

"我可不想跟你做朋友。"凯丝尽量让自己的语气听起来很坚决,"我还是希望咱俩不做朋友。"

"我也是,"芮根说,"可惜这是你自己一手造成的,你太可悲了。"

欢迎来到同人小说网——故事在这里永不完结。

这是一个由志愿者进行管理的文档服务器和论坛，欢迎所有的粉丝提交优质小说。参与志愿工作或有意捐助本站请点击此处。注册同人小说网作者账号请点击此处。在同人小说网提交文章或发表评论者需年满13岁。

——同人小说网首页欢迎信息

检索于2011年7月1日

五

"请不要让我坐在走廊里。"利瓦伊说。

凯丝从他的腿上跨过去,来到宿舍门口。"我要学习。"

"芮根要晚一点才回来,我已经在这儿坐了半个小时了。"他压低声音悄悄说道,"你隔壁那个穿着粉色雪地靴的姑娘总是跑出来跟我说话。你就可怜可怜我吧。"

凯丝皱起眉头看着他。

"我不会打扰你的。"他说,"就只是安安静静地等芮根回来。"

她白了他一眼,走进房间,没有关门。

"我能理解为什么你和芮根会一拍即合了。"他站起身,跟在她后面走了进来,"你们俩有时候都极其粗暴无礼。"

"我跟她没有一拍即合。"

"我听说的可不是这样……嗨,既然你如今去餐厅吃饭了,我能吃你的蛋白棒吗?"

"你已经在吃我的蛋白棒了。"凯丝愤怒地说,她在自己的书桌前坐下,打开了笔记本电脑。

"背着你干这事让我感觉很糟。"

"很好。"

"可是你现在这样不是更快乐吗?"他坐在她的床尾,背靠着墙,将两条长腿在脚踝处交叉起来,"你看起来营养状况已经好一些了。"

"嗯,那我要谢谢你咯?"

"然后呢?"

"你什么意思?"

他咧开嘴笑了。"我能不能吃一根蛋白棒?"

"你真是个奇葩。"

利瓦伊弯下腰,将手伸到床底下。"蓝莓黑加仑口味是我的最爱。"

凯丝如今确实比从前要开心,不过她可不打算对利瓦伊承认这一点。到目前为止,身为芮根的关怀对象并不需要付出很大代价——只要跟芮根一起下楼去餐厅吃饭,同时帮着她嘲笑每一个从她们桌旁走过的人就行了。

芮根喜欢坐在厨房的门旁边,排队取自助餐的人就是从这里涌进餐厅。她把这里的座位称为阅兵专座,谁都逃不过她的眼睛。"你瞧。"昨天晚上她说,"瘸哥来了。你觉得他的腿是怎么断的?"

凯丝抬起头看了看那个家伙,他是个看来挺时髦的角色,头发乱蓬蓬,戴着一副超大的眼镜。"恐怕是被他自己的胡子绊倒的吧。"

"哈!"芮根说,"他女朋友替他端着盘子呢。看看她,真像个闪闪发光的独角兽。你觉得他俩是在给AA美国服饰拍广告时认识的吗?"

"我相当肯定他俩是在纽约认识的,然后花了五年才走到这儿。"

"哦，狼女在三点钟方向。"芮根兴奋地说。

"她有没有戴那个能夹在身上的尾巴？"

"不知道，等一下……没有。讨厌。"

"我还蛮喜欢她那个尾巴的。"凯丝朝着那个染了一头黑发的胖姑娘亲切地笑了笑。

"如果上帝让我进入你的生活就是为了阻止你戴上该死的尾巴，"芮根说道，"这个任务我接了。"

从芮根的角度来看，凯丝的怪异之处已经很有问题了。"你的西蒙·斯诺海报是自己制作的，这就够糟糕了。"昨天晚上芮根准备上床睡觉时说道，"你还非得把海报弄得这么'基情'四射吗？"

凯丝抬起头看了一眼书桌上方那幅西蒙和巴兹手拉手的画作。"别打扰他俩，"她说，"人家是真心相爱的。"

"书里不是这么写的，我确信自己记得很清楚。"

"在我的笔下，"凯丝说，"他们就是相爱的。"

"你说在你的笔下是什么意思？"芮根停了一下，把她的T恤从头上拉下来，"不，听着，别费事了。我不想知道。光是跟你进行眼神交流就已经够我受的了。"

利瓦伊说得对，她俩一拍即合，因为现在芮根一说起这些东西，凯丝就想笑。要是芮根没赶上吃晚饭，凯丝也还是会下楼去餐厅，坐在她俩常坐的位子上。然后，等芮根晚一些回到宿舍时——如果芮根晚一些还回来的话——凯丝就会把她错过的一切都告诉她。

"足球凉拖鞋终于开口跟委内瑞拉版林赛·罗韩[1]说话了。"凯

---

[1] 林赛·罗韩：美国模特，影视演员，歌手。

丝会这么说。

"谢天谢地。"芮根会这么回答,同时重重地倒在她床上,"他俩这么眉来眼去,我都要急死了。"

凯丝并不知道芮根不回宿舍过夜的时候都去了哪里。也许是去了利瓦伊的住处。凯丝转过头看了看利瓦伊。

他依旧坐在凯丝床上,吃着蓝莓黑加仑蛋白棒,这肯定是第二根了。他的牛仔裤是黑色的,T恤衫也是黑色的。没准利瓦伊也在橄榄花园上班。

"你在当服务生吗?"她问道。

"你是说现在?没有。"

"难道你在兰蔻专柜工作?"

他大笑起来。"什么意思?"

"我在猜为什么你有时候会穿一身黑。"

"也许我其实是个忧郁的哥特族呢。"他笑了,"不过不是天天都这样。"凯丝没法想象利瓦伊打扮成哥特族或是很忧郁的模样,她从没见过有谁的笑脸比他更加亲切。他一笑起来,从下巴一直到后退的发际线都在笑,笑得抬头纹都出来了,双眼闪烁着光亮。就连他的耳朵也加入了这个行动——它们笑得一抽一抽的,就像狗耳朵一样。

"又或者我在星巴克工作。"他说。

她扑哧一笑。"真的吗?"

"真的。"他说,脸上依然带着笑,"有朝一日,你也会需要医疗保险,到那时你就不会觉得在星巴克工作很好笑了。"

利瓦伊和芮根常常对凯丝说这种话——提醒她别忘了自己有多么年轻幼稚,芮根只比凯丝大两岁而已。她甚至还没达到法定的饮酒年龄,从法律上来说是这样。这在学校里根本就不算什么事,到处都能买到酒。琳恩已经弄了一张假身份证。"你也可以拿去用，"她对凯丝说，"就说你做了接发。"

凯丝很想知道利瓦伊多大了。他看起来倒是可以合法饮酒了，但这也许是因为他的发型太显老。

利瓦伊并不是秃顶。也不是快要秃顶了。迟早的事吧。

他的发际线在前额处形成了一个尖头，然后就从太阳穴上方急剧地向后退去。但利瓦伊并没有让头发散落下来或是垂到前面以尽量掩饰，也没有像大多数男人那样彻底放弃、只留短发，而是将头发直接向上向后梳，把他的一头金发弄成了乱糟糟的波浪形。而且他还总是拿手去拨弄头发，引得人家更加注意他那长着皱纹的宽脑门。现在他又在这么干了。

"你在忙什么呢？"他边问边将手指插进头发里，用力揉搓着后脑勺。

"静静地学习。"她说。

这个星期凯丝只给《西蒙，别放弃》更新了一章，长度也只有平日的一半。

往常她每天晚上都会在同人小说网上自己的主页发表一点东西。如果不是完整的一章，至少也会写一篇博客。

一周以来，她页面上的评论都很友好。"你还好吗？""我就来报个到。""等不及想看你的更新！""呃！一天见不到巴兹我都活不下去。"可是在凯丝看来，这些都是大家在要求她更新。

以前，关于她作品的每一条评论她都会阅读并回复。这些评论就好像颁给她的金星奖章，又像是五朔节时的花束。但是自从《西蒙，别放弃》去年开始连载以来，评论数猛增，凯丝已经看不过来了。以往每一章的点击量是五百次左右，后来上到五千次是常有的事。

再后来，最大的粉丝网站"恋小说"上有一位重量级人物将《别放弃》称为"那篇第八年小说"，一夜之间凯丝的同人小说网的主页点击量就达到了三万五千次。

她仍然想尽量把评论和提问一一看过，但是今时已经不同于往日了。

她不再是仅仅为了琳恩而写作，也不再是为了她们在之前那些小众论坛上认识的朋友们而写。这篇小说已经不再只是几个女孩子在生日时交换着看的小故事，也不是互相加油打气之作，更不是那种"只为博君一笑"的糟糕小说……

如今凯丝有了一批追随她的读者，这些人她一个也不认识，可是他们却对她有所期待，向她提出质疑，有时候甚至会转而与她为敌。他们会在其他粉丝网站上抨击凯丝，说她以前写得很好，可是现在已经江郎才尽了——说她笔下的巴兹太过接近原作风格或是还不够像原作风格，说她写的西蒙是个假正经，还说她在佩妮洛普身上花费了太多笔墨。

"你又不欠他们的。"琳恩总是这么说，她会在凌晨三点爬到凯丝床上，夺走她的笔记本电脑，"睡觉了。"

"我一会儿就睡。我只是……我想把这个场景写完。我觉得巴兹终于打算告诉西蒙他爱他了。"

"他明天也依然爱他。"

"这一章很重要。"

"每一章都很重要。"

"这一次不一样。"这句话凯丝已经说了一年了，"这就是结局。"

琳恩说得对：巴兹和西蒙相爱的这个情节凯丝写过十几次了。她用过五十种不同的方式写过这个场景、这句对白——"斯诺……西蒙，我爱你。"

可是《别放弃》跟这些都不一样。

她以前从没写过这么长的小说，它的篇幅已经超过了杰玛·T.莱斯利的任何一部作品，而凯丝才刚刚写到三分之二。

凯丝是把《别放弃》当作西蒙·斯诺系列小说的第八集来写的，仿佛她有责任让所有的悬念都得到圆满的解决，她要确保西蒙当上大法师，要将巴兹解救出来（杰玛·T.莱斯利是永远不会这么做的），要让他俩忘记阿加莎……要写出所有的告别场景、毕业场景和最后一刻才会揭露的真相……还要描写西蒙和阴险大魔王哈姆德拉姆之间的最终决战。

如今粉丝圈里人人都在写第八年小说。大家都想赶在明年五月最后一部西蒙·斯诺小说问世以前尝试着写出自己心里的大结局。

但是对数以千计的人来说，《别放弃》就是那个结局。

人们总是对凯丝说，读完她的作品以后，他们已经没法再像以前那样看待原作了。"杰玛为什么这么讨厌巴兹？"

有人甚至开始在Esty[1]上出售印有"淡定，别放弃"字样的T恤衫，还配上了巴兹和西蒙怒目相对的照片。琳恩给凯丝买了一件，送给她作为十八岁的生日礼物。

凯丝努力想让自己别被这一切冲昏头脑。每次发表新的一章时，她都会在开头写上这样的话——这些角色属于杰玛·T.莱斯利。

"你属于杰玛。"她在家里对着床上方墙上的巴兹海报说道，

---

[1] Esty：一个网络商店平台，以手工艺品买卖为主要特色。

"我只是把你借来用一用而已。"

"巴兹不是你借来的。"琳恩总是这么说,"是你拐来以后当作自己的孩子养大的。"

要是凯丝一连好多天都熬夜写作到很晚,或者是为了别人的评论或批评而耿耿于怀,琳恩就会爬到凯丝床上,偷偷拿走她的笔记本电脑,抱在怀里睡觉,就像抱着一个泰迪熊一样。

在这样的夜晚,如果凯丝真想写作的话,她大可以下楼去用爸爸的电脑继续写,但她不想跟琳恩对着干。她俩不肯听旁人的话,却愿意听彼此的。

嗨,各位。凯丝在她的同人小说网日志里写道。她真希望琳恩也在这里,希望她在自己发表以前就看到这些内容。

我想再不承认大学不好混是不行了。大学不好混啊!起码这是件很费时间的事情!《别放弃》的更新速度可能会没有以前那么快,就算我想快也快不起来。

但我不会就此消失,我保证。我也不会轻易放弃。这一切的结局我已成竹在胸,到达终点以前,我绝不会停下脚步。

刚一下课,尼克就从他的座位上回过头来。"你跟我做搭档,好吗?"

"好。"凯丝说,她注意到旁边一排有个女孩失望地瞥了他俩一眼。也许她本来是想跟尼克一起合作的吧。

班里的每个人都要找一个搭档,在课后共同写一篇小说,一人一段，来回交换着写。派珀教授说，这个练习的目的是要让他们格外注意情节和语态，同时引领他们的头脑走上独自一人无法找到的小路。

尼克希望他俩能在学校的"爱情图书馆"碰面。图书馆真的叫这个名字：感谢您的捐助——唐·莱斯罗普·爱情[1]市长先生。尼克每周要在这里工作几个晚上，负责把书在书库的架子上排好。

吃完晚饭以后，凯丝开始把她的笔记本电脑往包里装，芮根一脸怀疑的表情。"天都黑了你还要出去？你要去约会吗？"听她的口气，仿佛凯丝去约会这事就是个笑话似的。

"我是要去和人家一起学习。"

"要是晚了，就不要一个人走回来。"利瓦伊说。他和芮根把课堂笔记在芮根的那一半地盘上摊得到处都是。

"我从来都是一个人走回来的。"芮根恶声恶气地对他说道。

"那是两回事。"利瓦伊对着她亲热地笑了一下，"你又不会让人想起小红帽。你多可怕。"

芮根像大灰狼那样龇牙咧嘴地笑了。

"我想强奸犯不会在乎人家看起来可不可怕吧。"凯丝说。

"你觉得不会？"利瓦伊转过头来严肃地看着她，"我看他们会找容易上钩的受害者下手，找那些年纪轻轻又看起来很逊的。"

芮根从鼻子里哼了一声。凯丝把围巾搭在脖子上。"我又不逊……"她咕哝道。

利瓦伊费力地起身从芮根床上下来，匆匆套上一件厚重的绿色帆布短外套。"走吧。"他说。

"干吗？"

---

[1] 唐·莱斯罗普·爱情：Don Lathrop Love，曾两度担任内布拉斯加州首府林肯市的市长。

"我送你去图书馆。"

"你不用送我的。"凯丝争辩道。

"我两个小时都没有活动了,不在乎走这一趟。"

"不,真不用……"

"去吧,凯丝。"芮根说,"就是五分钟的事儿。要是你被人强暴了,那就变成我们的错了,我可没工夫受那个罪。"

"你来吗?"利瓦伊问芮根。

"见鬼,我才不去呢。外面好冷。"

外面确实很冷。凯丝能走多快就走多快,可利瓦伊凭着他那两条大长腿,一直走得不紧不慢。

他还试着跟凯丝聊起了水牛。根据她的判断,利瓦伊有一门课是专门学习水牛的。如果可能的话,他似乎很愿意学习水牛这个专业。没准还真有这个专业……

这所大学总是在提醒凯丝不要忘记内布拉斯加是一个土里土气的地方。她以前从来没有想到过这一点,因为她在奥马哈长大,那是这个州唯一一个真正的城市。凯丝也曾经有几次开车穿过内布拉斯加到科罗拉多州去,她见识过那些牧场和玉米地,可是在路过这些美景时,她却从来不会多想。她从来不曾想到过住在那里的人们。

利瓦伊和芮根的家乡是一个名叫阿诺德的小镇,用芮根的话说,那里闻起来像肥料,看起来也像肥料。

"那里就像众神之乡。"利瓦伊这么形容道,"所有的神,尤其是梵天[1]和奥丁[2]会爱上那儿的。"

他们已经到了图书馆,利瓦伊还在说着水牛的事情。凯丝上到第

1　梵天:印度教的创造之神。
2　奥丁:北欧神话主神。

一级石阶上，跳上跳下地为自己取暖。站在台阶上的时候，她几乎就跟他一样高了。

"你明白我的意思了吗？"他问道。

她点点头。"奶牛不好。水牛好。"

"奶牛很好。"他说，"水牛更好。"说完他懒懒地歪嘴一笑，"这真的非常重要，你知道。所以我才会跟你说。"

"生死攸关，"她说，"生态系统，地下水位，地鼠都快要绝种了。"

"完事以后打电话给我，小红帽。"

不打，凯丝心想，我连你的手机号码都不知道。

利瓦伊已经转身走开了。"我会在你宿舍的。"他回过头说道，"打电话到那里就行。"

这个图书馆在地上的部分有六层，地下还有两层。

地下的部分就是书库，这里的构造十分怪异，只有通过某些特定的楼梯才能到达，仿佛书库是藏在校园里其他建筑的地下似的。

尼克工作的地方是北书库的一间白色长方形房间。这里简直就像个导弹地下发射井，只不过摆了书架而已。不管你站在哪里，总是能听到嗡嗡的声音。虽然凯丝一个通风口也没看见，房间里的某些位置却常年有风吹过。他俩坐在桌旁，尼克的笔记本摊开了放在桌上，他得把一支笔摆在本子上，内页才不会被吹得翻来翻去。

尼克写作时是亲自手写的。

凯丝想要说服他相信他们还是在她的笔记本电脑上轮流写作比较好。

"可是那样咱们就不知道哪里是换人写的了，"他说，"因为作品里看不到两种不同的笔迹。"

"我用手写的时候没法思考。"她说。

"太好了!"尼克说道,"这个练习就是为了要让你跳出自我。"

"好吧。"她叹了一口气。继续争论也是白搭——他已经把她的电脑推开了。

"好。"尼克拿起他的笔,用牙齿咬下笔帽,"我先来。"

"等一下。"凯丝说,"咱们先说说要写哪一种小说。"

"你等着瞧吧。"

"这不公平。"她探过身去,看着那张白纸,"我不想写和尸体或是……裸体之类有关的内容。"

"那么我的理解就是,不写人体。"

尼克的字体是一种歪七扭八的半草书。他是个左撇子,所以边写边把蓝色墨水的污迹在纸上从这头抹到那头。你需要一支毡头笔,凯丝心想,同时努力想从桌子这边读懂他那些倒过来的字迹。他把笔记本递给了她,尽管现在是正着读了,她却还是看不懂。

"这写的是什么?"她指着本子上的某处问道。

"视网膜。"

她站在停车场里。就在路灯下面。她的金发如此耀眼,简直像在对着你闪闪发光,把你视网膜上那些该死的视锥细胞一个一个给烧坏。她向前靠过来,一把抓住你的T恤。然后她踮起脚尖,伸手去拉你。她身上有股红茶和烟草的味道——当她的嘴唇碰上你的耳朵,你却在好奇她是否还记得你的名字。

"这么说……"凯丝说道,"咱们要用现在时来写?"

"第二人称。"尼克肯定地说。

凯丝对他皱起了眉头。

"怎么啦?"他问道,"你不喜欢爱情小说吗?"

凯丝感觉到自己的脸红了,她努力想让自己别这样。淡定点,小红帽。她弯下腰到包里去找笔。

不能打字已经让她很难下笔了,在尼克的注视之下就更难。他的样子就好像刚刚递给她的是一个烫手山芋。

"求你不要告诉妈妈。"她咯咯地笑着说道。

"我该略去哪个部分呢?"你问她,"是你的头发?还是愚蠢的潮人香烟?"

她惭愧地拉着你的T恤,你把她往后一推,仿佛她才十二岁。她也确实只有十二岁——她还这么年轻。而你却是如此疲惫。如果你中途离开自己的第一次约会,就为了照顾自己那傻傻的、染了一头脑残金发的小妹妹,戴夫会怎么想?

"你逊毙了,尼克。"她说。她跟跟跄跄地走了几步,又在路灯底下摇来晃去了。

凯丝把本子转过去,推回到尼克面前。

他用舌头在嘴里顶着脸颊,然后露出了微笑。

"看来咱们的叙述者是个同性恋……"他说,"而且还是用我的名字来命名的……"

"我喜欢爱情小说。"凯丝说。

尼克又点了好几次头。

接着他俩一起大笑起来。

这就跟她和琳恩一起写作的情形差不多。以前她和琳恩会一起坐在电脑前,把键盘拉过来拉过去的,一个人在打字的时候,另一个人就会大声地把内容念出来。

大多数对话都是凯丝写的。琳恩更擅长设计情节和营造氛围。有时候,凯丝会先把所有的对话都写出来,琳恩就接在后面写,由她来决定巴兹和西蒙身处何方、即将去向哪里。有一回凯丝认为自己写了一场爱情戏,结果琳恩却让他俩拿着剑打了起来。

后来,虽然她俩不再一起写作了,每当凯丝不知道让西蒙和巴兹除了对话还能干些什么的时候,她就会跟着琳恩满屋子转悠,求她帮忙。

可是尼克跟琳恩不一样。

他更加专横,更喜欢卖弄。还有,显而易见他是个男生。离近了看,他的眼睛还要更蓝一些,两条眉毛似乎是有生命的一般。他写作的时候喜欢舔嘴唇,还喜欢用舌头去敲打自己的门牙。

值得夸奖的是,他立刻就把同性恋这回事抛在脑后了,尽管凯丝让虚构的同性恋尼克也长了一对黑色的浓眉,也穿了一双拷花皮鞋。

现实中的尼克没法好好跟人家轮流做事,凯丝还没写完,他就把笔记本从她手里拿了过去,她的笔在页面上画下一道绿色的印记。

"等一下。"她说。

"不行,我想到一个好主意——你就要把它给毁了。"

她努力想让自己写的段落看起来像是尼克的口吻,可她自己的风格却总是会偷偷溜出来。当她发现尼克也在模仿她的时候,感觉很开心。

几个小时下来,凯丝打起了哈欠,他们的小说已经比教授要求的长度超出一倍了。"这得花上一辈子才能打出来吧。"她说。

"那就别打出来了,咱们就这样交上去。"

凯丝低头看了看那些涂得蓝蓝绿绿的纸张。"可咱们就只有这一份原稿。"

"所以,别让你的狗把它给吃了。"他拉上灰色帽衫的拉链,伸手拿起他那件破破烂烂的牛仔夹克,"十二点了,我该下班了。"

他们桌旁的书车上仍然堆着满满的书籍。"那这些书怎么办?"凯丝问道。

"早班的女生可以做。这会让她记得自己还活着。"

凯丝小心翼翼地把他俩写的小说从尼克的笔记本上撕下来,塞进自己的背包里,然后跟在他身后走上迂回曲折的楼梯。走到一楼这一路上,他俩一个人也没看见。

现在跟他相处的感觉已经变了,甚至跟几个小时之前都不一样。有趣。凯丝觉得她的真实自我露出头来,不再怕得要死,也不再焦虑不安了。上楼梯的时候,尼克跟她并排走在一起,他俩说着话,仿佛笔记本依旧在两人之间传来传去似的。

到了外面,他们在人行道上停下脚步。

凯丝感觉到紧张的情绪又悄悄地冒了一点出来。她笨手笨脚地摸索着自己外套上的纽扣。

"好了。"尼克说着背上了他的双肩包,"上课时见?"

"好。"凯丝说,"我会尽量保管好咱们的小说。"

"是咱们的第一部小说。"他边说边走上通向校外的那条路,"晚安。"

"晚安。"她望着他渐渐走远,只有一头黑发和蓝色的身影映照在月光下。

图书馆前面的四方庭院里现在只剩下了凯丝一个人,还有一百多棵树,白天的时候她根本就没注意到这里还有树。图书馆的灯光在她身后骤然熄灭,她连自己的影子都看不见了。

凯丝叹了一口气,拿出自己的手机。艾贝尔给她发了两条短信,但她并没有打开,而是拨通了宿舍的电话,希望自己的室友还没有睡觉。

"喂?"铃声响到第三下的时候,芮根接了电话。听筒里还有音乐的声音。

"我是凯丝。"

"哦,你好,凯丝。约会怎么样?"

"我不是——你瞧,我这就回来。我会很快的。我已经在走了。"

"电话一响,利瓦伊就出发了。你最好还是等等他吧。"

"他真的不需要——"

"要是他找不到你,那麻烦就更大了。"

"好吧。"凯丝说,她决定投降了,"谢谢你,就这样吧。"

芮根挂断了电话。

凯丝站在一个路灯柱子旁边,以便利瓦伊能看见她。她尽力让自己看起来像个猎手,而不是挎着篮子的小姑娘。出乎她意料的是,利瓦伊很快就出现了,他沿着小路慢慢地跑了过来。可是他就连慢跑的样子看起来也是懒懒的。

她朝着他走过去,觉得这样起码可以让他少跑几步。

"凯瑟琳。"他说。他俩遇到一起的时候,他停了下来,转过身和她一起走。"你居然还是好好的。"

"我根本不叫这个名字。"她说。

"就叫凯瑟,对吧?"

"就叫凯丝。"

"你在图书馆里迷路了吗?"

"没有。"

"我在图书馆里总是迷路,"他说,"去多少次都没用。说实话,我觉得自己去的次数越多,迷路的次数就越多。图书馆就好像认得我了一样,总是会出现我没走过的通道。"

"你经常待在图书馆里?"

"是啊,经常。"

"这怎么可能?你一天到晚都在我的宿舍里。"

"你以为我在哪儿睡觉?"他问道。她看着他,他咧开嘴笑了。

西蒙蜷缩在自己床上，好像一只受了伤的独角兽幼仔，用那块撕破的绿丝绒蒙住他沾满泪痕的脸庞。

　　"你没事吧？"巴西尔问道。能看得出他并不想问，也能看得出他很讨厌跟自己的宿敌说话。

　　"别管我。"西蒙愤怒地说，他被自己的泪水给哽住了，此刻他甚至比平日更加痛恨巴西尔，"她可是我妈妈。"

　　巴西尔皱起眉头。他眯起那对烟灰色的眼睛，抱起双臂，仿佛是要强迫自己站在那儿别动，仿佛他真正想做的是对着西蒙再施一回打喷嚏的咒语。

　　"我知道。"巴西尔说，他简直要生气了，"我知道你现在的心情。我也失去了自己的妈妈。"

　　西蒙用夹克的袖子擦了擦满是鼻涕的鼻子，慢慢地坐起身来，他的眼睛睁得大大的，蓝得就好像第八大海。巴西尔是在骗我吗？这倒是很像他的风格，这个傻瓜。

　　　　　　——摘自《一生的朋友——永世的朋友》
　　　　由同人小说网作者魔法凯丝和叛徒琳恩发表于2006年8月

六

"爸?给我打电话。"

"又是我,凯丝。给我打电话。"

"爸,听听我的语音留言吧。你平时听语音留言吗?你知道怎么听吗?就算你不会听,我也知道你能在未接电话里看到我的号码。回电话给我,好吗?"

"爸,给我打电话,或者给琳恩打电话。不,还是打给我吧。我很担心你。我不想为你担心。"

"别逼我去打电话给邻居们。他们会来查看你的情况,而你又一句西班牙语都不会说,那会很尴尬的。"

"爸?"

"嗨,凯丝。"

"爸。你为什么不给我打电话?我都给你留了一万多条语音信息了。"

"你给我的留言太多了。你不该给我打电话,甚至连想到我都不应该。你现在是在上大学。朝前看吧。"

"爸,我只是去上学而已。咱们又不是势同水火。"

"宝贝儿,我经常看《新飞跃比佛利》[1]。自打布兰登和布伦达去上大学以后,他们的父母就没在剧中露过脸了。这是属于你的时间。你应该去参加兄弟会的派对,然后带着迪伦一起回来。"

"为什么每个人都想叫我去参加兄弟会的派对?"

"谁想叫你去参加兄弟会的派对?我只是开玩笑而已。别跟兄弟会的男生混在一起,凯丝,他们很讨人厌,就只会喝得酩酊大醉,然后看《新飞跃比佛利》。"

"爸,你还好吗?"

"我很好,宝贝儿。"

"你寂寞吗?"

"寂寞。"

"你有没有正常吃饭?"

"吃了。"

"吃的什么?"

"有营养的东西。"

"那你今天吃的什么?不许骗我。"

"我在迅旅便利店发现了一样绝妙的好东西:薄饼里裹着一根香肠,然后在热狗机上完成烹制——"

"爸。"

"拜托,凯丝,是你叫我不要骗你的。"

"你就不能去杂货店之类的地方买点吃的吗?"

"你知道我讨厌杂货店。"

---

[1] 《新飞跃比佛利》:一部美国电视剧。全剧围绕着一群居住于加州比佛利山青少年的生活,讲述了他们在精英学校就读期间的种种爱恨情仇。

"在迅旅也能买到水果。"

"真的吗？"

"真的，找个人问问就知道了。"

"你知道我讨厌找个人问问。"

"你这样会让我为你担心的。"

"别为我担心，凯丝。我会去找点水果来吃的。"

"这样的妥协很难让人信服……"

"好吧，我会去杂货店的。"

"不许骗我。你保证？"

"我保证。"

"我爱你。"

"我也爱你。跟你姐姐说我爱她。"

"凯丝，是爸爸。我知道现在很晚了，你可能已经睡觉了。但愿你已经睡觉了！我想到一个主意。这是个很棒的主意。打电话给我。"

"凯丝？又是你爸。现在依旧很晚，但我等不及要把这事告诉你。你还记得你们俩多么希望楼上能有个洗手间吗？你们的房间就在洗手间的正上方。所以咱们可以装一个活板门。再架一个梯子，就像是可以快速到达洗手间的一条密道一样，这个主意是不是很棒？打电话给我，是你爸。"

"凯丝！不装梯子了！换成消防员用的那种滑杆！虽然你们回房间的时候还是要从楼梯上去，但是，凯丝，消防员的滑杆！我觉得这个我自己就能做。我是说，我得去找根杆儿……"

"爸？打电话给我。"

"打电话给我,好吗?"

"爸,我是凯丝。打电话给我。"

今天是周五,晚上只有凯丝一个人在宿舍。

她想继续写《西蒙,别放弃》,可是却总是走神。今天上课时,派珀教授把她和尼克一起写的小说发了回来。教授在纸张上的空白处写满了"A",还在拐角上画了一幅自己的漫画像,大声喊着:"AAAAAA!"

她让几个写作小组——写得确实很好的那些同学——在课堂上大声朗读了自己的小说。凯丝和尼克是最后一组,他俩互相换着读,所以读的总是对方写的段落。他俩读的时候,同学们笑得非常开心。大概是因为尼克表现得活像是在公园里演莎士比亚戏剧一样吧。他俩坐下的时候,凯丝觉得自己的脸颊和脖子火辣辣的。

下课以后,尼克对着她竖起了小拇指。她直愣愣地盯着他的手指,他开口道:"来吧,咱俩拉钩起誓。"

她钩住他的小指,他挤了挤她的手指。"无论什么时候,只要你我需要合作伙伴,咱俩就自动成为搭档。一言为定?"他的双眼是那么深邃,把他所说的一切都衬托得更加热烈。

"一言为定。"凯丝说完把目光转到了别处。

"该死的。"尼克说道,他的手已经挪开了,"咱们写得真他妈的好。"

"我想,她在给咱们的作文打分的时候,已经把'A'都用光了。"凯丝边说边跟在他身后向教室外面走去,"就因为咱俩,今后八年之内,大家都只能拿到B+了。"

"咱们应该再写一篇。"走到门口,他猝不及防地转过身来。

凯丝没能收住脚,两人差点撞到了一起。"咱们已经拉钩起誓了。"她说着往后退了几步。

"我不是这个意思。我是说,不要为了完成作业而写作。咱们应该因为这样很开心而写作。你明白吗?"

这样很开心。自从……嗯,自从她来到学校,这是凯丝做过的最有趣的事情了,千真万确。"明白,"她说,"行啊。"

"我每周二和周四晚上上班。"尼克说,"下礼拜二你还想写吗?老时间?"

"好啊。"凯丝说。

从那时候起,她就一直在想这事,琢磨着他俩会写什么内容。她想跟琳恩说说看。早前凯丝给琳恩打过电话,不过她没有接。现在已经快到十一点了。

凯丝拿起手机,拨通了琳恩的号码。

琳恩接电话了。"是我,妹妹。"

"嗨,能聊聊吗?"

"可以呀,妹妹。"琳恩边说边咯咯地笑着。

"你在外面?"

"我在施拉姆楼的十楼。这是……游客们来参观施拉姆楼时的必去之地。观景平台。明信片上说的'从泰勒的房间瞭望世界'指的就是这里。"

琳恩的声音暖暖的、脆脆的。爸爸总是说琳恩和凯丝的声音一模一样,可是琳恩说起话来像每分钟三十三转的唱片,而凯丝则像每分钟四十五转……这可不一样。

"你喝醉了?"

"我刚才喝醉了。"琳恩说,"现在我不知道我是醉了还是没有。"

"你一个人吗？考特尼呢？"

"她在这里。我恐怕坐在她腿上呢。"

"琳恩，你没事吧？"

"没事没事没事，妹妹。所以我才会接电话。就是为了告诉你我没事。现在你让我清静一会儿吧。好吗好吗？"

凯丝觉得自己的脸绷得紧紧的，不是因为担心琳恩，而是感觉自己受到了伤害。"我打电话只是想跟你谈谈爸爸的事。"凯丝真希望自己不要经常用"只是"这个词。这是她在被动发起攻击时会说的话，就好像人家说谎时会抽搐一样。"还有其他事。关于男孩子……的事。"

琳恩咯咯地笑了。"男孩子的事？西蒙又要对阿加莎出柜了吗？巴兹是不是把他变成了吸血鬼？又变了一次吗？他俩的手指缠在彼此的头发里拿不出来了？你有没有写到巴兹第一次喊他'西蒙'的情节，这部分总是很难写……一直都是三级火警。"

凯丝拿开了电话，免得它贴在耳朵上。"滚蛋。"她小声说道，"我只是想知道你好不好。"

"很好很好。"琳恩说，这声调好像是在唱一首节奏单调的时髦歌曲。然后她就挂断了电话。

凯丝把手机放在桌上，往后靠去，想离它远一些，仿佛它会咬人似的。

琳恩一定是喝醉了。不然就是嗑药了。

琳恩不会……永远不会。

她不会因为西蒙和巴兹的事而取笑凯丝。西蒙和巴兹是……

凯丝站起来，关上灯。她的手指冰凉冰凉的。她脱掉牛仔裤，爬到床上。

她又起来检查了一下门有没有锁,还透过窥视孔看了看空荡荡的走廊。

她回到床上坐下,然后再一次站了起来。

她打开笔记本电脑,按下开机键,又把它给关上了。

琳恩一定是嗑药了。琳恩永远不会这样。

她了解西蒙和巴兹。也知道他们对凯丝来说意义非凡。西蒙和巴兹是……

凯丝又一次躺到床上,将双手从被子里抖搂出来,抓起太阳穴旁边的头发,直到头皮感觉到拉扯才罢手。

西蒙和巴兹是神圣不可侵犯的。

"今天真不好玩。"芮根闷闷不乐地盯着餐厅的门口说。

每逢周末的早晨,芮根总是这样暴躁不安的(如果她在宿舍的话)。因为她喝得太多,睡得又太少。已经是早上了,她还没有把昨晚化的妆洗掉,身上依旧散发着汗味和烟味。这是过期一天的芮根。凯丝暗暗想道。

不过凯丝一点也不担心芮根,完全不像她担心琳恩那样。也许是因为芮根看起来就像个大灰狼,而琳恩只是个发型更好看的凯丝而已。

一个女生走进餐厅,她穿着玉米剥皮机队[1]的红色圆领卫衣和紧身牛仔裤。芮根叹了一口气。

"怎么啦?"凯丝问道。

"这些人到了比赛日全都一个样。"芮根说,"我都看不见他们

---

[1] 玉米剥皮机队:内布拉斯加大学林肯分校的橄榄球队。

那丑陋、畸形的真实自我了……"她转过脸来看着凯丝,"你今天打算干什么?"

"躲在咱们的宿舍里。"

"你看起来似乎需要一点新鲜空气。"

"我吗?"凯丝正在吃炖肉三明治,差点一口噎住了,"你看起来还需要一点新鲜的DNA呢。"

"我这副样子是因为我是个大活人。"芮根说,"因为我有人生阅历。你明白吗?"

凯丝又抬起头来看了一眼芮根,忍不住笑了。

芮根的眼线全都糊在眼睛周围,很像英国的凯特王妃,只是更凶悍一些。尽管芮根的身材比大多数女孩都要壮硕——屁股大、胸大、肩宽——可是她的举手投足就仿佛自己拥有别人梦寐以求的完美身材一样,而且别人也买她的账,利瓦伊就是如此。还有其他那些待在她们宿舍里等着芮根打扮停当的男生们。

"你不用沦落成这样。"芮根指着她那张宅了一天的苍白脸庞说,"整个周末都躲在宿舍里。"

"我记住了。"凯丝说。

"今天咱们找点事做吧。"

"今天是比赛日。唯一明智的做法就是待在宿舍里,再把门堵上。"

"你有红色的衣服吗?"芮根问道,"要是咱们穿上红衣服的话,只要在校园里四处逛逛就能喝到免费的饮料了。"

凯丝的手机响了。她低头看了看,是琳恩打来的。她按了忽略。

"我今天要写东西。"她说。

回到宿舍,芮根冲了个澡,然后坐在桌前拿着镜子重新化了个妆。

她出去以后过了几个小时又回来了,带着塔吉特百货的购物袋和一个名叫艾瑞克的男生。然后她又出去了,直到傍晚才回来,这次只有她一个人。

凯丝还坐在自己的桌前。

"够了!"芮根几乎是大喊了一声。

"上帝啊。"凯丝边说边转过头来看着她。她盯着电脑屏幕的时间太久了,花了好几秒钟才看清楚别的东西。

"换身衣服,"芮根说,"别跟我争。我不会跟你玩这一套的。"

"哪一套?"

"你就是个可怜的小寄居蟹,我真是被你吓着了。所以,换身衣服,咱们去打保龄球。"

凯丝大笑起来。"打保龄球?"

"哦,没错。"芮根说,"别说得好像打保龄球比你干的其他那些事更可悲一样。"

凯丝推开椅子从桌前站起来,抖了抖已经发麻的左腿。"我从来没有打过保龄球,应该穿什么衣服去?"

"你没有打过保龄球?"芮根一脸难以置信的表情,"奥马哈的人都不打保龄球吗?"

凯丝耸了耸肩。"也许只有老头儿老太太才打吧?"

"穿什么都行。穿一件上面没有西蒙·斯诺的衣服吧,不然人家会以为你的智力从七岁起就停止发育了。"

凯丝穿上了印着"别放弃"的红色T恤和牛仔裤,又重新扎了一下马尾。

芮根对着她皱起了眉。"你非得把头发扎成这样吗？这是像摩门教的什么规矩吗？"

"我不是摩门教徒。"

"我说的是像。"有人在门上敲了一下，芮根开了门。

利瓦伊站在门口，兴奋得简直在一蹦一跳的。他穿的是一件白色的T恤，但他自己用三福记号笔画上了领子，还在前面画了一排纽扣，又在胸前画了个口袋，上面用花哨的字体写着"全中[1]之王"。

"咱们真的要去吗？"他说。

芮根和利瓦伊都是保龄球高手，显然阿诺德是有保龄球馆的，不过他们说远远比不上这家保龄球馆。

在今天晚上打球的人当中，除了他们三个以外，其他的都是中老年人，不过这并没有妨碍利瓦伊跟整间保龄球馆里的每一个人都搭上了话。正在给球鞋做保养的员工，隔壁球道的退休老夫妻，还有某个社团的一大群妈妈们，他都聊得不亦乐乎。那帮妈妈揉乱了他的头发，还送了他一壶啤酒才让他走。

芮根装得跟没看见一样。

"我觉得你忘记去亲一亲那边角落里的宝宝了。"凯丝对他说。

"宝宝在哪里？"他的眼睛一亮。

"没有。"她说，"我只是……"

利瓦伊放下那壶啤酒，他的另一只手上摇摇晃晃地拿着三个玻璃杯。他让这些杯子落到桌上，可是它们却一个也没有倒。

"你为什么要这样？"

---

[1] 全中：Strike Out，保龄球术语，指全局中最后一球打出全中。

"哪样?"他倒了一杯啤酒递给她。她想都没想就接过来,然后又厌恶地放下了。

"这么费心地去向别人示好?"

他露出了微笑,不过他本来已经在笑了,所以这下就笑得更灿烂了。

"那你觉得我是应该像你多一些?"他问道,然后转过头温柔地看着芮根——她正皱眉怒视着(不知怎么的,她这样很性感)回球机,"还是像她多一些?"

凯丝白了他一眼。"应该有一个满意的适中状态吧。"

"我很满意。"他说,"所以我现在一定就是这种状态了。"

凯丝到吧台给自己买了一杯樱桃可乐,没有喝那杯啤酒。芮根买了两盘湿乎乎的橙子味玉米片。利瓦伊买了三根巨大的腌黄瓜,酸得他们眼泪都出来了。

第一局芮根赢了。利瓦伊拿下了第二局。第三局的时候,他说服柜台后面的那个家伙给凯丝换上了儿童用的保龄球,可她还是没有哪一次能一下击倒十个球瓶。利瓦伊又赢了。

凯丝剩下的钱只够从自动售货机里给他们一人买一个冰淇淋三明治。

"我果然是全中之王。"利瓦伊说,"我写在自己T恤上的话全都实现了。"

"今天晚上这些话在马格西肯定会实现的。"芮根说。利瓦伊大笑起来,将冰淇淋的包装纸揉成一团去砸她。看到他俩相视而笑的样子,凯丝把视线转开了。他们在一起是这么自在,仿佛对彼此的一切都了如指掌。利瓦伊在身边的时候,芮根要比和凯丝相处时更加可爱,脾气也更坏。

有人拽了一下凯丝的马尾辫,她猛地抬起下巴。

"你也跟我们一起去。"利瓦伊问道,"好吗?"

"去哪儿?"

"出去玩,去马格西酒吧。夜色还正年轻呢。"

"我也还年轻呢。"凯丝说,"我不能进酒吧。"

"你跟我们一起去。"他说,"谁都不会拦你的。"

"他说得对,"芮根说,"马格西招待的都是大学辍学生和无可救药的酒鬼。从来没有哪个大一新生想要偷偷溜进去。"

芮根把一支烟放进嘴里,不过并没有点着。利瓦伊把烟拿过来,叼在双唇之间。

凯丝差点就答应了。

不过她还是摇了摇头。

回到宿舍,凯丝本来想打电话给琳恩。

结果她却打给了爸爸。他的声音听上去很疲惫,不过他不打算用水滑道来取代楼梯了,这也算是一个进步吧。而且他还吃了康之选[1]的两份即食餐作为晚饭。

"这个听起来就是健康的选择。"凯丝对他说,努力想让自己的话给他带来一点信心。

她看了一会儿和课程相关的书,然后就熬夜写起了《别放弃》,一直写到眼睛疼得火烧火燎了才停下,她知道自己这样一挨枕头就会睡着的。

---

1 康之选:Healthy Choice,美国冷冻食品品牌。

"话语是非常强大的。"珀西贝尔福小姐边说边轻巧地步入两排课桌之间,"而且,说的次数越多,它们的法力就越大……"

"如果我们始终以某种特定的组合将话语说出来、读出来或是写出来的话。"她在西蒙的课桌前停下来,用一根镶着宝石的短手杖敲了敲它,"起,起,走。"她清清楚楚地说道。

西蒙眼见着自己的双脚离开了地面。他赶紧抓住课桌的边缘,把一摞书和活页纸给碰到了地上。巴西尔登在教室的另一边大笑起来。

珀西贝尔福小姐用自己的手杖轻轻碰了一下西蒙的运动鞋。"别着急。"于是他的课桌在距离地面三英尺[1]的空中停住了。

"施咒语的要点,"她说,"就在于把法力注入其中。不要只是把那些话语说出来,而是召唤出它们的含义……"

"现在,"她说,"打开你们的咒语课本,翻到第四页。西蒙,请你安心坐在那里别动。"

——摘自《西蒙·斯诺与大法师传人》第五章

杰玛·T.莱斯利2001版权所有

---

[1] 三英尺:约为91厘米。

七

看见艾贝尔的名字突然出现在手机屏幕上,凯丝起初还以为那是短信,虽然手机发出的明明是电话铃声。

艾贝尔从不给她打电话。

他俩总是发邮件,也发短信——昨天晚上他们才发过短信的。但是他俩只有在面对面的时候才会开口说话。

"喂?"她接了电话。这会儿她正在英语楼——安德鲁斯楼——外面她自己的老地方等着上课。站在外面着实很冷,但是尼克有时候会在上课前到这里来,他俩会互相看看对方的作业,或是谈谈他们正在一起写的那篇小说。它又变成了一篇新的爱情小说,是尼克把情节转到这个方向来的。

"凯丝?"艾贝尔的声音沙哑而又熟悉。

"嗨。"她说,顿时觉得暖和起来,这可真是出乎她的意料。也许她确实很想念艾贝尔吧。她还在躲着琳恩——自从琳恩对她说过那番醉话之后,凯丝就连午餐也没有去塞勒克楼吃过。也许凯丝只是想家了。"嗨。你好吗?"

"我很好。"他说,"我昨晚才跟你说过我很好。"

"呃,对哦。我知道。可是打电话的感觉不一样。"

他似乎吃了一惊。"凯蒂也是这么说的。"

"凯蒂是谁?"

"我打电话给你就是为了凯蒂的事。我完全是因为她才打这个电话的。"

凯丝歪起了脑袋。"你说什么?"

"凯丝,我认识了一个女孩。"他说。他就是这么说的,好像在演什么墨西哥肥皂剧似的。

"她叫凯蒂?"

"是的。还有,呃,她让我意识到……嗯,你和我的过去不是真的。"

"你是什么意思?"

"我说的是咱们的感情,凯丝,那不是真的。"他为什么一直这样对她直呼其名?

"那当然是真的,艾贝尔。咱们已经交往三年了。"

"好吧,算是交往吧。"

"就是交往。"凯丝说。

"嗯……总而言之,"他的声音听起来非常坚定,"我认识了别的女孩。"

凯丝转过脸来对着教学楼,将头顶抵在墙砖上。"凯蒂。"

"这种感情更加真实。"他说,"我们这样……才叫交往,你明白吗?我们无话不谈——她也是程序员。而且她在大学入学考试里拿到了34分[1]。"

---

[1] 美国大学入学考试,总分36分。

凯丝考了32分。

"你跟我分手,就因为我不够聪明?"

"这不叫分手。咱们根本就不算真正交往过。"

"你跟凯蒂也是这么说的?"

"我对她说咱们已经渐行渐远。"

"一点不假。"凯丝脱口而出,"因为你唯一一次打电话给我,就是为了跟我分手。"她一脚踢到砖墙上,然后立刻就后悔了。

"没错。好像你经常打电话给我似的。"

"如果你希望的话,我就会打。"她说。

"你会打给我吗?"

凯丝又往墙上踢了一脚。"也许吧。"

艾贝尔叹了一口气。听起来他并不怎么伤心或者遗憾,更多的还是生气。"自从高二以后,咱们就没有真正在交往了。"

凯丝本想和他争几句,却想不出什么有说服力的话来。可是你带我去参加了高中的军旅舞会,她想。你还教过我开车。"可是我每次过生日,你奶奶都会为我做三奶蛋糕[1]。"

"她平时也会做了放在店里卖。"

"很好。"凯丝转过身,背靠在墙上。她真希望自己能哭出来,这样他就不得不安慰她了。"我记住了。一字一句都记住了。我们不是分手,但是我们结束了。"

"我们没有结束,"艾贝尔说,"我们还可以做朋友。我还是会看你写的同人小说——凯蒂也在看。我是说,她一直都在看。这是不是很巧?"

---

[1] 三奶蛋糕:在墨西哥和中美洲非常流行的一种西点,因将蛋糕泡在三种奶制品(淡奶、炼乳和奶油)的混合液里而得名。

凯丝摇了摇头，无言以对。

这时尼克从教学楼的转角处拐了过来，用他一贯的方式跟她打招呼——看着她的眼睛，飞快地抬了一下头。凯丝扬起下巴以示回应。

"是啊。"她对着电话说，"真巧。"

尼克把自己的背包放在石头花盆上，正在他的书本和笔记本中间找什么东西。他的夹克没有扣，当他像这样俯下身子时，衬衣的领口就有点走光了。多少露了一点肉吧。凯丝能看得见几寸苍白的皮肤和稀稀拉拉的黑色胸毛。

"我要挂电话了。"她说。

"哦。"艾贝尔说，"好的。感恩节的时候，你还想出来聚一聚吗？"

"我挂电话了。"她说，然后按下了挂机键。

凯丝慢慢地吸了一口气。她觉得头昏眼花、心力交瘁，仿佛有什么巨大的东西正要从她的肋下破壳而出。她将双肩抵在墙上，低头看着尼克的头顶。

他抬起头看着她，撇嘴笑了笑，拿出几张纸来。"你要不要看看？我觉得写得太差了。又或者是写得太好了。可能是太好了。告诉我写得太好了，好吗？除非它真的是太差了。"

小说写作课开始以前，凯丝给琳恩发了短信，她把手机藏在尼克宽阔的肩膀后面。

"艾贝尔跟我分手了。"

"哦，天哪。我很难过。要我过来吗？"

"好啊。五点吧。"

"好。你没事吧？"

"我觉得没事。茶几玩完了。"

"你哭了吗？"

她俩坐在凯丝的床上，吃着最后几根蛋白棒。

"没哭。"凯丝说，"我想自己不会哭吧。"

琳恩咬着自己的嘴唇。真的是用力在咬。

"说出来吧。"凯丝说。

"我觉得不说也罢。我以前可没想到把这话憋在心里也会这么开心。"

"说出来吧。"

"他根本就不能算是真正的男朋友！你从来就没有把他当作男朋友来喜欢。"琳恩用力推了凯丝一把，她摔倒在床上。

凯丝大笑着又坐起身来，抱起双膝。"可我真的以为我有那么喜欢他。"

"你怎么会这么想呢？"琳恩也大笑起来。

凯丝耸了耸肩。

今天是星期四，琳恩已经穿戴整齐准备晚上出去玩了。她画了浅绿色的眼影，衬得她的眼睛更像是绿色而不是蓝色，她嘴上还涂着亮红色的唇膏。她把短发从一侧分开，然后梳过来遮住了前额，一副魅力十足的样子。

"说真的，"琳恩说，"你知道爱情是什么滋味。我看过你用一千种不同的方式去描述它。"

凯丝做了个鬼脸。"那不一样。那是我想象出来的。那是……'西蒙朝着巴兹伸出了手，觉得他的名字仿佛拥有魔力一般，到了嘴边却没说出口。'"

"那并不都是你想象出来的……"琳恩说道。

凯丝想起了利瓦伊被芮根嘲笑时的眼神。

她还想起了尼克用舌尖拍打他那一口短小整齐的牙齿时的样子。

"真是难以置信,艾贝尔居然把那个女孩的大学入学考试成绩告诉了我。"她说,"我该做出什么反应?给她发奖学金吗?"

"你有没有一点点伤心?"琳恩把手伸到床底下去,晃了晃一个空的蛋白棒盒子。

"有一点吧……我觉得很难堪,因为我竟然坚持了这么久,我竟然真的以为我和他会一直像从前那样。我伤心是因为我觉得高中时光现在彻底结束了,仿佛艾贝尔就代表着那段快乐的日子,我以为自己可以一直把这段美好带在身边的。"

"有一回你过生日,他买了一根笔记本电脑的电源线送给你做礼物,你还记得吗?"

"那礼物挺好的。"凯丝指着她姐姐说道。

琳恩一把抓住她的手指压了下来。"你每次开机的时候都会想起他吗?"

"当时我确实需要一根新的电源线。"凯丝又靠回到墙上,面对着琳恩,"那是咱们十七岁的生日,那天他第一次吻了我。不然就是我吻了他。"

"有没有吻得激情四射?"

凯丝咯咯地笑了。"没有。不过我记得自己那时在想……他让我很有安全感。"她用后脑勺在粉刷过的煤渣砖上蹭了几下,"我记得自己是这么想的,我和艾贝尔永远都不会变成爸爸和妈妈那样,就算艾贝尔厌倦了我,我也能活得好好的。"

琳恩仍然没有松开凯丝的手。她捏了捏她的手指,然后也像凯丝一样把头靠在了墙上。凯丝这会儿哭了起来。

"是啊,你做到了。"琳恩说,"活得好好的。"

凯丝破涕为笑,把手指伸到眼镜底下去擦眼泪,琳恩把她的这只手也握住了。"你知道我对这事是什么态度。"她说。

"就像烈焰和雨滴。"凯丝小声说道。她感觉到琳恩的手指籍在自己的手腕上。

"我们二人坚不可摧。"

凯丝看着琳恩,她的一头棕发柔顺平整,眼睛闪烁着坚毅的光芒,眼珠里绿色的部分周围那一圈灰色就像一顶王冠。

只有你是坚不可摧的。她想。

"这是不是意味着,以后咱们过生日的时候就再也吃不到三奶蛋糕了?"琳恩问道。

"我还有一件事想告诉你。"凯丝没等到彻底理清思路就开了口,"有一个,我是说,我认识了……一个男生。"

琳恩扬起了眉毛。可是凯丝还没来得及多说什么,她俩就听见了说话声和钥匙开门的声音。琳恩松开凯丝的手腕,门猛地打开了。芮根一阵风似的走进来,把旅行包丢在地上。不等利瓦伊走进宿舍,她就又飞快地走了出去。

"嗨,凯丝。"他说,嘴边已经露出了微笑,"你——"他看着凯丝的床,没再继续说下去。

"利瓦伊,"凯丝说,"这是我姐姐,琳恩。"

琳恩伸出了手。

凯丝还从没见过利瓦伊把眼睛睁得这么大。他对着琳恩咧嘴一笑,拉住她的手握了一下。"琳恩。"他说,"你们家人的名字都这么好听。"

"我们的妈妈没想到会生双胞胎。"琳恩说,"可她又懒得再起一个名字了。"

"凯瑟，琳恩……"利瓦伊仿佛才发现新大陆似的，"凯瑟琳。"

凯丝翻了个白眼。琳恩只是笑了笑。"她很聪明，对吧？"

"凯丝。"利瓦伊一边说一边试图挨着琳恩在床上坐下来，尽管已经坐不下了。琳恩笑了起来，往凯丝那边挪了挪，凯丝也往边上挪了一点。不过她很不情愿。利瓦伊这种人，如果你让他一寸……

"我都不知道你还有妈妈，"他说，"也不知道你有姐姐。你还瞒了我什么事？"

"五个表亲。"琳恩说道，"外加一群拴在一根绳上的倒霉仓鼠，名字全都叫西蒙。"

利瓦伊的微笑完全绽放开来。

"哦，别笑了。"凯丝厌恶地说，"我可不希望你对着我姐姐大施魔法。咱们要是破不了咒可怎么办？"

宿舍的门没有关，芮根又走了进来，她瞥了凯丝一眼。看到琳恩，她禁不住打了个冷颤。"这就是你的双胞胎姐姐？"

"你知道她是双胞胎？"利瓦伊问道。

"琳恩，这是芮根。"凯丝说。

"你好。"芮根皱着眉头说。

"别把这些太往心里去，"凯丝对琳恩说，"他俩对谁都这样。"

"反正我也要走了。"琳恩开心地从床上溜下来。她穿着粉红色的连衣裙和褐色的紧身裤，脚蹬一双褐色的高跟踝靴，靴子的侧面装饰着绿色的小纽扣。这双靴子是凯丝的，可她一直都没有勇气穿。

"很高兴认识你们，各位。"琳恩微笑着对芮根和利瓦伊说道。

"咱们明天午餐时见。"她对凯丝说。

芮根没有搭理她。利瓦伊挥了挥手。

门刚一关上,利瓦伊就又睁大了眼睛。湛蓝湛蓝的眼睛。"那真是你的双胞胎姐姐?"

"真是一模一样。"芮根说,仿佛嘴里塞满了头发似的。

凯丝点了点头,在自己的书桌前坐了下来。

"哇哦。"利瓦伊往床边又挪了挪,这样他就坐在凯丝正对面了。

"我不知道你这话是什么意思。"凯丝说,"不过这让我觉得很不舒服。"

"跟你长得一模一样的双胞胎姐姐是个超级辣妹,这事怎么会让你觉得不舒服呢?"

"因为,"凯丝说,她还沉浸在琳恩对她的刺激当中,还有艾贝尔的刺激——这可真是不可思议,也许连尼克也得算上,所以没能马上听出他话里的意思,"这样我会觉得自己是难看的那个。"

"你不是难看的那个。"利瓦伊咧嘴笑道,"你只是没摘眼镜的超人。"

凯丝已经开始收邮件了。

"嗨,凯丝。"利瓦伊踢着她的椅子说。她能听得出他是在取笑她。"等你摘下眼镜的时候,会不会先警告我一下?"

阿加莎·威尔比拉夫是沃特福德最可爱的小女巫。这件事尽人皆知，男生知道，女生知道，所有的老师也知道，就连钟楼里的蝙蝠和地窖里的毒蛇也不例外……

阿加莎自己也明白。你也许以为这会有损她的魅力与美貌，可是年方十四的阿加莎从不曾利用这一点去伤害或是左右他人。

她知道自己很漂亮，而且还把这当作礼物一样和大家分享。每一次看见她的微笑，都让人觉得仿佛是醒来一睁眼就看见阳光明媚的万里晴空。阿加莎深知这一点，所以她对遇到的每一个人都抱以微笑，似乎这就是她最慷慨的馈赠。

——摘自《西蒙·斯诺与海豹四仙子》第十五章
杰玛·T.莱斯利2007版权所有

八

"你已经开始写那个片段了吗？"

他俩坐在图书馆的副地下室里——地下的地下的地下。今天比平时还要冷，尼克的刘海都被风吹得从前额上飘起来了。男生前额的头发也叫刘海吗？凯丝暗自思忖道。

"为什么这里会有风？"她问。

"为什么会存在风呢？"尼克答道。

听到这话，她大笑起来。"我不知道。潮汐吗？"

"是洞穴在呼吸？"

"那根本就不是风。"凯丝说，"是我们感觉到时间在猛地向前一跳。"

尼克冲她露出了微笑。他的嘴唇很薄，但是颜色很深，和他嘴里的皮肤一个颜色。"英语专业的学生真是毫无用处。"他说，同时眉毛抽动了几下。说完他用胳膊肘推了推她。"对了，你开始写那个片段了吗？没准你已经写完了吧。你可真他妈的快。"

"我平时经常练习。"她说。

"练习写作？"

"是的。"有那么一秒钟,她想跟他说实话。告诉他西蒙和巴兹的事,告诉他每天更新一章和三万五千次点击量的事……"每天早上我都会写几段,好让自己保持放松的状态。你的片段开始写了吗?"

"开始了。"尼克说。他在笔记本上页边的空白处画着漩涡状的圈圈。"写了三次……我不知道这次的作业要写什么。"

派珀教授希望他们写一个片段,经由一位不可靠的叙述者之口讲述出来。凯丝是从巴兹的视角来写的。这个想法她早就有了,等到写完《别放弃》以后,她也许会把这个片段扩展成一篇长一些的同人小说。

"这对你来说应该是小菜一碟,"凯丝说,她也用胳膊肘推了尼克一下,但是动作要轻一些,"你所有作品里的叙述者都靠不住。"

尼克给她看过自己写的一些短篇小说,还有他从大一那年就开始写的一部小说的开头几章。他的作品都很阴暗——凯丝绝不会写出这么下流、肮脏的文字——不过还是挺有趣的,而且读来莫名其妙地会令人精神振奋。尼克写得很不错。

她喜欢坐在他身边,看着他妙笔生花,看着那些段子实时播出,看着那些词汇碰撞在一起。

"这话不假……"他说,然后舔了舔上嘴唇。他几乎就没有上嘴唇,只有一抹红色而已。"所以我才觉得这一次要写一些特别的东西。"

"好啦。"凯丝拽了一下笔记本,"轮到我写了。"

尼克总是不肯轻易放手把笔记本给她。

他俩第一次写这篇课外小说的那天晚上,尼克来的时候就已经写完三页了。

"这是作弊。"凯丝当时说。

"这只是率先发力罢了,"他说,"好让咱俩行动起来。"

她拿过笔记本,写在尼克的笔迹上面和字里行间,将新的对话塞进页边的空白处,划掉那些跑题太远的对白。(有时候尼克把自己的风格发挥得过头了。)然后她自己又写了几段。

现在用纸笔写作没那么难了,可凯丝还是很想念她的键盘……

"我需要剪切和粘贴。"她对尼克说。

"下一次,"他说,"把剪刀带来。"

如今他俩写作的时候是肩并肩坐在一起的。这样在轮到对方写时,无论自己是看书还是写东西都比较方便。凯丝已经记住要坐在尼克的右手边,这样他俩写字时就不会无意中碰到对方的胳膊了。

凯丝觉得自己和尼克就像是一个双头怪兽,又像是在参加二人三足的赛跑。

这让她感觉像在家里一样自在。

不过她并不知道尼克的感觉是什么。他俩话很多,上课前也聊,上课时也聊——尼克甚至会完全从椅子上转过身来。有时候下课以后,凯丝会假装她要路过贝西楼——尼克的下一节课在这里上——尽管过了贝西楼以后除了运动场以外什么也没有。谢天谢地,尼克从来没问过她要去哪儿。

他们晚上离开图书馆的时候,他也从来不问。他俩总是会在台阶上站一分钟,等着尼克背上背包,再把他的蓝色佩斯利围巾裹在脖子上。接着他会说"上课时见",然后就走人了。

如果凯丝知道利瓦伊在她的房间里,她会打电话过去,等他来接她。但是多数时候,她会在电话上按下911,然后把手指放在拨号键上,一路跑回宿舍去。

琳恩最近的饮食很奇怪。

"这叫'骨瘦如柴婊'食谱。"考特尼说。

"这叫素食主义。"琳恩澄清道。

今天是周五,塞勒克楼的餐厅每到这一天都会供应墨西哥烤肉。可是琳恩的盘子里却放满了烤青椒和洋葱,还有两个橙子。这样的东西她已经吃了几个星期了。

凯丝仔细打量着她。琳恩穿的衣服是凯丝以前也穿过的,所以凯丝知道这些衣服平时有多合身。琳恩的毛衣依然在胸部撑得紧紧的,她的牛仔裤还是低低地系在臀部上方。她和琳恩的臀部都比较胖——凯丝喜欢穿长一些的衬衫和毛衣,这样就可以拉下来遮住屁股;琳恩则喜欢穿那些能在腰部系到下装里面的衣服。

"你看起来没什么变化。"凯丝说,"就跟我一样,你再看看我在吃什么。"凯丝吃的是墨西哥牛肉卷,里面加了酸奶油和三种乳酪。

"没错,但是你不喝酒。"

"喝酒也是'骨瘦如柴婊'食谱里头的?"

"我们从周一到周五是'骨瘦如柴婊',"考特尼说,"到了周末就是'烂醉如泥婊'。"

凯丝想要引起琳恩的注意。"我觉得自己可是一点儿也不想当这婊那婊的。"

"太迟了。"琳恩无动于衷地说,然后话锋一转,"昨天晚上你和尼克见面了吗?"

"见了。"凯丝说完露出了微笑。她想要把这笑容变成假笑,结果却只是像兔子似的抽了抽鼻子。

"哦!凯丝!"考特尼说,"我们在想,哪天晚上我们可以碰巧去一下那个图书馆,这样就能见到他了。你们是周二和周四见面,对吧?"

"不要。不许来。不行，不行，不行。"凯丝看着琳恩，"不要来，好吗？你说好。"

"好。"琳恩叉起满满一叉洋葱，"多大点事啊？"

"本来是小事，"凯丝说，"但是如果你们来了，看着就像大事了。我采取的策略是'嗨，无所谓啊，你想见面？好啊'。你们会坏了我的事的。"

"你还有策略？"琳恩问道，"里面有没有包括跟他接吻？"

琳恩总是抓住接吻这事不放。自打凯丝被艾贝尔甩了以后，琳恩一直劝她要追随自己的激情，释放内心的野兽。

"他怎么样？"她们排队取午餐的时候，琳恩会找一个帅哥，然后指着他问凯丝，"你想吻他吗？"

"我不想吻一个陌生人。"凯丝总是这么回答，"我不喜欢只看嘴不看人。"

这并不全是实话。

自从艾贝尔跟她分手以后……自从尼克开始坐在她旁边以后……凯丝就一直在留心一些事情。

男孩们。

男人们。

在哪儿都能看到。

的的确确是在哪儿都能看到。教室里，学生活动中心里，宿舍楼里，楼上也有，楼下也有。她可以肯定的是，他们跟高中里的男孩子完全不一样。上大学才一年怎么就能带来这么大变化呢？凯丝经常不由自主地去看他们的脖子和手。她发现他们的下巴都很结实，胸部的肌肉从肩膀那里凸了出来，还有他们的头发……

尼克的眉毛是渐渐没入发际线里的，鬓角则一直隐隐约约地延伸到脸颊上。上课时,她坐在他后面,总是能够看见他左肩的肌肉在衬衣下面若隐若现。

就连利瓦伊也能叫她心猿意马,而且几乎天天如此。他的脖子细长黝黑,每次开怀大笑的时候,喉咙都一动一动的,青筋也颤个不停。

凯丝有种异样的感觉,就像换了个频道似的。男孩——尽管这些男生没有哪一个看起来还是男孩的样子——是疯狂的。而且,这一次她一点也不想跟琳恩谈论这事。凯丝跟谁都不想谈。

"我的策略,"她这会儿对琳恩说道,"就是确保他不会认识我那个更漂亮、更苗条的双胞胎姐姐。"

"我觉得这没关系。"琳恩说。凯丝注意到她对于"更漂亮、更苗条"这一点并无异议。"听起来他是被你的头脑给迷住了。我又没有你的头脑。"

她确实没有。凯丝怎么都想不通这件事。她俩的基因完全一样。先天一样,后天也一样。她们俩根本就不应该有不同之处。

"周末跟我一起回家吧。"凯丝突然说道。她找到了搭便车回奥马哈的机会,今天晚上走。琳恩已经说过她不想回去了。

"你知道爸很想念我们。"凯丝说,"来吧。"

琳恩低头看着自己的托盘。"我告诉过你了。我要学习。"

"这个周末有主场比赛。"考特尼说,"我们可以一直醉到礼拜一中午十一点。"

"你给爸打过电话吗?"凯丝问道。

"我们邮件联系。"琳恩说,"他看起来很好。"

"他想我们了。"

"他当然会想我们了。他是我们的爸爸。"

"是啊。"凯丝轻声地说,"可是他不一样。"

琳恩抬起头，生气地瞪着凯丝，微微摇了一下头。

凯丝推开椅子站了起来。"我得走了。上课前我还要回宿舍一趟。"

那天下午，派珀教授叫他们把那篇不可靠叙述者的作业交上来。尼克从凯丝手里把她的作业抢走了。凯丝又抢了回来。他扬起一条眉毛。

凯丝歪过下巴，对着他笑了一下。后来她才意识到，自己这一笑是琳恩的风格，像她那种热情的微笑。

尼克用舌头抵住脸颊，仔细看了看凯丝，然后才转过身去。

派珀教授从她手里拿过作业。"谢谢你，凯丝。"她亲切地微笑着，在凯丝肩上捏了一下，"我都要等不及了。"

尼克又把头扭了过来，看着这一幕。得意门生啊。他用嘴型说道。

可凯丝想的却是伸出手去摸摸他的头发，顺着后脑勺一直摸到脖子。

自从他俩看着吊桥被锁进城堡，到现在已经过去两个小时了。

这两个小时里他俩就一直在争论这事到底是谁的错。

巴兹把嘴一噘，说："要不是你挡了我的路，咱们才不会错过关门时间呢。"

西蒙则咆哮着说："要不是你违反规定在花园里闲逛，我才用不着拦着你呢。"

可是西蒙知道，事实是他俩只顾着吵架斗嘴，结果忘记了时间，如今他俩只能在外头过夜了。巴兹施了很多次咒语——脚跟一并，然后说一句"哪儿也没有家好"。可是不管他试多少次，宵禁就是绕不过去。（再说这是七年级的咒语，巴兹根本不可能成功的。）

西蒙叹了一口气，一屁股坐到草地上。巴兹依然在那里嘀嘀咕咕，瞪眼瞧着城堡，仿佛他还有可能找到一条路进去似的。

"喂。"西蒙说道，同时在巴兹的膝盖上捶了一拳。

"哎哟，干吗？"

"我有一根气泡巧克力，"西蒙说，"分一半给你？"

巴兹低下头张望着，暮色下他那阴沉的脸色就跟他的眼睛一样灰暗。他将一头黑发甩到脑后，皱起眉头坐了下来，跟西蒙肩并肩坐在山坡上。"哪种口味的？"

"薄荷味。"西蒙从斗篷的口袋里把巧克力掏了出来。

"我最喜欢的就是薄荷味。"巴兹很不情愿地承认道。

西蒙咧开一嘴白牙，对他笑了一下。"我也是。"

——摘自《秘密，星星和气泡巧克力》
由同人小说网作者魔法凯丝和叛徒琳恩发表于2009年1月

九

距离出发去奥马哈的时间还有大约一个小时,凯丝不想在宿舍里待着。今天是十一月里天气最好的一天。凉爽清新,不过并不是很冷。这个温度刚刚好,她大可以穿上所有喜欢的衣服——开襟毛衣、紧身裤和袜套。

她本来想去学生活动中心做功课的,最后却决定去林肯市中心走一走。凯丝几乎从来没有出过学校,也没必要出去。离开校园感觉就像越过边境一样。要是她丢了钱包或是迷了路该怎么办?那就要打电话给大使馆了……

林肯远比奥马哈更像个小镇,市中心还有几家电影院和小商店。凯丝路过了一家泰国餐馆和那家著名的墨西哥卷饼速食店。她停下来走进一家礼品店,把每一种精油的味道都闻了一下。街对面有一家星巴克。她还在想这是不是利瓦伊打工的那一家,结果下一分钟她就走了过去。

店里跟凯丝去过的其他星巴克别无二致。也许是多了几位学者派头的客人,还有在意式浓缩咖啡机后面麻利地忙来忙去的利瓦伊,他面带微笑,不知是听到耳机里什么人说了什么话。

利瓦伊在白T恤的外面穿了一件黑毛衣。他似乎刚刚理过发——后面短一些了，但还是支棱着披散了一脸。他喊着谁的名字，然后把一杯饮料递给了一个退休小提琴教师模样的男人。利瓦伊还停下来跟他说了几句话。因为他是利瓦伊，这对他来说是一种生理需要。

"你在排队吗？"一个女人问凯丝。

"不在，你请吧。"可是话一出口，凯丝就想索性排个队吧。她可不是特地到这儿来观察野生利瓦伊的。其实她也不知道自己来这儿干什么。

"我能帮你做点什么？"负责收银的家伙问道。

"不，你不能。"利瓦伊说，然后把他推到了旁边，"这位交给我。"他冲着她咧嘴一笑。"凯瑟。"

"嗨。"凯丝边说边转了转眼珠。她还以为他没看见她呢。

"瞧瞧你，一身穿的都是毛衣。那是什么，腿毛衣吗？"

"这是袜套。"

"你起码穿了四种不同的毛衣。"

"这是披肩。"

"你看上去就像涂了焦油、再把毛衣粘在身上似的。"

"我明白了。"她说。

"你是特地来和我打招呼的吗？"

"不是。"她说。他皱起眉。她又白了他一眼。"我来买咖啡。"

"要哪一种？"

"就要咖啡。大杯的。"

"外面很冷。我来做点好喝的给你吧。"

凯丝耸了耸肩。利瓦伊拿起一个杯子，往里面打起糖浆来。她在咖啡机的另外一边等着。

"你今晚打算干什么？"他问，"我们准备生一堆篝火，芮根会来，你也应该来。"

"我要回家。"凯丝说，"回奥马哈。"

"是吗？"利瓦伊抬起头对她笑了一下。咖啡机发出"嘶嘶"的声音。"我想你的父母一定会很高兴你回去的。"

凯丝又耸了耸肩。利瓦伊往她的饮料里堆上了鲜奶油。他的手很长，而且比他身上的其他部位要厚实一些，关节有一点突出，指甲很短，剪得方方的。

"周末愉快。"他说，然后将饮料递给了她。

"我还没付钱呢。"

利瓦伊举起双手。"别，你这是在侮辱我。"

"这是什么？"她低头看着杯子，吸了一口气。

"这是我特别调制的——南瓜摩卡布列夫咖啡，摩卡放得很少。别想去跟其他店员点这个，别人都做不出这样的。"

"谢谢。"凯丝说。

他又冲着她咧开嘴笑了。她往后退了一步，撞到了摆满马克杯的架子上。"再见。"她说。

利瓦伊继续去招呼下一个客人了，依旧笑得很灿烂。

让凯丝搭车的姑娘名叫艾琳，她在楼层的盥洗室里挂了块牌子，说要和人拼车回奥马哈，汽油钱一人一半。她一路上都在念叨自己的男朋友，他仍然住在奥马哈，但是很可能已经劈腿了。凯丝真想快点到家。

跑上家门前的台阶时，凯丝忽然觉得乐观起来。落叶被人用耙子耙过了——那些整夜不睡、忙着把土豆泥堆成山的人可不会有这份沉着来耙落叶。

爸爸倒不是真的会干出土豆泥山这档子事，这压根就不是他的风格。

通往阁楼的消防员滑杆、说走就走的公路旅行、连续三晚不睡觉，就因为他发现网飞公司[1]能租《太空堡垒卡拉狄加》的碟片……这才是他发疯的方式。

"爸？"

屋里没有开灯。这会儿他应该在家的——他说过会早点回来。

"凯丝！"他在厨房里。她跑过去拥抱他，他也抱了抱她，仿佛他很需要这个拥抱。她松开手以后，他对着她露出了微笑。看到他和家里的一切真让人高兴。

"家里没开灯。"她说。

爸爸环顾着四周，像是刚回来似的。"你说得对。"他在一楼转悠起来，一边走一边到处开灯。当他开始连台灯都打开的时候，凯丝就跟在他后面把灯再关上。"我刚刚在想事情……"他说。

"工作上的事情？"

"是工作上的。"他承认道，心不在焉地打开了一盏她才关上的台灯，"你觉得肉汁意式方饺怎么样？"

"挺喜欢的。咱们今晚就吃这个吗？"

"不是，这是我现在服务的客户。"

"你们拿下了肉汁意式方饺的广告？"

"没有，还在比稿。你觉得它怎么样？"

---

[1] 网飞公司：英文名Netflex，是一家网络租赁视频资源的公司。

"肉汁意式方饺？"

"是的……"他用左手的中间几根手指敲击着手掌。

"我喜欢肉汁？也喜欢……意式方饺？"

"这让你觉得……"

"吃得很饱。"

"这可不太妙，凯丝。"

"呃……开心？宽容？感到治愈？感到双倍的治愈，因为我同时吃下了两种治愈食品？"

"也许吧……"他说。

"这让我不禁想知道还有什么东西淋上肉汁会好吃一些。"

"哈！"他说，"有可能。"

他从她身边走开了，她知道他在找自己的素描本。

"咱们晚上到底吃什么？"凯丝问道。

"你想吃什么，咱们就吃什么。"他说，然后停下来，转过头看着她，仿佛想起了什么似的，"不对，塔可车。去塔可车买吃的好吗？"

"好啊，我来开车。我都几个月没开车了。应该去哪一家呢？全都吃一遍吧。"

"方圆两英里[1]之内，至少有七辆塔可车。"

"来吧。"她说，"从现在到星期天早上，我想顿顿都吃墨西哥卷饼。"

他们吃了卷饼，看了电视。爸爸涂涂写写，凯丝拿出自己的笔记本电脑。琳恩也应该在这里的，不过她不会跟凯丝聊天，而是会用她

---

1 两英里：约为3.2公里。

的笔记本电脑跟凯丝网聊。

凯丝决定给琳恩发一封邮件。

  真希望你也在家里。爸爸看起来不错。我看自从咱们走后他就没洗过盘子了,要不就是他只用水杯不用盘子。不过他在工作。家里的东西都好好的。他的眼神也还正常,你明白吧?不过怎么说,周一见了。注意安全。小心别让人家给你下了迷奸药。

凯丝是一点钟上床睡觉的,三点钟她又下楼来了,看看前门锁好了没有。有时候,她如果睡不着,或是觉得有些事情不太对头、不太放心,她就会这么做。

爸爸在起居室里把纸张贴得到处都是,上面写着标题或是画着素描。这会儿他正在四处走走看看,像是在找什么东西。

"睡觉吧?"她说。

他过了几秒钟才转过头来看着她。

"睡觉。"他答道,温柔地笑了。

五点钟她再下来看,他已经在自己房间里了。她听见他在打呼噜。

凯丝早上起床的时候,爸爸已经出去了。

她决定检查一下家里的受损情况。起居室里的纸张被分门别类地贴在不同的地方,爸爸称之为创意桶。他把这些纸张用胶带贴在墙上和窗户上,有几张纸的周围还贴着其他纸张,就好像这个主意爆炸了一样。凯丝把他所有的构想一一看过,找了一支绿笔给她最喜欢的那些打上星号。她用绿色,琳恩用红色。

看到这个场景——乱成一团,但还算得上井然有序,凯丝感觉好一些了。

一点小狂躁是可以接受的。有点小狂躁,他才能付清账单,也会天天早上起床,还会在他最需要的时候给他带来魔法。

"姑娘们,今天我施魔法了哦。"他在完成重要的演示以后会这么说,于是她俩就知道晚上要去红龙虾[1]吃饭了,每人一只龙虾,还有一碟底下点着蜡烛加热的奶油酱。

一点小狂躁是这个家维持下去的动力,就像在地下室里纺金子的地精一样[2]。

凯丝查看了一下厨房:冷藏室里空空如也。冷冻室里塞满了康之选的即食餐和玛丽·卡伦德[3]的菜肉馅饼。她把用过的玻璃杯、勺子和咖啡杯放进洗碗机里。

浴室的情况还算好。凯丝到爸爸的卧室里望了一眼,又收走几个玻璃杯。卧室里纸张遍地,甚至都没有整理成一堆堆的。一摞信件倒是叠得整整齐齐,大部分都没有拆封。她不禁猜想,爸爸是不是在她到家以前才把所有的东西都一股脑儿扫进自己房间的。不过她什么都没有碰,只是拿走了盘子。

她用微波炉加热了一份康之选即食餐,就在水槽边上吃完了,然后决定回床上睡觉去。

家里的床真软和,比她从前以为的还要软和许多。枕头的味道也很好闻。她挺想念西蒙和巴兹的那些海报的。凯丝那张四柱床的横杆

---

[1] 红龙虾:美国的一家连锁海鲜餐厅。
[2] 此处指《格林童话》里的侏儒妖。他可以把稻草纺成金子。
[3] 玛丽·卡伦德:美国连锁餐厅。

上挂着一幅真人大小的巴兹剪贴画,巴兹龇着尖牙,一脸得意的笑。不知道芮根会不会容忍她把这样的画贴在她们的宿舍里。也许放在凯丝的衣橱里正合适。

这个周末,她和爸爸的每一顿饭都是从不同的塔可车上买的。凯丝吃了猪肉丝卷饼、烤牛肉卷饼、墨西哥烤肉卷饼,甚至还吃了牛舌卷饼。每一样东西她都要蘸满辣茄汁以后才吃。

爸爸在工作。于是凯丝就跟他一起工作,这两天她给《西蒙,别放弃》更新的字数比以前好几个礼拜写的加起来都多。周六的晚上,她到了一点钟仍然毫无睡意,不过却大张旗鼓地做出一副准备睡觉的样子来,这样爸爸也会去睡觉的。

接着她又写了一两个小时。

在自己的房间里,在自己的床上,写作的感觉真好。迷失在魔法师的世界里,不用出来。头脑里的声音全都听不见了,只剩下西蒙和巴兹的声音。就连她自己的声音也消失了。所以凯丝喜欢写小说。在这样的时候,真实的世界被他们的世界所取代。她可以驾驭着他们对彼此的感情,既像在乘风破浪,又像从山崖上坠落。

到了周日晚上,整间屋子里到处都是洋葱皮一样半透明的草图纸和包卷饼的铝箔纸。凯丝又洗了好多玻璃杯,然后把那些闻着很好吃的垃圾给收拾干净了。

她要去西奥马哈跟拼车的女孩会合。爸爸准备送她去,他在门口边等边用车钥匙敲着自己的腿。

凯丝想要把爸爸此刻的模样记在脑子里,好让自己以后回想起来时能够放心。他有一头浅棕色的头发,跟凯丝和琳恩的发色一样,跟她俩的发质也一样,又密又直。他的鼻子圆圆的,比她俩的要更宽更长一些。他的眼睛也跟她们一样，是混合的颜色。好像她俩一直都只是他一个人的女儿一样，仿佛他们三个平分了同样的DNA。

如果他看起来不那么难过的话，这幅画面会让人安心得多。他用钥匙打在腿上的力度太大了一点。

"我准备好了。"她说。

"凯丝……"他说这话的语气让她的心往下一沉，"坐下来，好吗？有件事我要告诉你，很快就好。"

"为什么我非得坐下来不可？我不想这样。"

"就坐一下。"他指着餐厅里的桌子，"求你了。"

凯丝坐在桌旁，尽量不用手撑在他的纸张上，或者把它们给吹乱。

"我本来不想到最后才说这事的……"他说。

"说吧。"凯丝说，"你这样我好紧张。"实际上比紧张更糟糕，她的胃都快扭到气管那里了。

"我跟你妈妈谈过了。"

"什么？"如果他对她说自己跟幽灵或是雪人谈过了，只怕凯丝都没有这么震惊，"为什么？谈什么？"

"这不是为了我自己。"他赶快说道，仿佛他也知道他俩复合的前景会很可怕，"谈了你的事。"

"我？"

"你和琳恩。"

"打住！"她说，"别跟她说我们的事。"

"凯丝……她是你妈妈。"

"这事可无凭无据。"

"听我说就好，凯丝，你还不知道我要说什么呢。"

凯丝哭了起来。"我才不管你要说什么。"

爸爸还是决定继续说下去。"她想见见你。她想多了解你们一些。"

"不要。"

"宝贝，她吃了很多苦。"

"没有。"凯丝说，"她什么苦也没吃过。"这话不假。随便怎么说，凯丝的妈妈都没有在她身边帮助过她。"咱们干吗要谈起她？"

凯丝听见爸爸的钥匙又撞到了他腿上，然后打在桌子底下。现在他们需要琳恩。琳恩不会抽搐，也不会哭。琳恩不会让他把这事一直说下去的。

"她是你们的妈妈。"他说，"我觉得你们应该给她一个机会。"

"我们给过她机会的。在我们出生的时候。这事就说到这儿吧。"凯丝站起来的动作太快，一沓纸从桌上飘了下来。

"也许感恩节的时候咱们可以再谈这事。"他说。

"也许感恩节的时候咱们可以不谈这事，这样就能好好过一个感恩节了。你打算告诉琳恩吗？"

"我已经告诉她了。我给她发了邮件。"

"她怎么说？"

"没说什么，就说她会考虑一下。"

"很好，我不会考虑的。"凯丝说，"我就连想想都做不到。"

她从桌旁站起身来，开始收拾自己的东西，她要找点事情做，不能让自己闲着。他不应该分头跟她俩说这事的。而且他根本就不应该跟她俩说起这事。

坐爸爸的车去西奥马哈这一路上很不好受。坐别人的车回林肯这一路就更不好受了。

所有的事都不对头。

一只有毒的林地冠鸟攻击了他俩。

接着他俩躲进山洞，里面有蜘蛛，还有不知道是什么东西咬了西蒙的网球鞋，可能是老鼠吧。

然后，巴兹牵了西蒙的手，抑或是西蒙牵了巴兹的手……总之，因为遇到了林地冠鸟、蜘蛛和老鼠，无论是谁牵了谁的手，都是完全可以原谅的。

有时候，你牵别人的手只是为了证明自己还活着，证明身边还有一个人能为这事做证。

他们就这样走回了城堡，手拉着手。本来这也没什么的，这事差点就这么过去了，如果他们俩有一个放开手的话。

可是他俩却站在大草坪边上，带着与对方那一点点的牵绊，而此时危险早已经过去了。

——摘自《错误的想法》

由同人小说网作者魔法凯丝发表于2010年1月

十

派珀教授还没有给他们那篇不可靠叙述者的片段完成打分工作（尼克为了这事变得暴躁又多疑），不过教授却希望大家这就开始写期末作业。一篇一万字的短篇小说。"别等到交作业的前一天晚上再动笔。"她坐在自己的桌子上，一边晃着双腿一边说，"那样读起来真的会像是头天晚上才写的，我对意识流可没有兴趣。"

凯丝不知道自己怎么才能把一切处理得井井有条。期末作业、每个礼拜的写作作业，此外其他的每一门课都有课堂作业。那么多的东西要读，那么多的东西要写：要写论文、答论述题，还要写报告。每周二和尼克一起写作，间或周四也写，再加上《别放弃》的更新。以及回复邮件、留言和评论……

凯丝觉得自己好像是在词语的海洋里游泳。有时候简直快要溺水了。

"你有没有感觉，"星期二的晚上她问尼克，"自己仿佛是一个黑洞，一个反向的黑洞……"

"把东西往外吹而不是往里吸？"

"里面的东西被吸出来。"她试着解释道。她坐在书库里他俩常坐的那张桌子旁，头枕在自己的背包上。她感觉到室内有风在往她的脖子上吹。"词语的反向黑洞。"

"也就是说，这个世界就要把你的语言给吸干了？"

"没吸干，还没有呢。但是这些词语正飞速地从我这里飞出去，我也不知道它们是打哪儿来的。"

"也许你已经把剩下的词语挥霍一空了，"他严肃地说，"现在的这些都是血肉铸就而成的。"

"现在我只要呼吸就能把它们造出来。"她说。

尼克低头看着她，他的眉毛拧到一起，成了一根粗粗的黑条。他眼睛的颜色是彩虹里都看不到的靛蓝色。

"不。"他说，"我从来都没有这种感觉。"

她大笑起来，摇了摇头。

"词语从我这里涌出来，就像蜘蛛侠弹出丝来结网一样。"尼克伸出双手，弯起中指碰到手掌，"噗嗞。"

凯丝还想笑，结果却打了个哈欠。

"走吧。"他说，"十二点了。"

她把自己的书都收了起来。尼克总是把笔记本给带走。毕竟这是他的笔记本，而且他在两次图书馆约会（或者叫图书馆会面，叫什么都行）之间还会继续写。

外面比凯丝预计的冷多了。"明天见。"尼克边说边走远了，"也许明天派珀就改完咱们的作业了。"

凯丝点点头，拿出手机准备打电话回宿舍。

"嗨。"有人轻轻地说了一句。

她往后一跳。原来是利瓦伊。他靠在灯柱上，就像"男人靠在灯柱上"的那种典型画面一样。

"你总是到午夜才完事。"他微笑着说,"我觉得可以先你一步到这里。站在这儿等太冷了。"

"谢了。"她说,经过他身边往宿舍走去。

利瓦伊今天一反常态的安静。"他就是你的学习搭档?"走到一半的时候他问道。

"是的。"凯丝对着自己的围巾说。她感觉到自己呼出的气息弄湿了羊毛围巾,冰凉冰凉的。"你认识他?"

"只是见过。"

凯丝没有说话。天太冷了,她不想说话,而且今天她觉得比平日更加疲惫。

"他有没有主动说过要送你回去?"

"我从来没叫他送过。"凯丝立刻说道,"我也从来没有叫你送过。"

"这倒不假。"利瓦伊说。

他俩都沉默了。天气仿佛也更冷了。

最后还是凯丝又开了口,空气刺得她的喉咙生疼。"所以也许你也不该来送我。"

"别说傻话。"利瓦伊说,"我不是这个意思。"

凯丝这个礼拜第一次见到琳恩是在她和考特尼一起吃午饭的时候,当时凯丝满脑子想的都是,难怪我总觉得你有一个惊天秘密瞒着我。以前你有事瞒着我时也是这样,原来就是这么回事啊。

凯丝不知道琳恩有没有打算跟她谈谈……爸爸提起的这件事。她怀疑琳恩还有多少其他重要的事情也不准备告诉她。这种情况从什么时候开始的?琳恩是从什么时候开始不再跟凯丝无话不谈的?

我也可以这样，凯丝暗想，我也可以不把自己的秘密告诉她。可凯丝实在是没有什么秘密，她也不想有事瞒着琳恩。和琳恩在一起的时候，她感觉很舒服、很自在，而且知道自己不必担心什么该说什么不该说。

她一直在等机会，想趁考特尼不在场的时候跟琳恩谈谈，但考特尼却总是在旁边，而且还总是在说一些愚蠢透顶的事情，仿佛她的生活就是真人秀节目的一次试镜。

过了几天，凯丝终于决定吃完午饭以后跟琳恩一起走去上课，尽管这样她自己可能会迟到。

"怎么啦？"琳恩问道，考特尼刚刚兴高采烈地去上她的经济学课了。天上下起雪来。雨夹雪。

"你知道我上周末回了一趟家……"凯丝说。

"知道啊，爸怎么样？"

"还好……说实话，很不错。他在参加肉汁意式方饺的比稿。"

"肉汁意式方饺？了不起啊。"

"我知道，他好像很投入。别的就没有什么事了。我是说，一切看起来都很好。"

"我跟你说过，他不需要咱们。"琳恩说。

凯丝从鼻子里哼了一声。"他明明就需要我们。要是他养只猫的话，这个男人过的日子简直跟《灰色花园》里倒霉的一天没什么两样。我估计他一日三餐都是在迅旅便利店吃的，睡觉就在沙发上睡。"

"我记得你刚才说他过得还不错。"

"是啊，对爸爸来说算不错了。下一次你应该跟我一起回去。"

"下一次是感恩节。我想我会回去的。"

凯丝停下脚步。她们就快走到琳恩下一节课的教室了，而凯丝压根还没说到最难以开口的部分。"爸爸告诉我……他已经跟你说过了……"

琳恩吐了一口气,仿佛她知道凯丝打算说什么。"是的。"

"他说你在考虑这事。"

"我是在考虑。"

"为什么?"凯丝费了很大的力气才没让这话带着哭腔。

琳恩提起自己的双肩包。"因为她是我们的妈妈。所以我在考虑这事。"

"可是……"凯丝并不是想不出理由来跟她争辩,而是想到的太多了。这些理由在她脑子里就像是一大群人从一幢着火的大楼里往外跑,结果却被困在门口了。"可是她会把一切都搞砸的。"

"她已经把一切都搞砸了。"琳恩说,"她总不能再离开我们一次吧。"

"她能。"

琳恩摇了摇头。"我还在考虑呢。"

"如果你有了决定,会告诉我吗?"

琳恩皱起眉头。"如果我的决定会让你难过的话,我还是不说的好。"

"我有权利对让人难过的事情感到难过。"

"我不喜欢这样。"琳恩说,她的目光从凯丝身上移开了,抬起头来看着教室的门,"我要迟到了。"

凯丝也要迟到了。

"我们都是室友了。"巴兹争辩道,"应该用不着再跟他做实验伙伴吧。对于这个红脸蛋的男主角,我忍受的已经够多了,你对我这样要求是很不公平的。"

实验室里所有的女孩都在凳子上坐立不安,随时准备取代巴兹的位置。

"够了,别再说我的脸蛋了。"斯诺小声嘀咕道,脸红得更夸张了。

"说真的,教授。"巴兹说,同时对着斯诺挥舞起自己的魔杖,那样子仿佛在说瞧瞧这个家伙。斯诺抓住魔杖的顶端,把它指到了地上。

齐尔布莱恩斯教授丝毫不为所动。"坐下,匹奇先生。你这是在浪费宝贵的实验时间。"

巴兹把他的书重重地扔在斯诺的位子上。斯诺戴上安全护目镜,又调整了一下。虽然戴着这个,他那湛蓝的眼睛和愤怒的目光却仍然一目了然。

"郑重声明。"斯诺嘟囔着说,"我也不想再跟你在一块了。"

这个傻子……巴兹暗自叹了一口气,斯诺紧绷着肩膀,气得脖子都红了,浓密的青铜色头发垂下来,有一些被护目镜给夹住了,巴兹把这些全都看在眼里……你懂什么想不想的?

——摘自《巴兹去了五次实验室以及他没有去的那一次》
由同人小说网作者魔法凯丝和叛徒琳恩发表于2009年8月

十一

走廊里静悄悄的。住在庞德楼的人全都出去玩儿了。

凯丝瞪着自己的电脑屏幕,脑海中仿佛又响起派珀教授的声音。她一直在强迫自己记住谈话的全部内容,一次又一次地回放,从头到尾,就好像是强行把手指伸进她记忆的喉咙里。

今天刚一上课,派珀教授就把他们那篇不可靠叙述者的片段发回来了,只有凯丝一个人没有拿到。"下课后咱们谈一谈,好吗?"教授对凯丝说,脸上带着她一贯的那种慈祥、善良的微笑。

凯丝原本以为这次的例外是件好事——派珀教授一定是真的非常喜欢她的小说。她很喜欢凯丝,这能看得出来。她常常对凯丝露出她那招牌式的和蔼笑容,她对班里的其他人都没有笑过这么多,现在就连尼克都比不过凯丝了。

这个片段是凯丝本学期最好的作品,这一点她很清楚。也许派珀教授是想更详细地谈谈这篇作品,或者她打算跟凯丝说下学期上高级班的事情(只有得到了特别许可,才能注册高级班),又或者只是……什么好事。肯定是有什么好事。

"凯丝。"其他人都下课走了,凯丝朝着教授的桌子走去,派珀教授说道，"坐下。"

派珀教授的笑容比以往更加温柔，可是感觉却完全不对。她的眼睛里流露出伤心和遗憾的神色，她把凯丝的作业递给她，凯丝看见角落上用红笔写了一个小小的F。

凯丝的脑袋一下子乱了方寸。

"凯丝，"派珀教授说，"我不知道该拿这个怎么办。我实在不知道你在想什么——"

"可是……"凯丝说，"难道我写得就那么差吗？"她写的片段真的会比别人的差那么多吗？

"重点不是写得好还是不好。"派珀教授摇了摇头，她那凌乱的长发从一边甩到了另一边，"这是抄袭。"

"我没有，"凯丝说，"这是我自己写的。"

"这是你自己写的？《西蒙·斯诺与大法师传人》的作者是你吗？"

"当然不是。"派珀教授干吗要这么说？

"这些角色，这个世界，都是属于别人的。"

"可是这个情节是我写的。"

"是这些角色和这个世界造就了这个情节。"这位年长的女性说道，仿佛是在恳求凯丝听明白她的意思。

"不一定吧……"凯丝感觉到自己的脸通红通红的，嗓子也哑了。

"不。"派珀教授说，"这是一定的。如果我要求你写原创作品，那你就不能偷来别人的故事，再把角色重新安排一下了事。"

"这不是偷。"

"那你管这叫什么？"

"借用。"凯丝说。她不喜欢自己这样跟派珀教授争论，也不想让派珀教授的表情变得这么冷淡，可她却没有办法停下来不说。"再利用，重新合成，旧曲转录。"

"这就是偷。"

"这并不违法。"凯丝毫不费力就能想出许多理由来辩解，那些理由可以证明同人小说的存在是名正言顺的，"这些角色并不属于我，可我也没打算用他们来营利。"

派珀教授只是一直在摇头，似乎比几分钟之前更加失望了。她用双手摩挲着自己的牛仔裤。她的手指很细，却戴着一枚硕大细长的绿松石戒指，从关节处凸了出来。"这跟它是否违法没什么关系。我请你写一篇原创小说，是你写，可这篇文章却丝毫没有原创之处。"

"我觉得您没有明白我的意思。"凯丝说，话里带着哽咽的声音。她低头看着自己的大腿，觉得羞愧难当，同时又看见了那个红色的F。

"我觉得是你没有明白，凯丝。"教授说道，她刻意让自己的声音听起来很平静，"我真心希望你能懂我的意思。这是大学，我们在这里做的事情都是动真格的。我已经允许你参加高级班的课程了，而且迄今为止，你给我留下的印象都很好。这次你只是犯了一个很幼稚的错误，现在你应该做的就是从中吸取教训。"

凯丝紧紧咬着牙关没有开口。她还是想辩解。她为这次的作业付出了很多心力。派珀教授总是叫他们去写那些贴近自己心灵的东西，可是最贴近凯丝心灵的就是巴兹和西蒙……

她只是点了点头，站起身来。在走出教室的时候，她甚至勉强挤出了一句谦恭的"谢谢您"。

这会儿又想起这事，凯丝觉得脸上的皮肤仿佛全都火烧火燎的。她凝视着钉在笔记本电脑背后墙上的那张素描。巴兹坐在精雕细刻的黑色王座上，一条腿从扶手上随意地垂下来，脑袋向前倾着，似在慵懒地向人挑战。画家在页面底部用漂亮至极的花体字写上了这样的话："斯诺，如果没有我，你算个什么？只是个连架都没打过的蓝眼睛小男生罢了。"在这行字的下面，写着"无与伦比的魔法凯丝"。

凯丝又一次拿起手机。自从下课以后，她已经给琳恩打过至少六次电话了，可每一次都是直接转到语音信箱的，每次都是。凯丝挂上了电话。

如果能和琳恩谈一谈，她的心情就不会这么糟了。琳恩会明白的。也许会吧。虽然几个星期以前，琳恩也说过几句关于巴兹和西蒙的刻薄话，可那时她喝醉了。要是琳恩知道凯丝现在这么难过，她一定不会挖苦她。她懂的。她会用力把凯丝从悬崖边缘拉回来。琳恩真的很擅长这事。

如果琳恩在这里……凯丝笑了一声，听起来却像是在哭。该死的，她想，为什么我说什么听起来都像哭呢？

如果琳恩在这里，她一定会举行"非常时刻坎耶[1]派对"的。

首先，她会站在床上。这是在家里的固定程序。当局势变得太过紧张时——当琳恩发现杰西·山德士又劈腿了；当凯丝被她工作的书店解雇了，就因为老板觉得她笑得不够多；当爸爸的一举一动又开始像行尸走肉，而且还不肯罢休——她俩中就会有一个人站在她床上，假装拉下假想的控制杆——一个安装在空中的巨大开关——并且喊道："非常时刻坎耶派对！"

接着，另一个人就负责跑到电脑旁边，开始播放非常时刻坎耶派对的曲目列表。然后，她俩会蹦来蹦去，一边跳舞一边喊着坎耶·维

1　坎耶：即坎耶·维斯特，说唱歌手。

斯特的歌词，直到心情好一些了为止。有时候，她俩要跳上好一阵子……

我也有权举行非常时刻坎耶派对，凯丝暗自想道，又笑了。这次听起来稍微有点像笑声了。又不是非得法定人数投票通过了才能举行。

她伸手去拿笔记本，打开了坎耶曲目列表。有一对便携式音箱放在她的一个抽屉里，她把音箱拿出来，插在电脑上。

然后她把音量开到最大。现在是周五晚上，楼里不会有人——也许全校都不会有人——被她打扰到。

非常时刻坎耶派对。凯丝爬到自己床上宣布派对开始，不过她立刻就又下来了。这样感觉很傻，而且很可悲。有什么事情会比一个人的热舞派对更可悲呢？

于是她站到音箱前面，闭上双眼，不过并不是真的在跳舞，只是一边蹦蹦跳跳一边小声唱着歌词罢了。第一节唱完以后，她才真正舞了起来。坎耶的歌总是能刚刚好搔到她的痒处。不管遇到什么重大的挫折，他都是最灵验的解药。他的怒气恰到好处，愤慨不多不少，摆出一副"全世界永远都不会知道我到底有多棒"的样子却又不会太过火，把他称为诗人也不为过。

闭上眼睛，凯丝几乎可以假装琳恩也在房间的另一边跳舞，手里还握着西蒙·斯诺的魔杖复制品当作话筒。

又唱了几首歌，凯丝连假装都不需要了。

要是她的邻居们有谁在房间里的话，他们一定会听到她在大喊大叫地唱着歌词。

凯丝跳舞，然后说唱，然后继续跳舞。终于有人来敲门了。

该死，也许是住在隔壁的人回来了。

她看都没看就打开了门，也没有先把音乐声关小（坎耶的歌会叫人思维短路），不过却做好了开口道歉的准备。

来的只是利瓦伊而已。

"芮根不在！"凯丝喊道。

他说了句什么，可是声音太小。

"你说什么？"她嚷道。

"那谁在里面？"利瓦伊微笑着喊道。总是在微笑的利瓦伊。他穿着一件法兰绒格子衬衫，两只袖口的扣子都没有扣。他就连给自己穿衣服都穿不好。"谁在房间里听说唱音乐？"

"是我。"凯丝说。她已经上气不接下气了，只能尽力让自己不要喘。

他低头向她靠过来，这样就用不着喊着说话了。"这不可能是凯瑟爱听的音乐。我一直认为你喜欢的肯定是那种很闷的独立音乐。"他这是在嘲笑她，只有真正紧急的事务可以打断非常时刻坎耶派对。

"你走吧。"凯丝打算关门了。

利瓦伊用手挡住门。"你在干什么呢？"他笑着说，同时把脑袋伸进来看着她。

她摇了摇头，因为她想不出什么合理的回答。反正说不说也不重要，利瓦伊从来都不是一个讲道理的人。"非常时刻热舞派对。你走吧。"

"哦，不。"利瓦伊一边说着一边把门推开溜了进来。他太高太瘦了。

凯丝关上门。这可就不符合程序了。要是琳恩还有可能接电话的话，凯丝倒是很想打给她进行私下磋商。

利瓦伊站在凯丝面前，破天荒头一次一脸严肃。说实在的，确实是破天荒头一次。他有意识地上下点着脑袋。"所以，"他大声说道,"这是非常时刻热舞派对。"

凯丝点点头。

又点点头。然后又点了点头。

利瓦伊也点点头。

凯丝大笑起来,把视线从他身上移开了,左右摇摆着臀部,勉强算是吧。

然后摇起了肩膀。

接着就又跳起舞来。虽然不像之前那么放松——她的膝盖和手肘就像卡住了一样——但还是在跳舞。

她回头看到利瓦伊的时候,发现他也在跳舞。跟她想象中他跳舞的样子一模一样,如果她曾经想象过的话。他的四肢太长太松弛,还用手指梳着自己的头发。老兄。我们明白。好一个美人尖[1]啊。他眼睛里闪烁的只有盈盈的笑意,双眼直放光。

凯丝笑得停不下来。利瓦伊看着她的眼睛,也笑了起来。

然后他跟她一起跳起舞来。他并没有靠得很近或是怎样。实际上是没有靠得更近。他只是看着她的表情,随她一起舞动。

于是她也跟着他一起跳了。她比他跳得好,这可真开心。她这才意识到自己还咬着下嘴唇,赶紧松了口。

她转而唱起了饶舌。这些歌词凯丝都能倒背如流。利瓦伊扬起眉毛,咧嘴一笑。他记得副歌部分的歌词,于是同她一道唱起来。

他俩跳完了这首歌,又跳完一首,接着又是一首。利瓦伊朝她走过来,也许并不是故意的,凯丝突然转过身跳到自己床上。他也笑着跳到芮根床上,脑袋差点就撞到天花板了。

---

[1] 美人尖:额头的V形发尖。

他俩就这样一起跳着,模仿着对方那神经质的动作,跳在床尾弹上弹下……这几乎就跟和琳恩一起跳舞差不多了。不过当然不一样。的的确确不一样。

房门猛地打开了。

凯丝从门口往后一跳,摔倒在床垫上躺着,又弹起来滚到了地板上。

利瓦伊笑得太用力了,得用双手扶着才能靠在墙上。

芮根走进来,说了句什么,不过凯丝没有听见。她走到凯丝的书桌前,关上了笔记本电脑,音乐戛然而止。屋里一下子安静下来,利瓦伊的笑声突然显得很响亮。凯丝完全喘不过气来了,她刚才落地的时候没控制好,用膝盖着了地。

"这、他妈、到底是、怎么回事。"芮根说,她语气里的震惊更甚于愤怒——至少凯丝觉得她似乎并没有生气。

"非常时刻热舞派对。"利瓦伊说着从床上跳下来,伸手去拉凯丝。凯丝自己扶着桌子站了起来。

"你没事吧?"他问。

她微笑着点点头。

"来认识一下凯瑟。"利瓦伊对芮根说道,他的脸上依然洋溢着笑意,"她唱起饶舌来简直棒极了。"

"我过的不就是这种日子吗?"芮根说完放下她的包,接着又把鞋子从脚上踢下来,"身边全都是怪事儿。我马上要出去,你来吗?"

"来啊。"利瓦伊转过头看着凯丝,"你来吗?"

芮根也看着凯丝,皱起了眉头。凯丝觉得胃里又有什么黏乎乎的东西在悄悄滋生。也许是她又想起了和派珀教授谈话的场景。又或者是她不应该跟室友的男朋友一起跳舞。"你应该来。"芮根说。她似乎很有诚意。

凯丝用力拽着T恤下摆的卷边。"不了。已经不早了。我正打算写……"她习惯性地伸手去把手机拿来看了一眼。有一条未读短信。是琳恩发来的。

"我在马格西。赶紧过来。911[1]。"

凯丝看了一下时间。琳恩是二十分钟以前发的短信,那时她和利瓦伊正在跳舞。她把手机放在桌上,睡裤也不换就开始穿靴子。

"出什么事了吗?"利瓦伊问道。

"我不知道……"凯丝摇了摇头。她又难为情起来,而且很害怕。她的肠胃倒是很兴奋,这下又可以为别的事情扭来扭去了。"马格西是什么地方?"

"是一家酒吧。"他说,"离东校区不远。"

"东校区是什么地方?"

利瓦伊把手绕到她身后,拿起她的手机。看到屏幕,他皱起眉头。"我带你去,我有车。"

"带她去哪儿?"芮根问道。利瓦伊把凯丝的手机扔给她,然后穿上自己的外套。"我敢保证她没事,"芮根看着短信说,"她多半只是喝高了。新生不喝多是不可能的。"

"那我也得去找她。"凯丝边说边拿回了手机。

"你当然该去。"利瓦伊表示赞同,"911就是紧急情况。"他看了看芮根。"你来吗?"

"如果你们不需要我去的话,我就不去了。咱们本来要去见安娜

---

[1] 911:美国报警电话。也用于指事态紧急。

和马特——"

"我回头来找你。"他说。

凯丝已经站在门口了。"你姐姐没出事,凯丝。"芮根说,口气几乎算得上温柔了(不过还不是很温柔),"她只是在做个正常人。"

利瓦伊的车是辆卡车,很大的一辆。他是怎么负担得起汽油钱的?

凯丝本想自己上车,可是这车的脚踏板不见了。这会儿靠近了看,她才发现这辆卡车简直破烂不堪。要不是他托着她的胳膊肘,她就得手脚并用才能爬进去了。

驾驶室里散发出一股混合着汽油和烘焙咖啡豆的气味。安全带也卡住了,不过她还是想办法把它给扣上了。

利瓦伊手脚麻利地飞身上车,对着她笑了一下。凯丝估计他是想给她一点鼓励。

"东校区是什么地方?"她问道。

"你当真不知道?"

"都这个时候了,我为什么要开玩笑?"

"是学校的另一个校区。"他说,"农学院的所在地。"

凯丝不耐烦地耸了耸肩,看着窗外。冻雨已经从下午下到现在了。街上的车灯看起来就像是一个个水渍的污点,幸好开车的是利瓦伊。

"法学院也在那里,"他说,"那边也有学生宿舍,有一间绝对合格的保龄球馆,还有一家乳制品店。说真的,听到这些,你有没有想起什么事来?"

凯丝把脑袋靠在车窗玻璃上。卡车里的暖气设备还在往外吹冷风。自从琳恩发短信到现在已经过去半个小时了,紧急情况发生已经半个小时了。"离这边有多远?"

"几英里。从这里开车过去十分钟,天气不好的话,可能会慢一点。我的大多数课程都是在东校区上的……"

凯丝不知道琳恩是不是一个人。考特尼到哪里去了?她俩不是应该在一起当'骨瘦如柴婊'吗?

"那边有一家拖拉机博物馆。"利瓦伊说,"还有一家国际棉被教育中心。宿舍餐厅里的食物也好吃极了……"

这不对头。有一个双胞胎姐妹,就应该像是拥有自己的守望者,自己的守护天使,自带的好闺蜜。在她俩十三岁生日的时候,爸爸给她们买的衬衣上就是这么说的。她俩到现在有时还会穿这两件衬衣(不过从来不会同时穿),因为觉得好玩。要不就是觉得讽刺或者什么的。

如果你不愿意让她替你小心提防,如果你不愿意让她和你并肩作战,那么拥有双胞胎姐妹又有什么意义呢?

"东校区在各方面都比城市校区好多了。可你竟然不知道它的存在。"

前方路口的灯变红了,凯丝感觉到轮胎在底下空转。利瓦伊换了挡,卡车渐渐停了下来。

他们停车的地方距离那家酒吧还有一段距离,也只能停在这里了。这里是酒吧一条街,一个街区接着一个街区全是酒吧。

"人家不会让我进去的,"凯丝说,她希望利瓦伊能走得快一点,"我还不到年龄。"

"马格西从来不查年龄。"

"我从来没有去过酒吧。"

十几个女孩子从他们面前的门口涌了出来。利瓦伊抓住凯丝的袖子把她拉到旁边。"我去过，"他说，"不会有事的。"

"肯定有事。"凯丝说，她这话不像是对利瓦伊说的，倒更像是在对她自己说，"要是没事的话，她不会要我来的。"

利瓦伊又拉住了她的袖子，他推开一扇沉重的黑色大门，这门上连个窗口都没有。凯丝抬起头瞥了一眼头顶上的霓虹灯，亮着的只有"格西"这两个字和一个四叶草图案。有个大块头的家伙坐在紧挨着门后面的凳子上，拿着手电筒在看《内布拉斯加大学日报》。他举起手电筒照了一下利瓦伊，然后笑了。"嗨，利瓦伊。"

利瓦伊也对他笑了一下。"嗨，雅克尔。"

雅克尔用一只手打开了第二扇门——他连看都没看凯丝一眼。他俩进门的时候，利瓦伊拍了拍他的胳膊。

酒吧里面光线很暗，挤满了人，简直是摩肩接踵。靠近门口的地方有个舞台，只有沙发那么大，一个乐队就在这个舞台上演奏。凯丝看了看四周，可是这么多人挤在一起，挡住了她的视线。

她想知道琳恩在哪里。

四十五分钟之前琳恩在哪里？

躲在洗手间里？蹲在墙脚边？

她有没有生病，有没有晕倒？她以前晕倒过几次的……这里有谁帮助过她？又有谁伤害过她？

凯丝感觉到利瓦伊抓住了她的手肘。"来吧。"他说。

他俩从一个高高的高脚桌旁挤了过去，边上围满了正在开怀畅饮的人。其中有个家伙向后退了几步，撞到凯丝的身上，利瓦伊微笑着把他给扶住了。

"你经常来？"走过那张吧台时，凯丝问道。

"只有在有乐队来演奏的情况下，这里才会有这么多笨蛋。"

她和利瓦伊离舞台越来越远，离吧台越来越近。墙边有个人的动作引起了凯丝的主意——那人把头发向后甩的姿势很眼熟。"琳恩！"凯丝说着向前冲了过去。利瓦伊抓住她的胳膊，在她前面推开人群，想要开出一条路来。

"琳恩！"凯丝朝着人群上空喊道，她离琳恩还太远，琳恩没有听见。凯丝的心脏怦怦直跳。她想弄明白琳恩周围是个什么情况——琳恩背靠在贴了墙毯的墙上，有个大块头的男生站在她面前，把琳恩关在他的双臂之间。

"琳恩！"凯丝把那家伙的一只胳膊打下来，他往后一缩，大吃一惊。"你没事吧？"

"凯丝？"琳恩拿着一瓶黑啤正往嘴边送，她的胳膊像是卡住了一样停在半空中，"你来这里干什么？"

"是你叫我来的。"

琳恩有点不满。她的脸通红通红的，眼皮也醉醺醺地垂下来了。"我没有跟你说过话。"

"你给我发了短信。"凯丝说完抬起头怒冲冲地瞪着那个大块头，看得他又往后退了一步，"'到马格西来。911。'"

"糟糕。"琳恩从牛仔裤的口袋里摸出手机，低头看了一眼。她盯着屏幕看了好一会儿才看清楚。"那是发给考特尼的，我发错了。"

"发错了？"凯丝愣住了，接着两手向空中一摊，"你是在逗我吗？"

"嗨。"有个人说道。

她俩同时转过身来。有个看起来像是兄弟会成员的家伙站在一步之外,对她俩直点头。他撇了撇嘴,龇牙一笑。"双胞胎。"

"滚一边去!"琳恩说,然后继续转过头来跟她的妹妹说话。"听着,我很抱歉——"

"你遇到麻烦了吗?"凯丝问道。

"没有。"琳恩说,"没有的事,不是的,不是这样的……"

"身材挺火辣的嘛。"那个家伙说。

"那你为什么说911?"凯丝追问道。

"因为我希望考特尼能快点到。"琳恩对着舞台挥了一下手中的啤酒瓶,"她喜欢的那个男生来了。"

"老兄,快来看,惹火双胞胎。"

"911只有在紧急的情况下才能说!"凯丝喊道。这里太吵了,不喊不行,所以很容易就会叫人情绪失控。

"你当真觉得这么说合适吗?"凯丝听见利瓦伊笑着说道,他只有在面对陌生人时才会露出这种微笑。

"干双胞胎啊,伙计。这就跟做梦一样,对不对?"

"凯丝,冷静一下。"琳恩说着用手背揉了揉眼睛,"我又没有真的打911报警。"

"你知道她们是姐妹俩,对吧?"利瓦伊说道,他的声音有点生气了,"你说的这种行为是乱伦。"

那个家伙笑了起来。"不,我说的是请她们喝酒,一直喝到她俩开始亲热为止。"

"你跟你姐姐就是这么干的吗?"利瓦伊从凯丝身旁走开,朝着那个家伙和他的朋友走了过去,"你他妈是什么人养大的?"

"利瓦伊,别这样。"凯丝扯了扯他的外套,"这种事情经常发生。"

"这种事情经常发生?"他一下子皱起了眉头,转过身去看着那个家伙。

"这两个姑娘也是人生父母养的。她们也有父亲。他应该永远都用不着担心这两个女儿到头来会在酒吧里被某个喜欢看着《狂野女孩》[1]视频打手枪的变态诋毁。这不是一个父亲应该考虑的事情。"

那个变态的家伙压根没把这话往心里去。他色眯眯、醉醺醺地越过利瓦伊的肩膀看着凯丝和琳恩。琳恩对他竖起中指,他又撇起了嘴。

利瓦伊朝那家伙的桌子又走了几步。"你不能因为她俩长得像就这样看着她们。你这个该死的变态。"

又一个兄弟会模样的家伙走了过来,手里拿着三瓶啤酒,从利瓦伊肩上瞥了一眼。看到凯丝和琳恩的时候,他咧开嘴笑了。"双胞胎。"

"操起来多梦幻啊。"第一个家伙说。

这时,原本站在琳恩身边的男生——那个把她关在双臂之间的大块头——从利瓦伊旁边闪过,对准那个变态酒鬼的下巴就是一拳,谁都没预料到这一点。

利瓦伊抬起头看了一眼大块头,咧嘴一笑,拍了拍他的肩膀。琳恩则抓住了他的胳膊。"汉德罗!"

那个变态家伙的朋友已经在把他从地上扶起来了。

利瓦伊抓着凯丝的袖子,开始把汉德罗往人群里推。汉德罗拉着身后的琳恩。"走吧,"利瓦伊说,"出去,出去,出去。"

凯丝听见那个变态在后面大声地骂骂咧咧。

---

1 《狂野女孩》:美国的一档色情真人秀节目。

"哦，去你妈的《阁楼之花》[1]！"利瓦伊回头喊道。

他们几乎是从门里摔出来的。保镖站了起来。"出什么事了吗，利瓦伊？"

"有几个醉鬼。"利瓦伊边说边摇了摇头。雅克尔转身进了酒吧。

琳恩已经跑到人行道上去了，对着那个大块头大喊大叫。汉德罗，那是她的约会对象——凯丝很想弄个明白——还是只是某个替她打抱不平的人？

"我简直不敢相信你竟然打了人。"琳恩说，"你可能会被抓起来的。"她打着他的胳膊，他也并不反抗。

利瓦伊在汉德罗的另一条胳膊上打了一下，仿佛是在夸他打得好。他俩个头差不多，不过汉德罗更壮实一些，他有一头黑发——也许是墨西哥人，凯丝心想——穿着一件西部风格的红色衬衣。

"谁会被抓起来？"有人问道。凯丝转过身来。是考特尼。她脚蹬一双五英寸[2]的高跟鞋，踩着重重的脚步朝他们走过来。"你们干吗站在外面这破烂大街上？"

"我们不是站在这里。"凯丝说，"是准备马上就走。"

"可我才刚到呢。"考特尼抱怨道。她看着琳恩。"诺亚在里面吗？"

"咱们这就走。"凯丝对琳恩说，"你喝醉了。"

"对——"琳恩举起了她的啤酒瓶，"可算听到你教训我了。"

"哇哦，当心。"利瓦伊说，他抓过酒瓶，扔进琳恩身后的垃圾箱里，"这可是已经开了口的。"

"那是我的啤酒。"琳恩抗议道。

1　《阁楼之花》：一部电视电影，由美国和加拿大合拍，片中有兄妹乱伦情节。
2　五英寸：约为12.7厘米。

"你可以说得再大声一点,未成年小妞。我想街上的警察们都不会听见的。"他微笑着说。

凯丝并没有笑。"你喝醉了,"她说,"该回去了。"

"不,凯丝,我不回去。我是喝醉了,但我还要在外面玩儿。出来玩儿不就这点该死的意义吗?"她的身体摇摇晃晃的,考特尼咯咯地笑着搂住了她,琳恩看了她的室友一眼,然后也傻笑起来。

"对你来说,什么事都有'那点该死的意义'。"凯丝轻声地说。冻雨像小石子一样敲打着她的脸颊,琳恩的头发上都有小碎冰了。"我不会就这样丢下你一个人的。"凯丝说。

"我不是一个人。"琳恩反驳道。

"不会有事的,凯丝。"考特尼的笑容里的优越感不能更明显了。她厚厚的粉色唇膏也是一样。"有我在,韩·苏罗[1]也在——"她抬起头对着汉德罗风骚地一笑,"夜色还正年轻呢。"

"夜色还正年轻!"琳恩唱了起来,把脑袋靠在考特尼的胳膊上。

"我不能……"凯丝摇着头说。

"外面真他妈的冻死人了。"考特尼又抱了琳恩一下,"走吧。"

"别回马格西。"汉德罗边说边走开了。他回头看了凯丝一眼,那一刻她以为他有话要说,可他却并没有停下脚步。琳恩和考特尼跟在他身后。考特尼依旧踩着重重的步子。琳恩连头都没有回。

凯丝看着他们顺着这条街往前走,然后消失在另一个破烂的霓虹灯招牌底下。她擦掉了脸上结的冰。

"嗨。"冷冰冰、湿漉漉地等了一分钟以后,她听见有人说话

---

[1] 韩·苏罗:电影《星球大战》第四部至第六部中的主要角色。

了。是利瓦伊。他依旧站在她身后。

"走吧。"凯丝低头看着人行道说。此时此刻，比其他那些麻烦更麻烦的是，利瓦伊一定觉得她是个白痴。凯丝的睡裤已经湿透了，冷风径直吹进来。她冻得直发抖。

利瓦伊走到了她的前面，从她身旁经过时替她拉起兜帽戴在头上。她跟着他走到卡车那里。现在她才意识到自己有多冷，连牙齿都开始打架了。

"我知道怎么上去。"她说道，利瓦伊原本是想要扶她上车的。等到他走远了，她才使劲爬到座位上。利瓦伊身手敏捷地坐到方向盘后面，发动了卡车，打开暖气和雨刮器，抬起双手对着暖气出风口。

"安全带。"过了一会儿，他说道。

"哦，对不起……"凯丝伸手去摸安全带。

她把安全带扣好了。卡车还是没有动。

"你做得对，知道吗？"

利瓦伊。

"不。"凯丝说，"我不知道。"

"你必须要来看看她的情况。911就是911。"

"可是看完以后我却把她——喝得烂醉的她——丢给了一个陌生人和一个傻瓜。"

"那家伙看着不像陌生人。"利瓦伊说。

凯丝几乎要笑出声来。因为他对于被称为傻瓜的那个人并无异议。"我是她妹妹。我就应该替她小心提防的。"

"可是你不能违背她的意愿。"

"她要是晕倒了怎么办？"

"她经常晕倒吗？"

凯丝转过头看着他。他的头发也淋湿了,他用手指梳过的痕迹都清晰可见。

"我不想再谈这事了。"她说。

"好吧……你饿了吗?"

"不饿。"她低头看着自己的大腿。

卡车还是没有动。

"我饿了。"他说。

"你不是应该去跟芮根会合的吗?"

"没错。晚点再去。"

凯丝用手揉了揉脸。她头发上结的冰已经融化了,滴到了她的眼睛里。"可是我穿着睡衣呢。"

利瓦伊开始倒车了。"我知道一个地方。"

穿着睡衣果然不是问题。

利瓦伊带她来到了临近城区边缘的一家二十四小时卡车休息站——林肯的任何地方离城区边缘都不太远。这个地方似乎还保留着最初的样子,也许这里在六十年前初建时用的就是已经破烂开裂的材料。女招待上来就给他们倒咖啡,也不问他们是不是需要。

"完美。"利瓦伊说,他对着女招待笑了一下,笨手笨脚地脱掉了外套。她把奶油放在桌上,怜爱地在他肩上摸了一下。

"你经常到这里来吗?"女招待走了以后,凯丝问道。

"我想比我去其他地方都要多吧。要是你点一份咸牛肉土豆泥的话,吃完就好几天都用不着吃饭了……要奶油吗?"

凯丝平时一般不点咖啡,不过她还是点了点头,他给她的杯子里加满了奶油。她拿回茶杯碟,低头看着咖啡,听见利瓦伊出了一口气。

"我知道你现在是什么感受，"他说，"我也有两个妹妹。"

"你不知道我是什么感受。"凯丝往咖啡里丢了三块方糖，"她不光是我的姐姐。"

"别人真的经常对你们做这种事吗？"

"做哪种事？"凯丝抬起头来看着他，他却把视线移开了。

"说双胞胎那种话。"

"哦，那种事。"她搅了搅咖啡，勺子重重地碰在茶杯上，发出咔哒咔哒的声响，"也不是经常。只有在我们周围有醉鬼或者是走在大街上……"

他扮了个苦相。"道德败坏的人。"

女招待又来了，利瓦伊对着她粲然一笑。一如所料，他果然点了咸牛肉土豆泥。凯丝继续喝着咖啡。

"等她长大了，就不会再这样了。"女招待离开他们的卡座以后，他说道，"芮根说得对。大一新生都是这样的。"

"我也是大一的。我就没有在外面喝得酩酊大醉。"

利瓦伊笑了起来。"没错，因为你只顾忙着举办热舞派对了。对了，这次是什么非常时刻？"

凯丝看着他的笑容，觉得胃里那个黏乎乎的黑洞又张开了血盆大口。派珀教授、西蒙、巴兹、工整的红字F。

"你是预料到会有非常时刻？"他问道，脸上依然带着微笑，"还是在召唤非常时刻，就像祈雨舞那种？"

"你用不着这样。"凯丝说。

"哪样？"

"试着安慰我。"她觉得眼泪就要流出来了，声音也颤抖起来，"我又不是你妹妹。"

利瓦伊的笑容完全消失了。"对不起。"他说,全然不是之前那种打趣的口气,"我……我以为你也许想要谈谈这事。"

凯丝又低下头去看着咖啡。她摇了好几次头,既是为了告诉他不是这样,也是为了驱散眼里那针刺一样的感觉。

他点的咸牛肉土豆泥上来了,确实是分量十足。他把凯丝的咖啡杯挪到桌子上,然后开始用勺子往她的茶杯碟里舀土豆泥。

凯丝吃了起来,这比和他争辩要轻松多了。她已经争了整整一天,可是到现在为止,却没有一个人肯用心听。而且,咸牛肉土豆泥真的非常美味,好像是用咸牛肉现做出来的,上面还放了两个太阳蛋[1]。

利瓦伊又往她的碟子里堆了一些土豆泥。

"是学习上的事。"凯丝说。她并没有抬头看他。也许现在她需要的正是一个哥哥。眼下她的双胞胎姐姐已经醉倒了,不是有病急乱投医这样的说法吗?

"什么课?"他问道。

"小说写作。"

"你选了小说写作?还真有这门课?"

"还真有人这么问?"

"这是不是跟你喜欢西蒙·斯诺有什么关系?"

凯丝立刻抬起头来,脸涨得通红。"谁跟你说我喜欢西蒙·斯诺的?"

"用不着别人来告诉我。你把西蒙·斯诺的周边产品放得到处都是。就连我十岁的表妹都不像你这样。"利瓦伊咧开嘴笑了,他似乎如释重负,又能笑出来了,"芮根告诉我,你在写关于他的小说。"

---

[1] 太阳蛋:单面煎的鸡蛋,摆盘时蛋黄向上。

"看来是芮根告诉你的。"

"你整天忙活的就是这个,是吗?写关于西蒙·斯诺的小说?"

凯丝不知道该说什么好。这话从利瓦伊嘴里说出来,让人感觉十分可笑。

"我写的不只是小说……"她说。

他吃了一大口土豆泥。他的头发还没有干,湿漉漉的、金灿灿的垂到了他的眼睛上。他把头发捋回到后面。"不是小说?"

凯丝摇了摇头。她写的就是小说,但这些小说却不仅仅是小说。西蒙也并不仅仅是小说里的人物。

"你对西蒙·斯诺知道多少?"她问道。

他耸耸肩。"人人都知道西蒙·斯诺。"

"你看过书?"

"我看过电影。"

凯丝吃力地翻了个白眼,翻得她眼睛都疼了。大概是因为她依然很想哭。"所以你没看过书?"

"我不是个爱读书的人。"

"这恐怕是你对我说过最愚蠢的话了。"

"不要岔开话题。"利瓦伊说,他笑得更灿烂了,"你在写关于西蒙·斯诺的小说……"

"你觉得这很好笑。"

"是很好笑。"利瓦伊说,"但是也挺酷的。跟我说说你的小说。"

凯丝把叉子的尖齿压进餐垫里。"那只不过是,好比……我把那些角色拿来,放进新的情境里。"

"就像删剪片段?"

"有时候是的。其实更像是假设分析。比如像，如果巴兹不是坏人呢？如果西蒙一直没有找到五片利刃呢？如果是阿加莎找到了会怎样？如果阿加莎是坏人会怎样？"

"阿加莎不可能是坏人。"利瓦伊争辩道，他倾身向前，用叉子指着凯丝，"她是'纯洁之心、黎明之狮'。"

凯丝眯起眼睛。"你怎么知道的？"

"跟你说过了，我看过电影。"

"好吧，在我的世界里，如果我想让阿加莎是坏人，就可以把她写成坏人，也可以把她写成吸血鬼。或者把她写成一头真正的狮子。"

"西蒙不会喜欢这样的。"

"西蒙才不在乎呢。他爱的是巴兹。"

利瓦伊狂笑起来。这个词很少有机会派上用场，凯丝心想，但现在正是用到它的时候。

"西蒙不是同性恋。"他说。

"在我的世界里，他就是同性恋。"

"可巴兹是他的死对头啊。"

"我用不着遵守任何一条规则。原作已经存在了，我要做的并不是重写一遍。"

"你要做的是把西蒙写成同性恋？"

"你怎么就抓住同性恋这茬儿不放了呢？"凯丝说。现在她也向前倾过了身子。

"这茬儿的干扰性太强了……"利瓦伊咯咯地笑了。（男生是"咯咯地笑"还是"哧哧地笑"？凯丝痛恨"哧哧地笑"这个词。）

"同人小说的全部意义就在于，"她说，"你可以在别人的宇宙里表演、重写规则,或者是进行变通。即使杰玛·莱斯利写腻了,这个故事也还是能继续下去。你可以留在这个世界里——你喜欢的这个世界——想待多久就待多久,只要你总能想出新的情节来……"

"同人小说。"利瓦伊说。

"是的。"凯丝有点难为情,无论什么时候说到这个话题,她都是这么真诚、这么激动。她已经习惯了把这事保密,习惯了假设人们会认为她是个怪人、宅女和变态。

也许利瓦伊现在想的就是这些。也许他只是觉得怪人和变态很好笑。

"非常时刻热舞派对?"他问道。

"关于那个。"她又靠回到卡座里,"教授叫我们借一位不可靠的叙述者之口写一个片段。我写了西蒙和巴兹……她不理解,她认为这是抄袭。"凯丝逼着自己用了这个词,仿佛感到胃里的焦油扭动着又要醒来了。

"可情节是你写的。"利瓦伊说。

"没错。"

"那就算不上抄袭……"他微笑地看着她。她有必要多想出一些词来形容利瓦伊的微笑。他的笑容实在太多了,这一个就很成问题。

"那些词句都是你自己写的,对不对?"

"是的。"

"我的意思是,我明白为什么你的教授不希望你写西蒙·斯诺的故事,因为这门课不叫同人小说写作。但我认为这不能叫抄袭。这样违法吗?"

"只要你没有试图从中获利就不违法。杰玛·T.莱斯利说她喜欢同人小说。我是说,她喜欢同人小说这个概念,但她本人并没有读过。"

"教授有没有举报你？"

"什么意思？"

"她有没有向司法委员会举报你？"

"她压根就没提到这事。"

"她本来可以提的。"他说，"那么……好吧。"他挥起叉子在他俩之间画了一道直线，仿佛手里握的是一支笔。"这不是什么大事。你只要别再把同人小说交给她就行了。"

但凯丝还是感觉这事关系重大。她的心依然很疼。

"她只是……她让我觉得自己很傻，而且……离经叛道。"

利瓦伊又大笑起来。"难道你还真的指望一位上了年纪的英语教授会迷上同性恋西蒙·斯诺的同人小说吗？"

"她倒是没提同性恋这茬儿。"凯丝说。

"离经叛道。"他扬起一条眉毛。利瓦伊的眉毛比他的头发颜色要深得多。真的深多了，而且还弯弯的，就像是他自己画上去的一样。

凯丝禁不住笑了起来，尽管她努力想要抿住嘴唇、不动声色。她摇了摇头，然后低头看着土豆泥，吃了一大口。

利瓦伊又舀了一些鸡蛋和土豆泥放到她的盘子里。

绕着城堡偷偷摸摸地走,一整夜都待在外面,直到早上才回来,头发上还沾着树叶……

巴兹一定是在干坏事,西蒙十分肯定。但他需要证据。佩妮洛普和阿加莎都不肯把他的猜疑当回事儿。

"他在耍阴谋。"西蒙会这么说。

"他总是在耍阴谋。"佩妮洛普会这么回答他。

"他出现时吓人一跳。"西蒙会这么说。

"他每次出现时都吓人一跳。"阿加莎会这么回答他,"他个子高。"

"不比我高。"

"嗯,稍微比你高一点点。"

巴兹不只是耍阴谋和吓人一跳这么简单,他一定是在干什么坏事。除了他的慢性脑残症之外的坏事。他那灰珍珠一般的眼睛布满了血丝,黑眼圈很重,一头黑发也失去了光泽。往常他只是待人冷淡、叫人害怕,可是最近的巴兹简直冷得像冰,仿佛被逼上了绝路一般。

昨天晚上西蒙跟着他在地下墓穴里转悠了三个钟头,却依然毫无头绪。

——摘自《西蒙·斯诺与五片利刃》第三章

杰玛·T.莱斯利2008版权所有

十二

  天气太冷，凯丝没法一直在外面等到小说写作上课，于是就在安德鲁楼里找了个长椅，盘起一条腿坐在身下，背靠着奶油色的墙壁。

  她掏出手机，打开一篇还没有读完的同人小说。她太紧张了，没有心思学习。凯丝现在已经不读其他人写的西蒙/巴兹同人小说了，她不希望自己不自觉地去模仿别的作者或是偷取别人的构想，所以她读同人小说的时候，选的全都是关于佩妮洛普的。有时候是佩妮洛普/阿加莎。有时候是佩妮洛普/迈卡（只在小说第三部里露过面的美国交换生）。有时候只有佩妮洛普，写的都是她一个人的冒险经历。

  自从上次和派珀教授谈过之后，凯丝还没有跟她见过面。现在她坐在英语教学楼里，一边读着同人小说，一边等着和教授见面，这种行为就像是公然的反叛。凯丝的确曾经想过今天翘课，可是她觉得这样只会让她下一次面对派珀教授时更加难受，而她又不能一直翘课到学期结束，所以还是赶紧把这事了结的好。

  凯丝已经见过琳恩了，情况并不像她预期的那么糟糕。这个星期她们一起吃过两次午饭，谁都没有提起发生在马格西的那起事件。也许琳恩那天是喝得太多了，什么细节都不记得了。

考特尼似乎没有看出来她俩是在故意回避这个话题。

"嗨，凯丝。"午饭时考特尼说，"礼拜五晚上跟你在一起的那个金发帅哥是谁？是你那个热辣的图书管理员吗？"

"不是。"凯丝说，"那只是利瓦伊而已。"

"她室友的男朋友。"琳恩搅着蔬菜汤说。她看起来很疲惫，睫毛膏也没有涂，眼睫毛看上去颜色很浅，而且又粗又短。

"哦。"考特尼噘起下嘴唇说道，"太遗憾了。他超帅的，农家男孩。"

"你怎么看出他是农家男孩的？"凯丝问道。

"卡哈特[1]。"她俩异口同声地说。

"什么？"

"他的外套。"琳恩解释道，"所有的农家男孩都穿卡哈特。"

"在这件事上，你要相信你姐姐。"考特尼咯咯地笑着说，"所有关于农家男孩的事她都知道。"

"他不是我的热辣图书管理员。"凯丝说。

谁都不是我的热辣图书管理员，这会儿凯丝想道，她忘记自己读到小说的哪个地方了。谁都不是我的热辣什么人。

而且，凯丝还是没有搞清楚尼克究竟是真的性感呢，还是只是表现出一副性感的样子，尤其是对她表现出性感的样子。

有人在长椅上挨着她坐下了，凯丝从手机上抬起头来。尼克扬起下巴向她致意。

"刚想到某人，某人就出现了。"她说，可是一说完就后悔了。

"你在想我？"

1　卡哈特：美国服装品牌

"我在想……某人。"凯丝傻头傻脑地说。

"胡思乱想。"尼克说着咧开嘴笑了。他穿着一件厚厚的藏青色高领毛衣,就像一个在苏联战舰上服役的水兵。他平时本来就像,现在就更像了。"对了,上星期派珀教授想跟你谈的是什么事?"

"没什么事。"今天凯丝的胃里真是一团糟,她几乎要感觉不到它在扭来扭去了。

尼克拆开一片口香糖放在自己的舌头上。"是不是关于高级班的事?"

"不是。"

"你得跟她约个时间谈谈这事。"他嚼着口香糖说,"就像面试一样。我下周跟她见面,但愿她能给我助教奖学金。"

"是吗?"凯丝把身体坐直了一点,"那可太棒了。你会做得很好的。"

尼克对着她腼腆地一笑。"是的,嗯。我真希望自己是在完成上一次作业之前跟她谈的。那篇作业我得了本学期最低分。"

"真的吗?"跟尼克进行眼神接触是一件很困难的事情。他的眼睛几乎被眉毛完全挡住了,你得在他脸上仔细看才能找到。"我也是。"凯丝说。

"她说我写得'过于华而不实',而且'令人费解'。"他叹着气说。

"这都比她说我的要好听。"

"我想我已经习惯了写作的时候有人给我做后援了。"尼克说,他仍然在对着她微笑,仍然是一脸腼腆。

"那是相互依赖。"凯丝说。

尼克冲着她啪地吹了一下口香糖。"今晚写吗?"

凯丝点点头，又低头看起了手机。

"芮根不在。"凯丝一边说一边关门。

利瓦伊把肩膀挤到门里边。"我以为咱们已经不会再这样了。"他说着走了进来。凯丝耸耸肩，回到了书桌前。

利瓦伊重重地倒在她的床上。他穿着一身黑衣，一定是刚刚下班。她对他皱起眉头。

"我还是不敢相信你在星巴克工作。"她说。

"星巴克怎么了？"

"这种大公司毫无个性可言。"

他并没有生气，而是挑起了一条眉毛。"到目前为止，他们还让我保留着自己的个性。"

凯丝又开始在笔记本电脑上敲字了。

"我喜欢我的工作。"他说，"我每天都看见同样的客人，我记得他们会点什么饮料，他们也喜欢我这样，我让他们感到快乐，然后他们离开。这就像当酒保一样，但是却用不着和醉鬼打交道。说到……你姐姐怎么样了？"

凯丝停下打字，看着他。"挺好。她……挺好的。我想她又恢复正常了吧。谢谢你开车送我，以及为我做过的一切，你明白的。"上周五的晚上，凯丝已经对利瓦伊道过谢了，不过她却觉得自己还是欠他的人情。

"别放在心上了。你们俩好好谈过了吗？"

"我们用不着好好地谈。"她说，同时用两根手指按住了太阳穴，"我们是双胞胎。我们有心灵感应。"

利瓦伊咧开嘴笑了。"真的假的？"

凯丝笑起来。"假的。"

"一丁点都没有？"

"没有。"她继续敲着字。

"你在写什么呢？"

"生物学方面的文章。"

"不是什么秘密的下流同人小说？"

凯丝又停下了。"我写的同人小说一点也不秘密，它们是公开发表的，而且也并不下流。"

他用手指梳理着头发，把发型弄成了中间竖起来的样子，就像浅金色的羽毛。真没有自知之明。

"你的头发能这么竖起来，是你抹什么东西了吗？"她问道。

他笑了，又像那样弄了一次。"什么也没有。"

"什么也没有？"

"我想是因为我没有洗头，所以它才能竖起来……"

她做了个怪相。"从来不洗？"

"大约每个月洗一回吧。"

凯丝皱起鼻子摇了摇头。"真恶心。"

"没有啊，不恶心。我还是有用水洗的。"

"那也恶心。"

"一点儿也不恶心。"他说，随后向她这边靠过来，头发都碰到她的胳膊了。这个房间实在太小。"不信你闻闻。"

她直往后靠。"我才不要闻你的头发。"

"那好，我自己闻。"他顺着自己的大脑门拉下一撮来，头发碰到了他的鼻梁上，"闻起来就跟刚割下来的苜蓿一个味儿。"

"没想到你还会割苜蓿。"

"你能想象苜蓿在收割的时候闻起来有多甜吗?"利瓦伊又坐了回去,这让凯丝松了一口气——直到他拿起她的枕头,开始用自己的脑袋在上面蹭来蹭去。

"哦,天哪!"她说,"住手!这太过分了。"

利瓦伊大笑起来。她想要把枕头抢过来,他却用双手将枕头抱在胸前。"凯瑟……"

"不要这么叫我。"

"读一篇你的秘密下流同人小说给我听听吧。"

"我的小说不下流。"

"反正读给我听听呗。"

她松开了枕头,它也许被他玷污到无法挽回的程度了。

"干吗?"

"因为我很好奇。"他说,"而且我喜欢小说。"

"你只不过是想拿我开心罢了。"

"我不会的。"他说,"我保证。"

"每当我不在宿舍的时候,你跟芮根就会这样,对吧?取笑我,玩弄我的纪念半身像。你们是不是还给我取了个讨厌的外号?"

他的眼睛闪闪发亮。"凯瑟。"

"我活着可不是为了逗你们开心的,你懂吗?"

"首先,你确定吗?因为你确实逗得我们很开心。再有,我们也没有取笑你。偶尔也会吧,以后不会了。还有,第三……"

他用手指头数着数,脸颊还一抽一抽的,凯丝忍不住笑了起来。

"第三,"他说,"从现在开始,如果你立刻给我读一篇你写的同人小说——哪怕仅此一次——我以后就再也不对别人取笑你了,只对你一个人开你的玩笑。"

凯丝平静地瞪了他一眼。算是平静吧。她还在咯咯地笑着，不过已经不厉害了。她用力眨了眨眼睛，时不时还抬起头来看看天花板。

"你很好奇。"她说。

他点点头。

她又白了他一眼，然后转过头去看着笔记本电脑。为什么不读呢？她又不会损失什么。是的，可这不是重点。她的一部分和自己争辩道，你又能得到什么呢？

利瓦伊可不会被她的同人小说打动：听得开心并不等于会被打动。他已经觉得她是个怪人了，这样只会让她看起来更加奇怪罢了。帅哥来看胡子女士的畸形秀时，胡子女士也会激动万分吗？

凯丝想要的应该不是这种关注。利瓦伊也根本没有那么帅。即使没在做鬼脸，他的额头上也有抬头纹。也许是太阳晒的吧。

"好吧。"她说。

他咧开嘴笑了，想要开口说话。

"闭嘴。"她举起左手，"别逼我改变主意。不过……让我来找找看……"

她打开桌面上的西蒙/巴兹文件夹，滚动着鼠标，想找一篇适合念出来的，不能太浪漫，也不能太情色。

也许……是了。这篇就可以。

"好的。"她说，"你知道吧，在第六部里——"

"那是哪一部？"

"《西蒙·斯诺与六只白兔》。"

"知道，我看过电影。"

"那好，所以你知道圣诞假期时西蒙留在学校没回家，因为他想找到第五只兔子。"

"还因为他爸爸被穿着吓人衣服的怪物给绑架了——所以斯诺家没法举行开开心心的圣诞晚宴。"

"那些怪物叫作皇后的食人魔。"凯丝说,"而且西蒙还不知道大法师就是他爸爸。"

"他怎么可能不知道呢?"利瓦伊问道。他似乎很愤慨,这让凯丝信心大增。"这么明显的事情。每次一有重要的事情发生,大法师就会出现,然后眼泪汪汪地说起他以前如何认识过一个和西蒙的眼睛长得一模一样的女人。"

"我知道。"凯丝说,"这一点确实站不住脚。但我认为西蒙太希望大法师就是他爸爸了,所以他才不愿意让自己相信这些强有力的证据。要是搞错的话,他会崩溃的。"

"巴西尔知道。"利瓦伊说。

"哦,巴西尔清楚得很。我觉得佩妮洛普也知道。"

"佩妮洛普·邦斯。"利瓦伊咧嘴笑道,"如果我是西蒙,我一定会只爱佩妮洛普一个人,永远不变心。"

"呃。对西蒙而言,她就像妹妹一样。"

"我对妹妹们可不像他这样。"

"总而言之,"凯丝说,"这个故事发生在这次的圣诞假期。"

"好的。"利瓦伊说,"明白。"他闭上眼睛,背靠在墙上,怀抱着凯丝的枕头,"我准备好了。"

凯丝转过头来看着电脑,清了清嗓子。她立刻就觉得清嗓子这种行为傻乎乎的。然后她又一次回过头,瞥了利瓦伊一眼。她还是不敢相信自己居然会做出这种事⋯⋯

她到底是在干什么?

"要是你一直这么走来走去的，"巴兹说，"我就要念咒语把你的脚陷到木地板里去了。"

西蒙没有理他。他正在琢磨着自己目前所发现的那些线索，想要找出规律来……典礼塔上的兔形石、大教堂里彩色玻璃上画着的兔子、吊桥上的魔符……

"斯诺！"巴兹大喊一声。一本魔法书从西蒙的鼻子上擦了过去。

"你想干什么啊？"西蒙问道，他是真的被吓了一跳。在走廊和教室里以及——好吧——其他所有地方，飞书袭人和施咒整人都是可以用来开玩笑的。但是如果巴兹企图在他们的宿舍里伤害他的话……"被室友唾弃的人，"西蒙说，"你会被赶出宿舍的。"

"所以我才砸偏了。这些规则我知道，"巴兹一边小声嘀咕着，一边揉了揉眼睛，"你知道吗，斯诺，如果你的室友在上学期间死了，学校出于同情，就会给你全校最高分。"

"这是谣言。"西蒙说。

"算你走运，我拿的已经是全校最高分了。"

西蒙停下脚步，认真地看着自己的室友。一般情况下，他常常会装作巴兹不在这里。一般情况下，巴兹也确实不在这里。除非他是在暗中监视西蒙或是想要图谋不轨。巴兹不喜欢待在他们的宿舍里。他说这里有股好心肠的味道。

可是最近这两个礼拜,巴兹几乎就没离开过宿舍。西蒙吃饭时没有见过他,玩橄榄球时也没有见过他。上课的时候,西蒙看见他在写写画画,一副心烦意乱的样子,还有他的校服——平日里总是熨得平平整整、洗得又白又亮——现在看起来却跟西蒙的校服一样脏兮兮的。

"因为他是个吸血鬼啊,西蒙!"利瓦伊突然插嘴说道。

"在这篇小说里,"凯丝说,"西蒙还不知道这事。"

"他是个吸血鬼!"利瓦伊朝着她的笔记本电脑喊道,"他想吸你的血!他整夜整夜不睡觉,看着你熟睡,就是想要决定究竟是把你整个吃掉还是一次啃一块下来。"

"西蒙听不见你说话的。"凯丝说。

利瓦伊又靠了回去,再一次抱紧了枕头。"他俩算是同性恋,对吧?他们天天看着对方睡觉的样子……而且还对佩妮洛普不理不睬。"

"他们对彼此很着迷。"凯丝说,仿佛这是人生中绝对毋庸置疑的假设之一,"在第五集里,西蒙从头到尾都紧紧追随在巴兹身后,描述着他眼睛的颜色,简直像是把'灰色'这个词的同义词条目给照搬过来了。"

"我不明白。"利瓦伊说,"我的脑子实在转不过弯来。这就像有人告诉我哈利·波特是同性恋一样,或者说百事通布朗[1]是同性恋。"

听到这话,凯丝大声地笑了起来。"你是百事通布朗的超级粉

1　百事通布朗:唐纳德·J.索博尔的推理小说《百事通布朗》的同名主人公。

丝？"

"别说了。我爸总是读这个给我听。"他又闭上了眼睛，"好吧，继续。"

"你……是不是出了什么事？"西蒙问道，他简直不敢相信自己竟然把这话问出口了。他并不是真的在意。如果巴兹给出了肯定的回答，西蒙很可能会说"太好了"。不过，如果他连问都不问，似乎也太无情了一点。也许巴兹是西蒙见过最最卑鄙的人……但他毕竟还是个人。

"在宿舍里像个活跃过头的疯子一样走来走去的人又不是我。"巴兹咕咕哝哝地说。他用手肘撑在桌上，双手托着脑袋。

"你似乎……很沮丧还是怎么的。"

"是啊，斯诺，我很沮丧，非常沮丧。"巴兹抬起头，把椅子转过来对着西蒙。他看起来确实很糟糕，眼睛都凹下去了，眼里布满血丝。"过去六年来，我一直和一个最以自我为中心、最让人无法忍受，偏偏还拿着魔杖的傻瓜住在一起。现在，我没有回去和亲爱的家人欢度平安夜、喝着温热的苹果酒、吃着烤奶酪，也没有在我那祖传的壁炉边暖一暖手……而是在该死的西蒙·斯诺秀里扮演一个受折磨的临时演员。"

西蒙睁大眼睛注视着他。"今天是平安夜？"

"是啊……"巴兹不满地说。

西蒙闷闷不乐地绕到自己床边。他忘了今天是平安夜。他本来以为阿加莎会打电话给他。或者佩妮洛普会打电话……

利瓦伊叹了一口气。"佩妮洛普。"
凯丝继续往下读。

也许他的朋友们此刻正等着西蒙打电话过去。可他就连礼物都没有给他们买。最近这段时间，似乎没有什么事比找到那些白兔更加要紧。西蒙咬紧了他那方方正正的下颌。什么都没有这事重要，全校都处于危险之中。他一定还有什么图案没有看出来。他加快了脚步。塔里的石头、窗户上的彩色玻璃、魔符、大法师的书……

"我投降了。"巴兹哀求道，"我这就到护城河里去投河自尽。告诉我妈妈，我一直都知道她最疼我了。"

西蒙在巴兹的桌前停了下来。"你知道怎么样到护城河里去？"

"斯诺，我并不是当真要自尽。抱歉让你失望了。"

"不。就是……有时候你会撑船到河里去，对吧？"

"人人都去啊。"

"我没去过，"西蒙说，"我不会游泳。"

"真的假的……"巴兹恶狠狠地说，声音里恢复了几分往日的活力，"好吧，反正你也不会想在护城河里游泳的。狼人鱼会吃了你。"

"它们为什么从不攻击小船?"

"因为船蒿和支架上镀了银。"

"你愿意带我乘船到河里去吗?"这还是值得一试的。学校里只剩几个地方西蒙没有找过,护城河就是其中之一。

"你想跟我一起去划船?"巴兹问道。

"没错。"西蒙边说边翘起下巴,"你愿意吗?"

"去干吗?"

"我……想看看护城河是什么样的。我从来没去过。这有什么要紧?今天是平安夜,显然你也没有更重要的事做,貌似就连你的父母都受不了你。"

巴兹一下子站了起来,他那对灰色的眼睛在眉骨的阴影里闪着危险的光芒。"你根本不了解我的父母。"

西蒙往后退了一步。巴兹比他高出几英寸(暂时是这样),如果他发狠的话,看起来还是很危险的。

"我……听着,我很抱歉。"西蒙说,"你愿意带我去吗?"

"好吧。"巴兹说。他那股怒火和干劲已经渐渐消散了。"穿上你的斗篷。"

凯丝回过头看了利瓦伊一眼。他仍旧闭着眼睛。过了一小会儿,他睁开一只眼。"结束了?"

"没有。"她说,"我只是不知道你还想不想我继续念下去。我是说,你懂的。"

利瓦伊闭上眼睛摇了摇头。"别犯傻了,继续念吧。"

凯丝又看了他一会儿。看着他额头上的皱纹和他后颈上的暗金色头发顺着下巴披了下来。他的嘴巴小小的,弯弯的,就像玩具娃娃的嘴巴。她不禁在想,他的嘴在啃苹果的时候会不会不够大。

"我一定是被你给传染上疯病了。"巴兹抱怨着解开了一根绳子。

现在是冬天,小船全都堆在一起,用绳子系着。西蒙原本并没有想到天气会这么冷……不过他还是说道:"闭嘴,这会很好玩的。"

"重点就在这里,斯诺——打从什么时候开始咱俩在一起都能有好玩的事了?我甚至不知道你都玩些什么。我还以为你只会漂白牙齿呢。或是闲来无事屠个龙——"

"咱们以前玩得很开心。"西蒙争辩道。他不知道和巴兹在一起的时候除了斗嘴还能做些什么——而且巴兹说得肯定不对。六年来,他们总不可能一点乐趣都没有吧。"三年级的时候,咱们有一回一起打过吐火兽。"

"那一次我本来是想把你引过去,"巴兹说道,"我以为我在那家伙发起攻击以前就能溜掉。"

"但还是很好玩。"

"斯诺,当时我是想杀掉你的。说到这个,你确定你还想去吗？就咱俩？划船去？我要是把你推下船怎么办？剩下的事情只要交给狼人鱼就行了……"

西蒙的嘴角向一边歪了歪。"我觉得你不会。"

"为什么不会？"巴兹解开了最后一根绳子。

"如果你真想除掉我的话，"西蒙若有所思地说道，"这会儿我已经没命了。你的机会比谁都多。我认为你不会伤害我，除非这刚好中了你的某个宏图大计。"

"也许这就是我的宏图大计呢。"巴兹一边说，一边吃力地把一艘平底船推了出来。

"不可能。"西蒙说道，"这事是我的主意。"

"斯诺大法师，你到底要不要来帮我一把？"

他俩搬着船向水边走去，巴兹轻轻地挥舞着船篙。西蒙这才第一次注意到船篙的一头镀了银。

"打雪仗。"他说道，跟着巴兹把船放到水里。

"什么？"

"咱们打过很多次雪仗。很好玩，还有食物大战。有一回我念咒语把肉汁变到你的鼻子上去了……"

"于是我就把你的魔杖放进了微波炉。"

"厨房都被你炸掉了。"西蒙大笑着说。

"我以为魔杖只是会膨胀变大而已，就像粉红猪软糖那样。"

"你怎么会这么想呢……"

巴兹耸了耸肩。"我学到的教训就是——不要把魔杖放进微波炉里。除非那魔杖是斯诺的，微波炉也是斯诺的。"

这会儿西蒙站在码头上，瑟瑟发抖。他着实没有想到外边会这么冷，也没有想到自己得上船去。他向下瞥了一眼护城河里冰冷漆黑的河水，仿佛看见一个笨重的黑影在水面下移动。

"来吧。"巴兹已经在船上了。他用船篙捅了捅西蒙的肩膀。"这是你的宏图大计，记得吗？"

西蒙咬紧牙关，跨上了船。小船被他的体重压得向下一沉，他慌得两手向前乱摸乱抓。

巴兹笑了起来。"说不定这确实会很好玩。"他说，然后将船篙插入水里，把船撑离了河岸。巴兹在船上一副怡然自得的模样。他站在船尾，就像一道修长的黑影，和往常一样优雅得体。他把船转到了月光下，西蒙看见他深深地吸了一口气。他好几个礼拜都没这么有活力了。

不过西蒙可不是到这儿来看巴兹的——这样的机会一抓就是一大把。西蒙转过身，环顾着护城河，将沿岸石墙上的雕刻和水边的地砖尽收眼底。"我应该带一盏灯笼来的……"他说。

"那可真是太糟了，谁叫你不是魔法师呢？"巴兹答道，同时变出一团蓝色的火焰，朝着西蒙的脑袋抛过去。西蒙低头一闪，接住了火球。巴兹在火系魔法方面总是比他强，真是显摆。

地砖在火光下闪闪发亮。"咱们能离石墙近一些吗？"西蒙问道。巴兹平稳地把船划了过去。

通过近距离的观察，西蒙看见一幅马赛克镶嵌画一直延伸到了水底下。画上有巫师之战，有独角兽，还有符号和标志。天晓得这幅画深到什么地方……巴兹撑着小船慢慢地沿着石墙前进，西蒙举起火球，渐渐把身体伏在了船舷上面，想要看得更清楚一些。

他忘记了巴兹的存在，在他们房间的保护范围之外，他一般是不会允许自己像这样忽视他的。西蒙起初压根没有注意到小船漂着漂着停下了，当他回过头时，巴兹已经在船上朝他走了过来。他对着西蒙弯下腰，脸色被他自己变出来的火球照得铁青，他龇着牙，一脸的决绝与厌恶……

门猛地打开了。

芮根总是一打开锁就立刻用脚把门踹开，她们的门外面到处都是灰蒙蒙的鞋印子。她一阵风似的走进来，把包丢在地上。"嗨。"她说，转过头扫了他俩一眼。

"别说话。"利瓦伊小声说道，"凯丝在念同人小说呢。"

"真的吗？"芮根看着他俩，兴趣更大了。

"假的。"凯丝说着合上了笔记本电脑，"刚刚念完。"

"没完。"利瓦伊探身过来，把电脑又打开了，"吸血鬼就要咬人了，你不能在这里停下来。"

"吸血鬼，哈？"芮根说，"听起来相当的激动人心。"

"我还得把生物学的文章写完呢。"凯丝说。

"来吧。"芮根转过头对利瓦伊说,"植物生理学。咱们是要复习这个吧?"

"我们是要复习这个。"他咕哝着从凯丝的床上滑下来,"能用一下你的手机吗?"他问她。

凯丝把自己的手机递给他,他在上面按下一个号码。接着他裤子的后兜里响起了齐柏林飞艇的一首歌。"未完待续。"他说,然后把手机交还给她,"同意吗?"

"同意。"凯丝说。

"去图书馆?"芮根问道。

"去高速餐馆。"利瓦伊拿起背包打开门,"同人小说听得我好想吃咸牛肉土豆泥。"

"回见。"芮根对凯丝说。

"回见。"凯丝说。

临走前,利瓦伊又把脑袋伸进门里,对着她灿烂地一笑。

1983年，如果你想认识其他的《星际迷航》粉丝，那就得写信加入粉丝俱乐部，或者是在集会时跟其他"星际迷"见面……

2001年，如果有读者迷上了西蒙，粉丝社区就跟手边的键盘一样近在咫尺。

互联网上的西蒙·斯诺粉丝数量突飞猛进——而且还在持续激增当中。关于西蒙的网站和博客比甲壳虫乐队和Lady Gaga的加起来都多。你能看到同人小说、同人画作、同人视频，还有无休无止的讨论与猜测。

热爱西蒙不再是一个人孤孤单单的经历，也不再是集会上一年一度的疯狂——对于数以千计的各年龄粉丝来说，热爱西蒙·斯诺就是一种生活方式。

——詹妮弗·马格努森《西蒙部族》

《新闻周刊》2009年10月28日

十三

凯丝根本就没打算在这里结交新朋友。

某些情况下,她其实是在积极地为不交朋友而努力,不过她通常还是能够以礼待人的。拘谨,紧张,稍微有点愤世嫉俗?是的。粗鲁无礼?不会。

可是凯丝身边的每一个人——班级里的和宿舍里的——都在尽力跟别人交朋友,所以有时候她为了不随波逐流,只能粗鲁无礼了。

校园生活毫无惊喜可言,一个固定节目连着另一个固定节目。你每天刷牙时都会看到同一拨人,上课时又会看到另一拨人,每一门课都有固定的一拨人。每天在走廊里跟你擦肩而过也是同一拨人。很快你们就开始点头致意。接着是互相问好。最后总会有人打开话匣子,你就只能顺应大局了。

凯丝能说什么呢,不要跟我说话?她可不是芮根这样的人。

终于,她就这样跟一起上美国历史课的T.J.和朱利安熟了起来,还有同修政治学的凯蒂,这是个不走寻常路的学生,她已经是两个孩子的母亲了。小说写作班里有名叫肯德拉的女孩人挺不错,她和凯丝都是每周二和周四的上午在学生活动中心里学习一个小时,所以她俩坐在一起也就合情合理了。

但是这些友情都没有扩散到凯丝的私生活里。T.J.和朱利安不会邀请她跟他们一起抽大麻,也不会叫她过来在PS3上玩《蝙蝠侠：阿卡姆之城》。

从没有人找凯丝一起出去玩,也没有人邀她去参加派对（除了芮根和利瓦伊,他俩更像是她的担保人而不是朋友）。就连尼克也没有开口邀请过她,凯丝现在每周都定期和他一同写作两次。

与此同时,琳恩的社交日历却排得满满当当,凯丝觉得哪怕只是打电话给姐姐都会打扰了她。凯丝原本以为那次的酒吧不幸事件在她俩之间已经过去了,可是琳恩的举动却比年初的时候更加烦躁、更加疏远。每次凯丝打去电话的时候,她总是正准备出去,而且还不肯告诉凯丝她打算去哪儿。"我可不要你带着个洗胃器突然冒出来。"

就某些方面来说,情况一直都是这样的。

琳恩一直都是她俩当中更爱交际、更加友善的那一个。受邀参加成人礼和生日派对的也是她。但是从前——初中和高中的时候——人人都知道,如果你请了琳恩,就等于请了凯丝。她俩是形影不离的,就连参加舞会时也不例外。高中三年里,每一次的返校节和班级舞会凯丝和琳恩都会拍照留念——她俩和各自的约会对象一同站在气球拱门下或是闪亮帷幕前。

她俩是买一送一。一直都是。

妈妈走了以后,她俩甚至连接受治疗都是一起去的。如今凯丝回头想起来,觉得这事似乎怪怪的。尤其是考虑到她俩的反应是多么截然不同——琳恩是对外释放,凯丝是向内压抑。极端地、绝望地压抑,仿佛要像《地心游记》一样把自己压到深深的地下。

那时她们三年级,她俩的老师——小学时她俩一直在同一个班——认为她们一定是因为恐怖分子才这么不安。

因为她们的妈妈是九月十一号离开的。

那一年的九月十一号。

凯丝依然觉得这一点让人难堪至极，仿佛她们的妈妈太过唯我独尊，就连这样一起全国性的悲剧，她都忍不住要用自己的破事儿去亵渎一下。

那天凯丝和琳恩放学很早，到家的时候，爸妈已经吵起来了。爸爸很难过，妈妈在哭……凯丝起初以为这是因为世贸中心被袭击了，老师把飞机的事告诉大家了。可是并非如此，不完全是为了这事……

妈妈一直在说："我受够了，亚特。我真的受够了。我的人生走错了。"

凯丝走到外面，坐在后门的台阶上，琳恩坐在她身旁，拉着她的手。

爸妈一直吵个没完没了。那天下午，她们看到总统的专机从头顶飞过，向空军基地飞去，那是天上唯一的一架飞机，当时凯丝还以为全世界都要完蛋了。

一个星期以后，妈妈走了，从此再也没有回来。她在前面的门廊上和两个女儿拥抱，一次又一次地亲吻她们的面颊，保证说很快就会来看她们，说她只是需要一些时间来让自己感觉好一些，回忆一下自己究竟是谁。这话在凯丝和琳恩听来一点意义都没有。你是我们的妈妈。

接下来的事情，凯丝就不是每一件都记得了。

她记得自己经常在学校里哭。课间休息的时候跟琳恩一起躲在洗手间里。搭公车的时候两人手拉着手。有个男孩说她俩是同性恋，琳恩抓伤了他的眼睛。

琳恩不哭。她偷东西，再把这些东西藏在自己的枕头底下。爸爸第一次给她俩换床单的时候——那已经到第二年的情人节以后了——发现了几支西蒙·斯诺的铅笔、几管润唇膏和一张小甜甜布兰妮的CD。

后来，又过了一个星期，琳恩用安全剪刀剪坏了一个女孩的裙子，凯丝在社会学课上尿湿了裤子，因为她不敢举手要求去洗手间。老师把她们的爸爸请到学校，给了他一张儿童心理学家的名片。

爸爸没有跟治疗师说她们的妈妈离开了。他甚至直到放暑假才把这事告诉她们的祖母。他以为她一定会回来……他真是个彻头彻尾的灾难。

他们三个全都是彻头彻尾的灾难。

他们花了好几年时间才缓过劲儿来。所以，如果有些东西弄错了，那又怎么样呢？起码他们还能撑起自己的一片天。

多数时候都可以。

凯丝合上生物学课本，伸手去拿笔记本电脑。读书太安静了，她要写作。

手机响起的时候，她吓了一跳。接听之前，她盯着屏幕看了一小会儿，想要认出这是谁的号码。"喂？"

"嗨。我是利瓦伊。"

"嗨？"

"今天晚上我家有个派对。"

"你家总是在开派对。"

"那你来吗？芮根也来。"

"利瓦伊，我在你的派对上能干什么呢？"

"找乐子呀。"他说，她能听得出他是笑着说的。

凯丝尽力忍住不笑。"我不喝酒，不抽烟，不嗑药。"

"你可以跟别人聊天。"

"我不喜欢跟醉鬼聊天。"

"人家喝酒不代表他们一定会喝醉。我就不会喝醉。"

"我不用去参加派对也能跟你聊天。是芮根让你请我去的吗?"

"不,压根不是。不是她叫我请你的。"

"在派对上玩得开心点,利瓦伊。"

"等一下,凯丝。"

"干吗?"她说得好像自己不堪其扰似的,其实她并没有这种感觉。她一点也不觉得他烦。

"你在干什么?"

"想写点东西。你在干什么?"

"没干什么。"他说,"刚刚下班。也许你应该把那篇小说给我念完……"

"什么小说?"她明知故问。

"西蒙·斯诺的那篇小说。吸血鬼巴兹正要攻击西蒙。"

"你想要我在电话里念给你听?"

"为什么不行呢?"

"我不会在电话里给你念的。"

有人敲了一下门。凯丝满腹狐疑地看着房门。

又敲了一下。

"我知道是你在敲门。"她对着电话说。利瓦伊笑了。

她站起来,打开房门,挂上了电话。"你这人真可笑。"

"我给你买了咖啡。"他说。他穿着一身黑——黑色的牛仔裤、黑色的毛衣、黑色的工作皮靴——手里端着两个很有圣诞气息的红杯子。

"我不怎么喝咖啡。"尽管他俩曾经在星巴克里偶遇过。

"没事。这些更像是融化的糖果。你想要哪一种,津姜拿铁还是蛋酒?"

"蛋酒会让我想起黏液。"她说。

"我也是,不过是好的那面。"他举起一只手,"津姜拿铁。"

凯丝接过杯子,无奈地一笑。

"不用谢。"利瓦伊说。他坐在她床上,一脸期待的笑容。

"你真的要听?"她在桌前坐了下来。

"念吧,凯丝,你写这些小说不就是为了让人开心的吗?"

"我写这些小说是给人看的。我把链接发给你。"

"不要发链接给我。我不是很喜欢上网。"

凯丝不禁睁大了眼睛。她正准备呷一口咖啡,却停了下来。"你怎么会不喜欢互联网呢?这就好比说:'我不喜欢既方便又好用的东西,我不喜欢人类所有记载下来的发现都近在指尖触手可及,我不喜欢光亮,也不喜欢知识。'"

"我喜欢知识。"他说。

"你不是个爱读书的人。现在你又说你也不是个爱上网的人。那你还能喜欢什么?"

利瓦伊笑了起来。"生活、工作、上课、户外活动、其他人。"

"其他人。"凯丝重复道,她一边摇头一边抿了一小口咖啡,"网上也有其他人,这一点很棒。你可以得到和'其他人'交往所带来的一切好处,却用不着忍受体臭,也不用跟人有眼神交流。"

利瓦伊踢了踢她的椅子,他用不着伸腿就能够得着。"凯丝。把你写的同人小说读给我听吧。我想知道接下来发生了什么事。"

她慢吞吞地打开电脑,仿佛她还没考虑清楚要不要读,仿佛她能想出什么办法来拒绝他。利瓦伊想知道接下来发生了什么事。这个问题正是凯丝的致命弱点。

她打开上次给他念的那篇小说。这是她去年为一次圣诞小说的节日活动所写的。凯丝的作品赢得了两项大奖："最像真作奖"和"最佳斯诺奖"。

"咱们读到哪里了？"她说，这话更像是她对自己说的。

"'巴兹龇着牙，一脸的决绝与厌恶。'"

凯丝在小说里找到了这句话。"哇哦。"她说，"好记性。"

利瓦伊面带着微笑，又在她的椅子上踢了一脚。

"好。"她说，"那么他们是在船上，西蒙弯着腰，看着护城河沿岸墙上的瓷砖。"

利瓦伊闭上了眼睛。

凯丝清了清嗓子。

当他回过头时，巴兹已经在船上朝他走了过来。他对着西蒙弯下腰，脸色被他自己变出来的火球照得铁青，他龇着牙，一脸的决绝与厌恶……

巴兹手里的船篙都快要压到西蒙脸上了，西蒙还没来得及摸到自己的魔杖，也没来得及小声念出一句咒语，巴兹就把船篙猛地向前一戳，从西蒙的肩膀上越了过去。小船摇晃了一下，水里传来一声嚎叫，其中还夹杂着汩汩的水声——水花乱溅的声音。巴兹举起船篙，又一次猛刺下去，他的表情冷酷残暴，西蒙以前就曾经见过他这个样子。他张大了嘴，嘴唇闪闪发亮，几乎要咆哮起来。

小船摇来晃去，西蒙忍着一动不动。等到巴兹又退回去的时候，西蒙慢慢地站了起来。"你把它干掉了吗？"他平静地问道。

"没有。"巴兹说，"我本来应该把它干掉的。它不该笨到来骚扰小船，你也不该笨到往护城河里扑。"

"话说护城河里为什么会有狼人鱼呢？"西蒙红着脸问道，"这里是学校啊。"

"这所学校的校长是个疯子。六年来我一直想让你明白这一点。"

"不要那样说大法师。"

"西蒙，你的大法师这会儿在哪儿呢？"巴兹幽幽地问道，抬起头来看着古老的城堡。他似乎又累了，脸色发青，被月光蒙上了一层阴影，他的双眼已经完全被黑眼圈给包围了。"还有你到底在找什么？"他问得很尖刻，同时揉了揉眼睛，"如果你告诉我的话，也许我能帮你找到它，这样咱俩就不用待在外面，免得淹死、冻死或者是被什么东西撕开喉咙惨死了。"

"我在找……"西蒙权衡着风险。

通常情况下，当西蒙的探索行动进行到这一步的时候，巴兹肯定早已嗅出他的目的，并且开始设陷阱阻挠他了。可是这一次，西蒙没有把自己要做的事情告诉任何人，连阿加莎都不知道，甚至连佩妮洛普都不知道。

那份匿名信倒是叫西蒙去寻求帮助，信上说这次的任务太危险,他不能孤军奋战。可西蒙正是因为这样才不想把朋友们卷进来。

但是让巴兹身陷险境……好吧,这就没那么让人反感了。

"这事很危险。"西蒙一本正经地说。

"哦,这我相信。危险就像你的中间名一样。西蒙·奥利弗·危险·斯诺。"

"你怎么知道我的中间名叫什么?"西蒙警惕地问。

"天哪,'六年'这两个字你是有哪里听不懂?我知道你穿鞋时先穿哪只脚。我还知道你的洗发水是苹果味儿的。我的脑子里简直要被这些一文不值的西蒙·斯诺冷知识给挤爆了……难道你不知道我的?"

"你的什么?"

"我的中间名。"巴兹说。

笑里藏刀,他可真不好对付。"是……是巴西尔登,对吧?"

"完全正确,你这个了不起的大笨蛋。"

"你这个问题是在下套儿。"西蒙转过头去继续看马赛克镶嵌画。

"你到底在找什么?"巴兹又问了一遍,就像头野兽咬着牙在咆哮。

六年来,西蒙的确对巴兹有了一点了解:他上一秒还只是暴跳如雷,下一秒就能变得危险无比。

可是西蒙却依然没有学会不要上钩。"兔子!"他脱口而出,"我在找兔子。"

"兔子?"巴兹似乎一头雾水,吼到一半就卡住了。

"六只白兔。"

"干吗要找?"

"我也不知道!"西蒙喊道,"我就是要找。我收到一封信。信上说校园里有六只白兔,找到它们就能发现——"

"发现什么?"

"我、不、知、道。发现某件危险的事情吧。"

"我猜想,"巴兹边说边靠在船篙上,用前额抵着木柄,"你也不知道寄信的人是谁。"

"不知道。"

"这可能是个陷阱。"

"只有一个办法能搞清楚。"西蒙真希望自己能够不让小船倾斜就站起来和巴兹面对面。他不喜欢巴兹这副居高临下跟他说话的样子。

"你真的是这么想的,"巴兹嘲笑道,"是吧?你真的认为,要想搞清楚一件事是否危险,唯一的办法就是直接一头扎进去?"

"你有其他的建议吗?"

"首先,你可以问问你那可爱的大法师。然后,你还可以把这个问题拿去问你那个刻苦学习的好朋友。她的头脑那么大,把耳朵都给挤出去了,就像猴子耳朵一样——也许她能够给你一些启发。"

西蒙猛地拉了一下巴兹的斗篷,害得巴兹失去了平衡。"不许这样说佩妮洛普。"

小船摇晃起来,巴兹又恢复了他那酷酷的站姿。"你告诉她了吗?你告诉过谁吗?"

"没有。"西蒙说。

"六只白兔,是吧?"

"没错。"

"你到现在已经找到几只了?"

"四只。"

"那么你找到的是教堂里的那只和吊桥上的那只——"

"你知道吊桥上的那只兔子?"西蒙又坐了下来,他吓了一大跳,"我花了三个星期才找到。"

"这我可一点儿也不吃惊。"巴兹说,"你本来就不善于观察。你知道我的教名是什么吗?"他又开始撑船了,西蒙希望他是往码头的方向去。

"是……是叫提什么的吧。"

"是提兰诺斯。"巴兹说,"真的。所以教堂、吊桥,还有托儿所——"

西蒙费力地爬起来,拽住巴兹的斗篷站直了身体。平底船一上一下地颠簸着。"托儿所?"

巴兹低下一条眉毛。"当然。"

离得这么近，西蒙连巴兹眼睛底下的淤紫和眼皮上面网状的黑色血管都看得一清二楚。"带我去看。"

巴兹耸了耸肩——其实是抖了一下——甩开西蒙下了船。西蒙猛地往前一冲，抓住码头上的一根柱子，不然小船就要漂走了。

"走吧。"巴兹说。

凯丝这才意识到自己已经开始模仿西蒙和巴兹的声音了，起码她在脑海里听见的他俩声音就是这样的。她回头瞥了一眼利瓦伊，看看他是否也注意到了这一点。他双手捧着自己的杯子贴在胸前，下巴靠在杯盖上，仿佛在用杯子给自己取暖。他的眼睛是睁着的，但目光却很茫然。他这样子就像个正在看电视的小孩子。

趁着他还没发现她在看他，凯丝又转过头去看着电脑。

把小船收起来所花的时间比把它弄出来还要久，等到小船系好的时候，西蒙的双手都湿透了，冻得冰凉冰凉。

他们赶紧回到城堡里，两人肩并肩地走着，都把拳头插在各自的口袋里。

巴兹比西蒙高一些，但他俩的步伐却完全一致。

西蒙不知道他们以前是否也像这样走过。在六年当中——六年来他们始终都是往同一个方向走的——他们是否曾经有过步调一致的时候，哪怕只有一次？

"到了。"巴兹说,同时抓住西蒙的胳膊,在一扇关着的门前停了下来。西蒙差点就从门口走过去了。他一定曾无数次从这里经过。这个房间位于一楼,离教授们的那些办公室很近。

巴兹转了一下把手。门锁着。他从口袋里掏出魔杖,嘴里喃喃低语起来。门忽然开了,仿佛门把是自己跑到巴兹那苍白的手里去的。

"你怎么做到的?"西蒙问道。

巴兹只是冷笑了一声,然后大步走进房间。西蒙跟在他后面。房间里很黑,不过他还是能看得出这是给孩子们待的地方。这里有玩具和枕头,还有小火车的轨道在房间四周向四面八方蜿蜒而去。

"这是什么地方?"

"托儿所。"巴兹轻声地说,仿佛孩子们此刻正在房间里睡觉。

"沃特福德为什么会有托儿所?"

"没有。"巴兹说,"已经没有了。如今这里太危险,不适合孩子们。不过从前教师们工作的时候会把孩子带到这里来。其他那些有魔力的孩子如果希望尽早开始个人成长的话,也可以到这里来。"

"你也来吗?"

"是的,我一出世就来了。"

"你父母一定觉得你需要大量的额外补习。"

"因为我妈妈是当时的校长，你这个白痴。"

西蒙转过头来看着巴兹，可是黑暗中他却不大能看见那个男孩的脸。"这我倒不知道。"

他几乎能听见巴兹翻了个白眼。"真让我吃惊。"

"我见过你妈妈的。"

"你见到的是我的继母。"巴兹说。他站在那里一动也不动。

西蒙也像他一样一动不动。"你妈妈是前任校长。"他看着巴兹的侧颜说道，"在大法师上任之前被吸血鬼杀死的那位校长。"

巴兹垂下头，仿佛头上压了千斤大石。"来吧。兔子在这边。"

隔壁的房间是圆形的，很宽敞。一张张婴儿床靠着墙放在两边，中间用低矮的小蒲团摆成了一个环形。屋顶很高，天花板是曲面的，房间的另一端有一个巨大的壁炉——足有半墙高。巴兹对着自己的手小声说了句话，然后将一个熊熊燃烧的火球送进壁炉里。他又小声说了些什么，同时用手在空中一转，火球的蓝色火焰变成橘色，变得热了起来。房间开始在他们周围焕发出一点生气了。

巴兹走到壁炉边，举起手来取暖。西蒙跟着他走了过去。

"就在这里。"巴兹说。

"哪里？"西蒙向火里张望着。

"在你的头顶上。"

西蒙抬起头,然后转过身来面对着房间。头顶的天花板上有一幅色彩鲜艳的壁画,画的是夜空。深蓝色的天空上,一轮明月非常显眼。一只白兔独自蜷在月亮上,它双眼紧闭,又胖又圆,睡得很熟。

西蒙走到房间中央,高高地扬起下巴。"第五只白兔……"他低声说道,"是月兔。"

"现在要怎样?"巴兹走到西蒙身后问道。

"你什么意思?"

"我是说,现在该怎么办?"

"我不知道。"西蒙说。

"好吧,那你找到其他兔子时做了什么?"

"什么也不做。我只是把它们找出来。信上也只说找到它们就行。"

巴兹用双手捂住脸,泄气地跌坐在地板上,低声吼了起来。"你和你的梦之队平日里就是这么运作的吗?难怪要坏你们的事总是那么容易。"

"可是要阻止我们继续却很难,这我看出来了。"

"哦,闭嘴吧。"巴兹说,他把脸埋在膝盖里,"什么都别说了。在你找到什么值得说的话之前,我不想再听到你那多愁善感的声音了。那就像你在往我的两眼之间打钻头一样。"

西蒙也在地板上坐下来,就坐在离巴兹不远的地方,离壁炉也很近,他抬起头看着那只熟睡的兔子,看得脖子都开始抽筋了,于是他往后靠去,躺在了地毯上。

"我也曾经在这样的房间里睡过觉。"西蒙说,"在孤儿院。那里比这儿差得远了。没有壁炉。没有玉兔。但我们大家全都像这样睡在一起,在一个房间里。"

"斯诺大法师,你就是那时参演音乐剧《安妮》[1]的吧?"

"现在也依然有这样的地方。孤儿院。你不会了解的。"

"说得对,"巴兹说,"我妈妈可不是自愿离开我的。"

"如果你的家庭如此显赫的话,你干吗要跟我一起庆祝圣诞呢?"

"这不能算庆祝吧。"

西蒙继续集中精力看着兔子,其中也许另有隐情,说不定眯起眼睛或者是在镜子里面能看见。阿加莎有一面魔镜,它能告诉你什么事出了差错,像是牙齿缝里有没有菠菜叶啊,鼻子上有没有沾到东西啊。每次西蒙照镜子的时候,它总是会问他是在骗谁。"它只是嫉妒而已。"阿加莎会这么说,"它觉得我对你关心过头了。"

"是我自己愿意留下的。"巴兹打破沉默说道,"我不想回家过圣诞节。"他也向后躺在了地板上,离西蒙只

---

1 《安妮》:根据连载漫画《孤女安妮》所改编的音乐剧。

有一臂之遥。西蒙转过脸去看着他，巴兹正凝视着壁画上的群星。

"你当时在这里吗？"西蒙问道，望着火光从巴兹鲜明的五官上照过去。他的鼻子完全长错了。西蒙一直都这么觉得。它仿佛是从巴兹眉毛之间软软的隆起处一下子高耸出来的。如果西蒙对着巴兹的脸看得太久了，他就总是想伸手去把他的鼻子给拽下来。其实这样也无济于事，但他就是有这种感觉。

"什么时候？"巴兹问道。

"他们攻击你妈妈的时候。"

"他们攻击的是托儿所。"巴兹说，好像是在解释给月亮听，"吸血鬼不能生小孩，你知道的。他们只能把小孩变成吸血鬼。所以他们认为，如果把有魔力的孩子变成吸血鬼，这些孩子就会具有双倍的危险性。"

这倒是，西蒙想，他的心不禁害怕地往下一沉。吸血鬼几乎就已经是刀枪不入了，如果是会施魔法的吸血鬼……

"我妈妈是来保护我们的。"

"来保护你的。"西蒙说。

"她朝吸血鬼的身上投放火焰，"巴兹说，"他们就像闪光纸一样被烧得干干净净。"

"那她是怎么死的？"

"吸血鬼太多了。"他依然在对着夜空说话，但是眼睛已经闭上了。

"他们有没有把哪个孩子变成吸血鬼？"

"有。"这个字就像一股青烟似的从巴兹的双唇之间飘了出来。

西蒙不知道该说什么了。他觉得，从某种意义上来说，巴兹也许更可怜。他曾经有过母亲，一位强大而又慈爱的母亲，然后又失去了她，不像西蒙是从小到大一直都这样。一无所有。

他知道巴兹的故事后来怎么样了：校长——巴兹的妈妈——被害以后，大法师接管了学校。学校发生了变化，这是不得已而为之。如今他们不再只是学生了。他们还是战士。托儿所当然也关闭了。当你来到沃特福德，就要把童年抛在身后。

这对西蒙来说完全没有问题。反正他本来就一无所有。

但是巴兹……

他失去了母亲，西蒙想，然后我来到了他的身边。出于一阵同情抑或是怜悯，西蒙伸手握住巴兹的手，同时做好了胳膊被巴兹给拉脱臼的心理准备。

可是巴兹的手却冰凉冰凉的，一点力气也没有。西蒙靠近了一些看，发现他已经睡着了。

这时房门猛地打开了，凯丝觉得这一次芮根回来的时机真是刚刚好。凯丝合上笔记本电脑,好让利瓦伊知道她念完了。

"嗨。"芮根说,"哦,嗨,圣诞特饮。你有没有给我带一杯津姜拿铁?"

凯丝内疚地低下头看着自己的杯子。

"我给你买了蛋酒。"利瓦伊边说边伸出手,"还一直把它放在嘴里保温呢。"

"蛋酒。"芮根皱起鼻子,不过还是接了过去,"你来这么早干什么?"

"我觉得咱们可以在派对开始前做一会儿功课。"利瓦伊说。

"《我和我的双胞胎妹妹》[1]?"

他点点头。

"你在看《我和我的双胞胎妹妹》?"凯丝问道,"那是儿童读物。"

"是青少年读物。"他说,"这一课很精彩。"

芮根正在把衣服往包里塞。"我要到你家去洗个澡。"她说,"我他妈真是受不了公共浴室了。"

利瓦伊敏捷地在凯丝床上往前一溜,把一只胳膊肘撑在她的书桌上。"所以巴兹就是这样变成吸血鬼的?在托儿所被攻击的时候?"

凯丝真希望他不要当着芮根的面说起这个。"你是说,在现实中?"

"我说的是在书里。"

"书里没有托儿所。"凯丝说。

"在你的版本里,他就是这样变成吸血鬼的。"

---

1 《我和我的双胞胎妹妹》:曾获纽伯瑞奖金奖的文学作品。

"只有在这个故事里是这样。每个故事都不太一样。"

"其他人也都有他们自己的版本?"

"是的。"她说,"我们这些粉丝写得全都不一样。"

"只有你一个写的是巴兹和西蒙坠入爱河吗?"

凯丝笑了。"哦,不是。网上所有的人都在写巴兹和西蒙。要是你到谷歌上输入'巴兹和西蒙',它提供的第一个搜索建议就是'巴兹和西蒙相爱'。"

"有多少人在写?"

"是写西蒙配巴兹?还是写西蒙·斯诺的同人小说?"

"写同人小说。"

"天哪,我不知道。成千上万吧。"

"所以,如果你不希望这套书完结,那还可以继续在网上阅读西蒙·斯诺的故事,一直读下去……"

"一点不假。"凯丝诚恳地说。她原本以为利瓦伊一定会抨击她,想不到他竟然听明白了。"要是你爱上了魔法师的世界,你就可以继续生活在那儿。"

"我觉得这可不能叫生活。"芮根说。

"那就是个比喻。"利瓦伊温柔地说。

"我可以走了。"芮根说,"凯丝,你来吗?"

凯丝勉强笑了一下,摇了摇头。

"你真的不来?"利瓦伊边问边从她床上起来了,"我们可以稍后再来接你。"

"不,不用了。明天见吧。"

他们一走,凯丝就自个儿下楼去吃了晚餐。

"也许我就不该用魔杖。没准该像你一样用个戒指。或者……像老癞皮埃尔斯佩思那样在手腕上戴个东西。"

"哦，西蒙。"佩妮洛普皱起眉头，"你不该那么叫她。她身上长毛又不是她自己能控制的——她爸爸是肯拿士的巫王。"

"对，我知道，我只是……"

"对于我们其他人来说，这确实是要容易一些。"她安慰他道，"魔法师的工具都是家传的。一代传给下一代。"

"没错。"他说，"就像魔力一样。可是这说不通啊，佩妮洛普——我的父母肯定是魔法师。"

他以前就试着跟她谈过这事，可是那一次她听了也是这副难过的表情。

"西蒙……他们不可能是魔法师。魔法师永远不会抛弃自己的骨肉。永远不会。魔力太珍贵了。"

西蒙转过头没再看她，然后又挥了一下魔杖。魔杖在他的手里仿佛就是个死物。

"我觉得埃尔斯佩思的毛很漂亮。"佩妮洛普说，"她看起来软软的。"

他把魔杖塞进口袋，站了起来。"你只是想要一只小狗而已。"

——摘自《西蒙·斯诺与第三道门》第二十一章

杰玛·T.莱斯利2004版权所有

十四

感恩节的前一天,爸爸到学校来接她们。当他把车停在庞德楼的前面时,琳恩和考特尼已经坐在这辆本田车的后座上了。

以前琳恩和凯丝常常一起坐在后座上。爸爸总是抱怨说感觉自己就像个开出租车的。她俩就会说:"不,你是开豪华轿车的。回家,詹姆斯。"

"哇哦,瞧啊……"凯丝在他身旁的副驾驶座坐下时,他说,"有人陪我了。"她勉强笑了笑。

考特尼和琳恩在后座聊天,可是车里开着收音机,凯丝听不见她俩说的话。刚一开上州际公路,她就朝爸爸那边靠过去。"肉汁意式方饺怎么样了?"

"你说什么?"爸爸关掉了收音机。

"爸。"琳恩说,"那是我们最喜欢的歌。"

"抱歉。"他说,同时把声音调到了后座的喇叭上。"你说什么?"他问凯丝。

"肉汁意式方饺。"她说。

"哦。"他做了个鬼脸,"去他的肉汁意式方饺。你知道吗?那其实是罐装的意式方饺泡在黏乎乎的褐色肉汁里。"

"听起来真恶心。"凯丝说。

"简直令人作呕。"他说,"这就像是给人吃的狗食。恐怕正因为如此我们才要比稿……'你是不是想吃狗食却又不想让人知道?你是不是闻到狗食的味道就会垂涎三尺?'"

凯丝也加入进来,尽力模仿着播音员的声音:"你之所以不吃狗食,唯一的原因是不是害怕邻居看见那些罐头,而后又发现你并没有养狗?"

"肉肉肉汁意式方饺。"爸爸用很夸张的发音说道,"这就是给人吃的狗食。"

"你没拿下这单生意。"凯丝说,"我很遗憾。"

他摇着头,过了好一会儿才停下来。"我们拿下了。可是有时候,拿下比没拿下还要糟糕得多。竞争很激烈,有六家公司参加比稿。他们选中了我们,接着又一一拒绝了我们所有的好点子。后来,无计可施之下,凯利在一次客户会议上说:'说不定可以这样,有一只熊从冬眠中醒来,饥肠辘辘,可它就只会说肉肉肉。然后,这只熊吃了一大碗美味的肉肉肉汁意式方饺,于是它就变成了人……'客户居然喜欢这个点子,简直他妈的激动坏了,立刻就喊道:'就要这个!'"

凯丝回头瞥了一眼,看看考特尼有没有在听他们说话。爸爸只有在谈到工作的时候才会骂人。(有时候他狂躁起来也会。)他说广告公司的人脏话连篇,而且都有幽闭恐惧症,在潜艇上工作都比在广告公司强。

"所以,现在我们就在拍卡通的大熊和肉肉肉汁意式方饺。"他说。

"听着就让人受不了。"

"根本是折磨。我们拍了四支电视预告片。四种不同的熊变成了四种不同的人。四种,这样就能把所有的人种都涵盖进来。可是该死的凯利又问,咱们是不是应该用熊猫来变成那个亚洲人。他说得很认真。可这不只是种族歧视了,熊猫压根也不冬眠。"

凯丝咯咯地笑了。

"于是我只能跟我的老板说:'这个主意很有趣,凯利,可是熊猫不冬眠。'你知道他怎么说吗?"

凯丝大笑起来。"嗯哼。怎么说?"

"亚瑟,别那么死脑筋。"

"不是吧!"

"千真万确!"爸爸也大笑起来,又摇摇头,摇得很快,摇了很久,"给这个客户干活简直就是在给我的脑子自掘坟墓。"

"自掘肉肉肉汁意式坟墓。"凯丝说。

他又笑了。"不要紧。"他说,同时拍打着方向盘,"这个有钱赚,完全是看在钱的份儿上。"

她知道这不是真心话。他从来都不是为了钱,而是为了工作。为了想出完美的创意,为了找到最好的解决之道。爸爸并不在乎自己推销的是什么。卫生棉也好,拖拉机也罢,给人吃的狗食也行。他只是想把那个完美的点子给找出来,它就像既漂亮又合适的那一片拼图。

可是他每次想出的这种创意,却几乎总是会被毙掉。不是被客户拒掉,就是被上司拒掉,要不就是被改得面目全非。这就像有人在爸爸的心里直接开了个口子,把他灵魂的汁液给放空了。

考特尼在西奥马哈下车以后,琳恩从后座溜到前面,关掉了收音机。

"安全带。"爸爸说。

她又坐了回去，重新扣好安全带。"明天奶奶会来吗？"

"不来。"他说，"她到芝加哥去了，要在林恩姑姑那里住一个月。她想跟孩子们一起过节。"

"我们就是孩子啊。"琳恩说。

"已经不是了。你们是老于世故的小女人。没人想看着你们打开礼品卡。嗨，你妈妈什么时候来接你？"

凯丝突然转过头去看着姐姐。

琳恩已经在看着她了。"中午。"她小心翼翼地说，"他们打算一点钟吃午饭。"

"那咱们六点吃晚饭？还是七点？你会留点肚子吃晚饭的吧？"

"她要来接你？"凯丝问道，"她要来我们家？"

爸爸奇怪地看了凯丝一眼，然后又从镜子里看了看琳恩。"我以为你们俩会谈谈这事的。"

琳恩翻了个白眼，然后看着窗外。"我就知道她会大惊小怪——"

"我没有大惊小怪。"凯丝说，她觉得眼睛又开始刺痛了，"如果我大惊小怪的话，那也是因为你什么都没告诉我。""这没什么大不了的。"琳恩说，"我跟妈妈通过几次电话，还打算明天跟她一起出去几个小时。"

"十年了，你第一次跟她讲话，这还叫没什么大不了？你居然叫她妈妈？"

"那我该叫她什么？"

"你不该叫她。"凯丝几乎完全转过来对着后座了，把安全带都给拉紧了，"你根本就不该叫她。"

她感觉到爸爸把手放在她的膝盖上。"凯丝——"

"不。"凯丝说,"你也不应该。发生了那一切之后,你就不该理她。"

"她是你妈妈。"他说。

"那是生物学上的概念。"凯丝说,"她干吗要来骚扰我们?"

"她想了解我们。"琳恩答道。

"很好,那可真是省心得要死啊。现在我们已经不再需要她了。"

"'要死'?"琳恩说,"嗨,凯丝,你不知不觉开始说斯诺的台词了。"

凯丝感觉到泪水从脸上流下来。"你为什么总是这样?"

"哪样?"

"拿西蒙和巴兹来说三道四。"

"我没有。"

"你有。"凯丝说,"你现在就是。"

"随你怎么说吧。"

"是她离开我们的。她不爱我们。"

"不是那么简单的。"琳恩望着窗外掠过的建筑说。

"对我来说就是这么简单。"凯丝在座位上转了回去,抱起双臂。爸爸的脸都红了,他又在方向盘上嗒嗒地敲了起来。

到家以后,凯丝不希望自己是躲到楼上去的那一个。她知道,如果她上楼的话,就会觉得自己被困在那里,凄凄惨惨的,仿佛是她不够理智,就像个被打发回房间的小孩子一样。

所以她进了厨房,站在料理台旁边看着后院。爸爸还留着她俩的秋千架。她宁愿他已经把它给拆了,如今它成了个危险地带,而且邻居的孩子们很喜欢溜进院子里,在秋千上玩耍。

"我以为你们俩会谈谈这事。"他站在她身后。

凯丝耸了耸肩。

他把一只手放在她肩上,但是她并没有回头。"琳恩说得对。"他说,"事情不是那么简单的。"

"别说了。"凯丝说,"别说了,好吗?我简直不敢相信你会站在她那一边。"

"你们两边我都站。"

"我说的不是琳恩那一边。"凯丝猛地转过身来,她又想流泪了,"是她。她那一边。是她离开你的。"

"我们在一起并不快乐,凯丝。"

"她也是因此才离开我们的吗?因为我们在一起不快乐?"

"她需要一点时间。她应付不来为人父母的角色……"

"那你能应付得来?"

凯丝从他的眼睛里看到受伤的神情,她摇了摇头。"爸,我不是那个意思。"

他深深地吸了一口气。"听着。"他说,"你想听实话吗?我也不喜欢这样。如果永远都用不着再想起劳拉,永远都不用,那我也会轻松许多……可她是你们的妈妈。"

"大家都别再说这种话了好吗?"凯丝转过头看着窗外,"如果你在孩子们长大成人以后才跳出来,那你就不可能摇身一变成为妈妈。她就像《红色小母鸡》[1]里面的那些个动物,等到故事结尾的时

---

[1] 《红色小母鸡》:一个童话小故事,讲的是红色小母鸡种麦子,其他动物都不肯帮忙,小母鸡自己播种、收割、磨面粉,最后做成了面包,这时其他动物倒愿意帮着一起吃面包了,不过小母鸡拒绝了他们。

候才现身,要吃小母鸡做好的面包。当年我们需要她的时候,她连我们的电话都不肯回。那会儿我们刚刚开始来月经,只能上谷歌去搜索那些细节。可是现在,我们已经不再想念她了,我们已经不再为她哭泣了,那些屁事我们也都搞清楚了,现在她却想来了解我们了?我如今不需要妈妈了,谢谢。我很好。"

爸爸笑了。

她回头瞥了他一眼。"你笑什么?"

"我也不知道。"他说,"我想是在笑面包那句话吧。还有……你真的到谷歌上去搜过月经?这个你可以问我的——月经这事我还是了解的。"

凯丝松了一口气。"没关系。那时我们什么事都上谷歌去搜。"

"你用不着跟她讲话。"他轻声说,"没人会强迫你的。"

"是啊,可是琳恩已经……她已经把吊桥给放下了。"

"琳恩一定是还有些事需要搞清楚。"

凯丝握紧双拳,用拳头压在自己的眼睛上。"我只是……不喜欢这样……我不喜欢想起她,我不想看见她。我不希望她走进这个家,不愿意想到这里也曾经是她的家,不愿意想到我们也曾经是属于她的……我不希望她把脑子转到我们身上来。"

爸爸把凯丝拉进怀里。"我明白。"

"我觉得所有的事情都颠倒过来了。"

他又深深地吸了一口气。"我也是。"

"她打电话来的时候你发火了吗?"

"我哭了三个钟头。"

"哦,爸……"

"是你们的奶奶把我的手机号码给她的。"

"你跟她见过面了吗?"

"没有。"

凯丝打了个冷颤,爸爸把她搂得更紧了。"当我想到她要来这儿,"她说,"就觉得那会很像《指环王:护戒使者》里霍比特人躲着戒灵的场面。"

"你妈妈不是坏人,凯丝。"

"我就是有这种感觉。"

他安静了几秒钟。"我也是。"

琳恩没有及时赶回来吃感恩节的晚餐,她整夜都没有回来。

"我觉得,要是咱们把桌子摆好,假装一切正常。"凯丝对爸爸说,"那只会更糟糕。"

"同意。"他说。

他俩在起居室里吃了火鸡和土豆泥,边吃边看历史频道。焗烤四季豆在厨房里放凉了,因为家里只有琳恩一个人吃这东西。

巴兹:"你以前这么干过吗?"

西蒙:"有。也没有。"

"到底有还是没有?"

"有。但不像这样。"

巴兹:"不是跟男孩子一起?"

西蒙:"不是在我真心想这么做的时候。"

——摘自《好吗?》

由同人小说网作者魔法凯丝发表于2010年4月

十五

当凯丝看见站在门外的是利瓦伊时,她很高兴,他那张脸永远都是那么友善,于是她直接就让他进来了,甚至都懒得跟他说芮根不在。

"芮根在么?"他一进屋就问道。利瓦伊的表情不太亲切,他的额头皱了起来,弓形的小嘴也抿得紧紧的。

"不在。"凯丝说,"她出去有一个小时了。"她没有说的是:跟一个名叫钱斯的大块头一起出去的,那家伙经常在校内打橄榄球,要是把约翰·亨利[1]拍成电影,他来演男主角似乎正合适。

"该死。"利瓦伊说着靠在了门上。他就连生气时都不忘找个地方靠着。

"怎么啦?"凯丝问道。他终于吃醋了吗?难道他以前都不知道其他那些男生的存在?凯丝一直以为他和芮根是早就约定好了。

"她本来应该跟我一起学习的。"他说。

"哦……"凯丝说,不过她还是没有搞明白,"嗯,如果你愿意的话,还是可以在这儿学习。"

---

1 约翰·亨利:美国民间传说里的黑人英雄。

"不行。"他生气了,"我需要她帮我。本来我们昨晚就该学习,可是她推到了今天,明天就要考试了,而且——"他用力把一本书扔到芮根床上,然后坐在了凯丝的床尾,虽然转过去没有看她,却依然遮着脸,"她说过会和我一起学习的。"

凯丝走过去,把书拿了起来。"《局外人》[1]?"

"是的。"他抬起头,"你看过吗?"

"没有。你呢?"

"没有。"

"那就看啊。"她说,"考试是明天?你还有时间。这书看起来也不长。"

利瓦伊摇了摇头,又在看着地板了。"你不明白。这次考试我必须得过。"

"那就看书吧。难道你是打算让芮根替你看?"

他又摇了摇头,但并不是在回答这个问题,更像是在对看书这个主意摇头说不。

"我告诉过你的。"他说,"我不是个爱读书的人。"

利瓦伊总是这么说。我不是个爱读书的人,就好像书籍是高热量的甜点或者恐怖电影似的。

"没错,但这里是学校。"她说,"你要让芮根去替你考试吗?"

"也许吧。"他气鼓鼓地说,"如果有这种选择的话。"

凯丝把书丢在床上利瓦伊的身边,走到自己的书桌前。"你也可以看看那部电影。"她不大高兴地说。

---

[1] 《局外人》:由S. E. Hinton著于1967年,描写了帮派斗争和帮派成员的心理成长历程。后由著名导演弗朗西斯·福特·科波拉改编为电影。

"我找不到资源。"

凯丝从喉咙里哼了一声。

"你不懂。"利瓦伊说,"要是这门课拿不到C,我就会被开除的。"

"那就看书吧。"

"不是这么简单的。"

"就是这么简单。"凯丝说,"你明天要考试,可是你的女朋友不在这里,没法替你学习。读书吧。"

"你……什么都不明白。"

利瓦伊这会儿站了起来,他朝着门口走去,不过凯丝并没有转过头来面对着他。她厌倦了吵架。何况这场架甚至还没有她什么事。

"好吧,"她说,"我不明白。随你怎么说吧。芮根不在,我有一堆书要看,也没人会替我看,所以……"她听见他猛地拉开了门。

"我试过了。"他没好气地说,"我刚才看了两个钟头。我只是,我没法看书。我从来……从来就没有把一本书看完过。"

凯丝转过脸看着他,胃里突然涌起一股罪恶感。"你是在跟我说你不识字吗?"

利瓦伊狂暴地把头发推到后面。"我当然认得字。"他说,"上帝啊。"

"好吧,那么,你究竟是想要跟我说什么?说你不想看书?"

"不是。我——"他闭上眼睛,从鼻子里深深地吸了一口气,"我也不知道自己想说什么。我认得字。我只是没法看书。"

"那就假装书是超长的路标,然后应付着看完吧。"

"天哪。"他吃惊地说,好像受了伤害,"我到底做了什么,你要对我如此刻薄?"

"我没有对你刻薄。"凯丝说，明知道自己可能的确说了刻薄的话，"我只是不知道你想要我说什么——说我认可你的做法？你和芮根做什么跟我一点关系都没有。"

"你以为是我懒。"他盯着地上，"可我不是。"

"好吧。"

"我好像是没法集中注意力。"他说，在门口转过身去没有看她，"就像我把同一段读了一遍又一遍，可我还是不知道它的内容是什么，仿佛那些字句这边进去那边就出去了，我没法把它们留在我的脑子里。"

"好吧。"她说。

他回过头，这个距离不远也不近，刚好可以看见她的脸。利瓦伊不笑的时候，他的眼睛在脸上就显得特别大。"我不会在考试时作弊的。"他说。

说完他转身就走，在身后关上了门。

凯丝松了一口气，然后又吸了一口气。她觉得心里堵得慌，无论呼气还是吸气都很疼。利瓦伊不应该让她有这种感觉的。他压根就不应该有机会进到她心里。

利瓦伊既不是她男朋友，也不是她的家人。他并不是她所选择的人。她之所以会常常和他在一起，完全是因为她经常和芮根在一起。他就像个编外室友。

那本《局外人》依然躺在她床上。

凯丝一把抓起书，跑了出去。"利瓦伊！"她沿着走廊一路跑过去，"利瓦伊！"

他站在电梯前面，两手插在外套的口袋里。

看见他以后，凯丝才没再继续跑。他转过身来看着她，眼睛依然睁得大大的。

"你忘了你的书。"她举起书说道。

"谢谢。"他说,伸出手来要拿书。

凯丝却没有把书给他。"听我说……你干吗不回到我们房间去呢?芮根也许已经在回来的路上了。"

"很抱歉刚才冲着你大吼大叫了。"他说。

"你对我吼了吗?"

"我提高了嗓门。"

她白了他一眼,往宿舍的方向后退了一步。"来吧。"

"你说的是真的?"

"走吧。"凯丝朝着自己宿舍的方向转过身,等着他跟上来走到她身边。"对不起。"她轻轻地说,"我一开始以为咱俩说的只是玩笑话。"

"是我对考试太紧张了。"他说。

他俩走到她的房间门口,凯丝忽然抬起手腕按住太阳穴。"糟糕。"她用双手抱着头,"糟糕,糟糕,糟糕。咱们被锁在外面了。我没带钥匙。"

"我有。"利瓦伊咧嘴一笑,拿出了他的钥匙圈。

凯丝吃惊得下巴都要掉下来了。"你有我们房间的钥匙?"

"芮根把她的备用钥匙给了我,以防万一。"他打开锁,撑住门让她进去。

"那你干吗还总是坐在走廊里?"

"我从来没有遇到过万一的情况。"

凯丝进了房间,利瓦伊跟在她身后。他又是笑嘻嘻的了,可显然还是不如平时的利瓦伊那么热情。他们也许已经吵完了,但他依然有可能考试不及格。

"你找不到这部电影?"她问道,"就连网上都没有?"

"没有,而且电影也不顶用。如果你是看的电影,老师总是能发现的。"他重重地倒在她的床头,"通常我都会听有声书。"

"那也算看书。"凯丝边说边在书桌前坐了下来。

"算吗?"

"当然算。"

他调皮地踢着她椅子的一条腿,然后把脚跷在椅子的横杆上。"好吧,那就没关系了。我想我也读过不少书了……可是这本没有有声书。"他拉开夹克的拉链,衣服敞开了,里面是一件黄绿格子的衬衣。

"那要怎么办呢?你是打算叫芮根读给你听吗?"

"一般我们只是把最精彩的部分过一遍。这也能帮助她复习一遍。"

凯丝低头看着那本平装书。"好吧,这我就帮不了你了。我对于《局外人》的了解仅限于'永远年轻下去吧,小马仔'。"

利瓦伊叹了一口气,又在拿手把头发往后梳了。凯丝用大拇指把书页翻了一遍……这书确实不算很长。其中还有着大段大段的对话。

她抬起头看了一眼利瓦伊。太阳在她身后渐渐落下,他就坐在一抹橙色的阳光里。

凯丝把椅子转过来面对着床,招呼也不打就把他的双脚打到地上,接着将自己的脚跷在床架上,摘下眼镜塞进头发里。"'我从漆黑的电影院里出来,踏进明媚的阳光下……'"

"凯丝。"利瓦伊小声说道。她感到自己的椅子在摇晃,知道是他在踢。"你用不着这么做。"

"显然我只能这么做。"她说,"'踏进明媚的阳光下……'"

"凯瑟。"

她清了清嗓子,眼睛依然盯在书上。"闭嘴,我欠你一个人情。至少一个人情。而且,我正在努力地读呢……'我从漆黑的电影院里出来,踏进明媚的阳光下,脑子里只想着两件事情……'"

凯丝读完一段抬起头来,看见利瓦伊笑得很灿烂。他躬下身子,从外套里褪了出来,然后换了个姿势把腿跷到她的椅子上,背靠着墙,闭上了眼睛。

凯丝以前从来没有大声读过这么久。幸好这是本好书,所以读了一会儿之后,她几乎忘记了自己在大声朗读,也忘了利瓦伊在听——更不记得他俩是怎么走到这一步的。过了大约一个小时——也可能是两个小时,凯丝垂下手,把书放在膝盖上。太阳已经完全落山了,房间里亮着的就只有她桌上的台灯。

"你随时都可以停下。"利瓦伊说。

"我不想停下,"她抬头看着他,"我只是实在——"她的脸红了,她自己也不知道为什么会这样,"太渴了。"

利瓦伊大笑着坐了起来。"哦……是啊。我去给你弄点喝的吧。你想喝苏打水吗?还是白开水?我十分钟就能给你弄一杯津姜拿铁回来。"

她本来想对他说不用麻烦,不过却想起了上回的津姜拿铁有多好喝。"真的吗?"

"十分钟。"他说着就已经站起身来,开始穿外套。走到门口他停了一下,凯丝一阵紧张,忆起刚才他站在那里时伤心的样子。

利瓦伊笑了。

凯丝不知道该怎么回应,于是她稍稍点了点头,又对他竖起大拇指,这个动作被她做得逊毙了。

他走了以后,她站起来,伸了个懒腰,后背和肩膀发出啪啪的响声。她去了洗手间,然后回来,接着伸了个懒腰,看看手机,随后在床上躺下了。

床上散发着利瓦伊的气味,很像咖啡渣的味道,还有一种暖暖的、辣辣的气味,也许是古龙水吧,也可能是香皂,或者是止汗剂。利瓦伊经常坐在她床上,这种味道她很熟悉。有时候他会有股烟味,但今晚没有。有时候他又有股啤酒的味道。

她没有锁门,所以等到他敲门的时候,凯丝只是坐了起来,叫他进来。她本来是想从床上起来,坐回到书桌前,不过利瓦伊已经把她的饮料递给她并且开始脱外套了。他的脸冻得通红,他的外套碰到了她,冰凉冰凉的,她不禁一缩。

"零下五摄氏度。"他边说边摘下帽子,用手把头发拨弄得又竖了起来,"挪一下。"

凯丝照做了,朝着她的枕头那边挪了一点,背靠在墙上。利瓦伊捧起自己的饮料,对着她一笑。她把杯托放在桌上,他还给她带了一大杯水。

"我能问你个问题吗?"她低头看着星巴克的杯子。

"当然可以。"

"如果你连一本书都看不完的话,干吗还要选文学课呢?"

他转过头来看着她——现在他俩是肩并肩坐着的。"我要拿到六个课时的文学学分才能毕业,也就是两门课。大一那年,我想要拿下一门,但是考试没及格。那一年……我很多考试都没及格。"

"那你现在是怎么把那些课程考及格的?"凯丝有大量的阅读材料要看,几乎每天晚上都要花上好几个小时。

"我有对策。"

"比如？"

"我会把老师的授课内容录下来，下课后再听。多数的考试内容，教授们一般都会在课堂上讲到，而且我还找到了学习小组。"

"所以你是依靠芮根——"

"不是只有芮根。"他咧嘴笑道，"我很善于迅速发现每个班里最聪明的女生是谁。"

凯丝对他皱起眉头。"天哪，利瓦伊，你这是在利用别人。"

"这怎么是利用别人呢？我又没有叫她们穿超短裙，也没有管她们叫'宝贝儿'。我只是说，'你好啊，聪明姑娘，你愿意给我讲讲《远大前程》这本书吗？'"

"她们也许以为你喜欢她们呢。"

"我的确喜欢她们啊。"

"如果你不是利用她们的话，那你也应该去骚扰聪明的男生们……"

"在必要的时候我也会啊。凯瑟，你觉得我在利用你吗？"他捧着咖啡杯，依然笑嘻嘻的。

"没有。"她说，"我知道你不喜欢我。"

"你什么都不知道。"

"所以这是你的老把戏了？找个女生把一整本书读给你听？"

他摇摇头。"不，这是第一次。"

"好吧，现在我觉得你在利用我了。"她说着放下饮料，伸手去拿书。

"谢谢你。"他说。

"第十二章——"

"我说的是真心话。"利瓦伊把书拉下来，看着她，"谢谢你。"

凯丝和他对视了几秒钟，然后点点头，把书又捧了起来。

又念了五十页，凯丝觉得越来越困。不知道什么时候，利瓦伊靠在了她身上，于是她也往后靠过去，她只顾着读书，很难去顾及身体的另一边到底发生了什么事……她就这样念了几乎整整一章，尽管嘴在动，眼睛也在动，可她却一句话也没往脑子里去，只想着他身上有多么温暖，她室友的男朋友有多么温暖。

她室友的男朋友之一。这一点重要吗？如果芮根有三个男朋友，那是不是意味着她只做错了三分之一？

她只是靠在利瓦伊的身上，这也许没什么不正当的。可是靠在他身上是因为他暖暖的却又并不是太软，这就不应该了。

凯丝的声音变得粗哑了，他坐直身体，离她远了一点。"想休息一下吗？"他问。

凯丝点点头，不过却不是十分领情。

利瓦伊站起来，伸了个懒腰，法兰绒衬衫的下摆从牛仔裤的裤腰里吊起来了一些。凯丝也站起身来，揉了揉眼睛。

"你累了。"他说，"就念到这里吧。"

"我们不能现在打住。"她说，"就快要念完了。"

"还有一百页呢……"

"你听烦了吗？"

"没有。我只是觉得你为我做的太多了，就快要变成我在利用你了。"

"呸。"凯丝说，"我去去就来，然后咱们把剩下的念完。咱们不能半途而废，而且我也想知道后面会怎样，还没看到有人说'永远年轻下去吧，小马仔'呢。"

她回来的时候，利瓦伊在走廊里，靠在门上。他一定是去了男生住的楼层用洗手间。"既然我知道你有钥匙，就觉得这样怪怪的了。"她说。

她让他进了房间，他又一次重重地在床上坐下，对着她露出微笑。凯丝看了一眼写字椅，然后感觉到他在扯她的袖子。他把她拉到床上坐在他旁边，四目相对了片刻，凯丝把视线转开了，仿佛这事没有发生过一样。

"看看我们星巴克还卖什么。"他边说边拿出一根蛋白棒递给她。

凯丝接了过来。"蓝莓黑加仑口味的。哇哦，这让我一下子回到了两个月以前。"

"大学里的月份是不一样的。"利瓦伊说，"尤其是大一这一年，会发生太多的事情。新生时的一个月等于平常的六个月，就像狗的年龄一样。"

她打开蛋白棒的包装，给了他一半。他接过去，在她的这一半上敲了一下。"干杯。"

时间已经很晚了。房间里太黑，没法再像这样念了。凯丝的嗓子也哑了，像是有人拿着一把钝刀从上面划过，又像她刚刚感冒痊愈或是才痛哭过一场似的。

不知是什么时候，利瓦伊用左臂搂住她，把她拉过来靠在他的胸口。当时她有点坐不住了，一直在墙上摩擦着后背，于是利瓦伊就从后面伸出手，将她拉进怀里。

然后他又把手放下去，撑在床上，只有在伸懒腰或是挪动身体的时候才会动一下。如果要调整姿势，利瓦伊就会先抬起手来扶住凯丝的肩膀，接着才会移动自己的身体。

她能感觉到他的胸膛随着呼吸在一起一伏，偶尔还能感觉到他的气息吹在她的头发上。他的下巴一动就会碰到她的后脑勺。全神贯注地念了这么久，凯丝的胳膊、后背和脖子上的肌肉开始酸痛起来。

她找不到自己读到哪里了，于是停了一会儿。

利瓦伊的下巴碰到了她的脑袋上。"休息一下吧。"他说，这种嗓音虽然算不上低语，不过却也很温柔。

她点点头，他扶着她的左胳膊肘，同时用自己的右手从她旁边绕过去拿那杯水。那一刻，他用身体把她给围了起来，随后就又坐回去背靠在墙上，但是手却一直托着她的胳膊肘。

凯丝喝了一口，把水又放下了。她努力想让自己不要动来动去，可她的后背都僵了，于是就靠在他身上弓起了背。

"你没事吧？"他问。

她又点点头，接着就感觉到他在慢慢地移动。"到这里来……"

利瓦伊顺着墙滑下去，侧身躺在床上，又拉着凯丝躺下，让她仰卧在他面前，他的胳膊放在她的脑袋底下当枕头。她的肩膀放松下来，后颈枕着暖暖的法兰绒衬衣。

"好点了吗？"他问，声音轻得就好像是给正文加上标的小号字体。他看着她的脸，这样凯丝如果要说"不"的话，就不用说得很大声了。她没有说话，没有点头，也没有回答他，只是低下头，朝着他的方向稍稍侧过去一点，把书靠在他的胸口上。

她又读了起来，任凭利瓦伊弯起手臂搂在她肩上。

现在离他这么近，凯丝用不着再大声朗读了。这样挺好的，因为她几乎要失声了。已经失声了。天啊，利瓦伊是这么温暖，近距离地闻起来，他的气味就更像他自己了，扰得她心烦意乱。她的眼睛累了，她也累了。

当约翰尼——书中的一个主要人物——受伤时，利瓦伊猛地吸了一口气。当时凯丝的脸颊正贴着他的胸口，连他的肋骨在扩张都能感觉得到。她也深深地吸了一口气。她的嗓子更哑了，利瓦伊也把她抱得更紧了。

她不知道他胳膊是不是已经麻了。

她也不知道等到故事念完的时候会怎样。

她只是在一直往下读。

这本书里有好多男孩，还有好多胳膊、好多腿和涨红的脸。

终于读到那句"永远年轻下去吧，小马仔"的时候，她本来以为自己会笑出来，可是却没有，因为这就表明约翰尼已经死了，她觉得利瓦伊可能哭了。也许凯丝也哭了。她的眼睛累了。她也累了。

"'我从漆黑的电影院里出来，踏进明媚的阳光下，脑子里只想着两件事情：保罗·纽曼和搭车回家……'"

凯丝合上了书，任凭它倒在利瓦伊的胸口上。她不知道接下来发生了什么。总而言之，她根本不知道自己是不是还醒着。

书一掉下来，他就把她拉进怀里，让她趴在他的身上，用双臂搂着她。她的胸口紧贴着他的胸膛，那本平装书滑到了他俩的腹部之间。

凯丝的眼睛已经快要闭上了，利瓦伊的也是。她这才发现，他的嘴只是远远看来很小，因为他的嘴唇是像洋娃娃一样噘起来的。现在她仔细一看，他的嘴还真是挺大的，非常完美。

他的鼻子轻轻地撞到了她的鼻子上，他俩的嘴睡意蒙眬地碰在一起，软软的嘴唇已经张开了。

凯丝的眼睛一闭上就再也睁不开了，可她是想把眼睁开的。她想更清楚地看一看利瓦伊那深色的眉毛。她想好好地欣赏一下他那像吸血鬼一样奇怪的发际线。她有一种感觉,这种事情永远不会再有第二次了,而且也许会毁掉她的余生,所以她才想睁开眼睛见证下来。

可她是如此疲惫。

他的唇是如此柔软。

以前从没有人像这样吻过凯丝。只有艾贝尔吻过她,可那就像是直接把嘴压上来,然后又收回去。

利瓦伊的吻简直摄人心魄,仿佛他只要温柔地用下巴微微向前一推,就能把什么东西从她的身体里吸出来。

她把手指插进他的头发里,她的眼睛已经睁不开了。

最后,她终于睡着了。

"对不起，佩妮洛普。"

"西蒙，别用道歉来浪费我的时间。要是咱们每次踩到对方的脚趾头都要停下来道歉、然后再原谅彼此的话，咱们就连做朋友的时间都没有了。"

——摘自《西蒙·斯诺与第二条毒蛇》第四章
杰玛·T.莱斯利2003版权所有

十六

房门猛地打开的时候,凯丝并没有醒。

不过门又"砰"的一声关上了,她惊得跳了起来。这时她才发现利瓦伊四仰八叉地躺在她身下,她的额头上还印着他下巴的痕迹,热乎乎的。这下她才醒过来。

芮根站在凯丝的床尾,瞪着他俩。她还穿着昨晚那条牛仔裤,银蓝色的眼影已经糊到脸上去了。

凯丝坐了起来,利瓦伊也坐了起来,东倒西歪地。凯丝觉得她的心都要跳到喉咙口了。

利瓦伊把凯丝的手机拿过来看了一眼。"糟糕。"他说,"我上班迟到两个小时了。"他已经站起来在穿外套了,"读书读睡着了。"他说,半是对芮根说的,半是对地板说的。

"读书。"芮根看着凯丝说。

"回见。"利瓦伊说,与其说他是在跟芮根或者凯丝说话,倒不如说他在跟地板说话。

说完他就走了。芮根依然站在凯丝的床尾。

凯丝的眼睛还不太能睁得开,而且酸痛酸痛的,忽然间就噙满了泪水。"真对不起。"她说，她真的感觉很对不起芮根。她的胃和双肩之间每一块酸痛的肌肉都感到对不起芮根。"哦，天哪。"

"别这样。"芮根说。她显然是气坏了。

"我……我非常抱歉。"

"别这样，别跟我道歉。"

凯丝盘起双腿，弯下腰，双手捂住了脸。"我知道他是你的男朋友。"这会儿凯丝已经在哭了，尽管这样可能只会让芮根更加生气而已。

"他不是我的男朋友。"芮根说，她几乎是在喊了，"不再是了。实际上，很久以前……就不是了。所以，不用道歉。"芮根大声地吸了一口气，接着又重重地呼出来，"我只是没想到会发生这种事。"她说，"也没有想到，如果发生这种事，我居然会生气。我只是……他可是利瓦伊。利瓦伊最喜欢的人永远都是我。"

他不是她的男朋友？"他最喜欢的人仍然是你。"凯丝说，尽力想让自己别再抽泣了。

"别犯傻了，凯瑟。"芮根的声音就像一把锯子，"我是说，我知道你是个傻瓜。但是这会儿尽量别这样吧。"

"对不起……"凯丝说，她想抬起头来看看她的室友，可是却做不到，"我不知道自己为什么会这么做。我发誓我不是那种女孩。"

芮根终于转身走开了。她把包丢在床上，抓起了毛巾。"那种女孩是哪种女孩，凯丝？什么这种女孩那种女孩的？……我要去冲个澡。等我回来的时候，这事就过去了。"

她洗澡回来以后，真的没再提起这事。

凯丝在床上蜷作一团，由着自己大哭一场，仿佛把感恩节的那个周末没有流的眼泪都找补了回来。她发现那本《局外人》卡在床和墙壁之间,就把它扔到了地上。

芮根洗完澡回到房间,看到了这本书。她穿着瑜伽裤和灰色的紧身帽衫,没有戴隐形眼镜,而是架着一副棕色的方框眼镜。

"哦,该死。"她捡起书说道,"我本来应该帮他温习的。"她回过头看着凯丝,"你们真的只是在读书?"

"不只。"凯丝说,她的声音像打嗝一样一喘一喘的。

"别哭了。"芮根说,"我说的是真心话。"

凯丝闭上眼睛,翻身过去面对着墙壁。

芮根坐在她自己的床尾。"他不是我男朋友。"她认真地说,"我知道他喜欢你——他经常待在这里。我只是不知道你也喜欢他。"

"我以为他经常待在这里是因为他是你男朋友。"凯丝说,"我不想喜欢他。我努力想对他很凶。"

"我觉得你是很凶。"芮根说,"我就是喜欢你这一点。"

凯丝笑了起来,揉了揉眼睛,过去这十二个小时她已经揉过几百次眼睛了。她觉得自己的眼睛都红了。

"我已经不在乎了。"芮根说,"我只是吃了一惊而已。"

"你不能不在乎。"凯丝说,坐起来靠在墙上,"哪怕我没有吻你男朋友,何况我觉得自己确实吻了他。你为我做了那么多、对我那么好,可我却要这样来报答你。"

"哇哦⋯⋯"芮根说,"让你这么一说,这可是相当糟糕啊。"

凯丝痛苦地点点头。

"那你为什么要吻他?"

凯丝想起了昨天晚上利瓦伊在她胳膊上留下的温度,想起了他无数次的微笑，想起了他那广阔的前额。

她闭上眼睛，将双手的掌根压在眼睛上。"我只是真的、真的想吻他。"

芮根叹了一口气。"好吧。"她说，"你看这样行不行。我饿了，而且我还得把《局外人》给读完。利瓦伊喜欢你，你也喜欢他。这事就算过去了。如果你开始跟我高中时的男朋友约会的话，这里的气氛可能很快就会变得很诡异，但这事是回不了头的，你明白吗？"

凯丝没有答话。芮根继续往下说。

"如果他仍然是我男朋友，那咱俩少不得要干一架。可他不是。所以咱们去吃午饭，好吗？"

凯丝抬起头看着芮根。然后点了点头。

凯丝已经错过了今天上午的课程。小说写作也在其中。她想起了尼克，不过在这个时候想起他，跟想起其他任何人几乎也没有分别。

芮根吃的是一碗幸运符牌麦片。"对了。"她用勺子指着凯丝说道，"现在要怎么办？"

"什么怎么办？"凯丝说，她满嘴都是烤奶酪三明治。

"跟利瓦伊要怎么办？"

凯丝把嘴里的东西咽了下去。"什么也不办。我不知道，我必须得知道该怎么办吗？"

"要不要我帮你？"

凯丝看着芮根。即使不化妆或者换个发型，这姑娘也一样叫人害怕。她从不恐惧，从不犹豫。跟芮根说话，就好像站在一列迎面而来的火车前面。

"我不知道这是什么情况。"凯丝说。她握紧双拳放在膝上，逼着自己说下去。"我觉得……昨天晚上发生的事情只是一时糊涂。这种事只有在三更半夜才有可能发生,当时我跟他都太累了。如果是在大白天的话,我们一定会意识到这有多么不合适……"

"我跟你说过了,"芮根说,"他不是我的男朋友。"

"不仅仅是因为这一点。"凯丝转过脸去对着窗户那面墙,然后又回过头来看着芮根,一脸真切,"如果是我迷上了他,可是完全没可能跟他在一起,这是一回事。但事实是我觉得自己根本不可能跟利瓦伊这样的人在一起,那就像不同物种之间的约会一样。"

芮根手里的勺子掉进麦片粥里溅湿了。"利瓦伊有什么不好?"

"没什么不好。"凯丝说,"他只是……跟我不一样而已。"

"你是说,他不如你聪明?"

"利瓦伊非常聪明。"凯丝辩白道。

"这我知道。"芮根也同样是辩白的语气。

"他和我不一样。"凯丝说,"他比我大。他抽烟。他还喝酒。他也许已经不是处男了。我是说,他不像是未经人事的样子。"

芮根扬起眉毛,仿佛凯丝在说胡话。凯丝觉得——她并不是第一次有这种感觉,但自从昨晚以后,她还是第一次这么想——利瓦伊跟芮根八成是上过床的。

"他喜欢待在户外。"凯丝说,她想换个话题,"他还很喜欢动物,我们之间毫无共同之处。"

"你把他说得跟个抽雪茄、找妓女的粗野山里人似的。"

凯丝忍不住笑了起来。"就像一个危险的法国毛皮猎人。"

"他只是个普通男孩而已。"芮根说,"他当然跟你不一样。你永远不可能找到跟你一模一样的男生。首先,这样的男生根本就不会离开宿舍……"

"利瓦伊这样的男生不会跟我这种女孩约会。"

"又来了。什么这种女孩那种女孩的?"

"利瓦伊这样的男生约会的是你这种女孩。"

"这话什么意思?"芮根歪过头问道。

"正常的女孩。"凯丝说,"漂亮的女孩。"

芮根翻了个白眼。

"不。"凯丝说,"我说的是真的。看看你,你做什么事都得心应手,而且什么也不怕。可我什么都怕。我是个怪人。也许你觉得我是有一点怪,但我让人瞧见的才只是我这古怪的冰山一角。揭开这一点古怪和不善社交的外表,我就是个彻头彻尾的灾难。"

芮根又翻了个白眼。凯丝在脑子里记下了一条:以后别再对人翻白眼。

"我跟他在一起能干什么?"凯丝问道,"他想去酒吧,可我却只想待在家里写同人小说。"

"我并不是要说服你跟他在一起。"芮根说,"尤其是在你会犯傻的情况下。可是我要说的是,你这是在犯傻。他已经喜欢上你了,就连你那可怕的同人小说他都喜欢,总是在说个没完。利瓦伊只是个普通男孩。他真的、真的是个好男生,甚至也许是最好的男生。没人说你必须嫁给他。所以,凯丝,别把什么事都想得那么难。你吻过他,对吗?唯一的问题就是,你还想吻他吗?"

凯丝紧紧地握着拳头,直到指甲嵌进手掌的肉里。

芮根开始往托盘里堆空盘子了。

"你们为什么分手?"凯丝脱口问道。

"我一直都对他不忠。"芮根直言不讳地说,"我是个很好的朋友,却是个最差劲的女朋友。"

凯丝拿起自己的托盘，跟着芮根向垃圾桶走去。

这天晚上她没有见到利瓦伊。他每周三晚上都上班。这时凯丝才发现自己竟然知道利瓦伊的工作时间表。

不过他给她发了条短信，说周四在他家有个派对。"派对？周四？我家？"

凯丝没有给他回短信。她想回的。可她总是开始编辑短信，然后删掉。她差点就只回复了一个笑脸的表情符号。

晚上芮根下班回来时已经很晚了，她直接就上床睡觉了。凯丝坐在自己的书桌前写东西。"利瓦伊在我们这次《局外人》的测验里考得好极了。"芮根忍住哈欠说道。

凯丝对着笔记本电脑微微一笑。"你们有没有说起我？"

"没有。我觉得你并不希望我这么做。我跟你说过的，我是个很好的朋友。"

"没错，但你跟利瓦伊要比跟我更亲近。"

"我不是个重色轻友的人。"芮根说。

第二天早上离开宿舍以前，芮根问凯丝想不想去参加利瓦伊的派对。

"我想还是不去了吧。"凯丝说，"星期五早上八点半我还有课呢。"

"星期五早上八点半的课谁会选啊？"

凯丝耸了耸肩。

她不想去参加利瓦伊的派对。她是喜欢他，可她不喜欢派对。她也不希望和他在那事之后第一次见面是在派对上，和参加派对的人一起，和任何人一起。

凯丝确信今天晚上庞德楼里只有她一个人。她试着对自己说,独享一栋十二层的大楼也挺酷的,就好像通宵被困在图书馆里一样。

所以我不能和利瓦伊在一起。因为我是那种会幻想自己在图书馆里被困了一夜的女生——而利瓦伊就连书都不会读。

想到这个,凯丝立刻就觉得很惭愧。利瓦伊会读书。算是会吧。

她以前总是以为,人要么识字,要么不识字,没有利瓦伊这种介于两者之间的状态。他的大脑可以认出字词,却没法把它们留在脑子里,仿佛读书对他而言就像保龄球馆里那种坑人的夹娃娃机一样。

可是利瓦伊显然一点也不笨。他什么都记得。他可以从西蒙·斯诺的电影里旁征博引,对于水牛和笛鸻[1]也无所不知……她干吗要在这个问题上跟自己争来争去?

她又没打算把利瓦伊的大学入学考试成绩发给艾贝尔。

不过她倒是应该回短信给他的。回给利瓦伊,不是回给艾贝尔。

可是那样一来,她就会陷入这种处境无法自拔,就像是走了一步棋,又像是坐在跷跷板上双脚一蹬离开了地面。最好还是把利瓦伊晾个一两天,总好过她落到把自己陷进去的地步。

其实,不管现在是什么情况,她在考虑的时候居然会用游乐场器材来打比方,这本身就说明她还没准备好,还没准备好和他在一起。利瓦伊是个成年人。他有一辆卡车。他会长胡子。他还跟芮根上过床,这事芮根基本上就算默认了。

凯丝可不想眼睛看着一个男生、脑子里却在想象着跟他上过床的人是个什么样子……

---

1 笛鸻:一种候鸟。

可是跟艾贝尔在一起的时候，这种事就从来都不是问题，跟艾贝尔在一起什么都不是问题。因为，她几乎能听见琳恩在高喊，你不喜欢他！

凯丝喜欢利瓦伊，非常喜欢。她喜欢看着他，也喜欢听他说话。不过有时候她又很讨厌听到他跟别人说话。她讨厌他那副见人就笑的样子，好像他的微笑一点都不值钱，好像他的笑容永远都用不完。他让一切看起来都是那么容易……

就连站着也是如此，在看到利瓦伊靠墙站着的模样以前，你不会意识到其他人费了多大力气才让自己站直。哪怕利瓦伊背后什么都没有，他看起来也像是靠在某样东西上面。他站在那里就像是垂直躺下一样。

想到利瓦伊那慵懒的臀部和放松的肩膀，凯丝的记忆又被拉回到她的床上。

她和男生过夜了，跟他睡在一起。哪怕他们做的仅限于此也无所谓，因为这仍然是一桩大事。她真希望能跟琳恩谈谈这事……

去他的琳恩。

不……可恶的琳恩，别去管她了。最近琳恩就只会让凯丝的世界更加复杂而已。

凯丝跟男生睡觉了。

跟一个男人。

这可真是太棒了，好温暖，可是又很纠结。如果他们不是以这种方式醒来，那又会怎样？如果芮根没有闯进来的话。利瓦伊会不会再吻她一次？或者他还是会只说一句"回见"就匆匆离去？

回见……

凯丝盯着她的笔记本电脑。这一段她已经写了两个小时了。这是一场爱情戏，很狂野的那种，可她却总是忘记巴兹和西蒙的手应该放在哪里。全都是他和他，有时候她都搞糊涂了。盯着这一段看了这么久，她开始觉得其中的每一句话她以前都写过。也许她确实写过。

她合上电脑，站起身来，快到十点了。派对一般几点结束？（几点开始？）到了这个时候，这一点已经不重要了。反正凯丝是没有办法去利瓦伊家的。

宿舍的房门后面镶着一面穿衣镜，她走过去，站在镜子前。

凯丝看上去正是她的本来面目。一个十八岁的书呆子，对男生和派对一无所知。

紧身牛仔裤，不紧身的大屁股。褪色的粉红T恤上写着："请"是一个神奇的字眼。粉色和棕色菱形格图案的羊毛开衫。头发在头顶松松地挽成一个不太圆的发髻。

凯丝把橡皮筋从头发上扯下来，又摘下了眼镜。她得往镜子前走近一点才能看清楚自己的模样。

她抬起下巴，迫使自己的额头不要紧绷。"我才是比较酷的那一个。"她对自己说，"人家给我龙舌兰酒，我会喝得一滴都不剩。稍后你也不可能发现我吓得躲在你父母的洗手间里。谁想来个法式湿吻？"

这就是她不能和利瓦伊在一起的原因。她还在把这个称为"法式湿吻"，可他却只是把舌头到处往人家嘴里伸。

凯丝看起来还是不像比较酷的那一个。她看起来不像琳恩。

她把肩膀往后仰，让自己的胸挺起来。她的胸部并没有什么不好，这她是知道的，大到足以使她从没被人叫过"平胸妹"。可她却希望胸部能更大一些，这样就能平衡她的臀部了。凯丝也就用不着在那些"如何根据体型着装"的指南里把"梨形身材"的部分找出来看了。这些指南总是试图说服你，什么体型都不要紧，可如果你的体型简直是"无可救药"的同义词，这话可真是很难让人相信。

凯丝假装自己是琳恩，她装出一副满不在乎的样子。肩膀后仰，抬起下巴，叫自己的眼睛露出这样的眼神：你见过我吗？我也是漂亮的那个。

房门猛地打开了，把手撞在凯丝的肋骨上。

"糟糕。"她说，她的身体一半跌倒在床上，另一半摔倒在地，两只胳膊举过头顶，她总算想法子护住了脸。

"糟糕。"芮根说。她站在凯丝上方。"你没事吧？"

凯丝用一只手撑在身体一侧，免得自己继续往地上滑。"天哪！"她抱怨道。

"凯丝？糟糕。"

凯丝慢慢地坐起身来，似乎哪儿也没骨折。

"你干吗站在门后面？"芮根质问道。

"没准我正打算出去呢。"凯丝说，"上帝啊。为什么每一次你回来的时候都要把门踢开？"

"因为我手里总是拿满了东西。"芮根放下背包和行李袋，向凯丝伸出一只手。凯丝没有理会她，而是扶着床把自己拉了起来。"如果你明知道我总是把门踢开，"芮根说，"你就应该知道不要站在那里。"

"我以为你去参加派对了……"凯丝又戴上了眼镜，"你就是这么跟人道歉的？"

"对不起。"芮根说，仿佛说这句话要花掉她所有的小费似的，"我得工作，所以现在才要去参加派对。"

"哦。"

芮根把一只鞋踢下来甩到她的衣橱里。"你跟我一起去吗？"

她说话时没有看凯丝。如果她看了的话，凯丝说出口的也许就不是这句话了。"好啊。"

芮根的鞋才踢到一半，她停下来，抬起了头。"哦？好……很好。我去换个衣服就走。"

"好。"凯丝说。

"好的……"芮根抓起牙刷和化妆包，回头看了凯丝一眼，露出赞许的微笑。

凯丝看着天花板。"换个衣服就行了。"

芮根刚一离开，凯丝就跳起来，皱着眉头在身体的侧面捏捏看有没有受伤，然后打开了衣柜。巴兹在柜门后面恶狠狠地瞪着她。

"别光站在那儿。"她对着这幅剪贴画咕哝道，"帮帮忙。"

她和琳恩分衣服的时候，凡是可以穿着"到男生家里参加派对"或是"离家外出"的衣服都被琳恩拿走了，而凯丝拿的则是可以"熬夜写作"或是"洒上茶水也没关系"的衣服。感恩节回家时，她无意中拿走了琳恩的一条牛仔裤，于是就把这条给穿上了。她又找到一件没有字也没有画的——起码没有任何跟西蒙相关的东西——白T恤，不过上面有一处奇怪的污渍，得穿件毛衣遮一下，她把起球最少的那件黑色开衫摸了出来。

凯丝也有化妆品，放在某个抽屉里的什么地方。她找到了睫毛膏、眼线笔，还有一瓶似乎结了硬壳的粉底液，然后走过去站在芮根的化妆镜前。

芮根回来的时候，开门的动作轻一些了，她的脸看起来气色很好，一头红发也变得既平整又光滑。凯丝觉得芮根有点像阿黛尔，如果阿黛尔有一个比她更难对付、更爱发火的双胞胎妹妹的话。

"瞧瞧。"芮根说,"你看上去……比平时稍微漂亮一点了。"

凯丝失望地呻吟了一声,完全无力反驳。

芮根笑了。"你看着挺好的,头发也很漂亮,就像做了接发的克里斯汀·斯图尔特。把头发甩开。"

凯丝摇了摇头,好像在强烈反对什么事一样。

芮根叹了一口气,抓住凯丝的肩膀,压下她的脑袋,从发根处把她的头发给抖开。凯丝的眼镜掉了下来。

"如果你不打算把这事搞砸的话,"芮根说,"最好还是做出一副刚刚跟人上过床的样子来。"

"天哪!"凯丝边说边把脑袋缩了回来,"别这么下流。"她弯下腰去捡眼镜。

"你不戴眼镜不行吗?"芮根问道。

"不行。"凯丝戴上了眼镜,"有了它,我才不会变成《窈窕美眉》[1]里面的那个姑娘。"

"这倒无所谓。"芮根说,"他已经喜欢上你了。我看他是对书呆子妹着迷了。他说起你的时候,就好像你是他在自然历史博物馆里发现的一样。"

这刚好证实了凯丝所担心的一切,利瓦伊只是把她当作一个怪人,想买票来看她表演而已。"这可不是件好事。"她说。

"如果是利瓦伊的话,这就是好事,"芮根说,"他就喜欢这种东西。每当他非常难过的时候,就喜欢到莫里尔楼去走走。"

那是学校的博物馆,里面有野生动物的标本展览,还有世界上最大的猛犸象化石。"他真会这样?"天哪,这太可爱了。

---

[1] 《窈窕美眉》:一部美国青春喜剧片。里面的女主角是个宅女,在换装之后惊艳全场。

芮根白了她一眼。"走吧。"

她俩赶到利瓦伊家的时候已经快十一点了，但是外面倒并不是很黑，因为到处都是雪。"还有人在这里吗？"下车时凯丝问芮根。

"利瓦伊肯定还在这里。他住在这儿。"

利瓦伊的家跟凯丝想象的一模一样。这是一栋维多利亚式的白色大屋，周围也都是些老房子。每所房子都有一个宽敞的门廊，大门旁边有好多好多邮箱。车也很不好停。她俩只能把车停在四个街区之外，凯丝非常庆幸自己没有像芮根那样穿着尖头高跟的靴子。

走到门口，凯丝的胃才明白过来现在是什么情况，它痛苦地扭来扭去，她还感觉到自己的呼吸也急促起来。

她简直不敢相信自己竟然真的来了。男生。派对。陌生人。啤酒。陌生人。派对。男生。眼神交流。

芮根转过头看了她一眼。"不要犯傻。"她严厉地说。

凯丝点点头，低下头看着已经磨平了的擦鞋垫。

"我不会把你扔在这儿的，"芮根说，"尽管我很想这样。"

凯丝又点点头，芮根打开了门。

屋里更暖和，也更亮堂，而且完全不是凯丝想象的样子。

凯丝本来以为这里只有光秃秃的墙壁和那种在路边摆上一个礼拜才会有人决定抬走的家具。

可是利瓦伊的家真是挺不错的。简单，却并不简陋。墙上挂着几幅画，到处都摆着盆栽植物。有蕨类，也有吊兰，还有一株巨大的翡翠木，看着就像一棵真正的大树。

屋里播放着音乐——令人昏昏欲睡的电子音乐，不过声音并不是太大。还有人在焚香。

这里仍然有不少人——他们都比凯丝年纪大，至少跟利瓦伊一样大吧——大家几乎都在聊天。站在音响旁边的两个男生既像在跳舞，又像在耍宝，他们似乎并不在乎只有他俩这样。

凯丝站在芮根身后，尽可能地离她近一些，同时努力不让人一眼就看出来她在找利瓦伊。在凯丝的脑海里，她正踮起脚尖、手搭凉棚，仔细地在地平线上寻找着船只的踪影。

这里每个人都认识芮根。有人递给她俩一人一罐啤酒，凯丝接了过来，但是没有打开。那是利瓦伊的室友，其中一个室友。接下来的几分钟里，凯丝见到的每一个人几乎都是利瓦伊的室友。凯丝对他们根本视而不见。

也许利瓦伊去洗手间了。

也许他已经上床睡觉了。也许凯丝可以像金凤花姑娘[1]那样爬到他床上，如果他醒了，就对他说一句"回见"，然后逃走。金凤花姑娘加灰姑娘。

芮根喝完半罐啤酒，才对人问道："利瓦伊在哪儿？"

那个人——一个留着胡须、戴着黑框雷朋眼镜的男生——看了看起居室四周。"没准在厨房吧？"

芮根点了点头，好像她并不在意似的。因为她也确实不在意，凯丝心想。

"走吧。"她对凯丝说，"咱们找他去。"随后，当她俩走到没有旁人的地方时，她又说道："酷一点。"

这所房子的前面有三间连在一起的大房间——起居室、餐厅和日光室，厨房则在后面，要穿过一扇狭窄的小门才能进去。凯丝紧紧跟

---

[1] 金凤花姑娘：童话故事《金凤花姑娘和三只熊》里的人物，她未经允许就闯进了三只熊的家里。

在芮根身后，她还没进门，芮根就看见了利瓦伊。"糟糕。"凯丝听见她小声说道。

凯丝走进厨房。

利瓦伊背靠着水槽。（利瓦伊总是靠在什么东西上面。）他一手拿着一瓶啤酒，同时还用这只手搂在一个女孩的背上。

那个女孩看起来比凯丝年纪大，虽然她的眼睛是闭着的。利瓦伊的另一只手缠在她那一头金色的长发里，他正在吻她，嘴角带着笑，微微张着唇，吻得如此轻松惬意。

凯丝立刻低下头走出厨房，穿过屋子径直朝前门走去。她知道芮根就跟在后面，因为她听见她在嘀嘀咕咕。"糟糕，糟糕，糟糕。"

"可我不明白,"西蒙结结巴巴地说,"阴险大魔王哈姆德拉姆究竟是什么?是一个人吗?"

"也许吧。"大法师擦去西蒙眼里的沙粒,挥起魔杖从他眼前一扫而过。"好了,好了,出来吧。"他小声说道。西蒙精神一振,结果却什么也没有发生。

"也许他是一个人。"大法师说,他又恢复了一脸苦笑的表情,"又或许是别的什么东西,我觉得不能算是人吧。"

"他是魔法师吗?像我们一样?"

"不,"大法师严肃地说,"这一点我们是可以确定的。他——如果他确实是个男性的话——是魔法的敌人。他毁灭魔法。有人认为魔法被他给吃了。无论在哪里,只要他能做到,都会把魔法清除得干干净净……

"西蒙,你还太小,我不该把这事告诉你。你才十一岁,太年轻了。但是继续瞒着你也不公平。魔法世界从未遇到过像阴险大魔王哈姆德拉姆这么严峻的威胁。他很强大,他无处不在。跟他作战就好像在你早已累到筋疲力尽以后还要强撑着不睡觉。

"可是我们必须同他斗争。我们之所以把你招进沃特福德,就是因为我们认为哈姆德拉姆对你特别感兴趣。我们想保护你,我发誓会用自己的生命来保护你。可是,西蒙,你必须尽快学会如何才能最好地保护你自己。"

——摘自《西蒙·斯诺与大法师传人》第二十三章

杰玛·T.莱斯利2001版权所有

十七

她们在车里没有说话。凯丝也没有哭。她反而为此感到庆幸。她觉得自己就像个傻瓜。

因为她就是个傻瓜。

她到底在想什么啊。利瓦伊真的喜欢她？她怎么能相信这事呢，尤其是在这两天她对自己说明了他永远不会喜欢她的所有理由之后。

也许她觉得这事有可能，是因为芮根相信有可能，而芮根可不会为了谁犯傻。

回到宿舍，凯丝正要下车，芮根拦住了她。"等一下。"

凯丝坐在那里，用手撑住车门不让它关上。

"对不起。"芮根说，"我真的没想到会发生这种事。"

"我只想假装那事没发生过。"凯丝说，泪水又开始在她眼眶里发烫了，"我不想谈论这事。还有，我的意思是，我知道他是你最好的朋友，但我真心希望你不要跟他提起今晚的事……也不要提起我。永远不要。我已经感觉自己像个笨蛋了。"

"好的。"芮根说，"你想怎样都可以。"

"我想假装这事没有发生过。"

"好。"

芮根很擅长对某些事情避而不谈。

在这个周末剩下的时间里,她都没有再提起利瓦伊。星期六早上他给凯丝打过电话,但是她没有接。过了几秒钟,芮根的电话响了。

"别为了我而不接他的电话。"凯丝说,"这事从来就没有发生过。"

"嗨……"芮根对着电话说,"好……好的……你到楼下再打电话给我。凯丝正打算学习呢。"

半个小时之后,芮根的电话又响了,她起床出门去了。"再见。"她说。

凯丝点了点头。"回见。"

周末期间利瓦伊又给凯丝打了电话。两次。他还给她发了一条短信说:"所以他们找到了第五只兔子,现在要怎么办?我愿意用津姜拿铁和难瓜面包跟你换这个情报。"

他把"南瓜"这个词拼错了,凯丝不禁皱起眉头。

如果她没有到派对上去,如果她没有当场看见利瓦伊在接吻,她一定会以为他发这条短信是想约她出去。

她知道自己一定会再见到他。他依然是芮根最好的朋友,他俩仍然在一起学习。

要是凯丝希望的话,芮根也许会让他从此再也不来宿舍,可是凯丝又不想他问东问西的,于是凯丝就自己躲到外面去。她开始在晚饭后去图书馆,待在尼克工作的书库里。尼克一般都不在这里,没人在这里。凯丝把笔记本电脑给带来了,想要写小说写作课的期末作业。那篇一万字的短篇小说。她开了个头。她已经开过好几次头了,却还是没有找到想要写下去的东西。

结果到最后她就会转而去写《西蒙，别放弃》。凯丝最近文思如泉涌，几乎每天晚上都会贴出很长的一章。从小说写作的作业转换为西蒙和巴兹，凯丝觉得就好像发现自己刚才开车时一直挂错了挡一样。她确实能感觉到上臂的肌肉不再紧张，打字更快，呼吸也更轻松。她甚至发现自己在一边写一边点头，仿佛是要和词汇从她脑海里涌出来的节奏保持一致。

图书馆关门的时候，凯丝就会在手机上按下911，然后把手指放在拨号键上以最快的速度跑回宿舍。

又过了一个多礼拜，她跟利瓦伊才再一次见面。那天下午她下课回来得比较晚，利瓦伊就坐在芮根床上，芮根正在打字。

"凯瑟。"他咧嘴笑道，把耳塞从耳朵里拔了出来。如今凯丝已经知道了，他这是在听老师的讲课。芮根说他一天到晚都在听，还会把真正喜欢的那些保存下来。

"嗨。"他说，"我欠你一杯饮料。热的还是发酵的，随你挑。《局外人》的测验我考得很好。芮根有没有告诉你？我得了A。"

"那太好了。"凯丝说，尽量不让自己的表情流露出她有多想吻他，又有多想杀了他。

凯丝原本以为芮根今天晚上要工作，所以她才会回宿舍。不过她倒也不用待在这儿，反正等下她要去图书馆和尼克碰头。

凯丝假装要从书桌里把她需要的东西拿出来。一包口香糖。

"好。"她说，"我闪人了。"

"可你才刚回来呢。"利瓦伊说，"你不想留下来谈谈约翰尼和小马仔之间关系的象征意义吗？还有苏打水和达利之间的争斗？嗨，你觉得《局外人》会不会有同人小说这种东西？"

"我要走了。"凯丝说，她尽力显得这话是跟芮根说的，"去见个人。"

"见谁？"利瓦伊问道。

"尼克，我的写作搭档。"

"哦。对。等下要我送你回来吗？"

"尼克也许会送我回来的。"她说。

"哦。"利瓦伊蹙起眉头，不过脸上依然带着微笑，"好。回见。"

她摆脱他的速度还是不够快。到了图书馆以后，她又给《别放弃》写了一千字，尼克才露面。

"把那玩意儿关了。"尼克说，"你这是在用静电破坏我的创作中枢。"

"她也是这么说的。"凯丝说着关上笔记本电脑。

尼克一脸狐疑。

"就是想象中的'她也是这么说的'。"

"啊。"他放下背包，掏出他们的笔记本。"你在写期末作业吗？"

"间接在写吧。"凯丝说。

"这是什么意思？"

"你有没有听过雕刻家说，他们其实并不是在雕刻一件东西，而是把不属于这件东西的一切全都凿下来？"

"没有。"他坐了下来。

"好吧，我现在写的就是除了期末作业之外的一切，所以等到我真的坐下来写这篇作业时，脑子里剩下的就都是它的内容了。"

"聪明姑娘。"他边说边把打开的笔记本朝她那边推过去。她很快地翻了一下。自从他俩上次见面以来,尼克又写满了五页纸,正反面都有。

"你怎么样了?"她问。

"不知道。"他说,"也许我会把今年夏天写的一篇小说交上去。"

"这难道不算作弊吗?"

"我觉得不算。这更像是提前很久完成了作业……现在我能想到的只有这篇小说。"他又用胳膊肘把笔记本往凯丝那边推了一点,"希望你看看我写的。"

这篇小说。他俩的小说。尼克总是想把它称为反爱情小说。"可是它并不反爱情啊。"她争辩道。

"爱情小说里通常有的一切,它都没有。没有伤感多情的双眼,也没有'你让我变得更加完美'。"

"'你让我变得更加完美'是一句很棒的台词。"凯丝说,"这句话要是你写出来的倒好了。"

凯丝没有告诉他,她一直在写爱情小说,一遍又一遍地重写同一篇爱情小说,过去五年来天天如此。她没有告诉他,她写的爱情小说里有时也有第一眼就爱上你、没见面就爱上你、爱你爱到恨死你这些甜腻的情节,有时又没有这些……

她没有告诉尼克,她最喜欢的就是写爱情小说,这才是她真正擅长的事情。而他的反爱情小说读起来就像是人家写的入门级同人小说——典型的玛丽苏文[1]。男主角一看就是尼克自己,女主角则显然

---

1 玛丽苏文:一种文体风格。主角往往完美得超乎逻辑。

是薇诺娜·瑞德[1]、娜塔莉·波特曼[2]和赛琳娜·戈麦斯[3]的合体。

结果反而是凯丝在替他进行修正。她重写了他的对话，还改掉了转折太过突然的地方。

"你干吗把那个划掉？"尼克今晚说话了，他正从她左边的肩膀上伸头过来看。他的味道很好闻。爆炸新闻：男生的味道很好闻。"我喜欢那个部分。"他说。

"咱们的角色刚刚把车停在停车场里，就为了对着一朵蒲公英许愿。"

"别具一格。"尼克说，"真是浪漫。"

凯丝摇了摇头。她的马尾辫扫到了尼克的脖子。"这让她看起来很脑残。"

"你很讨厌蒲公英？"

"我讨厌的是二十二岁的女人对着蒲公英许愿，把车停下来对着蒲公英许愿。还有，这款车？不对。沃尔沃古董车不合适。"

"这是人物细节。"

"这是陈词滥调。我敢对天发誓，1970年到1985年之间出厂的所有沃尔沃，只要还能跑，全都被小说里的怪女孩给包了。"

尼克对着笔记本噘起嘴。"你把所有的东西都划掉了。"

"我没有啊。"

"那你还留下了什么？"他又靠过来了一点，看着她写。

"这种节奏。"凯丝说，"这种节奏很好。"

"真的吗？"他露出了微笑。

---

[1] 薇诺娜·瑞德：美国女演员。
[2] 娜塔莉·波特曼：美国女演员。
[3] 赛琳娜·戈麦斯：美国女演员，歌手。

"真的。读起来有华尔兹的感觉。"

"你嫉妒了？"他笑得更开心了。他的上尖牙都长歪了，但还没难看到要戴牙箍的地步。

"绝对嫉妒。"凯丝说，"我从来都写不出华尔兹来。"

有时候，他俩像这样说着话，她很确信他俩是在调情。可是只要笔记本一合上，尼克眼里的光立刻便熄灭了。到了午夜，他就会匆匆离开，赶往他总是急着要去的地方，也许是要手拿一瓶啤酒搂着金发女孩的腰亲吻她，露出他那歪歪扭扭的犬齿。

凯丝一直在写这个场景，一段全新的对话在页边的空白处逐渐成型。她抬起头来时，发现尼克仍然在笑眯眯地看着她。

"怎么了？"她问道。

"没什么。"他说着笑了起来。

"到底怎么了？"

"没什么。只是……这样居然能行得通，真是太了不起了。你和我居然能一起写作。这就像……一起思考。"

"挺好啊。"凯丝说，她这是真心话，"写作很孤独。"

"你不会觉得咱俩有共同语言的，对吗？咱俩的差别太大了。"

"咱们的差别也没那么大吧。"

"简直天差地别。"他说，"看看咱俩。"

"咱们都是英语专业的，"凯丝说，"都是白人，都住在内布拉斯加，听同样的音乐，看同样的电视节目，还有一双一模一样的匡威帆布鞋——"

"没错。可这就像约翰·列侬[1]和……泰勒·斯威夫特[2]一起写

---

1 约翰·列侬：摇滚音乐家，诗人，社会活动家。和后文的保罗·麦卡特尼同为英国摇滚乐队"披头士"的成员。
2 泰勒·斯威夫特：美国女歌手。

歌，而不是跟保罗·麦卡特尼一起。"

"别自以为是。"凯丝说，"泰勒·斯威夫特比你漂亮多了。"

"你知道我是什么意思。"尼克用钢笔的末端在她胳膊上戳了一下。

"这样挺好的。"她说，抬起头来看着他。她还不太确定他俩是不是在调情，不过可以肯定的是，她并不希望他俩调情。"写作很孤独。"

凯丝已经来不及在自己的笔记本上再写一页了。那天晚上余下的时间，她和尼克一直待在书库里，给他写的部分修修补补。沃尔沃变成了一辆锈迹斑斑的克莱斯勒彩虹，蒲公英的细节则是彻底烟消云散了。

十一点四十五分，他俩收工走人。走到图书馆前面的台阶时，尼克就已经在看手机了。"嗨，"凯丝说，"你去拿车的路上，想不想从庞德楼过一下？那样咱俩可以一起走。"

他看着手机，头都没有抬。"最好不要这样。我得回家。还是上课时见吧。"

"好。"凯丝说，"再见。"她拿出手机，趁着他还没消失在黑暗里，开始按911。

"爸？我是凯丝。我打电话是想跟你问声好。这周末我想回家。打电话给我。"

"爸，我现在是在你上班的时间给你打电话。今天是星期四。明天我想回家。给我回电话，好吗？或者发邮件？爱你。"

"嗨，宝贝，我是爸爸。这周末不要回来。我整个周末都不会在家，去参加肉汁意式方饺的广告拍摄，在塔尔萨。我是说，如果你想回来就回来。办一个大派对。就像汤姆·克鲁斯在……天哪,那部电影叫什么来着?不是《壮志凌云》[1]——《乖仔也疯狂》[2]里那样!办一个大派对吧。请一群人来看《乖仔也疯狂》。家里没有酒了,不过焗烤四季豆还剩下一些。爱你,凯丝。还在跟你姐姐吵架吗?别吵了。"

这个周末,爱情图书馆比平时更加繁忙。下个礼拜就是期末考试,大家似乎都开始认真学习了。为了找一个空着的研习间,凯丝只得往图书馆里越走越深。她想起了利瓦伊和他的图书馆理论——你到图书馆的次数越多,图书馆变出的新空间就越多。今天晚上她在楼梯间里路过一扇小门,只有普通门的一半大。门上的标牌写着"南书库",凯丝敢发誓她以前从没见过这个。

她打开那扇门,门后面就是一级台阶,下去以后通向一条走廊,跟寻常的走廊一样宽。最后凯丝走到了另一间像是导弹发射井一样的房间,跟尼克的那一间刚好对称,就连风都是从相反的方向吹来的。

她找到一个空着的隔间,于是放下背包,脱下外套。坐在灰色隔断另一边的一个女生注视着她。

那个女生坐直了一点,凯丝看见她在微笑。她飞快地环顾了一下房间四周,然后凑了过来,抓住隔间的墙板。"我不是故意要打扰你,不过我喜欢你的T恤。"

凯丝低头看了一眼。她穿的是从Esty上买的那件"淡定,别放弃"T恤,上面还印着巴兹和西蒙的头像。

"哦。"凯丝说,"谢谢。"

---

[1] 《壮志凌云》:美国电影。由汤姆·克鲁斯主演。
[2] 《乖仔也疯狂》:美国电影。由汤姆·克鲁斯主演。

"在现实生活中遇见另外一个也爱读同人小说的人总是让我很开心……"

凯丝的表情一定非常吃惊。"哦,天哪!"那个女生说,"你知道我在说什么吧?"

"是的。"凯丝说,"当然知道。我的意思是,我想我知道吧。《别放弃,西蒙》?"

"没错!"那个女生小声地笑了起来,又看了看房间四周,"这有点小尴尬。我是说,有时候就好像在做什么秘密的事情一样。人们觉得这很古怪……同人小说,而且还是耽美[1]同人。你懂的。"

凯丝点了点头。"你经常看同人小说吗?"

"现在看得不多了。"那个女生说,"我在高中的时候最入迷。"她的金发梳到后面扎了个马尾,她穿的运动衫上面印着"弗迪格里橄榄球队——加油,老鹰,加油!"。她看上去不像个怪异宅女……"你呢?"她问道。

"我还是经常看……"凯丝说。

"魔法凯丝绝对是我的最爱。"那个女生打断她道,仿佛不吐不快似的,"我都迷死《别放弃》了。你也一直在看吗?"

"是的。"

"她最近更新得好快啊。每次都会贴出新的一章,我只能停下手头所有的事情去看,看完以后还要再看一遍。我的室友觉得我疯了。"

"我的室友也是这么想。"

"可是她写得真是太好了。没人能像魔法凯丝这样写西蒙和巴

---

[1] 耽美:原指唯美主义,现多指男性与男性之间的爱情。

兹。我都爱上她笔下的巴兹了,就像恋爱一样。以前我看的主要是西蒙/阿加莎的小说。"

凯丝皱起了鼻子。"不是吧。"

"我懂你的意思,那会儿我还小嘛。"

"如果阿加莎真的在乎他俩中哪一个的话,"凯丝说,"她就会做出选择的。"

"就是说啊。西蒙在《别放弃》里跟她断绝往来的时候,那一幕写得太精彩了。"

"难道你不觉得这篇小说太长了吗?"

"没有啊。"女生说,"你觉得它长吗?"

"我说不好。"

"我从来都不会觉得那些章节太长。我只是希望它能再长一点、再长一点、再长一点。"女生的双手在她的嘴巴面前来回挥舞,就像是正在吃饼干的甜饼怪[1]一样,"我跟你说啊,我都迷死《别放弃》了。我觉得很快会有大事发生。"

"我也是。"凯丝说,"我想大法师没准会跟西蒙翻脸。"

"不是吧!你这么想?"

"我只是有这种感觉。"

"西蒙和巴兹过了那么久才在一起,我都要急死了。现在我就盼着他们能有一场轰轰烈烈的爱情戏。我对《别放弃》唯一不满的地方就是西蒙/巴兹的激情戏不够多。"

"她基本上从来不写恋爱场面。"凯丝说,她感觉自己的脸微微有点发红。

---

[1] 甜饼怪:少儿节目《芝麻街》中的一个角色。热爱甜饼。

"没错,可是她写的那些真是性感极了。"

"你真这么想?"

"嗯。"那个女生笑了起来,"是的。"

"所以人们才会认为咱们都是疯狂的变态。"凯丝说。

那个女生又咯咯地笑了几声。"我知道。有时候我都忘了原著还有一部没有出。仿佛我很难想象这个故事会以其他的方式结束,而不是像魔法凯丝所写的那样。"

"有的时候……"凯丝说,"我读着原著,甚至会忘了西蒙和巴兹并没有相爱。"

"就是说啊。我喜欢杰玛·T.莱斯利,我会一直喜欢她,我觉得她就像我童年时代的主要力量。我也知道没有她就不会有魔法凯丝。可是现在,我感觉自己还是更喜欢魔法凯丝。她也许是我最喜欢的作家,可是她却连一本书都没写过……"

凯丝吃惊得嘴都有点合不拢了,她直摇头。"这太疯狂了。"

"我知道,"那个女生说,"可我觉得事实就是如此……哦,天哪,对不起。我说得你的耳朵都要起茧子了吧。在现实生活中,我从来不会谈起这些东西,除了跟我男朋友说说。他知道我对这个有多着迷。"

"不用道歉。"凯丝说,"这样挺酷的。"

那个女生坐了下来,凯丝也坐下了。她打开笔记本电脑,花一分钟想了一下派珀教授,然后打开了《别放弃》的最新一章。很快会有大事发生了。

"爸,我是凯丝。你从塔尔萨回来了吗?我就是问问情况。打电话给我。"

"爸？我是凯丝。打电话给我。"

"嗨，凯丝，是爸爸。我回来了。我很好。别为我担心。担心学校的事吧。不，划掉这句，什么也别担心。尽量别去担心，凯丝，这种活法才够美妙。就像飞一样。爱你，宝贝，跟你姐姐问好。"

"爸？我知道你不希望我担心。不过如果你回个电话给我，而且不是在凌晨三点的话，我会放心一点。"

"十天……"派珀教授说。
她没有像平时那样坐在她自己的桌子上，而是站在窗边摆造型。外面下着雪。今年已经下过好几次雪了，虽然才十二月初而已。教授的身影映在结满冰花的玻璃上，颇具戏剧效果。
"我情愿相信你们全都已经完成了那篇短篇小说。"她边说边转过来用那对蓝眼睛看着大家，"现在你们只是在修修补补，把最后剩下的每一处没有交待清楚的情节拉回正轨……"
她朝着他们的课桌走了回来，朝着其中几个人依次露出了微笑。当她俩的眼神相遇时，凯丝只觉得一阵紧张。
"不过我也是一个作者。"教授说，"我知道无法集中精力时是个什么情况。你会主动去找事来让自己分心，你宁愿让自己为了其他一切琐事忙得筋疲力尽，也不愿意去面对一张白纸。"她对着一个男生微笑道，"或是一个空白的屏幕……
"所以，如果你们还没有完成这篇小说，或者根本就没有动笔，我表示理解，我真的理解。但是我恳求你们……现在就开始写。把自己锁起来，远离尘世。关掉网络，堵上房门。写作，仿佛不写就没法生活。

"仿佛不写就没有未来。

"因为有一件小事我可以向你们保证……"她让目光落在另一个最受她喜爱的学生身上，露出了微笑，"如果你们打算下学期参加我的高级班课程，那么这门课的得分只有不低于B才能进来。而在你们的期末成绩中，这篇短篇小说会占到一半的分数。

"这门课程是面向作者的。"她说，"面向那些愿意撇开恐惧、越过杂念的人。

"我喜欢你们大家，真的喜欢。但是如果你要浪费你的时间，我可不会浪费我的。"她在尼克的桌旁停了下来，微笑地看着他。"对吗？"这句话她是对他一个人说的。

尼克点点头。凯丝低头看着自己的桌子。

她的床单还没有洗，但是利瓦伊的味道已经荡然无存了。

凯丝尽量若无其事地把脸埋进枕头里，尽管房间里并没有别人会为此而指责她。

她的枕套闻起来感觉脏兮兮的。还有一点像多堤士玉米片的味道。

凯丝闭上眼睛，想象着利瓦伊躺在她身边，他的腿碰到了她的腿上，和她的腿交叉在一起。她回想起那天晚上她的嗓子是怎么变粗哑的，以及他是如何用胳膊搂住了她，仿佛想要把她抱起来，仿佛想为她把一切都变得轻而易举。

她想起了他的法兰绒衬衫，还有他那充满渴求的粉红色嘴唇。她还想起自己把手指插进他脑后的头发里，可是却远远没有摸够。

想到这里，她哭了起来，鼻涕也流了出来。她把眼泪和鼻涕都蹭在枕头上了，已经到了这个份儿上，这还有什么要紧呢？

西蒙用尽全力跑得飞快。他一边往自己的腿和脚下咒，一边向挡在他路上的树枝和石头下咒。

他可能已经去得太晚了——起初他以为是这样，因为他看见阿加莎躺在森林的地上，瘫作一团，瑟瑟发抖。阿加莎也许吓坏了，但她还没有受伤。

巴兹跪在她身边，也同样抖得厉害。他的头发垂到了前面，平时他一般不会任由头发这样子垂下来的。他苍白的皮肤在月光下闪着异样的光芒，就像贝壳里面的那种光芒。西蒙想不通为什么阿加莎没有试着逃走。但他很快就明白过来。她一定是被迷晕了。吸血鬼是能够把人迷晕的，对吧？

"走开。"巴兹狠狠地说。

"巴兹……"西蒙说着伸出了手。

"不要看我。"

西蒙没有去看巴兹的眼睛，但却并没有将视线转开。"我不怕你。"西蒙说。

"你应该怕。我可以把你们俩都杀掉。先杀她，再杀你，在你压根还没意识到我在动手之前。我的速度很快，西蒙……"说到最后这两个字的时候，他的声音都变了。

"这我知道……"

"而且很强大……"

"我知道。"

"还很饥渴。"

西蒙的声音小得简直像耳语一般。"我知道。"

巴兹的肩膀颤抖了一下。阿加莎准备坐起来了——她一定是恢复神志了。西蒙严肃地看着她，摇了摇头。他又朝他俩走了一步。他现在离得很近了,巴兹一伸手就能抓到他。

"我不怕你,巴兹。"

"为什么不怕?"巴兹哀声说道。这是动物的哀鸣,受伤的哀鸣。

"因为我了解你。而且我知道你不会伤害我。"西蒙伸出手,轻轻地把那绺走错路的黑发捋到了后面。巴兹被他一碰,立刻歪起脑袋,尖牙也一下子露了出来闪闪发光。"你是如此强大,巴兹。"

巴兹一把抱住西蒙的腰,把脸紧紧地贴在他的肚子上。

阿加莎从他俩之间溜了出来,朝着城堡跑去。西蒙抱着巴兹的后颈,对着他弯下了腰。"我知道。"西蒙说,"我什么都知道。"

——摘自《西蒙,别放弃》
由同人小说网作者魔法凯丝发表于2011年2月

十八

"你现在常常到这儿来吗?"尼克推着手推车来到她的桌旁。

"只是想写点东西。"凯丝说,同时在他开始偷瞄她的屏幕之前合上了电脑。

"写你的期末作业吗?"他悄悄地在她旁边的椅子上坐下来,想要打开她的电脑。她把自己的胳膊放在上面。"你想好要写哪个方向了吗?"他问道。

"想好了。"凯丝说,"好多好多呢。"

他皱了一下眉,然后摇摇头。"我可不会担心你。你睡着了都能写出一万字来。"

她确实可以。以前有一回她一晚上给《别放弃》写了一万字。第二天她的手腕那叫一个疼……"你呢?"她问,"写完没有?"

"快了。好吧……我想到一个主意。"他对着她露出了微笑。那种让她觉得他也许在跟她调情的微笑。

微笑会使人迷惑,她想,所以我从不微笑。

"我打算把我那篇反爱情小说交上去。"他扬起那对提线木偶一般的眉毛,上嘴唇紧紧地绷在牙齿上。

凯丝禁不住吃惊地张大了嘴,随后又赶紧把嘴闭上了。"那篇小说?就是……咱俩一直在写的那篇?"

"没错。"尼克兴奋地说,又一次高高地扬起了眉毛,"我是说,起初我觉得这篇太无聊了。短篇小说应该言之有物。但是正如你一直所说的,这是关于两个人坠入爱河的小说,还有什么比这个更有意义呢?而且咱们已经研讨得够久了,我觉得可以把它交上去了。"他用胳膊肘捣了捣她的手肘,同时用舌尖敲打着自己的门牙。他看着她的眼睛。"你怎么想?这是个好主意,对不对?"

凯丝又一次猛地闭上了嘴。"这……只是……"她低下头看着桌子,平时笔记本就放在这个地方。"那篇是咱俩一起写的。"

"凯丝……"他的语气好像对她很失望似的,"你想说什么?"

"嗯,你把它称为你的小说。"

"这是你说的啊,"他打断了她的话,"你总是说,你感觉自己更像个编辑,而不是一名合著者。"

"我那是在逗你。"

"那你现在是在逗我吗?我看不出来。"

她抬起头看着他的脸。他的表情很不耐烦,而且非常失望,仿佛是凯丝令他失望了。

"咱们能不能诚实一点?"他问道。可是不等她回答,他就又开了口。"这篇小说是我的创意,是我起的头,只有我出了这间图书馆也还在写。我很感激你给予的一切帮助。你是一名很有天分的编辑,而且潜力无限。但你当真认为这是你写的小说吗?"

"不。"凯丝说,"当然没有。"她发现自己的声音越来越小,已经变成了小声嘀咕,"可我们是一起写的。就像列侬和麦卡特尼……"

"约翰·列侬和保罗·麦卡特尼曾经说过,他俩是分开写歌的,然后再拿给对方看。这话曾多次被人援引。你不会真的以为《昨日》有一半是约翰·列侬写的吧?你觉得《革命》是保罗·麦卡特尼写的吗?别这么天真了。"

凯丝紧紧地握起双手放在膝上。

"你瞧,"尼克边说边勉强挤出一点笑容,"我非常欣赏你所做的一切。你真的很了解身为艺术家的我,从没有人能像你这样。你是我最好的共鸣板。我希望咱俩能一直把自己写的东西给对方看。我不希望有这种感觉,就好像……如果我给你提了一个建议,那这个建议就是属于我的。反之亦然。"

她摇了摇头。"这不是……"她不知道说什么好,于是把笔记本电脑拉过来,开始往上面绕电源线。艾贝尔给她的那根电源线。这个礼物可真是不赖。

"凯丝……别这样。你要把我吓坏了。你真的生气了吗?你真的认为我偷了你的东西?"

她又摇了摇头,把电脑放进包里。

"你生气了?"他问道。

"没有。"她小声说。毕竟他们还在图书馆里。"我只是……"

"我以为你会为我高兴的。"他说,"只有你知道我为这篇小说付出了多少努力。你知道我对这篇小说有多么投入。"

"我知道。"她说。这话倒不假。尼克在意这篇小说,但凯丝却不以为然。她在乎的是写作本身,是他俩一起写作时存在于两人之间的那种魔力。哪怕跟尼克在图书馆碰头只是为了写写讣告或是洗发水的包装盒,她也心甘情愿。"我只是……"她说,"现在我得去写自己那篇小说了,就快到期末考试周了。"

"你在这里不能写吗?"

"我可不想用打字的噪音来折磨你。"她咕哝着说。

"咱们把自己的小说交上去以前,你还想再聚一次校对一下吗?"

"好。"她说,但却不是真心想这样。

凯丝一直走到楼梯那里才开始跑。她就这样独自一人跑回了宿舍,穿过树林,穿过黑暗。

星期三下午,生物学的期末考试结束以后,凯丝坐到了电脑前面。在完成小说写作的作业以前,她打算既不出门,也不上网。

她准备一直不停地打字,直到写出初稿为止,即使这意味着她打的是这样的内容:我也不知道自己这会儿到底他妈的在打什么,等等等等。

她还没有想好写什么情节或是角色……

她花一个小时写了一个男人和他妻子之间的对话,然后才发现其中丝毫没有情节的起伏。这个男人和他妻子只是在讨论球芽甘蓝而已,而且球芽甘蓝也没有象征着什么更深的含义。

接着她又写了一个开头,讲的是一对夫妻分手,叙事者是他俩养的狗。

随后她开始写一条狗故意破坏一段婚姻的故事,可还是没能写下去,因为她对狗丝毫没兴趣,对已婚的人也没兴趣。

她想过把尼克那篇反爱情小说里她记得自己写过的内容全都打出来,这样一定会引起派珀教授的注意。

她想过把自己的哪篇西蒙/巴兹小说拿来,给人物改个名字就算完事。如果不是派珀教授已经紧盯她的话,她没准能侥幸蒙混过关吧。

也许她可以选一篇西蒙/巴兹小说，然后把所有的重要细节都改掉。西蒙是个律师，巴兹是个间谍。西蒙是个警察，巴兹是开面包房的。西蒙喜欢球芽甘蓝，巴兹是一条狗。

凯丝想逃到网上去都想疯了，哪怕只是收收邮件什么的。可她决不允许自己打开浏览器的窗口，就连确认一下球芽甘蓝的"芽"有没有"艹"都不行。

于是她推开椅子从桌前站起来，去了趟洗手间。她顺着走廊慢吞吞地走着，想找点事来让自己分心，可是这里却并没有人在转来转去地想要示好。凯丝回到房间，躺在床上。她昨天晚上在为生物学考试做准备，睡得太晚了，现在闭上眼睛真是舒服。

从总想着利瓦伊变成总想着尼克，换换口味也挺好的。她真的喜欢过他吗？（这指的是尼克，她喜欢利瓦伊是一定的。）还是她只是喜欢过他所代表的一切？才智，天分，帅气。一战时期的那种帅气。

现在仅仅想起尼克都会让她恼怒不已。她被利用了，被他骗了。他是一直都打算把这篇小说偷走的呢，还是实在走投无路了？就像凯丝这样走投无路。

尼克和他那愚蠢的小说。

那确实是他的小说。凯丝自己从不会写出这样的东西来。愚蠢、古怪的女孩角色。愚蠢、狂妄的男孩角色。连龙都没有。

那是尼克的小说，他只是哄骗她来写。如果她曾经见过不可靠的叙事者，那么他就是这种人。

此刻凯丝想写她自己的小说，不是上课要求的那一篇，而是《别放弃》。

《别放弃》才是凯丝的小说，有成千上万的人在读，成千上万的人希望她写完。

那篇她应该写来交作业的小说？只有一个人在乎她有没有写完，而这个人甚至还不是凯丝自己。

她鞋都没有脱就睡着了，趴在床上。

睡醒时天已经黑了，她不喜欢这样。天亮时睡着、天黑时醒来会让人感觉昏昏沉沉的，但是天黑时睡觉、天亮时睡醒就不会。她有点头痛，枕头上还有一圈口水的痕迹。她只有在白天睡觉时才会流口水。

凯丝坐了起来，觉得很难受，同时发现她的手机在响。她不认得这个号码。

"喂，你好？"

"凯瑟？"是一个男人的声音，挺温和的。

"是我，你是哪位？"

"嗨，凯瑟，我是凯利。你爸爸的同事凯利。"

凯利是她爸爸的创意总监，那个提出用熊猫变成亚洲人的家伙。"该死的凯利"爸爸总是这么叫他。比如像，"该死的凯利让我们把基尔帕特里克的广告活动重做一遍。"或者是，"然后该死的凯利又想到机器人应该跳舞。"

正因为有了凯利，爸爸才不至于失业。每一次凯利跳槽到别家广告公司，都会说服凯丝的爸爸追随他一起。

凯利把她爸爸的那些极端行为全都归咎于"创造性思维"。"你爸爸是个天才，"有一回他在圣诞晚会上对凯丝姐妹俩说，"他的大脑就是专门为了做广告而设计的。他就是一台精密的仪器。"

凯利的嗓音很轻柔，说起话来像甜言蜜语一般。每一次他开口说话，仿佛都是想劝你做什么事或是买什么东西似的。"你们两位姑娘有没有尝尝鸡尾酒虾？这里的鸡尾酒虾好吃极了。"

此时此刻听到凯利那劝诱推销式的声音,凯丝觉得很不舒服,背上直发冷。

"嗨。"她说。

"嗨,凯瑟。很抱歉打电话到学校来找你。现在是期末考试周了,对吧?我儿子康纳跟我说是期末考试周。"

"是的。"她说。

"你瞧,我是从你爸爸的手机里找到你的号码的,我只是想告诉你,他很好,他不会有事的。但是他今天晚上,也许还有明天或者后天要待在医院里。在圣理查德医院……"

"出什么事了?"

"什么事也没有,他很好。我说的是真的。他只是需要让心智恢复平稳而已。"

"为什么?我是说,出什么事了?你为什么带他到那儿去?是你带他去的吗?"

"是的,是我带他去的。我亲自把他送到了这里。什么事也没有。他只是太过沉迷于工作了,这你也知道,我们全都是这样。对我们来说,有时候这没什么差别……可是你爸爸不肯离开他的办公室。他已经在办公室里待了好几天了……"

几天?她很想知道。他有没有吃饭?有没有上洗手间?有没有把桌子掀翻在地?有没有把一堆构想从七楼的窗户扔出去?他有没有站在走廊上大喊"你们这些没骨气的叛徒!你们所有人都是!尤其是你,凯利,你这个没脑子的该死走狗!"?他们是不是只能把他抬出去?是白天发生的吗?所有人都看见了?

"他在圣理查德医院?"她问道。

"是的,他们只是要做一些检查,再让他睡一会儿。我觉得这真的会对他有好处。"

"我过去。"她说,"跟他说我要过去。他有没有伤到自己?"

"没有,凯瑟。他没有受伤。他只是睡着了。我想他不会有事的。这几个月太劳累了。"

几个月。"我要去,行吗?"

"行啊。"凯利说,"我一会儿可能要回家了。这是我的手机号码。如果你有任何需要,打电话给我,好吗?"

"谢谢你了。"

"我说真的。任何需要。你知道我是怎么看待你爸爸的,他就是我的幸运金币。我为了他做什么事都愿意。"

"谢谢。"

她在凯利挂断之前挂上了电话。她再也受不了了。

然后她立刻打了电话给琳恩。琳恩接电话的时候听起来很吃惊。凯丝直奔主题:"爸爸在圣理查德医院。"

"什么?为什么?"

"他上班的时候失控了。"

"他没事吧?"

"我不知道。凯利说他不肯离开办公室。"

琳恩叹了一口气。"该死的凯利?"

"没错。"

"爸爸会觉得很难堪的。"

"我知道。"凯丝说,"我打算一找到人开车载我就立刻赶过去。"

"是凯利叫你去的吗?"

"你是什么意思?"

"我的意思是，现在是期末考试周，你也知道爸这会儿没准打了镇静剂，什么也不知道。咱们应该明天打个电话，看看他怎么样了。"

"琳恩，他在医院里。"

"圣理查德不算是医院。"

"你觉得咱们不应该去？"

"我觉得咱们应该把期末考试考完。"琳恩说，"等到咱们考完的时候，他也清醒过来了，咱们就可以去陪着他了。"

"我要去。"凯丝说，"我来问问奶奶肯不肯来接我。"

"奶奶在芝加哥。"

"哦。对。"

"如果你真的非去不可，我想妈妈会愿意开车送你的。如果这事对你这么重要的话。"

"不用了。你开什么玩笑？"

"好吧，随你的便。等你到医院了，给我打个电话好吗？"

凯丝本来想说得刻薄一点，比如"我可不想在期末考试周打扰你的学习"，不过她说的却是"好"。

然后她打给了芮根。芮根有车，芮根会明白的……

芮根没有接电话。

凯丝爬到床上，哭了一会儿。

她为爸爸感到伤心，为他所蒙受的羞辱和他自身的弱点，也为了她自己而伤心。因为她没能在他身边阻止这事的发生，更因为就连这么糟糕的事情都没能让她和琳恩团结一致。琳恩听到这个消息怎么还能这么冷静呢？就因为以前发生过这种情况并不代表这事不严重，也不意味着他不需要她们。

接着她又为自己没能多认识几个有车的朋友哭了一阵。

哭完她打给了利瓦伊。

他立刻就接了电话。"凯丝?"

"嗨,利瓦伊。呃,你好吗?"

"很好。我在……上班。"

"你平常上班时都接电话吗?"

"不接。"

"哦。好吧,呃,等一会儿你下班以后,能不能开车送我去奥马哈?我知道这太麻烦你了,不过我会把汽油钱给你的。我只是……家里有点急事。"

"我现在就来接你,等我十五分钟。"

"不用了,利瓦伊。如果你在上班的话,就等下班再来吧。"

"是家里有急事吗?"

"是的。"她轻声说。

"我十五分钟就到。"

斯诺不可能会看见他在这里——在阳台上。为了参加舞会，斯诺想把自己的舞步都学会，这会儿正忙着呢。他只顾在阿加莎的闪缎靴子上踩来踩去。她今天看起来很漂亮，金发闪着白光，皮肤白里透红。这个女孩很难看透，巴兹想，就像牛奶，又像白色的玻璃。

西蒙往后退了一步，结果让她失去了平衡。他用强壮的胳膊搂住她的腰，把她给扶住了。

他俩在一起的时候都这么出众吗？他们身上闪耀的只有各种纯洁和明亮的光芒吗？

"他永远不会放弃她的，这你知道。"

听到这个声音，巴兹很想猛地转过身去，不过他忍住了。他甚至连头都没有动一下。"你好啊，佩妮洛普。"

"你这是在浪费时间。"她说。她似乎一点也不累，这可真是讨厌。"他觉得她是他命中注定的缘分他是情不自禁的。"

"我知道。"巴兹说着把脸转向了阴暗处，"我也是情不自禁的。"

——摘自《提兰诺斯·巴西尔登——四奇之子》
由同人小说网作者魔法凯丝和叛徒琳恩发表于2009年12月

十九

利瓦伊什么也没有问，凯丝也不想解释。

她对他说爸爸在医院里，不过却没告诉他为什么会这样。她对他谢了好几次，还往他的烟灰缸里塞了一张二十块钱的钞票，并且对他说，她一拿到现金就再给他一些。

她尽量不去看他。因为每一次看到他，她都会想象着他在跟某人接吻，要么是她，要么就是那个女孩，无论想起哪件事，她都很难过。

她等着他变成那个利瓦伊，用各种问题和迷人的话语来惹她激她，可是他却并没有去打扰她。过了大约十五分钟，他问她是否介意他听老师的讲课——他明天有一场很重要的期末考试。

"你听吧。"凯丝说。

利瓦伊把一支录音笔放在仪表盘上。然后他俩就听着一位声音低沉的教授讲了四十分钟的牧场可持续经营实务。

到了城里，凯丝给利瓦伊指路：他没怎么来过奥马哈。他们拐进医院的停车场时，凯丝知道他肯定看到了招牌——圣理查德心理和行为健康中心。

"你在这里把我放下就行了。"她说,"真的非常感谢你。"

利瓦伊关上了牧场管理的讲课录音。"我觉得还是送你进去比较好。"

凯丝没有争辩。她走在他前面,进了医院就直奔挂号处,隐约感觉到利瓦伊在她身后的一张排椅上坐了下来。

挂号处的那个男人一点忙也帮不上。"艾弗里。"他说,"艾弗里……亚瑟。"他咂了一下舌头,"医生似乎不允许他见访客。"

凯丝能不能跟医生谈一下?或者是护士?这个家伙说他不知道。她爸爸是睡着还是醒着?他无可奉告,因为联邦隐私条例等等。

"好吧,我就坐在那边。"凯丝说,"也许你可以跟人家说我在等,还有我想见我爸爸。"

那个家伙——他是个大块头,看起来更像一个肌肉发达的勤杂工,而不是接待员或护士——对她说想坐只管坐。她很想知道爸爸被送来的时候这个家伙在不在这里。他们是不是被迫把爸爸给捆住了?他有没有尖叫?有没有吐口水?她希望这里的每一个人——首先就是这个家伙——知道她爸爸是一个人,而不是一个疯子。她希望他们知道,他不是没人管没人问的,如果他们对他动了粗或是给他吃错了药,她是会发现的。凯丝怒气冲冲地在一把椅子上坐下了,就在没用的勤杂工视线之内。

十分钟之后,利瓦伊打破了沉默:"运气不好?"

"以前也是这样。"她转过头看了他一眼,不过没看他的脸,"你看,我可能会在这儿耗很长时间。你该回去了。"

利瓦伊弯下腰伏在膝盖上,用力揉着脑后的头发,仿佛他在考虑这事似的。"我不会把你一个人丢在医院的候诊室里。"他最后说道。

"可是现在我能做的只有等待,"她说,"所以这个地方最适合我了。"

他耸了耸肩，靠回到椅子上，不过仍然在摸自己的脖子。"我最好还是帮你帮到底吧。你没准回头还要搭车回去呢。"

"好吧。"凯丝说，然后又逼着自己多说了几句，"谢谢你……这不会变成家常便饭的，你知道。下一次我家里再有人喝醉或是发疯，我保证不会打电话给你。"

利瓦伊脱下他的绿夹克，放在旁边的椅子上。他穿着黑色的毛衣和黑色的牛仔裤，手里还拿着录音笔。他把录音笔塞进口袋里。"不知道这里有没有卖咖啡的。"他说。

圣理查德和普通的医院不一样。这里只有候诊室是对公众开放的，而候诊室却更像是摆着椅子的门厅，角落里甚至连一台播放着福克斯新闻频道的电视都没有挂。

利瓦伊站起身来，溜达到勤杂工的窗口。他在柜台上俯下身子，开始跟对方聊起天来。

凯丝觉得心头火起，于是拿出手机来给琳恩发短信。"在圣理查德，等着见我爸。"她本来想给奶奶打个电话，不过还是决定等多了解一些情况再打。

等她从手机上抬起头来，大门打开了，利瓦伊正在往里走。就在门关上的一瞬间，他回过头看着她，露出了微笑。利瓦伊已经很久没有对她笑过了。凯丝的心都要跳出来了，眼泪也流了下来……

他去了很长时间。

也许他是参观去了，她想。等他回来的时候，没准会拿着一壶啤酒，满脸都是唇膏印，还带着喜庆碗[1]的门票。

---

[1] 喜庆碗：美国大学生橄榄球比赛的四大碗赛之一，其他三个分别是玫瑰碗、橘子碗和砂糖碗。

凯丝没有什么消遣能让自己分散一下注意力，只有她的手机，可是电量已经不多了。于是她把手机放进包里，努力不去想这事。

她终于又听见了电动门打开的声音，利瓦伊从里面走了出来，手里拿着两只一次性的咖啡杯，胳膊上还摆着两个盒装三明治。

"火鸡还是火腿？"他问道。

"你为什么总是叫我吃东西？"

"嗯，我在餐饮业工作，而且我的专业基本上就是放牧……"

"火鸡。"她说，她心里很感激他，但还是觉得自己没法去看利瓦伊的眼睛。她知道那会是什么情况。他的眼睛很温暖，蓝得就像婴儿的眼睛一样，会让你感觉他喜欢你胜过其他人。她接过咖啡杯。

"你是怎么进到那边去的？"

"我只是问他哪里能买到咖啡而已。"他说。

凯丝打开三明治的包装，开始把三明治撕成一口能吃掉的小块。她先把小块的三明治捏扁，然后才放进嘴里。妈妈以前总是叫她不要把食物弄得支离破碎的。爸爸就从来不说什么，他自己的餐桌礼仪比她还要糟糕得多。

"你可以，你知道的。"利瓦伊边说边打开了他的三明治。

"可以什么？"

"下一次再有人发疯或是被捕的时候，可以打电话给我……我很高兴你今晚打给了我。我以为你在生我的气。"

凯丝又捏扁了一大块三明治。芥末从边上渗了出来。"是不是所有人在需要帮助的时候都会打电话给你？"

"难道我是超人吗？"她听得出他在笑。

"你知道我是什么意思。你的朋友们需要帮助的时候都会打电话给你吗？因为他们知道你一定会答应？"

"我不知道……"他说,"大家需要找人帮忙搬家时都会打电话给我。我想是因为我有一辆卡车吧。"

"今天晚上我给你打电话的时候,"她看着自己的鞋子说,"我知道你会开车送我来,如果你能来的话。"

"没错。"他说,"你说得对。"

"我觉得也许我是在利用你。"

他笑了。"那也是我心甘情愿被你利用……"

凯丝喝了一小口咖啡。这比津姜拿铁差远了。

"你担心你爸爸吗?"利瓦伊问道。

"是的。"她说,"但也不是很担心。我是说……"她飞快地转过头看了他一眼,"这种事也不是头一回发生了。这只是碰巧……一般来说情况不会这么糟糕。通常我们都会陪在他身边。"

利瓦伊拿着三明治的一角,从另一角咬了一口。"如果你不是太担心你爸爸的话,能不能说说你为什么生我的气?"他满嘴都是食物。

"这不重要。"她小声嘀咕道。

"这对我来说很重要。"他把嘴里的东西咽了下去,"每次我一到你宿舍,你就走人。"凯丝没有答话,于是他继续说道,"是因为那天的事吗?"

她不知道该如何回答这个问题,也不想回答。她抬起头望着对面的墙壁,如果这里不是这么一个监狱一般的地方,那里应该挂着一台电视机的。

她感觉到利瓦伊靠了过来。"我很抱歉。"他说,"我不是故意要让你觉得难受的。"

凯丝捏了一下自己的鼻尖,她真希望自己知道泪腺在哪里,这样她就能把它给关上了。"你很抱歉?"

"我很抱歉让你难过。"他说,"我想也许我把你的心思解读错了,对此我很抱歉。"

她想动动脑子找出一些刻薄话来嘲笑利瓦伊和他的解读。"你没有读错我的心思。"她边说边摇着头。不过只过了一秒钟,她的愤怒就盖过了同情。"我去参加了你的派对。"

"什么派对?"

她转过头来面对着他——尽管她已经开始哭了,眼镜也起了雾,而且自打昨天早上到现在就没有正儿八经梳过头发。"那次派对,"她说,"在你家。星期四晚上。我跟芮根一起去的。"

"我怎么没有看见你?"

"你在厨房里……忙得很。"

利瓦伊的笑容渐渐消失了,他慢慢地靠在椅背上。凯丝把三明治放在旁边的椅子上,攥紧双手放在膝上。

"哦,凯丝……"利瓦伊说,"真对不起。"

"不用道歉。你们俩似乎都挺开心的。"

"你没有说你要来。"

她回过头来。"这么说,如果知道我要来的话,你就不会在厨房里跟别人接吻了?"

这一次利瓦伊无言以对了。他也放下了三明治,将双手插进纤细的金发。他的发质比凯丝好,像绸缎,像羽绒,像吹散的蒲公英种子。

"凯丝……"他说,"真对不起。"

她不知道他是为了哪一件事道歉。他抬起头,仰视着她,一副真心难过的样子——而且是为她感到难过。"只是接个吻而已。"他说,他额头上又出现了抬头纹。

"哪一个?"她问道。

利瓦伊把双手推到脑后，他的刘海松松地垂了下来。"两个都是。"

凯丝颤抖着深吸了一口气，又从鼻子里猛地呼了出来。"很好，"她说，"这个消息……嗯……真是太有用了。"

"我不认为——"

"利瓦伊。"她打断了他的话，直视着他的眼睛。尽管在流泪，但她仍然努力让自己显得很坚定。"我非常感激你送我来这里。但也仅限于此了。我希望你现在就离开。我不会和人家只是接个吻而已。接吻对我来说……不只是接个吻而已。所以我才一直躲着你，所以我现在想要躲着你。可以吗？"

"凯丝——"

门开了，一位身穿印花洗手衣的护士走了过来。她对着利瓦伊笑了一下。"你们现在要不要进来？"

凯丝站起身来，抓起自己的包。她看着利瓦伊。"请你走吧。"说完她便跟着护士走了。

凯丝回到门厅的时候，利瓦伊已经走了。

她搭出租车去了爸爸的公司，把他的车开了回来。车里满是快餐的包装纸和揉皱的构想。到家以后，她洗了盘子，又给琳恩发了短信。

凯丝不想打电话。她不想说，嗨，你是对的。他完全被药昏了，恐怕要好几天药效才能过去，所以你真的不用回家来——除非你一想到他要一个人经历这一切就觉得受不了。不过他不是一个人，因为我在这里。

爸爸已经好一阵子没有洗衣服了。通向地下室的台阶上堆满了脏衣服，似乎这几个礼拜以来他都只是把衣服扔下来就算了。

她把一堆衣服放进洗衣机里开始洗。

她扔了几个比萨盒,里面还剩下几片干巴巴的比萨。

浴室的镜子上有一首诗,是用牙膏涂上去的。也许是一首诗,也许只是几个字,看起来很漂亮。于是凯丝先用手机拍了张照片,然后才把它给擦干净。

如果她们在家的话,这些事情里的任何一桩都会引起她们的警觉。

她们会留意他的一举一动。

她们会发现他半夜三更还坐在车里,把毫无意义的构想写满一张又一张纸,这时她们就会领着他回到家里。

她们会看见他不吃晚餐,也会数着他喝了几杯咖啡,还会注意到他的话音里充满热忱。

于是她们就会尽力把他拉回正轨。

一般情况下,这样都会管用。看到她们害怕的样子,爸爸也会吓坏。他会上床睡觉,睡上十五个小时。他会跟心理顾问约时间见面。他会再一次试着开始吃药,尽管她们都知道他坚持不下去。

"吃着这些药,我没法思考。"有天夜里他对凯丝说。当时她十六岁,那天到楼下去看看前门有没有关好,结果发现门没有锁,然后就无意中把他给锁在外面了。原来爸爸一直坐在外面的台阶上,他按响门铃的时候,凯丝被吓了个半死。

"这些药会让大脑运转的速度变慢。"他攥着一个装有药丸的橘色药瓶说,"它们能抚平所有的皱纹……也许还有皱纹里那些不愉快的事情,可是所有美好的事情也会被抹去……

"它们就像一匹马一样闯入你的大脑,好让大脑接收你发出的一切指令。可我需要的是一个能够突围而出的大脑,你明白吗?我需要思考。如果我不能思考,那我成什么人了?"

如果他睡眠充足、早餐能吃上她们为他做的鸡蛋、也没有连续工作三个星期的话，情况就不会这么糟糕了。

一点小狂躁是没有问题的。有点小狂躁会让他开心、高效、富有魅力。无论他拿出什么来，委托人都会买他的账。

她和琳恩已经变得很善于观察他的情况，当他的狂躁由一点点不知不觉发展到很严重，当他的魅力被疯狂取而代之，当他眼里的光亮变成了一道熄灭的闪电，她们都会看出来的。

为了收拾他留下的烂摊子，凯丝一直到凌晨三点才睡。如果她和琳恩没去上学的话，她们一定会看出他就快要撑不住了。她们一定会阻止他走到这一步。

第二天，凯丝把笔记本电脑也带到圣理查德去了。她还有三十一个小时来写那篇短篇小说。写完以后她可以通过电邮发给派珀教授。这样也可以的。

琳恩终于给她回了短信。"你在学校吗？明天有心理学的期末考试，对吧？"

她俩的心理学是同一个教授教的，但她俩不在同一个班。

"我只能缺考了。"凯丝回复说。

"这我可不答应。"琳恩答道。

"我不会丢下老爸一个人。"凯丝回短信道。

"发邮件跟教授说，也许他会让你补考。"

"好。"

"发邮件给他，我会跟他说的。"

"好。"凯丝怎么都说不出口那句谢谢。琳恩本来也应该缺席期末考试的。

快到中午的时候，爸爸醒了，吃了点咖喱肉汁土豆泥。她能看得出他很生气——一是因为被送到了医院，二是因为身体太虚弱，就连生气都没法气到怒火冲天。

他的病房里有一台电视，凯丝发现有个台在重播《吉尔莫女孩》。爸爸以前总是和她们一起看《吉尔莫女孩》，他很喜欢里面的苏琪。凯丝的电脑放在腿上，不断地自动进入休眠状态，所以最后她索性放下电脑，靠在爸爸床上看起了电视。

"琳恩在哪里？"插播广告时他问道。

"在学校。"

"你也应该在学校吧？"

"圣诞假期明天就开始了。"

他点了点头。他的眼神既迟钝又冷漠。每一次他眨眼都好像会再也睁不开似的。

下午两点，护士来了，又拿来一些药。然后又来了一位医生，他叫凯丝到走廊里去等着。离开病房的时候，他对凯丝笑了一下。"我们会让他好起来的。"他用一种乐呵呵的安慰人的嗓音说道，"在那之前必须尽快让他的情绪平静下来。"

凯丝坐在爸爸的床边看电视，一直待到探望时间结束才回去。

家里不需要再打扫卫生了，凯丝一个人在家觉得很不安。她本来想睡在沙发上，可是这里离外面太近，离爸爸的空房间也太近，于是她上楼来到自己的房间，爬到自己的床上。这样还是睡不着，她又爬到琳恩的床上，还拿上了自己的笔记本电脑。

爸爸以前在圣理查德住过三次院。第一次是妈妈离开之后的第二年夏天。爸爸不肯起床，她们给奶奶打了电话，她搬来跟他们一起住了一阵子。临走之前,她在冰箱里装满了冷冻的千层面。

第二次是她俩六年级的时候。他站在水槽边,哈哈大笑,对她们说用不着再去上学了。因为生活本身就是一所学校,他说。他刮胡子的时候割破了脸,下巴上沾着许多带血的手纸碎片。后来凯丝和琳恩到芝加哥去跟林恩姑姑住了一段时间。

第三次是她俩上高中以后。那时她们十六岁,奶奶过来住了,但是直到第二天晚上才来。第一天的晚上,她俩都睡在琳恩床上,琳恩握着凯丝的手腕,凯丝在哭。

"我和他很像。"她小声说。

"你不像。"琳恩说。

"我像。我像他一样疯狂。"她的恐慌症已经发作过几回了。她已经开始在派对上躲起来了。七年级那会儿,她曾经在刚开学时连续两个礼拜上学迟到,就因为她没有办法忍受在课间休息的时候和别人一起待在走廊里。"也许过不了几年情况就会更严重的,到时就会常常发作了。"

"你不会的。"琳恩说。

"可是如果我会又怎么办?"

"下决心别让自己变成这样。"

"这不管用的。"凯丝争辩道。

"没人知道怎样才管用。"

"要是我甚至都不知道自己正在变成这样怎么办?"

"我会知道的。"

凯丝想让自己别哭了,可是她哭得太久,哭泣已经占了上风,连她的呼吸都变成了一抽一抽地吸鼻子。

"要是它想把你带走,"琳恩说,"我不会松手的。"

几个月以后，凯丝在写到巴兹嗜血成性的情节时，把这句台词给了西蒙。那时琳恩还在跟凯丝一起写作，看到这一句的时候，她从鼻子里哼了一声。

"如果你发疯呢，我会在你身边陪着你。"琳恩说，"不过要是你变成了吸血鬼，你还是靠自己吧。"

"那你到底有什么用呢。"凯丝说。那时爸爸还在家里，情况也更好。在那一刻，凯丝并没有觉得自己的基因是一个陷阱，时刻准备一口把她吞下去。

"我显然是有用处的。"琳恩说，"你总是偷走我最好的台词。"

星期五晚上临睡以前，凯丝本来想给琳恩发短信来着，可是却想不到有什么可说的。

哈姆德拉姆根本就不是一个人，也不是一个恶魔。它是一个小男孩。

西蒙走近了一些——这么做也许并不明智——想看清它的脸……他感觉到哈姆德拉姆的力量在他周围绕来绕去，像干燥的空气，像炙热的沙子，西蒙累得仿佛连骨髓都在疼。

哈姆德拉姆——那个小男孩——穿着褪色的牛仔裤和难看的T恤衫，西蒙恐怕是过了好久好久才认出这个小孩就是他自己。多年以前的他自己。

"停下。"西蒙喊道，"快现身吧，你这个胆小鬼。快现身！"

那个小男孩却只是哈哈大笑。

——摘自《西蒙·斯诺与第七棵橡树》第二十三章

杰玛·T.莱斯利2010版权所有

二十

爸爸和琳恩同一天回到了家。这天是星期六。

爸爸已经在说要回去上班了,尽管他还没恢复正常。他的状态要么是像喝醉了,要么就是像没睡醒。凯丝也不知道他周末期间会不会一直这样。

也许他不吃药也没关系。现在她和琳恩都在家里照看他。

发生了这么多事,凯丝不太清楚她和琳恩是不是和好了。不过她决定她俩这就算和好了,这会让生活轻松一些。不过她们还没有回到无话不谈的地步——利瓦伊的事她一句都没跟琳恩说过。而且,她也没有提过尼克。她不希望琳恩开始大谈特谈跟妈妈见面的种种奇遇。凯丝相信琳恩一定跟妈妈安排了一些圣诞亲子活动。

起初,琳恩说的就只有学校的事。她觉得期末考试考得不错,凯丝考得好吗?她已经把下学期的书都买好了。凯丝打算选什么课?她俩有没有选到同样的课?

凯丝多数时间都在听她说。

"你觉得咱们应该打电话给奶奶吗?"琳恩问道。

"打电话说什么?"

"爸爸的事。"

"再等等吧，看看他的情况如何。"

她俩高中时所有的朋友都回来过圣诞节了。琳恩总是想叫凯丝出去玩。

"你去吧。"凯丝说，"我要陪爸爸。"

"我不能一个人去。那样看起来会很奇怪的。"

对于她们高中时的朋友来说，只看见琳恩，没看见凯丝，这确实会很奇怪。可是如果她们在什么地方一起露面，大学里的朋友看见了又会觉得奇怪。

"总得有人陪着爸爸。"凯丝说。

"去吧，凯丝。"这样过了几天之后爸爸说，"我坐在家里看着《美国铁厨》是不会失控的。"

有时候凯丝会去。

有时候她会留在家里，等着琳恩回来。

有时候琳恩会在外面过夜。

"我不希望你看到我喝得烂醉如泥的样子。"有天早上琳恩上床睡觉时对她解释道，"你让我觉得不舒服。"

"哦，是我让你觉得不舒服了，"凯丝说，"这还真是有趣。"

一个星期以后，爸爸回去上班了。从第二个星期开始，他每天上班前都要慢跑一会儿，于是凯丝知道他已经把药给停了。对于他来说，锻炼是最为有效的自我治疗。每当他想要让一切尽在掌控的时候，他就会跑步。

她开始每天早上一听见咖啡机的哔哔声就下楼来，看看他的情况，再送他出门。"到外面去跑步太冷了。"有天早上她试图说服爸爸。

系鞋带的时候,爸爸把自己的咖啡递给了她。"我觉得挺好。跟我一起跑吧。"

他能看得出她想要看穿他的眼睛,看看他的精神状况好不好,于是他捧起她的下巴,让她看个清楚。"我很好。"他轻声说,"凯丝,我又回到正轨上来了。"

"什么是正轨?"她叹了一口气,看着他套上了一件奥马哈南部公立高中的帽衫,"是慢跑?还是工作劳累过度?"

"活着。"他说,声音有点大,"生活就是正轨。"

他去跑步的时候,凯丝会为他做早餐——等他吃完早饭去上班了,她再躺在沙发上睡一会儿。这样过了几天,这就感觉像是一种惯例了。对爸爸来说,形成惯例是好事,但是他需要有人帮他坚持下去。

琳恩从楼上下来或是从外面回来的时候,凯丝一般都会醒过来。

今天早上,琳恩一回到家就立刻进了厨房。她端着一杯冷掉的咖啡回到起居室里,一边还在舔着叉子。"你做煎蛋卷了?"

凯丝揉揉眼睛,点了点头。"家里还有从洛斯波塔利斯[1]带回来的一点剩菜,我就放到蛋卷里去了。"她坐了起来,"那是脱因咖啡。"

"他喝脱因咖啡?那挺好的,对吧?"

"是啊……"

"给我做一个煎蛋卷吧,凯丝。你知道我做不好这个。"

"那你会给我什么回报呢?"凯丝问道。

琳恩笑了。她们以前常常对彼此这么说:你会给我什么回报呢?"你想要什么?"琳恩问,"有没有什么章节需要我帮你看看的?"

---

[1] 洛斯波塔利斯:Los Portales,一家墨西哥餐馆。

现在轮到凯丝说些俏皮话了，可她却不知道说什么好。因为她知道琳恩说帮她看小说的这句话并不是真心的，可正因为凯丝太希望这是真的，所以才可悲。圣诞假期余下的时间这么过如何？她俩挤在一块，围着一台笔记本电脑，一起写着《西蒙，别放弃》大结局的开头。

"不用了。"凯丝最后说道，"我找了个罗得岛的博士生来编辑我写的东西，她就是台机器。"凯丝站起身来，朝厨房走去，"我来给你做个煎蛋卷吧，我记得家里还有一些罐头装的辣肉酱。"

琳恩跟在她后面。她跳到炉边的台子上坐下，看着凯丝从冰箱里把牛奶和鸡蛋拿了出来。凯丝只用一只手就能打鸡蛋。

凯丝擅长鸡蛋的各种烹制方法，她真的是个很会做早餐的人。念初中时，她看着YouTube的视频学会了做煎蛋卷。她还会煎荷包蛋，而且是只煎一面。炒鸡蛋她当然也会。

琳恩更擅长做晚餐。初中时有一段时间，她无论做什么菜——肉糜卷、俄式牛柳丝、洋葱汉堡——都会先放法式洋葱汤粉。"咱们只要有汤粉就够了。"她宣布说，"其他那些调味料都可以扔掉了。"

"你们两个姑娘用不着做饭。"爸爸会这么说。

可是她俩如果不做饭，就只能指望着他记得在下班回家的路上买开心乐园餐带回来。有个玩具箱还放在楼上，里面塞满了开心乐园餐附赠的塑料玩具，大约有几百个吧。而且，如果凯丝做早餐、琳恩做晚餐的话，爸爸每天至少有两顿饭不用在加油站解决。

"迅旅可不是加油站。"他说，"那是应有尽有补给站，而且他们的厕所真是一尘不染。"

琳恩对着平底锅俯下身子，看着鸡蛋开始冒泡。凯丝把她推了回去，不让她离火太近。

"我总是在这一步搞砸。"琳恩说，"要么就是外面煎糊了，要么就是里面还不熟。"

"你太没耐心了。"凯丝说。

"不,我是太饿了。"琳恩拿起开罐器,绕在手指上转圈,"你觉得咱们应该打电话给奶奶吗?"

"嗯,明天就是平安夜了,"凯丝说,"咱们恐怕是应该给奶奶打电话了。"

"你知道我是什么意思……"

"他看起来情况很好。"

"没错……"琳恩转动曲柄打开那罐辣肉酱,递给了凯丝,"可他还是很虚弱。随便什么小事都可能把他打垮。等咱们回学校了,等你不在家里做早餐了,他又会怎么样呢?他需要人照料。"

凯丝看着那些鸡蛋。她在等待时机。"咱们还是得去为圣诞晚餐进行采购。你想吃火鸡吗?或者咱们也能做千层面,向奶奶致敬。也许可以明天吃千层面,圣诞节吃火鸡——"

"我明天晚上不在家。"琳恩清了清嗓子,"明晚……劳拉一家要过圣诞。"

凯丝点点头,把煎蛋卷对折起来。

"你也可以来,你知道的。"琳恩说。

凯丝从鼻子里哼了一声。当她再一次抬起头来的时候,琳恩似乎很不高兴。

"怎么了?"凯丝说,"我又没有同你争。我就知道你这个礼拜要跟她见面。"

琳恩紧紧闭着嘴,连脸颊都在一跳一跳的。"我简直不敢相信你会让我一个人去。"

凯丝举起锅铲竖在她俩之间。"我让你去的?我可不会叫你做任何事。我也不敢相信你明知道我有多讨厌你和她见面却还是要去。"

琳恩从台子上下来，摇了摇头。"哦，你什么都讨厌。你讨厌改变。要不是我拉着你跟在我后面，你哪里都不会去的。"

"很好，明天你哪儿也别想拉我去。"凯丝说着从炉边转过身来，"或者说从现在开始哪儿也别想拉我去。关于拖着我走这事，特此免除你的一切义务。"

琳恩交叉起双臂，歪着脑袋，装出一副一本正经的样子。"我不是这个意思，凯丝。我是说……咱俩应该一起去见她。"

"干吗要这样？是你一直在提醒我，咱俩是两个独立的人，咱们用不着总是做同样的事情。所以，好啊。你可以去跟那个抛弃咱们的妈妈建立感情，我要待在家里照顾这个收拾残局的爸爸。"

"上帝啊！"琳恩把两手向空中一摊，"你能不能不要这么戏剧化？哪怕只有五分钟也好！求你了？"

"不能。"凯丝用锅铲从空中劈过，"这不是戏剧化。这就是真实生活中发生的。她不要我们了，而且是尽可能以最富戏剧性的方式，在9·11这天。"

"是在9·11之后——"

"那不重要。她不要我们了。她伤了爸爸的心，也许还伤了他的脑子，而且她连我们都不要了。"

琳恩的声音低了下去。"她对这事也很难过，凯丝。"

"很好！"凯丝喊道，"我也是！"她朝姐姐走近了一步，"多亏了她，也许我今后会变成一个疯子。我会总是做错决定把事情搞砸，我还会行事怪异可自己却丝毫没有察觉。人们会同情我，我会没法跟人家正常交往——而且会永远如此，就因为我没有妈妈。永远。这就是最终极的一种伤害。你永远都没法从这种破坏中恢复过来。但愿她感到难过。但愿她永远都不原谅自己。"

"别这么说。"琳恩的脸红了,眼里含着泪,"我并没有受伤。"

凯丝的眼里一滴眼泪都没有。"你的地基已经有裂缝了。"她耸了耸肩。

"去你的。"

"你以为所有的影响都被我一个人给吸收了?当妈妈离开的时候,就只有我这一边受到了冲击?去你的,琳恩。她也离开了你。"

"可是我并没有被这事伤害。什么事都没法伤害我,除非是我自己愿意。"

"你以为爸是自己愿意的吗?你以为她走的时候他是自己要精神崩溃的吗?"

"是的!"琳恩也吼起来了,"而且我觉得他一直都是自找的。我看你们俩都是。你宁愿受伤害也不愿意向前看。"

这话起作用了。现在她俩都在哭,都在吼。从没人会赢,只会两败俱伤,凯丝心想。她转过身看着炉灶,鸡蛋已经开始冒烟了。"琳恩,爸生病了。"她尽量心平气和地说道。她从平底锅里把煎蛋卷铲起来,丢进盘子里。"你的煎蛋卷烧糊了。我是宁愿受伤害也不愿意白费工夫。"她把盘子放在台子上,"你可以告诉劳拉,叫她见鬼去吧。永远别回来。永远永远别回来。她跟我不可能会有进展。永远不会。"

在琳恩走开以前,凯丝先走了。她来到楼上,继续写《别放弃》。

每年的平安夜,电视上都会放西蒙·斯诺电影大连播。凯丝和琳恩年年都看,爸爸年年都用微波炉做爆米花。

头天晚上,他们去雅各布杂货店买了爆米花和其他的圣诞用品。

"要是连超级市场里都没得卖,"爸爸开心地说,"那就说明这不是真正的必需品。"所以他们最后做的是千层面和意粉面,也没买火鸡,而是买了玉米粉蒸肉。

电影一直在播,对凯丝来说,不跟琳恩谈什么重要的话题很容易,但是连电影本身都不谈就难了。

"巴兹的头发看着真让人难受。"琳恩说,这会儿放的是《西蒙·斯诺与海豹四仙子》。电影里所有的演员都比书里的人物头发长。巴兹的一头黑发从他那刀尖一般的美人尖那里全部梳到后面,梳成了一个大背头,而且油光锃亮的。

"一点不假。"凯丝说,"西蒙总是想给他一拳,这样就能摸到他的头发了。"

"是吧?西蒙上一次对着巴兹挥起拳头时,我还以为他是要替他掸去一根眼睫毛呢。"

"许个愿吧。"凯丝用她最擅长模仿的西蒙嗓音说,"你这个帅气的讨厌鬼。"

爸爸跟她们一起看了《西蒙·斯诺与五片利刃》,膝上放着一本笔记本。"我跟你们俩住在一起的时间太久了。"他说,同时还在画着一碗肉汁的草图,"我跟凯利一起去看了最新的一部《X战警》[1],自始至终我都坚信X教授和万磁王在恋爱。"

"对啊,这是明摆着的嘛。"琳恩说。

"有时候我觉得你对巴西尔登很着迷。"屏幕上的阿加莎说道,她的眼睛睁得大大的,满是关切之情。

"他在耍阴谋,"西蒙说,"这我知道。"

---

[1] 《X战警》:此处指漫威漫画改编的同名电影。后文的X教授和万磁王都是《X战警》中的人物。

"那个姑娘比丽莎·明尼里[1]还坏。"爸爸说。

看了一个小时,就在西蒙抓住巴兹和阿加莎在雾掩之林里会面之前,琳恩收到一条短信,然后从沙发上站起身来。凯丝决定去上洗手间,以防万一门铃响了。劳拉不会这么做的,对吧?她不会到门口来的。

凯丝站在大门附近的洗手间里,听见爸爸祝琳恩玩得开心。

"我会跟妈妈说你向她问好的。"琳恩对他说。

"恐怕这就不必了。"他说,情绪还算不错。爸,加油,凯丝心想。

琳恩走了以后,他俩谁都没有提起她。

他们又看了一部西蒙电影,吃了几大块意粉千层面,爸爸这才第一次意识到他们没有圣诞树。

"咱们怎么能把圣诞树给忘了呢?"他看着窗台旁边以往会摆圣诞树的地方问道。

"事情太多了。"凯丝说。

"为什么圣诞老人在圣诞节的时候没法起床?"爸爸问,仿佛接下来是想说一个笑话。

"不知道,为什么?"

"因为他有两极情感障碍[2]。"

"不对,"凯丝说,"因为两极情感障碍熊让他难过。"

"因为鲁道夫的鼻子看起来太亮了。"

"因为烟囱让他得了幽闭恐惧症。"

---

[1] 丽莎·明尼里:美国艺人。
[2] 原文为 Because he's North bi-Polar。bipolar disorder意为"双相情感障碍"。音与"北极"相似。

"因为——"爸爸大笑起来，"他难以承受起起落落？在雪橇上，明白吗？"

"那可真糟糕。"凯丝笑着说。爸爸的眼睛很明亮，但并没有明亮过了头。她等到他睡觉以后才上楼。

琳恩还是没有回来。凯丝想要写作，可是盯着空白的屏幕看了十五分钟以后，她关上了笔记本电脑。她爬上床盖上毯子，尽力不去想琳恩，尽力不去想像她在劳拉的新家里、和劳拉的新家人在一起是什么情景。

凯丝努力让自己什么都不想。

头脑清醒下来以后，她吃惊地发现，抛开所有杂念，她想到的居然是利瓦伊。身处家乡的利瓦伊。也许这个圣诞节最高兴的人就是他，高高兴兴的。利瓦伊一年三百六十五天都是这样。闰年是一年三百六十六天。利瓦伊恐怕很喜欢闰年。又多了一天，又多了一个女孩可以吻。

现在凯丝知道自己和他没戏，没准再也不会见到他，想起他来也就轻松一些了。

想着他暗金色的头发、过于宽阔的大额头和她还没有准备好要忘记的其他一切，凯丝睡着了。

"既然没有圣诞树，"爸爸说，"我就把你们的礼物放在这张照片底下了，这是咱们2005年站在圣诞树旁边拍的。你们知道咱们家就连一棵盆栽植物都没有吗？这个家里除了咱们三个就没有活物了。"

凯丝低下头看着那一小堆礼物，笑了起来。他们喝着蛋酒，吃着放了两天的墨西哥面包——上面撒了糖霜的甜面包。这是从艾贝尔家的面包店买的。从超级市场出来以后,他们在那里停了一下。凯丝没有下车,她觉得犯不着去自寻尴尬了。以前艾贝尔偶尔还会给她发发短信,这几个月她已经不再回复了,他也有至少一个月没再给她发过短信了。

"艾贝尔的奶奶不喜欢我的发型。"琳恩一回到车上就说道,"'太可惜了!太遗憾了!就像男孩子一样!'"

"你买到三奶蛋糕了吗?"凯丝问道。

"它们卖光了。"

"太遗憾了。"

往常,圣诞树底下会有一份艾贝尔送她的礼物,还有一份他家人送她的礼物。今年的礼物堆特别单薄,多数都是信封。

凯丝送给琳恩的是在学生活动中心外头买的一副连指手套。"这是羊驼毛的。"她说,"比羊毛暖和,而且防过敏。"

"谢谢。"琳恩边说边把手套放在腿上抻平了。

"那你把我的分指手套还给我吧。"凯丝说。

琳恩送给凯丝两件T恤,是她从网上买的。衣服很漂亮,也许还有阿谀奉承之嫌,但这是十年来琳恩第一次送给她跟西蒙·斯诺不相干的东西。凯丝突然间觉得很想哭,同时也起了戒心。"谢谢你。"她说着把这两件T恤重新叠了起来,"衣服真漂亮。"

爸爸送的是iTunes的礼品券。

奶奶送的是书店的礼品券。

林恩姑姑给她们寄来了内衣和袜子,纯粹是为了好玩的。

爸爸拆完礼物以后(每个人给他送的都是衣服),圣诞树的照片底下还有一个银色的小盒子。凯丝伸手拿了过来。盒子上用酒红色的丝带拴着一个很别致的标签,上面用花哨的黑字写着"凯瑟"。有那么一瞬间，凯丝以为这是利瓦伊送的。"凯瑟。"她似乎听见他在说，声音里满是笑意。

她解开丝带，打开盒子，里面是一条项链。吊坠上有一颗绿宝石，这是她的生日石。她抬起头看着琳恩，发现她的脖子上也戴着一个相配的吊坠。

凯丝丢下盒子站了起来，飞快地朝楼上走去，动作很是笨拙。

"凯丝！"琳恩在她身后喊道，"你听我解释——"

凯丝摇了摇头，一路跑着回到了自己的房间。

凯丝努力想象着妈妈的模样。

送她项链的那个人。琳恩说她再婚了，住在郊外的大房子里。她还当上了继母，继子女们都已经长大成人了。

在凯丝的脑海里，劳拉依然很年轻。

大家总是说，她太年轻了，不像是两个大女孩的妈妈。听到这话，妈妈总是会露出微笑。

在她们小的时候，每次爸爸和妈妈吵架，琳恩和凯丝都会担心父母离婚，然后把她俩拆散，就像电影《天生一对》里演的那样。"我要跟爸爸。"琳恩说，"他更需要人帮助。"

凯丝想想单独跟迷糊却狂热的爸爸住在一起的情形，再想想跟冷淡又没耐心的妈妈单独在一起。"不。"她说，"我要跟爸爸。他比妈妈喜欢我。"

"他对咱俩都比妈妈更喜欢。"琳恩争辩道。

"这两个不可能是你女儿吧。"人家说，"你太年轻了，女儿怎么会长这么大了呢？"

"我也觉得自己太年轻了。"妈妈答道。

"那咱们都跟爸爸。"凯丝说。

"离婚不是这样的,笨蛋。"

妈妈走的时候把她俩都丢下了,这反而是一种解脱。如果凯丝必须要做出选择的话,她会选琳恩。

她们卧室的门上没有锁,于是凯丝背靠着门坐在地上,但是并没有人到楼上来。

她把双手垫在屁股下面,哭得像个小孩子一样。

我哭得太多了,她想,这类的事情也太多了。她已经厌倦了当哭鼻子的那一个。

"你是一百年来最强大的魔法师。"哈姆德拉姆的脸——西蒙自己少年时代的面孔——看起来无精打采、筋疲力尽。那对蓝色的眼睛里什么表情都没有……"你以为得到这么多力量是不用付出牺牲的吗？你以为你可以变成你却不用丢下什么——不用丢下我吗？"

——摘自《西蒙·斯诺与第七棵橡树》第二十三章

杰玛·T.莱斯利2010版权所有

二十一

爸爸每天早上都起来跑步。凯丝一听见他的咖啡机哗哗响就醒了。她会起床给他做早餐,接着再回到沙发上睡觉,一直睡到琳恩起床。她俩在楼梯上擦肩而过,却一言不发。

有时候琳恩会出门。凯丝从来不跟她一起去。

有时候琳恩不回来。凯丝从来不会熬夜等她。

很多个晚上,家里都只有凯丝和爸爸两个人,可是她却一直没有跟他谈谈,好好谈谈。她不希望自己成为他心理失衡的罪魁祸首。可是她剩下的时间不多了……再过三天,他就要开车送她们回学校了。琳恩甚至还鼓动着要提前一天——周六——就回去,这样她们好"安顿下来"。这其实就是"多去几个兄弟会聚会"的暗号。

周四的晚上,凯丝做了墨西哥式煎蛋,晚饭以后爸爸洗的盘子。他对她说他们又在参加新的一轮比稿了。肉汁意式方饺非常成功,所以他的公司可能有机会拿下它的姊妹品牌——弗兰肯豆。凯丝坐在一个高脚凳上,听着他说。

"我在想,也许这一次我可以叫凯利先把他那些糟糕的创意在比稿时提出来。卡通形象的豆子留着弗兰肯斯坦的发型。'好吃到可怕'，诸如此类的。那些人总是会拒绝他们最先听到的——"

"爸，我有事情要跟你说。"

他回过头偷偷瞥了她一眼。"我以为关于月经和性知识的那些东西你已经在网上搜索过了。"

"爸……"

他转过身来，突然变得担心起来。"你怀孕了？你是同性恋？我宁愿你是同性恋也不希望你怀孕。除非你是真的怀孕了。那咱们就接受现实。无论是什么情况，咱们都接受现实。你怀孕了吗？"

"没有。"凯丝说。

"那就好……"他背靠在水槽上，用湿漉漉的手指在台子上敲了起来。

"我也不是同性恋。"

"那你还能有什么事？"

"呃……我想是学校的事。"

"你在学校有麻烦？我不相信。你确定你没怀孕？"

"我不是在学校有麻烦……"凯丝说，"我只是决定不回学校去了。"

爸爸看着她，仿佛仍然在等她给出一个真正的答案。

"我下学期不回去念了。"她说。

"因为？"

"因为我不想去。因为我不喜欢。"

他在牛仔裤上擦了擦手。"你不喜欢？"

"我不属于那里。"

他耸了耸肩。"你又用不着在那里待一辈子。"

"不。"她说，"我的意思是，林肯分校不适合我。那不是我选的，是琳恩选的。所以对琳恩来说很合适，她很开心，可是我就不适合了。我只是……觉得好像在那里的每一天都还是第一天似的。"

"可是琳恩在那里……"

凯丝摇了摇头。"她不需要我。"不像你这样需要我。凯丝忍住没有把后半句说出口。

"那你打算做什么？"

"我要住在这里，在这里上学。"

"去奥马哈分校？"

"没错。"

"你已经注册了吗？"

这一点凯丝还没完全想好。"我会……"

"你应该把这一年念完。"他说，"你会丢掉奖学金的。"

"不要。"凯丝说，"我不在乎这个。"

"那好，我在乎。"

"我不是这个意思。我可以去贷款。我也会去找工作。"

"还要去买辆车？"

"我想是吧……"

爸爸摘下眼镜，用衬衣擦了起来。"你应该把这一年念完。咱们到春天再来考虑这事。"

"不要。"她说，"我只是……"她用T恤的领口蹭着自己的胸骨，"我不能回去，我讨厌那里。这一点意义也没有。我在这里能派上的用场要大得多。"

他叹了口气。"我就在想是不是这么回事。"他又戴上了眼镜，"凯丝，你不能为了照顾我而搬回家里来。"

"这不是主要原因，但这也不是坏事。有人陪着你的时候，你的情况会好一些。"

"这我同意,所以我已经跟你奶奶谈过了。你们俩一下子都搬了出去,这对我来说太难承受,也太快了。奶奶每个星期会来看我几次。我们会一起吃晚餐。如果情况看起来又开始恶化,我也许会搬去跟她住一阵子。"

"所以你都能搬回家去,而我却不能?我才十八岁。"

"一点不错。你才十八岁,所以你不能为了照顾我而放弃自己的生活。"

"我不会放弃自己的生活。"当然不会,她心想,"我是第一次试着为自己着想。我跟着琳恩去了林肯,可她却并不希望我在那里。那里没人需要我。"

"跟我说说看,"他说,"告诉我你为什么这么不开心。"

"只是……一切都不顺心。那里人太多了,我融不进去。我也不知道该怎么办。我所擅长的事情在那里都不算什么。聪明不算什么,文笔好也不算什么。如果这些有时也是长处的话,那也只是因为人家有求于我,而不是因为他们需要我。"

他脸上同情的神色很是痛心。"凯丝,这听上去不像是决定,这像是投降。"

"那又怎么样?我是说——"她高高举起双手,然后又落到膝盖上,"那又怎么样呢?又不是说我坚持到底就会有人给我发勋章。只是上学而已。谁会在乎我是在哪儿上的大学呢?"

"你觉得住在这里会轻松一些。"

"是的。"

"用这种方式来做决定真是糟透了。"

"这话是谁说的?温斯顿·丘吉尔?"

"温斯顿·丘吉尔招你惹你了吗？"爸爸说，他似乎很生气，自从他俩开始谈话到现在，他还是第一回这样。还好她没说富兰克林·罗斯福。爸爸对盟军可着迷了。

"没什么。没什么。可是……偶尔投降一下都不行吗？难道就不能说'这让我很痛苦，所以我不想再继续尝试了'？"

"这会树立一个危险的先例。"

"为了躲避痛苦？"

"为了逃避生活。"

凯丝翻了个白眼。"啊，又说到正题了。"

"你和你姐姐都喜欢这样翻白眼……我总是以为你们长大以后会改掉这个毛病。"他伸出手来握住了她的手。她想把手抽开，可是他握得很紧。

"凯丝，看着我。"她很不情愿地抬起头看着他。他的头发是翘起来的，鼻梁上架着一副圆圆的金丝边眼镜。"有很多事情，我感到很遗憾，还有很多事情，让我很害怕——"

他俩听见了开门的声音。

凯丝等了一下，然后把手抽出来，悄悄上楼去了。

"爸跟我说了。"那天晚上，琳恩躺在自己的床上小声说道。

凯丝拿起枕头，从房间里出去了。她睡在楼下的沙发上，可是并没有睡着，因为大门离得很近，她总是想象会有人破门而入。

第二天早上，爸爸又试着跟她谈了一次。她醒来的时候，他正坐在沙发上，穿着一身跑步服。

凯丝不习惯他像这样跟她争论。不管是为了什么事，也不管是跟她俩中的哪一个争吵,她都不习惯。念初中的时候,她和琳恩常常在第二天有课的情况下熬夜到很晚,泡在西蒙·斯诺的论坛上闲逛——爸爸最多也只是说了一句:"你们这两个家伙明天都不会觉得累吗?"

自从她俩放假回家以来,他甚至提都没提过琳恩彻夜不归这档子事。

"我不想再谈了。"凯丝说,她一醒来就看见他坐在那里。说完她翻身背对着他,抱紧了枕头。

"很好。"他说,"那就不要谈,听我说。我一直在考虑你下学期住在家里这件事……"

"真的?"凯丝转过头来看着他。

"真的。"他隔着毯子摸到她的膝盖,捏了一下,"我知道你想搬回家来,一部分是因为我。我也知道你很担心我,是我让你有很多理由为我担心……"

她想把目光转开,可是有时候他的眼神是如此坚定,就像琳恩的眼神一样。

"凯丝,如果你是真的不放心我,我恳求你回去上学。因为如果你为了我而退学,如果你因为我而丢掉奖学金,如果你因为我而耽误了自己,我是没法心安理得的。"

她又把脸埋进了沙发里。

过了几分钟,咖啡机响了。她感觉到他站了起来。

听见大门关上的声音,她才起来做早餐。

那天下午,她在楼上写作,琳恩上来了,开始收拾行李。

凯丝没多少东西要带走,也没多少东西要留下。她带回来的其实只有她的电脑而已。过去这几个星期,她穿的都是她和琳恩不太喜欢所以没有带到学校去的衣服。

"你的样子真可笑。"琳恩说。

"怎么啦?"

"那件T恤。"那是她八年级还是九年级时穿的一件Hello Kitty的T恤。Hello Kitty打扮得跟个超级英雄一样。衣服的后背上印着"超猫"的字样,琳恩用布彩颜料在后面加上了"凯丝"两个字。这件T恤本来就是超短款,现在真是一点也不合适了。凯丝下意识地把衣服往下拉了拉。

"凯丝!"爸爸在楼下喊道,"电话。"

凯丝拿起手机来看了看。

"他说的想必是家里的电话。"琳恩说。

"谁会把电话打到家里来?"

"也许是2005年吧。我看它是想把自己的T恤要回去。"

"哈,真好笑。"凯丝小声嘀咕着下楼了。

爸爸把电话递给她的时候只是耸了耸肩。

"喂?"凯丝说。

"咱们需要沙发吗?"有个人问道。

"你是哪位?"

"芮根。还会是谁?还有谁在把沙发带到宿舍之前要先征得你的同意?"

"你怎么会有这个号码的?"

"咱们的住宿登记表上有。我不知道为什么没有你的手机号码,我猜是因为平时我用不着费劲就能找到你吧。"

"我想你是这么多年来第一个打电话到我家来的人。我都不记得电话在哪里了。"

"很有意思,凯丝。咱们需要沙发吗?"

"咱们要沙发干吗?"

"我不知道。因为我妈妈坚持认为咱们需要一个沙发。"

"谁会坐在上头?"

"问得好。要是在上学期没准还有点用处,可以阻止利瓦伊在咱俩床上到处乱坐,不过现在这已经不成问题了。要是咱们有沙发的话,那咱俩真的要从上面爬过去才能到门口了。妈妈,她说不要。"

"为什么利瓦伊已经不成问题了?"

"因为,这是你的宿舍,你成天躲在图书馆里真是傻透了,而且下学期我跟他只有一门课在一起上。"

"这没关系的——"凯丝说。

芮根打断了她的话:"别傻了,这有关系。发生了那样的事情,我觉得很糟糕。我是说,你吻了他不是我的错,他去吻那个金发傻妞也不是我的错,但是我不应该怂恿你。我再也不会这样了,对谁都不会。为人鼓劲这事我他妈已经做够了。"

"没事。"凯丝说。

"我知道没事。我只是想说,以后的情况就是这样。所以不要沙发,对吗?我妈妈就站在这里,我想她要是不听到你说不要,是不会让我清静的。"

"不要。"凯丝说,随后提高了嗓门,"不要沙发。"

"见鬼,凯丝,我的耳膜……妈,你要逼得我冲这件讨厌的家具骂脏话了……好了,咱们明天见。我也许会带来一盏难看的台灯,没准还有一块小地毯。她有病。"

凯丝的爸爸站在厨房里看着她。她的爸爸才是真正有病的人。

"谁打来的?"他问道。

"我的室友。"

"她听起来像凯瑟琳·特纳[1]。"

"是啊。她很了不起。"凯丝把T恤往下拉了拉,转身走开了。

"去塔可车?"他问道,"买晚餐?"

"好啊。"

"你干吗不去换件衣服呢——你可以和我一起开车去。"

"好啊。"

---

[1] 凯瑟琳·特纳:美国女演员。

2012年春季学期

早餐的煎番茄。床上凸起的每一个小鼓包。能够施魔法却用不着担心被人看见。当然还有阿加莎,以及佩妮洛普。能见到大法师——虽然不是经常,但总还是有机会的。西蒙的制服。他的校服领带。橄榄球场,哪怕是在它一片泥泞的时候。击剑。每个星期天都能吃到提子松饼,配上如假包换的浓缩奶油⋯⋯

沃特福德有什么东西是西蒙毫不留恋的吗?

——摘自《西蒙·斯诺与海豹四仙子》第一章

杰玛·T.莱斯利2007版权所有

二十二

"这里已经装着四个灯了。"芮根说,"咱们还要这盏台灯做什么?"

台灯是黑色的,形状跟埃菲尔铁塔一样。

"把它放在走廊上就行了,"凯丝说,"也许会有人拿去吧。"

"那样她下一回到这儿来的时候就会问起的……她是个疯子。"芮根把台灯塞到她的衣橱最里面,还踢了一脚,"你妈妈是哪一种疯子?"

凯丝的肠胃十分可靠地翻腾起来。"不知道。我八岁的时候她就走了。"

"见鬼。"芮根说,"那可真是疯狂。你饿了吗?"

"饿了。"凯丝说。

"他们在楼下举行夏威夷宴会庆祝开学,把一头猪放在烤叉上烤。真恶心。"

凯丝拿起学生证,跟着芮根去了餐厅。

凯丝到最后也没有下定决心回来上学。

她只是决定把笔记本电脑给装起来。

然后又决定跟琳恩和爸爸一起开车去林肯。

接着,在施拉姆楼的外面让琳恩下车以后,爸爸问凯丝想不想去自己的宿舍,凯丝说想去。如果没有别的事,她就可以把自己的东西拿回来了。

随后他们停在消防车道上,坐在车里,凯丝感觉到一波又一波的焦虑不停地向她袭来。如果她留下,就会再见到利瓦伊。她得补考当初缺席的心理学期末考试。她还得选课,谁知道现在还剩下些什么课能选。而且她会再见到利瓦伊,和他见面,一切都会让她感觉如此美好——他的笑脸,还有他颀长的身形——同时也会让她觉得腹部挨了一枪。

凯丝还没有决定要不要下车。

她只是回过头看了看坐在驾驶座上的爸爸,他正用食指和中指敲着方向盘。尽管很害怕离开他,可是凯丝一想到令他失望就受不了。

"再念一学期。"她说。她在哭,说出这话的感觉就是这么糟糕。

他猛地抬起下巴。"真的吗?"

"我会试试看。"

"我也会的。"他说。

"你保证?"

"保证。凯丝,是的,我保证……你希望我跟你一起上去吗?"

"不用。那样只会让情况更糟而已。"

他笑了。

"怎么啦?"

"没什么。我只是想起了你上幼儿园的第一天。你哭了。你妈妈也哭了,就像我们再也见不到你们了一样。"

"当时琳恩在哪里?"

"天哪,我不知道,也许在给她的第一个男朋友施涂油礼吧。"

"妈妈哭了?"

爸爸又露出了伤心的表情,苦笑起来。"是啊……"

"我真的很讨厌她。"凯丝边说边摇了摇头,努力想象着哪一种妈妈会在孩子上幼儿园的第一天痛哭流涕,然后又在她们三年级都没上完的时候离家出走。

爸爸点点头。"是啊……"

"要接电话。"凯丝说。

"我会的。"

"还有其他人圣诞节收到的礼物也是雪地靴啊。"芮根看着消失在餐厅里的排队用餐队伍说道,"要是咱们有威士忌的话,现在喝上一杯正是时候。"

"我发现雪地靴真是让人挺安心的。"凯丝说。

"为什么?因为暖和?"

"不是,因为它们提醒我,咱们住在这样一个地方——即使穿了雪地靴,也依然可能不被人察觉,甚至还会有人为了雪地靴而激动。要是在那些时髦的地方,你就得假装自己已经不再喜欢雪地靴了,或者是你从来都对它们深恶痛绝。可是在内布拉斯加,你看到新的雪地靴,还是可以很开心。这多好啊。这种纯真是没有止境的。"

"你可真是个怪人。"芮根说,"我都有点想你了。"

"我就是不想。"西蒙说。

"不想什么?"巴兹问道。他坐在自己的书桌上,正在吃苹果。他用牙齿把苹果咬住,系起校服领带来,他的领带是绿色和紫色相间的。西蒙打领带的时候还是得对着镜子才行。尽管他入学已经七年了。

"什么都不想。"西蒙说,又躺回到枕头上,"我什么都不想做,连起床都不想,因为起来了就只能把这一天过完。"

巴兹打了个半温莎结[1],然后啃了一口苹果。"得啦,得啦,斯诺,这听起来可不像是'一百年来最强大的魔法师'会说的话。"

"这太扯了。"西蒙说,"到底是谁最先开始这么叫我的?"

"恐怕是大法师吧。他一提起你就说个没完。'预言所指的那一个''咱们一直在等待的英雄'等等等等。"

"我不想当英雄。"

"你说谎。"巴兹的眼睛是冷灰色的,眼神很严肃。

"今天。"西蒙改口说道,"我今天不想当英雄。"

巴兹看了看自己的苹果核,然后把它扔到西蒙的书桌上。"你是想说服我别去上政治学吗?"

"没错。"

"行。"巴兹说,"现在你起来吧。"

西蒙咧嘴一笑,从床上跳了起来。

——摘自《西蒙,别放弃》

由同人小说网作者魔法凯丝发表于2012年1月

---

[1] 半温莎结:领带的一种打法。

二十三

"'未完'是什么意思?"凯丝问道。

芮根从床上抬起了头。她正在做学习卡片(芮根很喜欢学习卡片),嘴里还叼着一支烟,不过并没有点着。她正在努力戒烟。"再说一遍,我没听明白。"

"未完。"凯丝说,"我的分数拿回来了,但既不是A也不是B,而是写着,'未完'。"

"未完成,"芮根说,"这就表示他们没有给你打分。"

"谁没有?"

"不知道,你的教授。"

"为什么?"

"我不知道。这通常是特殊情况,给你额外的时间来进行弥补。"

凯丝盯着自己的成绩报告单。开学的第一个礼拜,她就补考了心理学,所以料到这门课会得A。她的心理学成绩很好,几乎都用不着参加期末考试了。但小说写作就是另一回事了。因为她没有交期末作业,所以凯丝原先指望最多能拿到C,更有可能是D。

凯丝觉得这是可以接受的,她已经能够很平静地看待那个D了。这是她决定为上学期付出的代价。为了尼克,还有利瓦伊,也为了抄袭。付出了这个代价,她才明白自己并不想写美国乡村的衰败与荒凉之类的书籍,也不想写其他任何题材。

凯丝已经准备好接受这个D,然后继续前进。

未完。

"那我该怎么办?"凯丝问芮根。

"见鬼,凯丝。我不知道。跟你的教授谈谈吧。你都要害我得肺癌了。"

自从拿到成绩单以后,凯丝已经是第三次来到安德鲁楼了。

前两次她都是从一边的门进去,然后穿过大楼直接从另一边的门出来。

这一次已经好多了。这一次,她停下来用了洗手间。

她走进大楼的时候,四点钟的那节课刚好下课,一大群发型很漂亮的女生和看着像尼克一样的男生如洪水般涌来。凯丝一头钻进了洗手间,现在她正坐在一个木头的小隔间里,等待着危险过去。有人利用上洗手间的时间把《天国的阶梯》大部分的歌词刻在了隔间的门上,这个刻起来工作量可不小。英语专业的学生啊。

凯丝这学期没有英语课,而且她正想换专业。或者她也可以把重心从写作创作转到文艺复兴时期的文学上来,满脑子都是十四行诗和基督的意象,这在现实世界中会派上用场的。如果你学的东西没人在意,那是不是意味着大家都会让你一个人待一会儿呢?

她慢慢地打开小隔间的门,装模作样地冲了马桶,接着又在水槽里放水(一个龙头是热水,另一个龙头是冷水)洗了把脸。她可以做到的。她只要找到系办公室、问问派珀教授的私人办公室在哪里就行了。派珀教授也许根本就不在办公室里。

门厅里现在几乎一个人都没有。凯丝找到楼梯，跟着指向总办公室方向的指示牌，穿过走廊，绕过拐角。也许她只要从总办公室门口走过去，今天就算是大有进步了。她走得很慢，每一扇木门都要摸一下。

"凯丝？"

尽管这是女人的声音，可凯丝却吓了一跳，她第一个想到的竟然是尼克。

"凯丝！"

她循声转过身去，看见派珀教授在走廊对面的办公室里，站在她的办公桌后面。教授示意凯丝过去。凯丝照做了。

"我一直都在担心你，"派珀教授亲切地笑着说，"你就那样消失了。进来吧，跟我谈谈。"

她示意凯丝坐下，凯丝也照做了。显而易见，派珀教授只需要简单的手势就能叫凯丝百依百顺，就像狗语者驯狗一样。

教授绕到她的书桌前面，跳了上去。这是她的招牌动作。"你出了什么事？到哪里去了？"

"我……哪儿也没去。"凯丝说。她倒是想马上就走。这一步跨得太大了，她还没有谋划过这种可能性，她还没有打算把她来到这儿的任务给完成了。

"可是你一直没有把你的小说交上来。"派珀教授说，"出什么事了吗？"

凯丝深深地吸了一口气，努力让自己的声音保持平稳。"算是吧。我爸进了医院。但这并不是真正的原因。在此之前，我就已经决定不写这篇小说了。"

教授一脸吃惊的表情。她抓住书桌的边缘，倾身向前。"可是，凯丝，这是为什么呢？我很想看看你会写什么。"

"我只是……"凯丝重新说道，"我发现自己并不适合写小说。"

派珀教授眨了眨眼，把脑袋又仰了回去。"你说的这是什么话？你就是写小说的料，作家就是你这样的，凯丝。这才是你该做的事情。"

现在轮到凯丝眨巴眼睛了。"不。我……我一直在尝试，试着动笔写这篇小说。我……你瞧，我知道你对同人小说有什么看法，但这就是我想写的。这就是我的爱好，而且我的确写得很好。"

"我相信你写得是很好。"派珀教授说，"你天生就是个会讲故事的人，但这并不能解释你为什么没有完成期末作业。"

"当我意识到这个不适合我，我就没法让自己再写下去了。我只想赶快脱身，继续前进。"

教授若有所思地打量着凯丝，手指敲着书桌的边缘。正常人敲手指的时候就是这个样子的。

"你为什么总是说这个不适合你？"教授问道，"你上学期的作品非常优秀。完全没有问题。你是我最有前途的学生之一。"

"可我不想写自己的小说。"凯丝尽可能地强调说，"我不想写自己的角色，也不想写自己的世界。我对这些不感兴趣。"她的双手攥起拳头，放在大腿上，"我在意的是西蒙·斯诺。我知道他不属于我，但这对我来说并不重要。我宁愿投身于我所热爱、所懂得的这个世界，也不愿意试着从无中造出有来。"

教授探过身子。"可是没有什么比无中生有的意义更加深远了。"她可亲的脸变得严肃起来，"想想吧，凯丝。无中生有造就了神明，或者说造就了母亲。没有什么比无中生有更加令人兴奋了。从你自身造出有来。"

凯丝并没有指望派珀教授会为了她的决定而感到高兴，但她也没料到情况会变成这样。她没想到教授居然会反过来逼她。

"这对我来说一文不值。"凯丝说。

"你宁愿拿来——或者说借用——别人创造出来的东西？"

"我了解西蒙和巴兹。我知道他们的想法，还有他们的感受。在写他们的时候，我会完全沉迷其中，而且非常开心。可是当我写自己的东西时，就好像是在逆流而上，又像是……从悬崖上掉下来的时候去抓树枝，一边往下掉一边还要努力造出树枝来。"

"没错。"教授说着伸出手在凯丝面前的空气中抓了一把，仿佛是在捉苍蝇，"就应该是这种感觉。"

凯丝摇了摇头，眼里流出泪来。"可是，我讨厌这种感觉。"

"你是讨厌它？还是害怕它？"

凯丝叹了一口气，决定用自己的毛衣擦一下眼睛。要是换做另一种类型的成年人，这会儿就会递给她一盒面巾纸了。可派珀教授还在不依不饶。

"你进入我的班级是经过特许的。你一定很想写作，而且我非常喜欢你的作品。难道你自己就没有乐在其中吗？"

"我写的东西跟西蒙根本不可同日而语。"

"我的天哪，凯丝，你当真要把自己跟当代最成功的作家相提并论吗？"

"是的。"凯丝说，"原因是，当我写的是杰玛·T.莱斯利笔下的人物时，在某些方面，有时候我比她写得更好。我知道这话听起来有多疯狂，但我也知道这是真的。我不是神明。我没法创造出魔法师的世界。但我真的、真的很善于操控那个世界。我能把她的角色写得比我自己创造的角色更加丰满。跟她的人物比起来，我的人物只能算作……草图而已。"

"可是你拿同人小说什么也做不了，这是不会有结果的。"

"我可以让人们去读我的同人小说，确实有很多人在读。"

"可是你不能以此为生。你没法把它作为一生的事业。"

"那又有多少人是把写作当作毕生事业的？"凯丝打断道。她觉得体内的一切都在崩坏。她的神经、她的心情、她的食道。"我会因为喜欢而写作，就像其他人织毛衣或是……或是做剪贴簿那样。我会找到别的方式来赚钱。"

派珀教授往后仰了回去，抱起双臂。"我不打算再跟你谈论同人小说了。"

"很好。"

"但是我跟你还没有谈完。"

凯丝又深深地吸了一口气。

"我很担心。"派珀教授说，"担心你永远都不会去探究自己真正能做出什么成就。担心你不会看到——也担心我不会看到——你可能实现的奇迹。你说得对，上学期你交上来的作品没有哪一篇能跟《西蒙·斯诺与大法师传人》相提并论，但还是大有潜力。凯丝，你笔下的人物在颤抖，仿佛他们想要从纸上挣脱出来。"

凯丝转了转眼珠，又在肩膀上擦了擦鼻子。

"我能问你一件事吗？"教授问道。

"我相当肯定无论我同意与否你都会问的。"

这位上了岁数的女人笑了。"你有没有帮着尼克·曼特写他的期末作业？"

凯丝抬起头望着天花板的角落,飞快地在自己的下嘴唇上舔了一下。她感觉到又一波眼泪从她的脑袋里汹涌而来。该死。她已经连续一个月没有哭过了。

她点点头。

"我想也是。"教授轻轻地说,"在某些写得最好的部分,我能听见你的声音。"

凯丝忍住一动也不动。

"尼克是我的助教,事实上,他刚刚还在这里,他也在上我的小说写作高级班。他的风格……变化很大。"

凯丝看着办公室的门。

"凯丝。"教授敦促道。

"什么?"凯丝还是没法看着她。

"我跟你做个交易怎么样?"

凯丝等着她往下说。

"我还没有把你的成绩报上去,因为我在等着你来见我。而且,我不把成绩报上去也没关系。你只要在本学期余下的时间里把你的短篇小说写完就行。你在我班里A是稳拿的,没准还能拿到A+。"

凯丝想到了自己的平均绩点,还有她的奖学金。如果她想保住奖学金的话,这学期各门课都得成绩优异才行。她已经不容有失了。

"这样也可以?"

"对于学生的分数,我想怎样就怎样。在这件小事上,我就是神明。"

凯丝感觉到自己的指甲扎进了手掌里。"我能考虑一下吗?"

"当然可以。"派珀教授的语气异常轻松,"要是你决定这么做的话,我希望你这个学期能定期来跟我会面,跟我谈谈你所取得的进展。这就像是自主学习一样。"

"好的。我会考虑的,我,嗯……谢谢你。"

凯丝拿起包站了起来。她和教授之间的距离立刻就变得太近了,于是她低下头,快步朝着门口走去。她一直等回到宿舍楼,迈出电梯,才把头又抬了起来。

"我是亚特。"

"你就是这么接电话的?"

"嗨,凯丝。"

"不说喂吗?"

"我不喜欢说喂。这话听起来显得我像是有痴呆症一样,就好像我以前都没听过电话铃响,也不知道接下来会发生什么事。喂?"

"爸,你感觉如何?"

"很好。"

"好到什么程度?"

"我每天五点准时下班。天天都跟你奶奶一起吃晚餐。就在今天早上,凯利还对我说我看起来'情绪特别稳定'。"

"那可真是不赖。"

"他刚刚对我说,我们没法在弗兰肯豆的比稿中使用弗兰肯斯坦了,因为现如今没人对弗兰肯斯坦感兴趣。孩子们喜欢的是僵尸。"

"可是它们又不叫僵尸豆。"

"如果该死的凯利一意孤行的话,那它们以后就会叫僵尸豆了。我们正在做的比稿是'僵尸豆尼·维尼'。"

"哇哦,你在这个过程中是怎么做到从头到尾保持情绪稳定的?"

"我幻想着自己在吃他的脑子。"

"爸,我还是觉得你很不赖。嗨,下个周末我想回家一趟。"

"你要是想回来……我不希望你为我担心,凯丝。如果我知道你很开心,我就会过得更好。"

"嗯,不为你担心的时候,我过得就开心。咱们是有共生关系的。"

"说到这个……你姐姐还好吗?"

关于担心这回事,爸爸可就看错了。凯丝就爱担心。这让她觉得自己积极主动,哪怕在她完全无能为力的时候也是如此。

比如像对待利瓦伊。

会不会在学校里看见利瓦伊,这事凯丝做不了主。但是她可以担心,只要她在担心,这事就可能不会发生。这就像是某种焦虑疫苗,就好像你盯着水壶,水就永远不会开。

她安慰自己的话已经把她的脑子磨出几道沟来了,先是担心看见利瓦伊,随后就对自己说,由于种种原因,这事是不会发生的。

首先,芮根答应过不让他来。

其次,利瓦伊在城市校区也没什么事要做。凯丝对自己说,利瓦伊的时间要么花在东校区研究水牛,要么花在星巴克上班,要么就花在他的厨房里跟漂亮姑娘接吻。所以他俩没有道理会狭路相逢。

只是……每次一看到——或者说每次她希望自己看到的是——一头金发和绿色卡哈特外套的时候,她还是会吓得当场呆住。

就像她现在一样。

因为他就在那里,在他不应该出现的地方,坐在她的宿舍门外。这就是她担心得还不够的铁证。

利瓦伊也看见凯丝了，他连忙站了起来，脸上并没有笑意。谢天谢地。无论他的哪一种笑容，她都不愿意看到。

凯丝小心翼翼地往前走去。"芮根在上课。"她在距离宿舍还有几门之隔的地方就开口说道。

"我知道。"他说，"所以我才会来。"

凯丝摇了摇头。这可以表示"不"，也可以表示"我不明白"两者都是真的。她停下了脚步。她的胃疼得厉害，她都恨不得弯下腰去了。

"我有件事要对你说。"利瓦伊飞快地说。

"我真的不希望你进来。"她说。

"没关系。我可以就在这儿跟你说。"

凯丝抱起双臂捂住腹部，点了点头。

利瓦伊也点点头。他把双手插进外套的口袋里。

"我错了。"他说。

她点点头。因为这是废话，也因为她不知道他希望她做什么。

他的手往口袋里插得更深了。"凯丝。"他认真地说，"那并不只是接个吻而已。"

"好。"凯丝的目光越过他看着自己的房门。她又朝门口走了一步，手里拿着钥匙，仿佛他们已经谈完了。

利瓦伊给她让开了去路。尽管他很困惑，但依然还是这么有教养。

凯丝把钥匙插进门里，然后握住把手，低下头去。她听见他呼吸的声音，听出他是一副局促不安的样子。

"哪一个？"她问道。

"什么？"

"哪一个吻？"她的声音很弱很细，就像一张湿掉的纸。

"第一个。"利瓦伊过了片刻说道。

"那第二个就是了？只是接个吻而已？"

利瓦伊的声音靠近了一些："我不想谈论第二个吻。"

"太糟糕了。"

"好吧。是的。"他说，"那只是……那个什么也不是。"

"那第三个呢？"

"这是在给我下套儿吗？"

凯丝耸了耸肩。

"凯丝……我有件事想要对你说。"

她转过身，但是立刻就后悔了。利瓦伊的头发乱糟糟的，多数都梳到了后面，一小部分垂下来遮住了他的额头。他没在微笑，所以他的长脸完全被那对蓝眼睛给占据了。

"你到底想要跟我说什么？"

"那并不只是接个吻而已，凯瑟。不只如此。"

"不只如此？"

"是的。"

"所以呢？"她的声音听起来比她感觉的冷淡多了。在她的体内，五脏六腑已经紧张得快要把自个儿磨得稀巴烂了。她的肠子不知所终，她的肾脏正在解体，她的胃拧了起来，拉扯着她的气管。

"所以……啊啊啊啊。"利瓦伊沮丧地说，把两只手都插进了头发里，"所以对不起。我也不知道在医院的时候自己为什么要那么说。我是说，我知道自己为什么那么说，但是我错了。真的错了。我真希望能回到那天早上，回到我在这里醒来的时候，我希望能跟自己严肃地谈一谈，这样后来的那些破事儿就不会发生了。"

"我在想……"她说，"如果真有时间机器这种东西，会有人用它去未来吗?"

"凯瑟。"

"怎么啦?"

"你到底在想什么啊?"

她在想什么?她什么都没在想。她在琢磨要是没有了肾脏她还能不能活。她在坚持让自己站直了别摔倒。"我还是不知道你说这些是什么意思。"她说。

"意思就是……我是真的喜欢你。"他又把手插进了头发里。这次只用了一只手,把头发挡在后面。"就是,真的喜欢你。我希望那个吻能成为一个开始,而不是终结。"

凯丝看着利瓦伊的脸。他的两条眉毛往中间皱下去,鼻子上方的皮肤都挤成一团了。这一次他的脸上倒是一丝皱纹也没有。他的嘴唇像极了洋娃娃,一丁点笑意都不带。

"我觉得这像一个开始。"他说。他把双手插进口袋里,稍稍向前晃了一下,仿佛想要撞到她身上。凯丝往后一退,直接靠在了门上。

她点点头。"好吧。"

"好吧?"

"好吧。"她转过身,打开门锁,"你可以进来了。至于其他的那些,我还没有想好。"

"好。"利瓦伊说。她从他的声音里听见了微笑的苗头——就像胎儿的微笑——这差点就要了她的命。

"我信不过你。"西蒙说着抓住了巴西尔的小臂。

"很好,我也信不过你。"巴西尔对着他啐了一口,实实在在地啐了一口,唾沫星子都喷到西蒙脸上去了。

"你要信得过我干什么?"西蒙问道,"悬在山崖底下的人是我好吧?"

巴西尔低下头厌恶地看着他,他的胳膊因为西蒙的重量而颤抖起来。于是他又把另一条胳膊伸了下来,西蒙抓住了。

"魔术大师[1]。"巴西尔屏住呼吸咒骂道,他的身体在慢慢地往前滑。"我太了解你了,为了刁难我,你会把咱俩都给拖下去的。"

——摘自《西蒙,别放弃》

由同人小说网作者魔法凯丝发表于2010年11月

---

[1] 此处原文为Douglas J. Henning,一位加拿大魔术师。

二十四

利瓦伊坐在她床上。

凯丝脱下外套,从头发底下把围巾抽了出来,同时假装并不知道他在看自己。她觉得在他面前脱掉雪地靴有点怪怪的,于是就仍然穿在脚上。

她在自己的椅子上坐了下来。

"你的青少年文学考得怎么样?"她问道。

利瓦伊看了她片刻就把目光转开了。"我拿到了B-。"

"那挺好的,对吧?"

"是非常好。"

她点了点头。

"你爸怎么样了?"

"好一些了。"她说,"这事很复杂。"

"你姐姐怎么样了?"

"我不知道,我和她还是不怎么讲话。"

他点点头。

"我对这事不是很擅长。"凯丝低头看着自己的大腿说道。

"什么事？"

"不管这算什么事。男生和女生的这种事。"

利瓦伊笑了，声音很轻。

"怎么啦？"她问道。

"你对男生和男生的事要擅长得多，是不是？"

"哈。"

他俩又不说话了。最后还是利瓦伊打破了沉默。她相当确定，每一次遇到需要有人先说话的局面，他都一定会开口。"凯丝？"

"嗯？"

"这是不是……你这是再给我一次机会吗？"

"我不知道。"她边说边看着自己的手在腿上握起拳头又松开。

"你想给我机会吗？"

"这是什么意思？"她的视线不由得跌跌撞撞地移到了他的脸上。他两颊苍白，咬着自己的下嘴唇。

"我是说……你是在鼓励我知难而上吗？"

凯丝摇摇头，这一次只是表示她没弄明白。"你是什么意思？"

"我想说……"利瓦伊往前靠了过来，双手依然握着拳揣在口袋里，"我想说，我花了四个月的时间才想办法吻到你，然后又在过去的六个礼拜里想要弄清楚我是怎么把一切搞砸的。现在我只想让一切回到原位，让你看到我有多么懊悔，也让你明白为什么你应该再给我一次机会。所以我只想知道，你这是在鼓励我吗？你希望我追到你吗？"

凯丝盯着他的眼睛看了一会儿，仿佛他一动它们就会飞走似的。

随后她点了点头。

他右边的嘴角向上扬了起来。

"我是在鼓励你。"她小声地说,也不知道他坐在床上能不能听得见她的话。

利瓦伊的笑容挣脱了束缚,他满脸都洋溢着笑意。凯丝的脸也开始被这种笑容所占据。她只得把脸转开了。

面对热力堪比一百瓦灯泡的利瓦伊,她最后也只能这样了。他坐在她的床上咧着嘴笑,仿佛一切都会好起来。

她很想叫他别急着高兴。这事还没算完。她还没有原谅他,就算她八成会原谅他,她却依然还不相信他。她谁也不相信,这很成问题。这是一个根本问题。

"你该把外套脱下来。"凯丝说出口的却是这句话。

利瓦伊拉开夹克的拉链,从肩上脱下来,把它放在她床上。他里面穿的是一件她从没见过的毛衣。这是一件橄榄绿的开衫,上面还有口袋和皮质的纽扣。她在想这是不是谁送给他的圣诞礼物。

"到这儿来。"他说。

凯丝摇摇头。"我还没准备好'到这儿来'。"

利瓦伊伸出手,她却一动不动。不过他只是去拿她桌上的笔记本电脑而已。他拿起电脑紧紧抓住。"我什么都不会做的。"他说,"过来就是了。"

"这就是你最好的台词吗?'我什么都不会做的'?"

"我知道这话听起来很傻。"他说,"不过你害我好紧张。求你了。"听到那句终极的神奇"求你了",凯丝就已经站了起来。她踢掉靴子坐到床上,离他老远的。如果说她让利瓦伊感到紧张的话,那利瓦伊简直害她紧张得快疯了。

他把电脑放在她腿上。

她抬起头来看着他的眼睛,发现他在微笑,紧张地微笑。

"凯瑟,"他说,"读一点同人小说给我听吧。"

"什么?为什么?"

"因为我不知道还能从哪里入手。这样会让局面变得轻松一些,也让你……轻松一些。"凯丝扬起眉毛。他摇了摇头,用一只手胡乱揉着头发。"这话听起来也很傻。"

凯丝掀开笔记本电脑,启动了电源。

这可真荒唐。他们应该谈一谈的。她应该有好多问题要问他,他应该向她道歉,接着就应该轮到她道歉,并且告诉他,他俩压根就不该讲话,这个主意太糟糕了。

"我不记得咱们念到哪里了。"她说。

"'西蒙刚刚碰到巴兹的手,他的手冰凉冰凉的。'"

"你怎么能记住的?"

"我那些用来阅读的脑细胞都跑去记东西了。"

凯丝打开文档,把页面向下滚动。"'可是巴兹的手却冰凉冰凉的,一点力气也没有。'"她大声朗读道,"'西蒙靠近了一些看,才发现这个男孩已经睡着了……'"凯丝又把头抬了起来。"这样好奇怪啊。"她说,"难道不是吗?"

利瓦伊侧过脸来面朝着她。他交叉起双臂,肩膀靠在墙上,对她笑了笑,接着耸了耸肩。

凯丝再次摇了摇头——这一回连她自己也不知道这是想表达什么意思——然后低下头去看着电脑念了起来。

西蒙也累了。他在想,托儿所里是不是有一种魔力,会叫人昏昏欲睡。他想起了那些小婴儿，想起了那些还在蹒跚学步的小孩子——想起了巴兹——一觉醒来看见满屋子的吸血鬼。随后西蒙也睡着了。

他睡醒的时候，巴兹背对着壁炉坐在地上，仰头瞪着那只兔子。

"我决定还是不趁你睡着的时候杀你了。"巴兹就那么仰着头说道，"圣诞快乐。"

西蒙揉揉眼睛，坐了起来。"这么说我要谢谢你咯？"

"你有没有试过什么咒语？"

"对什么施咒语？"

"那些兔子。"

"信上没说要对它们施咒，只说要把它们找出来。"

"是啊。"巴兹不耐烦地说。他俩睡的时间肯定不长，巴兹还是一副很累的样子。"但是写信的人很可能知道你是一名魔法师，所以想当然地以为你也许会时不时地考虑用一下魔法呢。"

"哪一种魔法？"西蒙问道，抬起头来望着那只熟睡的兔子。

"不知道。"巴兹在空中挥了一下他那根有个白色尖头的魔杖，"变变变。"

"变化咒？你想干什么？"

"我在做试验。"

"你不是说我在一头扎进危险之前应该多做一些研究和调查吗？"

"那时候我还没有对着这只该死的兔子一瞪就是半宿。"巴兹轻轻弹了一下魔杖，"前后大不同。"

"前后大不同只有对活的东西才管用。"西蒙说。

"我在试验。公鸡公鸡喔喔啼。"什么都没有发生。

"你怎么不继续睡了？"西蒙问道，"你的样子就像从一年级到现在都没睡过觉似的，脸色苍白得跟鬼一样。"

"鬼的脸色才不苍白呢，它们是半透明的。如果说我不想在我妈妈遇害的房间里跟你相拥而眠的话，那还请你不要怪我。"

西蒙露出痛苦的表情，垂下了眼睑。"对不起。"他说，"我没想到这一点。"

"别他妈啰里吧嗦的。"巴兹说，又对着那只兔子挥了一下魔杖，"请吧。"

巴兹倒吸了一口凉气。西蒙以为他哭了，于是转过身去想给他留一点私人空间。

"斯诺……你敢肯定那封信里绝对没有说过别的什么吗？"

西蒙听见头顶上传来一阵沉重的沙沙声。他抬起头，看见那只会发光的巨型兔子正从熟睡中苏醒过来。巴兹跌跌撞撞地站起身来。西蒙也站了起来，往后退了一步，抓住巴兹的胳膊。"你小心点。"巴兹厉声说道,同时猛地把胳膊从西蒙手里抽出来,然后跑到了远离他俩身后壁炉的地方。

"吸血鬼。"利瓦伊自鸣得意地说,"很易燃。"这会儿利瓦伊正闭着眼睛,脑袋歪过去靠在墙上。凯丝盯着他看了一会儿。他睁开一只眼,用膝盖轻轻在她的腿上碰了一下。她都没想到自己坐得离他这么近。

在他们的上方,那只兔子似乎变得立体起来,身体也有了分量。它对着天空蹬直两条后腿,抽了几下鼻子,两只耳朵一抖一抖的,仿佛在注意听着什么。

"咱们应该把它抓住吗?"巴兹问道,"还是应该跟它对话?或者是唱一首好听的魔法歌给它听?"

"不知道。"西蒙说,"我也在等待进一步的指示。"

兔子睁开一只粉红色的眼睛,就像一块巨大的石头。

"我来给你指示吧。你的剑带了吗?"

"带了。"西蒙说。

"拔出来。"

"可那是月兔哎……"西蒙争辩道,"它很有名的。"

兔子从天花板上转过头来。细看之下,它的眼睛更像红色而不是粉红。它张开大嘴——西蒙希望它只是打个哈欠而已——露出了一对尖牙似的门齿，就像是两把长长的白色尖刀。

"拔剑，斯诺，快。"巴兹已经将他的魔杖举了起来，仿佛准备动手指挥一个交响乐团。他有时候可真是太浮夸了。

西蒙将右手叉在腰上，小声念起了大法师教给他的咒语。"以正义之名，以勇气之名，为了捍卫弱小，为了无惧强敌，凭着魔法、智慧与善良的力量。"

他感觉到剑柄在手中渐渐成形。大法师曾经告诫过他，这把剑不会总是招之即来，它有着自己的意志。如果西蒙在错误的场合召唤了它——哪怕是出于无知——大法师之剑是不会做出回应的。

那只兔子几乎是怯生生地朝着托儿所的地面探出前爪，随后优雅地从天花板上滚落下来，就像宠物兔从沙发上挪下来时一样。

"别出手。"西蒙说，"咱们还不知道它的意图……你想干什么？"他大声喊道。这是一只有魔力的兔子，没准它会说话呢。

兔子歪过脑袋，仿佛在回答他的问话，然后对着天空中如今空空如也的那块地方尖叫起来。

"我们不是来伤害你的。"西蒙说，"请你……冷静一点。"

"斯诺大法师，你接下来是打算叫它跟在你后面吗？"

"嗯，咱们总得做点什么吧。"

"我觉得咱们应该跑。"

兔子就蹲在他俩和门之间。西蒙用左手去拿自己的魔杖。"冷静一点，请吧！"他喊道，又试了一次这个强大的词。兔子冲着他的方向愤怒地吐了一股口水。

"你是对的。"西蒙对巴兹说道，"数到三，咱们就跑。"

巴兹已经朝门口冲了过去。兔子对着他尖声喊叫，但却并不肯放过西蒙。它用一只吓人的爪子猛击西蒙的双腿。

西蒙设法跳起来躲开，可是这只兔子立刻又从另一个方向瞄准了他。当它一巴掌打在他头上的时候，西蒙想的是巴兹会不会费工夫去搬救兵过来。不过也许那并不重要，因为等有人赶到这里的时候，一切都已经来不及了。西蒙朝着兔子挥剑砍去，它的爪子一缩，仿佛被什么东西刺到了似的。接着，这只野兽将上半身直立起来，大声咆哮着。

西蒙磕磕绊绊地站起来……看见一团接一团的火球落在兔子白色的皮毛上烧着了。

"你这个肮脏血腥的啮齿动物！"巴兹喊道，"你本来应该保护我们的。你应该是个吉祥物，而不是一头该死的怪兽。想想吧，我以前还做蛋糕给你，还为你焚香……"

我要把那些蛋糕都拿回来!"

"是该叫它还。"西蒙说。

"闭嘴,斯诺。你手里有剑有魔杖,可你却选择用你那没用的舌头跟我打嘴仗?"

西蒙又朝着兔子挥起了剑。在战斗的时候,他总是喜欢用剑胜过魔杖。

在施魔法放出火球的间隙里,巴兹还试了麻痹咒和疼痛咒,可是似乎只有火攻还能起点作用。

剑也有用。西蒙可以把兔子刺伤,但是伤得却不够重。他还不如拿根绣花针来给它挠挠痒算了。

"我觉得魔法对它不管用!"巴兹喊道,兔子正在朝他猛冲过来。

西蒙跑到兔子背上,企图把剑穿过浓密的皮毛插进它的后颈,可是剑锋却顺着它的皮滑了下来,根本没有刺进去。

巴兹也冲了过来,他把魔杖扔到一边,跳到兔子胸口上。这只动物疼得翻来覆去,西蒙一把抓住它的脖子,死死不肯松手。在狂飞乱舞的兔毛和尖牙之间,他时不时能瞥见巴兹一眼。兔子想用牙齿去咬巴兹,可是巴兹拽着它的一只长耳朵,用胳膊猛击它的鼻子。接着,巴兹把脑袋埋进了兔毛里面。西蒙再次看见他一闪而过的时候,那个男孩满脸糊的都是鲜红的血迹。

"巴兹!"西蒙松开手,被兔子甩到了房间的另一头。他落在那一圈蒲团上,设法利用冲击力顺势一滚。爬起来以后，他看到兔子仰面倒在地上又踢又蹬，四个爪子仿佛想把空气都给撕扯开来。巴兹趴在它的肚子上，就像抱着一个巨大的毛绒玩具。他脑袋周围的兔毛被鲜血弄得一塌糊涂。

"不！"西蒙小声说道，"巴兹。不要！"他向兔子跑去，双手将剑举过头顶，使出浑身力气插进兔子的一只红眼睛里。兔子的身体瘫了下来，完全没了气力，一只爪子落到壁炉的火焰里。

"巴兹。"西蒙哑着嗓子说道，用力拉了拉那个男孩的胳膊。他以为巴兹会一瘸一拐地跟着他走，可是他却一动也不肯动。西蒙又拉了一下，连手指都抠进了巴兹瘦削的肩膀里。巴兹伸出手把他给推开了。西蒙摔倒在地上，不知该做什么才好。

这时他才注意到巴兹把脸贴在兔子的脖子上，在吸它的血。兔子的喉咙和耳朵上有许多又长又深的伤口，比西蒙用剑割破的那些伤口都要深得多。巴兹跪着挪到兔子胸口，将它那硕大的肚子推到一边，然后伸长脖子，脑袋在它颈部的血污里埋得更深了。

"巴兹……"西蒙小声喊道，慢慢地站了起来。有那么一小会儿——好一会儿——他就只是看着这一切。

最后巴兹似乎终于……喝完了。

他从兔子身上溜下来，站在那里，背对着西蒙。西蒙望着巴兹伸手握住大法师之剑，把它从那野兽的眼睛里血淋淋地拔了出来。

巴兹转过身，挺起胸膛，高高地抬起了下巴。他的脸，还有整个前胸——校服领带和白衬衣——全都是血。他的鼻子和下巴也在往下滴血，在他持剑那只手下方的地上已经有一小摊血了。这么多的血，仿佛他刚刚用血冲了个澡似的。

巴兹扔掉手中的剑，它落在西蒙的脚边。接着，他用袖子在自己的嘴巴和眼睛上抹了一把。结果血并没有被擦掉，反而糊得到处都是。

西蒙不知道该说什么，也不知道对这事该作何反应，对眼前这血淋淋的一切。

他捡起剑，在自己的斗篷上把它擦干净了。"你没事吧？"

巴兹舔了舔嘴唇——西蒙觉得他恐怕是以为自己的嘴唇很干——然后点了点头。

"那就好。"西蒙说，说完他才意识到，这就是他的心里话。

凯丝没再继续往下念。利瓦伊眯着眼睛，望着她。他的嘴是闭着的，但是闭得并不紧，脸上的表情简直可以用激动来形容。

"这就结束了吗？"他问道。

她紧紧抓着笔记本电脑。"你是因为这个才喜欢我的吗？"

"因为什么？"

"因为我念书给你听？"

"难道我喜欢你就是因为你会念书吗？"

"你知道我是什么意思。"

他笑得更灿烂了，她连他的牙齿都能看得见。像这样看着他感觉怪怪的，距离这么近，仿佛是他允许她这样的。

"这也是原因之一吧。"他说。

凯丝不安地从他肩膀上望过去。"你觉得芮根会介意吗？"

"我觉得不会。我们高中毕业以后就分手了。"

"你们俩交往了多久？"

"三年。"

"你爱她吗？"

他把头发捋到后面，有点不好意思，但并不觉得羞愧。"很爱很爱。"

"哦。"凯丝把视线转开了。

利瓦伊歪过头来吸引她的注意。"那里是个小镇，我们高中那个班总共只有十一个学生。我跟她压根就想不出在方圆两百英里之内还能跟谁交往。"

"后来怎么了？"

"我们来到了这里，发现在这个星球上还有大把大把的人可以约会。"

"她说她背叛了你。"

利瓦伊垂下眼睛，不过笑容却并没有完全消失。"也是因为这个。"

"你多大了？"

"二十一。"

凯丝点点头。"你看起来更老一些。"

"因为我的头发。"他说,依然在微笑。

"我喜欢你的头发。"她脱口而出。

他扬起一条眉毛,只有一条。

凯丝摇摇头,觉得很难为情。她闭上眼睛,合上电脑。

利瓦伊朝着她慢慢地低下头,他的刘海垂了下来,轻拂着她的耳朵。她扭头躲开了,知道自己一定在脸红。

"我也喜欢你的头发。"他说,"我觉得,反正……你的头发总是用辫绳扎起来的。"

"这真是荒唐。"凯丝边说边悄悄地溜走了。

"什么荒唐?"

"这事。你和我像这样对话。"

"哪里荒唐了?"

"嗯,我甚至不知道怎么会这样。"

"我觉得还没有怎么样呢……"

"咱俩一点都不一样。"她说。她觉得自己满脑子都是反对的理由,已经要开始溢出来了。"你根本就不了解我。你比我大,你抽烟,你还有工作。你也不是个处男。"

"我不抽烟,除非别人在抽……"

"那也算抽烟。"

"可是这不重要。凯丝,你说的这些都不重要,而且其中一多半并不是事实。咱们有很多共同之处。咱们常常聊天——以前的时候。所以我还想要跟你再多聊一些。这是一个很好的兆头。"

"咱们有什么共同之处?"

"我们喜欢对方。"他说,"这还有什么好说的?而且,跟世界上的其他人比起来,咱俩哪儿哪儿都是一样的。要是外星人来到地球，恐怕压根就分不清咱俩谁是谁。"

这和她对尼克说过的话像极了。

"你喜欢我……"利瓦伊说，"对吗？"

"要是不喜欢你，我就不会吻你了。"凯丝说。

"你也许会——"

"我不会。"她斩钉截铁地说，"绝对不会，而且也不会整晚不睡念书给你听……"

利瓦伊笑了，露出了犬牙，继而连前白齿都露了出来。这可不对。他不应该笑的。

"你干吗要对我说那只是个吻而已？"她问道，知道自己的声音一定会变哑，"其实我并不在乎另外那个女孩。我是说，我在乎，但没那么严重。可为什么你的第一反应是对我说你和我之间发生的事情不算什么？现在你又说这事关系重大，我凭什么要相信你？为什么无论你说什么我都要信？"

利瓦伊这会儿明白过来了，他不应该笑。他低下头看着自己的大腿，转过身把后背靠在墙上。"我猜我是吓坏了……"

凯丝等着他说下去。利瓦伊把手插进前面的头发里，攥起了拳头。也许这就是他早早脱发的原因。他总是摆弄个没完。

"我吓坏了。"他又说了一遍，"我以为，如果你知道吻你对我而言又多重要……那么我跟另一个女孩接吻这事似乎就更糟糕了。"

凯丝仔细想了想这话。"这个推论很差劲。"她说。

"我这不是在推理。"他转过脸来看着她，动作有点太快了，"我是真的吓坏了。行吗？我已经把那个女孩给忘了个一干二净。"

"因为你在派对上吻的女孩太多了？"

"不。我的意思是……啊。"他把脸转开了，"有时候是这样，但并不是因为这个。我之所以会吻那个女孩，完全是因为你没有来。因为你没有回我的短信。因为我又想起你不喜欢我。我很困惑，而且有一点醉了，正好那个女孩显然很喜欢我……大概你走之后五分钟她就走了。又过了五分钟，我瞪着自己的手机，想要找个借口给你打电话。"

"为什么那天在医院你没有告诉我这些？"

"因为我觉得自己太混蛋了。而我是不习惯当混蛋的——我平时都是像王牌骑警那样的好人，你知道吧？"

"不知道。"

"通常我都是个好孩子。这也是我为了把你追到手而想出来的整体方案……"

"你还有方案？"

"有啊……"他把后脑勺靠到墙上，发出"梆"的一声，双手垂下去放在腿上，"那更像是我的期望，期望让你看到我是一个正派的男生。"

"这我看到了。"

"没错。可是接着你就看到我在跟别人接吻。"

凯丝希望他别再往下说了，因为她已经听够了。"问题是，利瓦伊……"大声说出他的名字给她体内的毁灭过程画上了句点。有什么东西——也许是凯丝的脾脏——报废了。她探过身去，拉着他的毛衣袖子，攥了一小截在自己手里。

"我知道你是个正派的男生。"她说，"我也很想原谅你。你并没有背叛我——我是说，这只是有点像是背叛而已。但即使我原谅了你……"她拽着他的新毛衣，都把它给拉变形了，"我觉得自己对这种事一点也不在行。男生和女生，人与人之间的交往。我对谁都不信任，对任何人都不信任。而且，我越是在乎人家，就越是确信人家会厌倦我，然后把我甩掉。"

利瓦伊的脸上阴云密布。但她觉得这并不是可怕的表情，而是若有所思。他是在沉思。

"这可真是荒唐。"他说。

"我知道，"凯丝赞同地说，简直感觉松了一口气，"一点不假。我就是个疯子。"

他把手指缩回去，勾住她毛衣袖口的里面。"可你还是愿意给我机会的，对吗？不仅仅是给我机会，也是给咱俩机会，是吧？"

"是的。"凯丝说，仿佛她认输了。

"那就好。"他拽住她的袖子，低头看着他俩几乎要碰到一起的手笑了。"就算你是疯子也没关系。"他轻声说。

"可你还不知道——"

"我不需要知道。"他说，"我会站在你身边的。"

他明天会给她发短信。等他下班以后，他俩要一起出去。

去约会。

利瓦伊并没有说这是约会，不过这就是约会啊，不是吗？他喜欢她，而且他俩要一起外出。他会来接她。

她真希望能打个电话给琳恩。我要约会了，而且不是跟茶几男。他跟家具一点儿都不像。他吻了我。我想，如果我不反对的话，他还会再吻我的。

她并没有打电话给琳恩，而是在学习，然后开始一边写巴兹和西蒙，一边盼着芮根回来，一直熬到困得受不了。"阴险大魔王，"巴兹抱怨道，"要是我哪天成为超级大坏蛋的话，麻烦帮我想一个听起来不像冰淇淋圣代的名字。"

门开的时候,凯丝都快要睡着了。

芮根在黑暗中拖着脚走来走去。她很擅长在什么灯都不开的情况下来去自如,几乎从来没有把凯丝吵醒过。

"嗨。"凯丝哑着嗓子说道。

"继续睡吧。"芮根小声说。

"嗨。今天晚上……利瓦伊来了。我想我们也许要约会了。你没意见吧?"

脚步声停下了。"没意见啊。"芮根说,声音差不多跟平时一样,"你没问题吧?"

"我觉得没问题。"凯丝说。

"行啊。"芮根的衣橱门打开了,她踢掉脚上的靴子,发出两下重重的撞击声。一个抽屉打开又关上,随后她就上床了。"这感觉真他妈的怪……"她咕哝道。

"我知道。"凯丝凝视着一片漆黑说,"很抱歉。"

"别再道歉了。这对你是好事,对利瓦伊也好事。但我觉得,对你的好处更大。"

"这话怎么说?"

"这就是说,利瓦伊是个好男人。可他爱上的女孩全都是彻头彻尾的讨厌鬼。"

凯丝翻了个身,把棉被拉上来裹紧了。"对我更有好处。"她也同意这一点。

"你跟阿加莎终于要约会了?"尽管一脸吃惊的表情,但佩妮洛普的声音却依然很轻。他俩都不希望被布利克雷先生听到——他喜欢在放学后把学生留下来干一些蠢事作为处罚。结果他们可能要花上好几个小时去打扫地下墓穴,或者是校对没收来的爱情小纸条。

"吃过晚饭以后,"西蒙小声答道,"我们要到雾掩之林去找第六只兔子。"

"阿加莎知道这是约会吗?这听起来只不过是'和西蒙一起度过的又一个周二夜晚'而已。"

"我想她知道吧。"尽管西蒙很想把脸转过去对着佩妮洛普皱起眉头,可他还是尽量忍住了,"她说她会穿一条新裙子……"

"跟阿加莎一起度过的又一个周二夜晚。"佩妮洛普说。

"你觉得她不喜欢我?"

"哦,西蒙,这话我可从来没说过。她要是不喜欢你,那她就是个大傻瓜。"

西蒙咧开嘴笑了。

"所以我想说的是,"佩妮洛普边说边继续写起了自己的作业,"我们只能拭目以待了。"

——摘自《西蒙·斯诺与六只白兔》第十七章

杰玛·T.莱斯利2009版权所有

二十五

凯丝醒来的时候,芮根正坐在凯丝的书桌上。

"你睡醒了?"

"我睡觉的时候,你一直在看着我?"

"是啊,睡美人。你睡醒了?"

"没有。"

"那好,醒醒吧。咱们得约法三章。"

凯丝坐了起来,把黏乎乎的东西从眼睛里揉出来。"你怎么啦?要是我像这样把你叫醒,你会杀了我的。"

"那是因为在咱俩的相处中,一切都是由我来掌控的。醒醒吧,咱们得谈谈利瓦伊的事。"

"好吧……"听到他的名字,凯丝忍不住微微笑了一下。利瓦伊。她和利瓦伊有个约会。

"这么说,你们俩已经言归于好了?"

"是的。"

"你跟他上床了?"

"我的天哪,芮根。没有。"

"很好。"芮根说。她盘起一条腿坐在凯丝的椅子上，身上穿着校内橄榄球队的T恤和一条黑色的瑜伽裤。"你要是和他上床了，我可不想知道。这是基本原则第一条。"

"我不会跟他上床的。"

"你瞧，这样的事情就是我不想知道的。等等，你什么意思，你不会跟他上床？"

凯丝用双手的手掌捂住了眼睛。"我是说，近期不会。我们只是聊聊天而已。"

"没错，可是你一年到头都跟他在一起——"

"你逼我做的事情有：一、未成年饮酒；二、滥用处方药；三、婚前性行为。"

"哦，天哪，凯丝。'婚前性行为'？你在逗我吗？"

"这话从何说起？"

"利瓦伊曾经是我的男朋友。"

"我知道。"

"我们高中三年都在一起。"

"我知道，我知道。"凯丝又把眼睛捂起来了，"不用描绘给我听了。"

"我们互相破了处。"

"啊啊啊。别说了。我说真的。"

"正因为如此，咱们才要约法三章。"芮根说，"利瓦伊是我最好的朋友之一，而我是你唯一的朋友，我不希望这事朝着奇怪的方向发展。"

"太晚了。"凯丝说，"而且我也不是只有你一个朋友。"

"我知道——"芮根白了她一眼，一只手在空中挥了一下，"你的网友遍天下。"

"基本原则有哪些？"

芮根竖起一根手指。她的指甲很长，是粉红色的。

"一、性事不要告诉我。"

"同意。"

"二、不要在我面前卿卿我我。"

"一言为定。我跟你说，我们不会卿卿我我的。"

"三、闭嘴，感情的事不要告诉我。"

凯丝点点头。"好。"

"四……"

"你真的一直在考虑这事，是不是？"

"你们俩第一次接吻的时候，我就把这些基本原则都想好了。四、利瓦伊是我的朋友，你不能吃醋。"

凯丝看着芮根，看着她红色的头发、丰满的嘴唇和高耸的胸部。"我觉得现在就答应这一点还为时尚早。"她说。

"不，"芮根说，"咱们得把这事说清楚。你不能吃醋。作为回报，我不会借助好朋友的身份来提醒我自己，还有利瓦伊，他先爱上的人是我。"

"天哪！"凯丝一脸怀疑地抓紧了棉被，"你不会真这么干吧？"

"说不准。"芮根说着探过身去，她脸上的表情跟凯丝一样震惊，"人都有脆弱的时候。你要知道，一直到现在为止，我都是利瓦伊最喜欢的女孩。自从我跟他分手以后，他还没有正儿八经跟别人约会过呢。"

"上帝啊，"凯丝说，"我讨厌这样。"

芮根点了点头,仿佛在说"我都跟你说过十几遍了"。

"你为什么会允许这种事情发生呢?"凯丝问道,"你为什么会让他经常待在这里?"

"因为我看得出他喜欢你。"芮根说起这个简直都有点生气了,"而且我是真的希望他幸福。"

"你们俩没有……旧情复燃,对吧?从分手到现在?"

"没有……"芮根把视线转开了,"我们大一那年分手的时候,闹得很不愉快。一直到去年年底,我们才又开始来往。我知道他在功课方面遇到了麻烦,我想帮他……"

"那好。"凯丝说,她决定要对这事重视起来,"再说一遍都有哪些规则?不谈性事,不秀恩爱,不聊感情——"

"不准吃醋。"

"不准吃飞醋,这样公平吧?"

芮根噘起了嘴。"好吧,但是如果出了这种事,你要理性对待,不吃飞醋。"

"不许做那种仗着前男友喜欢就乐在其中、自我陶醉的讨厌贱人。"

"同意。"芮根边说边伸出了手。

"咱俩当真要为这事而握手约定吗?"

"没错。"

"我和利瓦伊也许压根就不会有结果,你知道。我们还没约会过呢。"

芮根勉强笑了笑。"我不这么想。对于这事,我的感觉既好又不好。握手。"

凯丝伸出手,跟她握了一下。

"现在起床吧。"芮根说,"我饿了。"

那天下午芮根上班刚走,凯丝就从桌前跳起来,开始在衣橱里东翻西找,看看该穿什么衣服。多半是穿T恤和开衫搭牛仔裤吧。凯丝的衣橱里只有T恤、开衫和牛仔裤这三种衣服。她把所有能选择的衣服都摆在床上,又找出了去年在跳蚤市场里买的一件单品——小巧的绿色针织假领子,用一粒古色古香的粉色扣子扣起来。

不知道利瓦伊会带她去哪里。

她和艾贝尔的第一次约会是去看电影,同去的还有琳恩和他们的其他几个朋友。从那以后,和艾贝尔约会一般就是待在他家的面包店里,或者是在凯丝的房间里学习。夏天就去参加游泳比赛,还有参加数学竞赛。回过头来想一想,这些恐怕不能叫约会吧。她才不会跟利瓦伊说自己的最后一次约会是在数学竞赛的赛场上。

凯丝看着摊在床上的那些衣服,真希望琳恩能够来帮她一把。要是她在她俩吵架之前就把利瓦伊的事告诉琳恩了,那该有多好……可那是在去年,当时凯丝还压根不认识他呢。

如果琳恩在这里的话,她会怎么说?要假装你喜欢他不如他喜欢你那么多。这就和买车是一个道理——你得随时准备走开不买。

不对……这是琳恩给她自己的建议。对凯丝,她会说什么呢?别皱眉头了。咱俩笑起来的样子更漂亮。你真的不想喝一杯吗?

天哪,想起琳恩反而让凯丝的感觉更糟糕了。现在她觉得既紧张又难过,而且还很孤独。

幸好这个时候芮根踹开房门走了进来,说起吃晚餐这茬儿。

"把头发放下来。"芮根边说边把一片比萨撕成了两半,"你的头发很漂亮。"

"这个意见肯定是违反基本原则的。"凯丝说着咬了一口农家干酪,"我觉得是违反了第三条。"

"我知道。"芮根摇了摇头,"可是你有时候实在太无助了。我看着你就像看着一只脑袋被卡在纸巾盒里的小猫咪一样。"

凯丝白了她一眼。"我不希望自己在他眼里突然像变了个人似的。这样感觉逊毙了。"

"希望自己约会的时候漂亮一些难道很逊吗?我向你担保,这会儿利瓦伊一定在刮胡子。"

凯丝皱起眉头。"打住,别跟我说这些关于利瓦伊的内幕消息。"

"这是关于男人的内幕消息。约会就是这么回事。"

"他已经知道我长什么样了。"凯丝说,"如今再耍花招就没有意义了吧。"

"做个发型——也许再涂上一点唇彩——怎么会是耍花招呢?"

"这就好像我企图用什么闪闪发亮的东西来分散他的注意力似的。"凯丝用汤匙在自己的脸前面画了一个圈,却不小心把农家干酪抖到了毛衣上。"这一切他都了解,我长的就是这副模样。"她努力想把农家干酪从毛衣上擦下来,而不是揉进去。

芮根从桌子对面探身过来,一把将凯丝头发上的夹子抢走了。凯丝的头发一下子垂下来挡住了耳朵、遮住了眼睛。

"你瞧,"芮根说,"这才是你的真面目。变变变。"

"哦,天哪,"凯丝说着从芮根手里抢回夹子,立刻又把头发给盘起来了,"你这是在引用西蒙·斯诺的话吗?"

现在轮到芮根白她一眼了。"好像只有你一个人在看西蒙·斯诺似的。他可是风靡全球的。"

凯丝咯咯地笑了起来。

芮根皱起眉头看着她。"你在吃什么啊?农家干酪里面放的是桃子吗?"

"是不是很恶心?"凯丝说,"你会习惯的。"

她俩转过拐角来到走廊上的时候,看见利瓦伊背靠着她们房间的门坐在地上。凯丝当然是绝不可能尖叫着一路沿着走廊奔进他怀里。不过她也有自己的表达方式——紧张地笑了一下,然后就把视线移开了。

"嗨。"利瓦伊说,靠着门站了起来。

"嗨。"芮根说。

利瓦伊不好意思地揉着头顶的头发,仿佛不知道究竟该对谁微笑似的。"你准备好了吗?"芮根开门的时候,他对凯丝问道。

凯丝点点头。"再穿件……外套就行了。"她把外套找出来穿上了。

"围巾。"利瓦伊说。于是她把围巾也拿着了。

"回头见。"她对芮根说。

"不一定能见到。"芮根边说边对着镜子抖开了头发。

凯丝觉得自己的脸红了,她一直等到他俩并肩站在了电梯前,才又扭头看着利瓦伊。目前状态:面带微笑,情绪稳定。电梯门打开了,他把手搭在她背上,她几乎是跳进电梯的。

"你有什么打算?"她问道。

他咧开嘴笑了。"我打算做一些让你明天还想要跟我约会的事情。你的计划呢?"

"我会尽量别让自己出丑。"

他笑得很灿烂。"那咱们就已经准备就绪了。"

她也朝他露出了微笑。朝着他那个方向吧。

"我想带你去看看东校区。"利瓦伊说。

"大晚上的?在二月天?"

电梯门开了,他等着她先走出去。"我觉得淡季旅游也有很大收获。再说,今天晚上外面没有那么冷。"

到了外面,利瓦伊在前面带路,朝着跟停车场相反的方向走去。

"咱们不用开车去吗?"凯丝问道。

"我想咱们坐班车就行了。"

"还有班车?"

他摇了摇头。"真是城里人。"

班车是一辆大巴,很快就来了。"你先上。"利瓦伊说。

车里开着灯,照得比白天还亮,几乎没有什么乘客。凯丝挑了一个座位侧着坐下了,还跷起了二郎腿,这样她旁边的座位就没法坐人了。不过利瓦伊似乎并不介意。他从侧面一跳,坐上她前面的位子,然后把一只胳膊放在椅背上。

"你很有礼貌嘛。"她说。

"我妈妈听到这话会很高兴的。"他笑着说。

"这么说你有妈妈。"

他笑了。"是的。"

"也有爸爸?"

"还有四个姐妹。"

"姐姐还是妹妹?"

"有姐姐,也有妹妹。"

"你是老三？"

"刚好是中间的一个。你呢？你是双胞胎里的姐姐还是妹妹？"

她耸耸肩。"我妈妈是剖腹产的。不过琳恩的个头更大一些。她把我的养分还是什么的给偷走了。她回家以后，我在医院又待了三个星期。"

凯丝没有告诉他，即使时至今日，她有时候也依然觉得琳恩在人生中拿走的超过了她应得的那份，仿佛她吸走了凯丝身上的活力，或者说仿佛她生来就自带更多的补给。

凯丝没有告诉他是因为这个想法太阴暗、太压抑。而另一个原因则是，此时此刻，她并不愿意跟琳恩互换位置，哪怕这意味着她能得到更多的养分。

"这是不是意味着她占有主导地位呢？"利瓦伊问道。

"不见得。我是说，我猜她是这样。多数事情都是她主导。但是爸爸说，我们俩小的时候经常是一起合作的。比如说我会决定我们穿什么，她来决定我们玩什么。"

"你们俩穿的衣服都一样吗？"

"小时候我们喜欢这么穿。"

"我帮着接生过一对双胞胎。"他说，"是小牛犊。母牛差点就死了。"

凯丝睁大了眼睛。"怎么会这样的？"

"有时候公牛遇见了母牛，他俩想在一起多待一会儿——"

"我是问你怎么会接生呢？"

"这种事在牧场里是家常便饭。我说的不是双胞胎，是生小牛。"

"你在牧场里工作？"

他扬起一条眉毛,仿佛没弄清楚她是不是在开玩笑。"我就住在牧场里。"

"哦,"凯丝说,"我以前不认识住在牧场里的人。我以为牧场就像工厂或是公司一样,是个人们工作的地方。"

"你真的是内布拉斯加人?"

"我也开始觉得住在奥马哈不算……"

"好吧。"他笑着说,"我住在牧场里。"

"就像住在农场里一样?"

"差不多吧。农场是种庄稼的。牧场是放牧家畜的。"

"哦。这听着就像……奶牛们自己到处溜达?"

"没错。"他笑了,随后摇了摇头,"不。牛都在指定的区域里。它们需要很大的地方。"

"这就是你毕业以后想做的吗?在牧场里工作?"

利瓦伊的脸上掠过一丝异样的神情。他的笑容稍稍有些黯淡,眉毛也皱到了一起。"事情没这么简单。牧场是我妈妈和舅舅们共有的,没人知道他们全都退休以后会怎么样。我们这些表兄弟和表姐妹一共有十二个人,所以也不能把牧场分割开来。除非把它卖掉。可是……谁都不想这样。呃……"他又一次飞快地摇摇头,然后重新对她露出了笑颜,"我想在牧场里工作,或者跟牧场主们一起工作,帮助他们把牧场经营得更好。"

"牧场管理。"

"你还想假装自己没在注意听——嗨,到站了。"

"已经到了吗?"

"东校区离你的宿舍只有两英里远,你却从来没来过,真是可惜。"

凯丝跟着他下了车。他停下来称呼那位司机的名字向他道谢。

"你认识那个司机？"大巴开走以后，她问道。

利瓦伊耸了耸肩。"他戴着姓名牌呀。好——"他走到她的正前方，朝着停车场伸开一条长长的手臂，笑得就像电视里的游戏节目主持人，"凯瑟·艾弗里，我作为农学院的学生、农业的从业者以及内布拉斯加州林肯市的一名公民，欢迎你莅临东校区。"

"我喜欢这里。"凯丝环顾着四周说道，"这里很黑，还有很多树。"

"奥马哈人，你可以把你骑的蛇鲨停在门口。"

"谁会想到出生在奥马哈都能让我成为城里人了？"

"你右边的是东校区活动中心。我们的保龄球馆就在这里。"

"又一个保龄球馆……"

"别激动，今晚的日程里没有打保龄球这一项。"

凯丝跟在利瓦伊后面，沿着一条蜿蜒的人行道向前走，当他把那些大楼指给她看的时候，她就礼貌地笑笑。为了引起她的注意或是确保她看着正确的方向，他时不时会碰到她的后背。不过她并没有告诉他，东校区在二月天的晚上看起来跟城市校区没多大区别。

"要是咱们白天来到这里的话，"他说，"咱们就会在乳品店停一下，吃一点冰淇淋。"

"太遗憾了。"她说，"今天晚上吃冰淇淋可是会冻出人命的。"

"你冷吗？"他停下脚步，站在她面前，皱起了眉头，"你妈妈就是这么教你系围巾的？"

她的围巾是绕在衣领上再垂下来的。他把围巾贴着她的脖子围起来，又将末端塞了进去。凯丝真希望自己的外套能遮住她那颤抖的呼吸声,太让人尴尬了。

利瓦伊抬起双手放在她的脑袋两侧,轻轻捏了一下她的耳朵尖。"还好。"他边说边揉搓着她的耳朵,"你冷吗?"他扬起一条眉毛,"要不要到室内去?"

她摇了摇头。"不想。我想看看东校区。"

他又咧开嘴笑了。"想看就对了。咱们还没到拖拉机博物馆呢。不过那里已经关门了。"

"那是自然。"

"但仍然值得一看。"

"毫无疑问。"

又过了大约半个钟头,他们在牙科学院里稍作停留,用了一下洗手间。休息室里的蓝色沙发上到处是人,大家都在学习。利瓦伊从投币咖啡机上买了一杯热巧克力,他俩一起喝。凯丝觉得两个人同喝一杯饮料有点怪,不过她认为要是把这话说出口就太傻了。毕竟她都已经吻过他了。

再一次走到外面的时候,夜似乎更静了,也更黑了。

"我把最好的留在最后。"利瓦伊柔声说道。

"最好的是什么?"

"别着急。这边走……"

他们一起沿着又一条曲折的人行道走去,直到他把一只手放在她肩膀上让她停下。"咱们到了,"他指着一条雪还没有被铲掉的小径说道,"花园。"

凯丝努力想让自己露出欣赏的表情。要不是正在融化的雪中有一串脚印,你根本就看不出这里还有条路。她能看见的就只有脚印、枯死的灌木和几块杂草丛生的泥巴地。

"真是美不胜收。"她笑着说。

"我就知道你会喜欢。如果你表现好,我就在旺季的时候再带你来。"

他们走得很慢,不时停下脚步,看看从雪地里冒出来的教学牌。利瓦伊会弯下腰,用衣袖把牌子擦擦干净,然后大声念出这里本来应该生长着什么植物。

"所以咱们真正错过的,"当他俩一起弯腰看着一块指示牌时,凯丝说道,"就是各种各样的本地野草。"

"还有野花。"利瓦伊说,"野花咱们也没看到。"

她从他身边走开了,他却抓住她的手。"等一下,"他说,"我觉得那边可能有一棵常青树。"

凯丝抬起头来往上看。

"假警报。"他说着捏了捏她的手。

她打了个冷颤。

"你冷吗?"

她摇摇头。

他又捏了一下她的手。"那就好。"

他俩绕着花园转了一圈,余下的时间里,两人没再谈起那些没有看见的野花。凯丝很庆幸自己没有戴手套,利瓦伊的手掌很光滑,跟她的手比起来,简直像抹了油一样。

走上一座人行天桥时,她感觉到手臂被他拉了一下。他停了下来,背靠在桥的桁架上。

"嗨。凯丝,我能问你一件事吗?"

她停下脚步,回过头来看着他。他握住她的另一只手,把她拉近了一些。不过并不是像贴到他身上这么近,只是比刚才近了一点。两人十指紧扣,仿佛是要玩伦敦桥[1]的游戏。

利瓦伊在黑暗中看起来就像一幅黑白照片。苍白的皮肤,灰色的眼睛,还有花白的头发……

"你真的认为我是那种常常到处跟人接吻的人吗?"

"差不多吧。"凯丝说。他的每一根手指她都能感觉得到,只能努力让自己别去注意这一点。"一直到大约一个月前,我还以为你常常跟芮根接吻。"

"你怎么会这么想呢?她还在跟其他男生约会,大概有五个吧。"

"我以为你也是其中之一。"

"可我总是在跟你调情啊。"为了表示强调,他把凯丝的手向前推了一下。

"你跟每个人都调情。"她敢说自己一定瞪大了眼睛,她的眼珠子几乎能感觉到边缘的地方冷飕飕的,"上至老人,下至婴儿,你跟谁都调情。"

"哦,我才没有……"他生气地收起下巴往脖子上贴。

"你就是这样的。"她边说边把他的手推了回来,"还记得在保龄球馆的那天晚上吗?你跟楼里每一个人都眉来眼去的。给球鞋做保养的那个家伙居然没有把他的电话号码给你,我还真是吃了一惊。"

"我只是想友善待人罢了。"

"你友善得过头了,而且对所有人都是这样。你想尽办法让每一个人都觉得自己很特别。"

"嗯,这又有什么错呢?"

---

[1] 伦敦桥:一种儿童游戏。两个孩子双手高举牵在一起搭成桥,其他孩子排着队从桥下钻过。

"那人家怎么能知道自己确实很特别呢？我怎么知道你不是只想对我友善而已呢？"

"你看不出我对你跟对别人不一样？"

"我以为我能看出来。这种想法大约持续了十二个小时吧。然后么……就我所了解到的，没错，你就是那种常常到处跟人接吻的人。为了待人友善。这都是因为你有这种怪癖。人家感觉到自己很特别，你就开心了。"

利瓦伊皱起眉头，他的下巴几乎快要贴在脖子上了。"我常常待在你宿舍里，请你去参加派对，在你可能需要帮助的时候，我都尽量在你身边。我这样做了四个月，可你竟然没有发现。"

"我以为你在跟我的室友约会！"她说，"我再重复一遍，你对每个人都很友善。你向人示好，仿佛这不需要你付出任何代价似的。"

利瓦伊笑了。"这确实不需要我付出任何代价，对陌生人笑一下又不会耗尽我的全部补给。"

"好吧，我可不是这样。"

"我又不是你。人家开心，我就高兴。与之相对地，这会让我为了自己在乎的人获得更多的能量。"

从谈话开始到现在，凯丝一直努力和他保持眼神接触，就像一个成年人那样，可是这已经超出她能承受的范围了。她的眼神不由得向下掠去看着雪地。"如果你对每一个人都是笑脸相对，"她说，"那么你对我微笑的时候，我又怎么知道该有什么感觉呢？"

他把他们两人的手拉过来，抬高，几乎把它们搭在了他的肩膀上。"我对你微笑的时候，你有什么感觉？"他问道。随后对她露出了笑容，虽然只有一点点。

感觉我变得不像自己了。凯丝在心里说道。

为了保持平衡，她紧紧握住他的手，然后踮起脚尖，把下巴靠在他肩上，用脑袋轻轻地蹭了蹭他的脸颊。他的脸很光滑，散发出浓浓的利瓦伊气息，像是香水和薄荷的味道。

"我感觉自己像个傻瓜。"她柔声说，"可我却想一直看着你的笑脸。"

回去的班车上，他们并肩坐在一起，低头看着两人的手，车厢里太亮了，没法看着彼此的脸。虽然利瓦伊没有说话，凯丝也并不担心。

回到宿舍的时候，他俩都知道里面没有人，于是都拿出了钥匙。

利瓦伊解开她的围巾，拽住围巾的两头把她拉过来，把自己的脸在她头顶上稍稍贴了一小会儿。

"明天，下一个明天，还有再下一个明天。"他说。

他说到做到。

第二天他又来和她见面了。第三天也来了。过了大约一个礼拜，凯丝已经期待着利瓦伊设法巧妙地融入她的生活，并且表现得仿佛他一直就是其中的一部分似的。

他从来不说，明天可以见你吗？也不会问，明天见面好吗？他总是说，几点钟？在哪儿？

课间的时候，他俩在活动中心见面。工作休息时，她去星巴克见他。他还会在走廊里等着她或者芮根回来让他进屋。

到现在为止，他们一直都小心翼翼地避免三个人之间的关系变得不自在。凯丝会坐在自己的书桌前，利瓦伊坐在她床上，给她俩讲故事，逗她俩开心。有时候，他话音里对于凯丝的亲密和喜爱会太过明显。有时候,她又觉得他跟她们讲话的样子就像爸爸对她和琳恩讲话时一样,仿佛他把她俩都当作了女儿。

凯丝努力想要摆脱这种感觉。要是芮根在宿舍,她就尽量跟他在其他地方见面。

可是如果宿舍里只有他俩,他们的所作所为和芮根在的时候也没什么两样。凯丝依旧坐在自己的书桌前,利瓦伊依旧坐在她床上,双脚搭着她的椅子,谈论的话题也都绕着她兜圈子。虽然圈子兜得漫不经心,但却让她感觉舒服。

他喜欢跟她谈论她爸爸和琳恩的事情。他觉得双胞胎很有意思。

他也喜欢谈论西蒙·斯诺。所有的电影他都看过两三遍了。利瓦伊看过很多电影。凡是跟奇幻或是冒险有关的片子,他都很爱看。还有超级英雄、霍比特人、巫师。凯丝觉得,如果他的阅读能力强一些的话,那他一定可以成为一个不折不扣的书呆子。

嗯……也许吧。

她认为,要成为一个如假包换的书呆子,你就得喜欢虚构世界胜过真实世界。凯丝是恨不得马上就搬进魔法师的世界的。去年的时候她意识到,就算她找到一个通往西蒙那个世界的神奇虫洞,她也没法去念沃特福德魔法学校,因为她的年纪太大了。当时她简直是沮丧至极。

当凯丝对琳恩指出这一点时,琳恩也灰心极了。那是在她们十八岁生日那天的早上,她俩还没起床。

"凯丝,醒一醒,咱们去买点香烟吧。"

"去不了。"凯丝说,"我要去看一部R级片[1]——在电影院里看。然后我打算应征入伍。"

---

1 R级片:根据美国电影分级制度,指17岁以下青少年除有保护人或家长陪同不得观看的电影。

"哦！咱们逃课去看《和莎莫的500天》吧。"

"你知道这意味着什么，对吧？"凯丝仰望着她俩用胶带贴在天花板上的那幅巨大的沃特福德地图。那是爸爸有一年送给她俩的圣诞礼物，他付钱请自己公司的一位设计师画的。"这意味着咱们的年纪已经大到上不了沃特福德魔法学校了。"

琳恩坐在床上，背靠床头，抬起头来。"哦。你说得对。"

"我一直都知道这不是真的。"过了一小会儿，凯丝说道，"哪怕是在咱们小的时候，可我还是……"

"还是……"琳恩叹了一口气，"现在我好伤心，连烟都不想抽了。"

琳恩才是个真正的书呆子。别看她的发型那么漂亮，还有帅哥男朋友，要是凯丝发现了那个虫洞，或者是兔子洞，又或者是衣橱后面的出入口，琳恩一定会跟她一起过去的。

即使是在她俩目前这种疏远的状态下，琳恩也依然会跟她一起过去。这就是找到魔法传送门的另一个好处。她可就有借口给琳恩打电话了。

可利瓦伊并不是书呆子，他太热爱现实生活了。对于利瓦伊来说，西蒙·斯诺只是一个故事而已。他喜欢故事。

自从凯丝跟利瓦伊开始交往以来，《西蒙，别放弃》的进度已经落下了许多。从一方面来说，这完全没有任何问题，她还不至于痴迷到宁愿杜撰恋爱场面也不愿意和一个男生真的谈一场恋爱。

可是从另一方面来说……再过不到三个月，《西蒙·斯诺与第八支舞》就要出版了，凯丝得赶在这之前把《别放弃》写完。她必须要做到。《第八支舞》是西蒙·斯诺长篇小说真正的结尾。一切都将在这本书中尘埃落定，而凯丝要抢先让一切以她自己的方式了结，抢在杰玛·T.莱斯利让帷幕落下之前。

利瓦伊在宿舍里的时候，凯丝学习是可以的（他也要学习——他会坐在她床上，听着讲课的录音，有时候还会边听边玩单人纸牌游戏），可是他在场的话，写作就不行了。她没法迷失在魔法师的世界里，因为她对利瓦伊太着迷了。

利瓦伊的身高有一米八。不过她却觉得他还要更高一些。

他出生在牧场里。千真万确。他妈妈生他的时候分娩太快，于是她就在楼梯上坐下，自己把他给接住了。脐带是他爸爸剪断的。（"我就跟你说嘛，"利瓦伊说，"这跟母牛产犊也差不了多少。"）

他现在跟另外五个人住在一起。他之所以开卡车，是因为他觉得人人都该开卡车。开着小轿车到处跑，就像把双手绑在背后过日子一样。"要是你得运东西可怎么办？"

"我还想不出我家有哪一回需要用到卡车的。"凯丝说。

"那是因为你眼里除了小轿车什么也看不见。你甚至不允许自己看到那些特大号的好机会。"

"比如像？"

"不要钱的木柴。"

"我家没有壁炉。"

"鹿角。"他说。

凯丝从鼻子里哼了一声。

"旧沙发。"

"旧沙发？"

"凯瑟，等哪天我带你到了我的房间，我一定要款待你坐在我那张漂亮的旧沙发上。"

每当说起牧场、家人或是他的卡车,利瓦伊的声音就会慢下来,简直像带上了口音似的。他会慢条斯理地把元音都拖长了说。她也不知道他这样是不是为了显摆。

"等我带你到了我的房间"成了他俩之间的一个笑话。

他们其实用不着在活动中心见面,也不用等芮根出去留下他们两个人单独在凯丝的宿舍里。因为他俩随时都可以到利瓦伊家里去。

可是,凯丝一直到现在都没有去过。利瓦伊住在一所房子里,就像成年人一样。而凯丝住在宿舍里,像个刚刚成年的青年人,仿佛依然处在成年试用期似的。

在这里,在这间宿舍里,她还能驾驭得了利瓦伊,因为这里的东西也都没有成年。这里有一对单人床,墙上还贴着西蒙·斯诺的海报。芮根随时都可能会走进来。

利瓦伊一定觉得自己是被人骗上钩的。当初他俩还什么关系都不是的时候——那会儿她以为他是别人的男朋友——凯丝曾经跟他一起爬到床上,两人嘴对嘴地睡着了。如今他们已经开始约会了(并不是真正的约会,但是每天都会见面),却只是偶尔才牵牵手。即使是在牵手的时候,凯丝也差不多会装作没这回事——她就当没看见一样。而且她从来不会主动去牵他的手。

尽管她很想这样。

天哪,她恨不得一把将他抱住,推倒在地,然后到他怀里去打滚,就像一只在雏菊地里满地乱滚的小猫一样。

可正因为如此,她才不能主动。因为她是小红帽。她还是个傻乎乎的处女。而利瓦伊即使只是在电梯里把手隔着外套搭在她腰上,也能让她无法呼吸。

这事她也许可以跟琳恩谈谈,如果她还能和琳恩说话的话。

琳恩会叫她别犯傻——男孩子们想碰你都想疯了,他们根本不会在意你是否擅长这种事。

可利瓦伊不是男孩子。他不会因为头一回掀起人家的衬衣而直喘粗气。利瓦伊已经过了掀衬衣这个阶段,他恐怕会直接把衬衣给脱下来吧。

想到这个,凯丝不禁一哆嗦。接着她又想到了芮根,这哆嗦变得更像是个寒战了。

凯丝并不是打算永远当个处女。但她从前的计划是跟艾贝尔这样的人把这事给办了。如果说有什么原因的话,那就是她想和一个比自己更加可怜、更没经验的人在一起,一个不会让她感觉太过无法掌控的人。

客观地看,也许艾贝尔在某些方面其实比利瓦伊要更好看一些。艾贝尔是个游泳健将。他有着宽阔的肩膀和粗壮的手臂。他的发型很像弗兰基·阿瓦隆[1]。这是凯丝的祖母说的。

利瓦伊很瘦,一副弱不禁风的样子,还有他那个发型——嗯,他那个发型——可是他的一切都让凯丝觉得很放松,也很放荡。

他有个习惯,当他想要决定是不是该为了某件事放声大笑的时候,他就会咬着下嘴唇,扬起一条眉毛……这可真是帅疯了。

随后,如果他决定要笑,他的肩膀就会开始抖动,两条眉毛也会蹙到中间。利瓦伊的眉毛太销魂了,要是凯丝单看眉毛就能下定决心,那她肯定早就"到他房间去过了"。

如果她能理性一点看待这事的话,其实在牵手和看到眉毛就想上床之间还有很多种接触的方式……可是她没法理性。利瓦伊让凯丝觉

---

[1] 弗兰基·阿瓦隆:20世纪五六十年代走红的一位美国演员、歌手,是当时青少年的偶像。

得自己的整个身体就像一个滑溜的斜坡。

她坐在自己的书桌前。他坐在她床上,踢了一下她的椅子。

"嗨。"他说,"我在想,这个周末,咱们应该真正地约会一次。咱们可以先去吃晚餐,再看场电影……"他是笑着说的,所以凯丝也只能微笑地看着他。随后她的笑容却戛然而止。

"我去不了。"

"为什么去不了?你已经有约了?周末两天晚上都没空?"

"差不多吧。我要回家。这个学期我要多回家几趟,看看爸的情况。"

利瓦伊的笑容黯淡了,不过他还是点点头,仿佛他明白她的意思。"你怎么回去?"

"走廊那头有个女生叫艾琳。她每个周末都回家看望她男朋友。这没准是件好事,因为她这个人无聊又讨厌,如果她不留意看着男朋友的话,他一定会去找个比她更好的人。"

"我开车送你回家。"

"骑着你的白马?"

"开着我的红卡车。"

凯丝白了他一眼。"不要。你用不着绕这一趟。油费可能要上千块呢。"

"我不在乎。我想见见你爸。这样我就能跟你在卡车里一起待上几个钟头了。在非紧急的情况下。"

"没关系的。我可以跟艾琳一起回去。她也没那么糟。"

"你不想我跟你爸见面?"

"我压根就没想过你会跟我爸见面。"

"你没想过?"他听起来仿佛受了伤害。伤得倒不重。就像指甲上长倒刺的那种伤,但还是受伤了。

"你想过把我介绍给你父母认识吗?"她问道。

"当然。"他说,"我想带你一起去参加我姐姐的婚礼。"

"什么时候?"

"五月。"

"从咱们开始约会到现在才三个半星期,对吧?"

"按照大一新生的时间算,这就等于六个月了。"

"你又不是大一的。"

"凯瑟……"利瓦伊用脚钩住她的椅子,把它往床边拉近了一些,"我对你是真心的。"

凯丝深深地吸了一口气。"我对你也是真心的。"

他咧开嘴笑了,扬起一条像手绘上去的眉毛。"那我能开车送你去奥马哈吗?"

凯丝点了点头。

"我受够了。"西蒙边说边扑上去,从长长的餐桌上爬了过去。佩妮洛普一把抓住他的斗篷底边,害得他差点就在长凳上摔了个嘴啃泥。不过他很快就站了起来——"放手,佩妮"——然后用尽全力朝巴西尔跑去,举起双拳准备开打。

巴西尔动都没有动。"篱笆筑得牢,邻居处得好。"他小声说道,同时稍稍把他的魔杖倾斜了一点。

西蒙的拳头重重地打在一道坚实的屏障上,只差几英寸就要打到巴西尔那毫不畏缩的下巴了。他把手缩回来,疼得大喊大叫,仍然被这个咒语害得跌跌撞撞的。

戴夫、尼尔以及巴西尔其他的狐朋狗友们看到这一幕,全都咯咯地笑了起来,活像是喝醉的鬣狗。但是巴西尔自己却岿然不动。他开口说话时,声音非常轻,只有西蒙一个人能听得见。"你就打算这么做吗,斯诺?你就打算用这种方式去打败你的哈姆德拉姆?"就在西蒙恢复平衡的时候,他把魔杖一晃,收起了咒语。"可悲啊。"巴西尔说,随后走开了。

——摘自《西蒙·斯诺与五片利刃》第四章

杰玛·T.莱斯利2008版权所有

二十六

看到凯丝走进来,派珀教授伸开了双臂。"凯丝,你回来了。我真希望自己能说就知道你一定会回来,可是我却不敢确定。我一直在盼着你来。"

凯丝回来了。

她来是想告诉派珀教授,她已经下定决心了,又一次下定了决心。她不会写那篇小说的。如今她要写的和担心的东西已经够多了。这个课题就是上学期遗留下来的破烂。哪怕只是想到它,凯丝都会觉得嘴里尝到了失败的滋味。就像派珀教授说她抄袭以及蠢货尼克偷走了她最好的字句时一样。凯丝想要把这事抛在脑后。

可是当她站在派珀教授的办公室里、派珀教授对她露出蓝衣仙女一般的微笑时,凯丝就没法把这话大声说出口了。

可见我有多么需要一个母亲那样的角色,她暗自想道,很鄙视自己。不知道我会不会一到中年妇女身边就发昏,一直到我自己也成为中年妇女。

"非常感谢您能再给我一次机会。"凯丝边说边跟随教授的示意坐了下来。这时她本该说的是,但是我不想接受您的好意。

结果她却说:"我想只有傻瓜才会放过这个机会。"

教授对着她喜笑颜开。她探过身子,一只手肘撑着桌面,把脸颊靠在拳头上,仿佛在摆造型拍毕业照似的。"那么,"她说,"你有没有想好这篇小说要写什么?"

"没有。"凯丝紧紧地攥起拳头,在自己的大腿上来回地搓着,"每当我努力想要提出什么构思的时候,都会觉得……很空虚。"

派珀教授点点头。"我一直在想你上次说的一些话,你说你不想构建属于你自己的世界。"

凯丝抬起头来。"是的。没错。在我的脑海里,并没有那些美丽的新世界乞求着要逃出来。我不想像这样无中生有。"

"可是凯丝,多数作家都不想这样。我们当中绝大多数人都不是杰玛·T.莱斯利。"她对着办公室四周摆了摆手,"我们写的都是自己已经了解的世界。我写过四本书,书中的情节全都发生在我的家乡方圆一百二十英里之内,一多半写的都是我在真实生活中遇到的事情。"

"可您写的是历史小说……"

教授点点头。"我把1983年发生在自己身上的事情拿来,安到1943年的另一个人身上。我用这种方式把自己的人生拆解开来,通过直接写它来更好地理解它。"

"这么说您书里写的一切都是真事?"

教授歪过脑袋,犹豫起来。"嗯……是的,但也不是。每一件事的缘起都有一点真实性,然后我就围绕着它进行发挥。有时候我会发挥得完全与它背道而驰。但重点在于,我并不是无中生有。"

"我从来没写过跟魔法无关的东西。"凯丝说。

"如果你就是想写魔法的话,还是可以写啊。但是你用不着从分子的层面着手,因为你的脑子里已经有了某种创世的理论。"

凯丝把指甲掐进掌心的肉里。

"也许在写这篇小说的时候,"派珀教授委婉地说,"你可以从真实的东西开始写起。你人生中的某一天。令你困惑或是让你好奇的某件事,你想要一探究竟的某件事。从这里着手,看看接下来会怎样。你可以一直如实去写,也可以将它转到其他方向。你可以把魔法加进来,但是一定要给自己一个起点。"

凯丝点点头,与其说是她把教授讲的一字一句都听明白了,不如说是她准备走人了。

"我想再跟你见面。"派珀教授说,"过几个礼拜吧。到时咱们再碰个头,谈谈你的进展。"

凯丝同意了,然后匆忙朝着门口走去,希望自己不要显得太没礼貌。过几个星期。当然可以。好像几个星期我就能把脑子里的窟窿给堵上似的。她从一群打扮俗气的英语专业学生当中挤了过去,逃也似的奔进外面的雪地。

利瓦伊不肯放下她的脏衣篮。

"我拿得动。"凯丝说。她的思想还停留在派珀教授的办公室里,所以没有心情……嗯,没有心情去想利瓦伊,没有心情去玩他这个永远好性子的游戏。如果利瓦伊是一条狗,那他一定是金毛巡回犬。如果他是一项运动,那一定是乒乓球,总是轻轻巧巧地弹跳个不停。凯丝现在可不想打乒乓球。

"我来拿。"他说,"你去开门。"

"不,说真的。"她说,"我拿得动。"

利瓦伊笑容可掬,深情地看了她一眼。"甜心,去开门。这个我来拿。"

凯丝用指尖按住自己的太阳穴。"你刚刚是不是叫我'甜心'来着？"

他咧嘴一笑。"我张口就说了。感觉真好。"

"甜心？"

"还是你更喜欢'亲爱的'？这让我想起了我妈妈……'宝贝儿'怎么样？不。'爱之船'？'小猫咪'？'橡皮鸭'？"他停了一下，"你知道吗，我还是想喊你'甜心'？"

"我压根就不知道该从哪儿开始吐槽。"凯丝说。

"从帮我开门开始。"

"利瓦伊，我能够拿得动自己这些脏衣服。"

"凯丝，我不会让你拿的。"

"用不着你让，这本来就是我的脏衣服。"

"谁拿着就是谁的。"

"我不需要你替我拿东西，我自己有两条很好用的胳膊。"

"这不是重点。"他说，"如果我让我的姑娘拿着重东西，自己却在旁边甩着膀子走路，那我成什么人了？"

你的姑娘？"尊重我意愿的人。"她说，"并且尊重我的力气，还有我的……胳膊。"

利瓦伊笑得更灿烂了。他并没有把她的话当真。"我非常尊重你的胳膊。我很喜欢它们长在你身上的样子。"

"你让我觉得自己弱不禁风，仿佛手无缚鸡之力似的。把脏衣服给我。"她伸手去拿。

他往后退了一步。"凯瑟。我知道你拿得动。但我不能让你拿。我真的做不到空着手走在你身边。这不是针对你，我对任何位拥有两条X染色体的人都会这样的。"

"这就更糟了。"

"为什么呢？为什么会更糟？我这是尊重女性。"

"这不叫尊重我们，这叫害我们。请尊重我们的体力。"

"我尊重你们的体力啊。"他的头发垂到了眼睛上，他想把它们吹开，"殷勤有礼就是尊重。打从开天辟地的时候开始，女性就备受压迫与迫害。如果我能用自己高人一等的上肢力量让她们的生活轻松一些，我一定会出手相助，一次机会也不放过。"

"高人一等。"

"没错。高人一等。你想掰手腕吗？"

"我不需要高人一等的上肢力量也拿得动自己的脏衣服。"她把手指放在篮子的把手上，想要把他推到一边。

"你这是在巧妙地避开重点。"他说。

"我没有，你才是。"

"你的脸都红了，你知道吗？"

"好吧，"她说，"我很沮丧。"

"别让我气得想吻你。"

"把脏衣服给我。"

"气血上涌，面红耳赤……然后就该接吻了。"

听到这话，凯丝笑了起来。这让她很是恼火。她用上了一多半逊人一筹的上肢力量，想把篮子推到他怀里。

利瓦伊轻轻地把篮子又推了回来，不过并没有放手。"等到下一回我再想为你做什么好事的时候，咱们再来争论这事，好吗？"

她抬起头来看着他的眼睛。他回望她的样子让她觉得自己毫无秘密，仿佛每一个想法都用隐藏字幕写在自己脸上。她松开篮子，拿起自己的笔记本电脑包,打开了门。

"终于开门了。"他说,"我的三头肌都快疼死了。"

这是凯丝记忆当中最寒冷的、下雪最多的一个冬天。现在已经是三月中旬,严格来说是春天了,可是感觉还是跟一月一样。每天早上,凯丝都是想也不想就穿上雪地靴。

她已经习惯了下雪,习惯了在雪中行走,压根没想到要去查一下今天的天气。她没考虑路况,也没考虑能见度,更没考虑到在这样一个下午,让利瓦伊开车送她回家也许并非上策。

她到现在才想起来。

州际公路上似乎就只有他们这一辆车。他们抬头不见天日,低头不见前路。每过十分钟左右,红色的尾灯就会从他们前方的静止画面中突然冒出来,利瓦伊则会小心翼翼地踩下刹车。

他已经有近一个小时没有说话了。他把嘴抿成了一条直线,眯起眼睛盯着挡风玻璃,就像个没戴眼镜的近视眼一样。

"咱们往回开吧。"凯丝小声说道。

"嗯……"他边说边用手背擦了擦嘴,接着又紧紧地握住了变速杆,"不过我觉得这会儿往前开也许会轻松一些。咱们后面的情况更糟糕。我原本以为咱们能赶在天气变坏以前到达奥马哈的。"

有一辆车从他们左边超过去时发出了叮零哐啷的金属声。

"那是什么声音?"她问道。

"防滑链。"利瓦伊似乎并不害怕,但他却安静得有些反常。

"真对不起,"她说,"我没考虑到天气的因素。"

"这都怪我。"他说,挤出一秒钟来对她笑了一下,"我不想让你失望。那样我会很难过。现在想到有我可能害死你,这让我更难过了……"

"这可没什么骑士风度。"

利瓦伊又笑了。她把手伸到变速杆上,摸到他的手,沿着他的手指一路摸过去,随后又将手缩了回来。

他俩又沉默了几分钟。也许没有这么久。在一切都如此紧张与灰暗的情况下,很难判断时间的长短。

"你在想什么呢?"

"没想什么。"

"肯定在想什么。自打我到你房间的时候开始,你就一副心事重重、古里古怪的样子。是关于我跟你爸见面这事吗?"

"不是。"凯丝飞快地答道,"我都忘了这回事了。"

车里又安静了。

"那是为了什么事?"

"只是……我和一位教授之间的事情而已。我可以等到咱们没有生命危险的时候再告诉你。"

利瓦伊伸手到座位上摸索着她的手,她便把手伸了过去。他紧紧抓住她的手。"你没有生命危险。"他说完又将手扶回变速杆上,"倒是可能有……车陷在沟里几个小时动弹不得的危险。告诉我吧。现在我没法认认真真地谈话,但我可以听。我喜欢倾听。"

凯丝没再继续看着窗外,而是转过脸来面对着他。这样真好,她可以看着利瓦伊,但是他却没法回头看她。她喜欢他的侧脸,看起来非常……平坦。从他那长长的前额到长长的鼻子,几乎是一条直线下来的。他的鼻子在鼻尖那里向外翘了一点,但是并不多。从他的鼻子到下巴,又是一条直线。在他面带微笑或是假装大吃一惊的时候,他的下巴有时也会变得很柔和,但是从来不会给人软塌塌的感觉。总有一天她要吻他的下巴,就吻在下颌的边缘,这是他下巴上最脆弱的地方。

"上课时发生了什么事?"他问道。

"是下课以后发生的事。我……嗯,好吧,我上学期修了小说写作,这事你知道吧?"

"知道。"

"嗯,我没有交期末作业。我本来应该写一篇短篇小说,但是我没写。"

"什么?"他吃惊地把下巴向内一缩,"为什么不写?"

"我……原因很多。"这事并不像凯丝想的那么简单。她不想告诉利瓦伊,上学期她有多么不开心,她有多么不想回来上学,还有多么不想见到他。她不希望他觉得自己对她有那么大的影响力。

"我不想写。"她说,"我是说,不仅仅是因为这个,但是……主要还是我不想写。我遇到了写作瓶颈。还有我爸,你知道的,在他精神崩溃以后,期末考试周我就没有回学校了。"

"这我不知道。"

"好吧。情况就是这样,所以我决定不去完成期末作业了。但是教我小说写作这门课的教授没有把我的成绩交上去。她想再给我一次机会。她说我可以这个学期再写这篇小说。于是我大概对她说,我会写的。"

"哇哦,这真是太好了。"

"是啊……"

"不好吗?"

"不是。很好。只是……让这事过去也挺好的。这样我就会放弃写小说这个想法了。"

"可你一直在写小说。"

"我写的是同人小说。"

"这会儿别跟我玩文字游戏。我正在暴风雪里头开车呢。"一辆车出现在他们前方,利瓦伊的脸绷紧了。

凯丝一直等到他再次放松下来才开口说话。"我不想编造出我自己的角色,还有我自己的世界。我的脑子里没有这些东西。"

他俩谁都没有说话。车缓慢地向前行驶着……在利瓦伊那边的车窗外面,有什么东西引起了凯丝的注意:一辆半挂卡车从铰接的地方折弯了。她结结巴巴地吸了一口气,利瓦伊又握住了她的手。

"只剩下十五英里了。"他说。

"他需要帮助吗?"

"那里有一辆公路巡逻车。"

"我没看见。"

"真是对不住你。"利瓦伊说。

"别道歉了。"她说,"又不是你让老天下雪的。"

"你爸一定会恨死我的。"

她把他的手抬起来放到嘴边,亲吻着他的指关节。他皱起额头,就像被她吻疼了一样。

凯丝听着雨刮器的声音,透过前挡玻璃看着从外面掠过的一切。

"你确定吗?"又开了几英里,利瓦伊问道,"关于小说写作的事?你确定你是真的写不出来?你在写西蒙和巴兹的时候简直深不可测……"

"他俩不一样。他们是已经存在的角色。我只是把他们搬来搬去而已。"

他点点头。"也许你就像弗兰克·辛纳屈[1]。他的歌并不是自己写的——但他是个天才歌手。"

"我讨厌弗兰克·辛纳屈。"

"好啦，人人都喜欢弗兰克·辛纳屈。"

"他把女人都不当人看。"

"好吧——"利瓦伊在座位上调整了一下坐姿，甩了甩脖子，"不说弗兰克·辛纳屈，那就是像……艾瑞莎·富兰克林[2]。"

"呸。天后。"

"罗伊·阿卡夫[3]？"

"谁？"

利瓦伊笑了，引得凯丝又开始吻他的手指。他疑惑地飞快看了她一眼。

"重点在于……"他轻声地说。在这场暴风雪中，他俩说话都轻声轻气起来。"才能有很多种，也许你的才能就是进行演绎。也许你是自成一派的。"

"你觉得这也算才能？"

"蝙蝠侠不是蒂姆·伯顿创造出来的。《指环王》也不是彼得·杰克逊写的。"

"如果处在合适的位置，你还真是个书呆子。"

他的笑容更灿烂了。卡车开到了一个很滑的地方，他把手抽了回来，但是脸上仍然带着笑意。一个咖啡壶形状的水塔缓缓从车窗外移了过去。现在他们已经到达城区边缘了，这里无论是路上还是沟里，

1　弗兰克·辛纳屈：美国歌手及演员。
2　艾瑞莎·富兰克林：美国流行音乐歌手。有"灵魂歌后"之称。
3　罗伊·阿卡夫：美国乡村音乐歌手。

车都更多一些。

"你还是得写这篇小说。"利瓦伊说。

"为什么？"

"为了提高你的评分等级。为了保住奖学金，你不是得保住平均绩点不下降吗？"

她几天前才把奖学金的事情告诉他。"原来跟我约会的是一个天才，"他当时说，"而且还是一名学者。"

她当然想保住平均绩点不下降。"是啊……"

"那么，写这篇小说吧。你用不着把它写成一部杰作。你用不着成为海明威。你能有第二次机会就很幸运了。"

凯丝叹了一口气。"是啊。"

"我不知道你住在哪里。"他说，"你得给我指路了。"

"小心一点就行。"凯丝边说边迅速靠过去在他光滑的脸颊上吻了一下。

"你不能剃光头。那样看着就跟精神病人似的。"

"可是留着这个发型，我看起来比精神病人还不如。我像个坏人。"

"发型有什么好人坏人之分。"西蒙咯咯地笑着。他俩躺在图书馆里两排书架之间的地板上。巴兹仰面躺着。西蒙用一边肩膀撑在地上。

"瞧瞧我。"巴兹边说边把长及下巴的头发从前额上捋到后面，"每一个鼎鼎大名的吸血鬼都有一个这样的美人尖。我太老套了，就好像我是自己跑到理发师那里，请他给我理一个'吸血鬼德古拉'发型似的。"

西蒙笑得太厉害了，差点就摔倒在巴兹身上。巴兹用那只空闲的手把他推了起来。

"我是说，真的。"巴兹说，仍然把头发捋在后面，努力想要绷着脸，"这就像我脸上的一个箭头。吸血鬼在这里。"

西蒙用力把巴兹的手拍走，然后在他发际线的尖头那里吻了一下，要多温柔有多温柔。"我喜欢你的发型。"西蒙贴着巴兹的前额说道，"真的，真的喜欢。"

——摘自《西蒙，别放弃》
由同人小说网作者魔法凯丝发表于2012年3月

二十七

当他们的车嘎吱嘎吱地开进凯丝家的车道时，凯丝这才彻底松了一口气，两个小时以来她还是第一次这样。

利瓦伊向后靠去，把脑袋靠在椅背上。他伸开手掌，又握起拳头，把手指都伸伸直。"咱们再也别干这种事了。"他说。

凯丝解开自己座位的安全带，溜到他那边，伸出双臂抱住他的肩膀。利瓦伊笑得如此灿烂，她真希望自己刚才不是一时冲动才觉得可以像这样抱他。他的双臂环在她腰上，她抱紧了他，脸紧紧贴着他的外套。

利瓦伊的嘴巴就在她耳边。"你不应该拿自己的生命冒险来回报我，你知道的。想想看这是个什么样的先例吧。"

凯丝把他抱得更紧了。他真好。他真好，她不想失去他。她并不是担心会在州际公路上失去他，而是总体而言的。总而言之，她不想失去他。

"如果只有我一个人的话，在这种天气里要开车回家。"他轻声地说，"那我根本就不会犹豫的。但是我不应该带着你这样。真对不起。"

她摇了摇头。

街道上寂静无声，卡车的驾驶室里已经暗成了深灰色，可是却又被白雪映衬得很亮。过了几分钟，利瓦伊的手摸了摸她的后背，随后又垂了下来。

"凯瑟，"他低语道，"我是真的喜欢你。"

他俩从卡车上下来时，挡风玻璃上已经积了一层雪。利瓦伊拿着她的脏衣服，凯丝也就没再争了。马上要跟她爸爸见面，他很紧张，而她则是为爸爸感到紧张，这就不用多说了。自从圣诞假期以来，她每天都跟他通话，也回家来看望过他。他看起来状态不错，不过他的事很难说……

凯丝打开家门，看见他就在起居室里。屋里的纸张铺天盖地，葱皮纸用胶带在窗帘和墙上贴得到处都是，他所有的创意都分门别类贴在不同的创意桶里。爸爸坐在咖啡桌前，嘴里还在啃着三福记号笔的笔头。

"凯丝。"他微笑着说，"嗨……又到凯丝回家的时候了吗？"他看了一眼窗户，接着又低头看看自己的手腕，不过他手上并没有戴表。接着他看见了利瓦伊，于是停了下来。他从脑袋上摘下眼镜，再重新戴上，站起身来。

"爸，这是利瓦伊，是他开车送我回来的。"这样说可不对，凯丝又说道，"他是，呃……利瓦伊。"

利瓦伊伸出了手。"艾弗里先生，很高兴见到您。"他又在拖长腔调说话了。也许他的口音是紧张时才有的。

"很高兴认识你。"爸爸说道。然后又加了一句："利瓦伊。"

"我很抱歉在这样的天气还带凯瑟出门。"利瓦伊说，"我没想到情况会这么糟糕。"

爸爸的脸上一点反应也没有。他朝窗户看了一眼。"外面乱成一团了吗？我想我一直都没注意……"

利瓦伊几乎是一脸茫然了。他礼貌地微笑着。

爸爸看了看凯丝，这才想起他本来是打算拥抱她的。"你饿了吗？"他说，"到晚饭时间了没？我整天都晕在弗兰肯迷雾里。"

"你们把弗兰肯豆这一单业务给拿下了吗？"她问道。

"还在比稿，总是在比稿。那么，利瓦伊，"他说，"你会留下来吃晚饭吧？"

"哦。"利瓦伊说，"谢谢您，先生，不过我最好还是趁着天没黑透赶回去吧。"

凯丝猛地转过身来。"你在开玩笑吗？你不能在这样的天气开车回林肯去。"

"我不会有事的。"他说，"四轮驱动。防滑链条。还有手机。"

"不行。"凯丝严厉地说，"别傻了。咱们能平安开到这里已经是走运了。你不能回去。"

利瓦伊咬着嘴唇，无助地扬起了眉毛。

爸爸从他俩身边走过，来到门口。"上帝啊。"他在门廊上说道，"她说得对。利瓦伊——我会一直称呼你的名字，直到我记住为止，这样没问题吧？"

"没问题，先生。"

凯丝扯了扯利瓦伊的袖子。"你会留下来的，对吧？"

他紧张地舔了舔下嘴唇。她还不习惯看到他紧张的样子。"是的，女士。"他小声地说。

"那好。"爸爸边说边走回起居室里,"晚饭……"他看起来似乎依然晕在弗兰肯迷雾里。

"我明白了。"凯丝说,"你继续工作吧。看样子你就要想出来了。"

他感激地朝她笑了笑。"谢谢,宝贝。再给我半个小时,我就能理清楚了。"他又转过身看着自己那些概念图了,"利瓦伊,把外套脱了吧。"

凯丝已经在脱雪地靴了,然后把自己的外套挂在钩子上。她又扯了扯利瓦伊的袖子。"把外套脱了吧。"

他照做了。

"来吧。"她边说边走进厨房。这里看起来井然有序。她到爸爸的房间里看了一眼,又去看了看浴室。镜子上没有牙膏写的诗了。

"我很抱歉。"进了厨房以后,利瓦伊说道。

"闭嘴。"她说,"你害得我都紧张了。"

"我应该走的。"

"如果你在暴风雪中开车回家,我会更紧张的。上帝啊,坐下吧。这没关系的,好吗?"

他露出了利瓦伊的标志性微笑:"好吧。"然后在一张凳子上坐了下来。

"在这里看见你,感觉怪怪的。"她说,"就好像,不同的世界碰撞在一起。"

利瓦伊用手指梳着头发,抖下来一点雪。"你爸似乎一点也不在意我。"

"他已经习惯了男孩子来家里。"

利瓦伊翘起一条眉毛。"真的吗?"

"是因为我姐姐……"凯丝说，她感觉到自己的脸颊热热的。

她打开冰箱，显然奶奶来过家里。爸爸那些结了硬壳的调料瓶全都不见了，冰箱里摆着特百惠[1]的饭盒，上面贴着用油性笔写的标签。除此之外还有新鲜的牛奶、鸡蛋和酸奶。她又打开了冷冻室……康之选的即食餐，也许还是凯丝上次回家时看到的那些。

她回过头看着利瓦伊。"你喜欢鸡蛋吗？"

"喜欢极了。"他微笑道，"我特别爱吃鸡蛋。"

有一个特百惠饭盒里装着意大利香肠和红辣椒，凯丝把它们全都倒进平底锅里，打算做水煮荷包蛋。这纯粹是为了显摆。家里有面包可以做吐司。还有黄油。吃这个也很不赖。

"需要我帮忙吗？"利瓦伊问道。

"不用。交给我吧。"她回头看了他一眼，然后低下头微笑地看着灶台，"这一次让我为你做点什么吧。"

"好吧……"他说，"你爸爸在干什么呢？"

她告诉了他。她对他说起该死的凯利和肉汁意式方饺，还说起那一次他们全家去大峡谷度假，结果爸爸却拿着笔记本和记号笔坐在租来的车里。

这些年来，爸爸为很多农业方面的客户工作过，毕竟这里是内布拉斯加，利瓦伊还认出他为某种肥料写的一句广告词来：田地更广阔，前景更光明。来年一定会有大增产。

"原来你爸是广告狂人啊。"他说。

凯丝笑了，利瓦伊似乎有点不好意思。"我的意思不是说他很疯狂。"

---

1 特百惠：塑料保险容器品牌。

他们是在餐厅的桌子上吃的晚餐，吃到中途，凯丝觉得也许自己用不着这么紧张。利瓦伊已经放松下来了，又变回了平日那个认为"人人都喜欢我"的他，只是稍微更有礼貌一点，爸爸似乎也很高兴凯丝回来。

她把鸡蛋做得也无可挑剔。

唯一一个不和谐的音符出现在爸爸问起琳恩的时候。凯丝耸了耸肩，把话题岔开了。他似乎并没有注意到这一点。今天晚上他有点烦躁不安，总是在用手指敲东西，还有一点冷淡，不过凯丝认为他只是对工作太沉迷了而已。他的气色不错，他对她说自己每天早晨都去跑步。每过一会儿，他似乎还会醒过神来打量利瓦伊一眼。

吃过晚餐以后，利瓦伊坚持要收拾桌子并且清洗碗碟。他刚一走进厨房，爸爸就靠了过来。"那个是你男朋友？"凯丝转了转眼珠，不过还是点了点头。

"有多久了？"

"一个月。"凯丝说，"差不多吧，也许更久。我也说不清。"

"他多大了？"

"二十一。"

"他看起来不止二十一……"

"那是因为他的头发。"

爸爸点点头。"他似乎人挺好。"

"他人可好了。"凯丝尽量诚恳地说，希望他能相信自己，"他是个好男人，我发誓。"

"我都不知道你跟艾贝尔分手了。"

利瓦伊洗好碗碟以后——是凯丝负责擦干的——他俩打算看一部电影，不过当她开始把爸爸那些纸张从沙发上挪走时，他皱起了眉头。

"你们俩介意上楼去看电视吗?我保证,凯丝,明天一天我都听你的。我只是……"

"好啊,"她说,"别弄得太晚,好吗?"

他笑了一下,不过已经转过脸去看着自己的笔记本了。

凯丝看着利瓦伊,脑袋朝着楼梯的方向偏了一下。上楼梯时,她感觉到他就跟在自己身后,她的胃一路上都是收紧的。到了楼上,利瓦伊碰了碰她胳膊的后面,她却从他身边闪开,进了自己的卧室。

这会儿在她的想象里,透过他的视角,这里看起来就像个小孩子的卧室。房间很大,占了二楼的一半地方,屋顶是倾斜的,地上铺着深粉色的地毯,还摆着两张一模一样的奶油色四柱床。

墙壁和天花板的每一英寸地方都贴着海报和图片。长大以后,她和琳恩从来没有把哪幅画撕下来过。她们只是把新的东西继续往上贴。这就是破旧寒酸的西蒙·斯诺式风尚。

凯丝抬起头来看着利瓦伊,发现他的双眼在闪闪发光,同时还在咬着下嘴唇。她推了他一把,他忍不住哈哈大笑起来。

"这是我见过最可爱的卧室。"他说。

她叹了一口气。"好吧……"

"不,说真的。我觉得这个房间应该永远保持原样,好让未来的人知道二十一世纪的少女是什么样的。"

"我懂。"

"哦,天哪!"利瓦伊说,还在咯咯地笑着,"我受不了了……"他开始往楼下走去,接着,片刻之后,他又上楼来了,再一次大笑起来。

"好啦。"凯丝边说边走到自己的床边,背靠着床头坐了下来。她的被子是粉绿相间格子呢的,枕套是西蒙·斯诺的。她的头顶上方挂着一个三丽鸥[1]的饰品,像个捕梦网一样。

利瓦伊溜达过来,在她的床中间坐下了。"你现在的样子简直可爱极了,我觉得有必要在纸上戳个针眼来看看你。"

她白了他一眼,利瓦伊把脚跷上来,挤到她的两腿之间,这样他俩的腿就在小腿的地方交叉在一起了。"我还是不敢相信你爸才第一次见我就让我到你房间来了。他对我的全部了解仅限于我在暴风雪的天气带你出门而已。"

"他就是这样的。"凯丝说,"他从来不会对我们管得太严。"

"从来不?哪怕是在你们小的时候?"

"嗯。"她摇了摇头,"他相信我们。再说了,你看见他的模样了。他总是神思恍惚的。"

"嗯,等你见到我父母的时候,可别指望我妈会让咱俩离开她的视线。"

"我想芮根一定很喜欢这样。"

利瓦伊的眼睛睁大了。"相信我,我妈和芮根之间的关系一点也不好。芮根的姐姐高三那年怀孕了,我妈相当肯定这种事是会遗传的。她用整个祈祷圈对着我们发功。当她发现我们分手的时候,她简直要高举双手感谢上苍了。"

凯丝不自在地笑了笑,拖过来一个枕头放在腿上,用手在枕套上一扯一扯的。

"我说到芮根会让你不高兴吗?"他问道。

"是我先提起她的。"

"是吗?"

---

1 三丽鸥:一家日本公司,设计及生产Hello Kitty及其他卡通人物产品。

"算是吧。"凯丝说,"再跟我说一些你妈妈的事。"

"我终于把你带到了房间里,可是现在咱俩谈的却是我的前女友和我妈。"

凯丝低头看着枕头笑了。

"嗯……"他说,"我妈妈是在牧场里长大的。她会缝被子,在教会里很活跃。"

"哪种教派?"

"浸礼会。"

"她叫什么名字?"

"玛丽斯。"他说,"你妈妈叫什么?"

"劳拉。"

"她是什么样的人?"

凯丝挑起眉毛,耸了耸肩。"她以前是个艺术家。我是说,也许她现在也还是艺术家吧。她和爸爸是大学刚毕业时在一家广告公司里认识的。"

他用一只膝盖在她的膝盖上撞了一下。"然后呢……"

凯丝叹了一口气。"然后她并不想结婚,也不想怀孕什么的。他俩甚至都不算正儿八经在约会,她当时想去明尼阿波利斯或者芝加哥找份工作……可是她怀孕了。我想这事在她家里也是遗传的,因为一代又一代的人都怀孕了。于是他俩就结了婚。"凯丝抬起头来看着他,"这可是一劫。她连一个孩子都不想要,两个孩子实在是有惊无喜。"

"你怎么知道这些的?是你爸告诉你的吗?"

"她自己对我们说的。她认为我们应该知道她究竟是个什么样的人,以及她是怎么沦落到这么一个可悲境地的。我想,这样的话,我们就不会犯下同样的错误了。"

"她希望你们吸取什么教训？"

"我不知道。"凯丝说，"离男人远远的？或者只是'记得戴套'，要不就是'离那些不知道怎么使用安全套的男人远远的'。"

"听你这么一说，我还是挺感激祈祷圈的。"

凯丝笑了半声。

"她是什么时候离开的？"他问道。他已经知道她妈妈离开的事了。凯丝曾经跟他大致说过一次，向他暗示她不想说得太细。可是现在……

"在我们八岁的时候。"她说。

"你知道她要走吗？"

"不知道。"凯丝抬起头来看着他，"我想谁都不知道她要走。我是说，当你还是个小孩子的时候，你不会想到妈妈会离开，不管发生什么事，你明白吧？就算你觉得她不喜欢你。"

"我相信她是喜欢你的。"

"她走了。"凯丝说，"再也没有回来。谁会干出这种事？"

"我不知道……觉得自己不完整的那种人吧。"

凯丝感觉到泪水在眼眶里打转，她努力想把泪水给眨掉。

"你想她吗？"利瓦伊问道。

"不想。"凯丝轻声地说，"我一点儿也不在乎她。我想念琳恩。"

利瓦伊把腿抽了回来，探过身子爬到凯丝床上，在她身边坐了下来。他用胳膊搂住她的肩膀，把她拉进自己怀里。"好了吗？"

她点点头，迟疑地靠在他身上，仿佛不知道要怎么靠上去才好。他用大拇指在她肩膀上画着圈。

"你瞧。"他说,"我一直想说,这个房间就像西蒙·斯诺在这里吐过一样……不过更像是别人把西蒙·斯诺给吃了下去——就是有人去吃了'撒开了随便吃'的西蒙·斯诺自助餐——然后又在这里吐了一场。"

凯丝大笑起来。"我喜欢这样。"

"我可没说我不喜欢。"

只要他俩在说话,气氛就会很轻松,而利瓦伊总是在说个不停。他跟她说起了四健会[1]。

"四健是指哪些?"

"健全头脑、健全心胸、健全双手、健全身体。南奥马哈都没有四健会吗?"

"有的,不过它指的是贱命、贱歌和贱人别做贱事。"

"好吧,听到这话我很遗憾。你错过了很多次参加兔子饲养比赛的机会。"

"你还养兔子?"

"获奖的兔子。"他说,"有一年还养过一头母猪。"

"你简直像是在另一个星球长大的。"

"健全头脑、健全心胸、健全双手、健全身体……这真的很棒,你不觉得吗?"

"你在什么地方跟兔子一起拍过照片吗?"

"还是系着一等奖的蓝丝带拍的呢。"他说。

"我也许得弄一个针孔相机来看这些照片了。"

---

1 四健会:美国农业部的农业合作推广体系所管理的一个非营利性青年组织。

"你在开玩笑吗？我那么可爱，你得戴上3D的眼镜。哦，嗨，我刚刚才记起四健会的公约：'我愿以至诚，为我个人，为我的家庭，为我的四健会，为我的乡村，为我的国家和其他自由国家，训练我具有：健全的头脑，以运用思想；健全的心胸，以发展品性；健全的双手，以改善生活；健全的身体，以服务社会。'"

凯丝闭上了眼睛。"你说的眼镜在哪里？"

接着他又跟她讲起了农产品评比展览会。更多的兔子，更多的母猪，外加认认真真做了一年巧克力布朗尼。他还给她看了手机里他那四个金发姐妹的照片。

凯丝实在记不住她们的名字，全都是来源于《圣经》里的。"是《旧约全书》。"利瓦伊说。他有一个妹妹跟凯丝一般大，另一个妹妹仍然在念高中。

"你不觉得这事很吓人吗？"

"什么事？"

"和一个跟你妹妹同龄的人约会。"

"跟我自己的妹妹约会才会吓坏我。"

"我还不到二十岁呢。"

他耸耸肩。"你已经成年了。"

她推了他一把。

"凯丝，我只不过比你大两岁半而已。"

"以大学年龄算，"她说，"这就像十岁一样。"

他翻了个白眼。

"我爸以为你三十岁了。"

他缩起下巴。"不是吧……他真的这么以为？"

她咯咯地笑了起来。"不是。"

利瓦伊看见她有西蒙·斯诺的《电影猜猜看》游戏,就坚持要一起玩。凯丝原本以为自己会让他一败涂地,可是他的记忆力简直好得不正常,而且所有的问题都是关于电影的,跟书没有关系。

"关于同性恋的问题一个都没有,这可真是可惜。"利瓦伊说,"如果我赢了,希望你能给我做个蓝丝带。"

到了午夜时分,凯丝想起楼下的爸爸来,想到他应该好好地睡一会儿。

"你累了吗?"她问利瓦伊。

"我也有帐篷床可以睡吗?"

"这叫四柱床,你没有。你只能睡沙发。要是我跟我爸说你累了,他就不得不停手了。"

利瓦伊点点头。

"你需要睡衣什么的吗?"

"我穿着自己的衣服睡就行,反正只有一个晚上。"

她找了一支多余的牙刷给他,又翻出一条干净床单,然后拿起了她的一个枕头。

他俩到楼下的时候,纸张比刚才又多了许多。不过她爸爸大度地把沙发清理了出来,又在凯丝的额头上吻了一下。她让他保证不在自己的卧室里继续工作——"别叫我在外人面前对你吼。"凯丝把床单在沙发上铺好,利瓦伊从浴室里出来的时候,他的脸和前面的头发都是湿漉漉的,她把枕头递给了他。他将枕头放在沙发上,对着她咧开嘴笑了。

"你还需要什么东西吗?"她问道。

他摇摇头。凯丝向后退了一步,手却被他握住了。她用手指从他的掌心拂过,然后把手抽了回来。

"晚安。"她说。

"晚安，甜心。"

凌晨三点，凯丝醒了，她的头脑无比清醒，心也跳得飞快。

于是她踮着脚尖下了楼，不过她知道楼梯还是会嘎吱作响的。

她从厨房里走过，看看炉子是不是关了，后门是不是锁了，一切是不是正常……

爸爸房间的门没有关，她站在走廊里，直到听见他的呼吸声才走开。接着她又尽量轻手轻脚地从沙发旁边经过。前门是锁好的。窗帘是拉上的。一辆扫雪机沿着他们这条街开了过去。

她转过身来，发现利瓦伊用胳膊肘把自己撑了起来，正在看着她。

他已经脱下了毛衣，身上穿着一件宽松的白T恤。他的头发乱糟糟的，双唇微启，睡眼惺忪。

健全头脑，健全心胸，健全双手……

"怎么啦？"他轻声说道。

凯丝摇了摇头，赶紧上楼去了。

利瓦伊早饭前就得动身，他要赶回星巴克去。吉姆·弗劳尔斯——她爸爸最喜欢的天气预报员——说路上的情况已经好多了，不过大家还是应该"开慢一点"。

爸爸说星期天他会开车送凯丝回学校，可是利瓦伊看了看那辆困在雪中的本田车，说他再开回来也并不麻烦。

"这么说……"爸爸说道。他俩站在门廊上，看着利瓦伊的卡车转过了街角。"他就是你的新男朋友。"

她点点头。

"还是迫切地想搬回家吗?还想转到奥马哈分校?把你这辈子都用来照顾你这个精神不稳定的老爸?"

凯丝从他身边挤了过去,走进起居室。"吃早餐吗?"

这个周末很美好。凯丝给《别放弃》更新了五千字,还吃了鱼肉玉米饼卷小萝卜和卷心菜丝。爸爸后来只提了两次琳恩。星期天的下午,利瓦伊回来了,两步并作一步地跑上门前的台阶。

一个红色的小球在哈姆德拉姆的手里弹来弹去。

西蒙曾经走到哪儿都把这个球带着,起码带了一年。来到沃特福德以后,这个球就丢了。他已经不再需要它了。

"你在说谎。"西蒙说,"你才不是我,你也不是我的一部分。"

"我是你剩下的东西。"哈姆德拉姆说。西蒙敢说自己的嗓音从来都没有这么高、这么甜。

——摘自《西蒙·斯诺与第七棵橡树》第二十三章

杰玛·T.莱斯利2010版权所有

二十八

"天哪，凯瑟，如果你想暂停一下，就对我直说无妨。"

利瓦伊躺在她宿舍的床上，刚刚在对她说，他要回家几天参加姐姐的生日派对。可是凯丝并没有说"我会想你的"，甚至连"玩得开心"也没说，而是说"哦，那太好了"。

"我不是这个意思。"她道歉说，"我只是想，我爸这个周末要去塔尔萨，所以他不需要我。如果你要回家的话，那么你也不需要我，这就意味着我整个周末都能写作。《别放弃》我已经落下太多了……"

落下太多。节奏也太乱。

要是凯丝没有每天都更新小说——起码写一点点——的话，她就会乱了头绪，没了动力，最后写起长篇大论的对话来，情节却依然在原地踏步，又或者是写巴兹和西蒙把对方脸上各个细节都熟记于心的场景。这些场景在评论者当中异常受欢迎，可是它们对于推动情节却毫无帮助。

"我还是需要你的。"利瓦伊逗她道。

接下来又是一段长篇大论但却毫无进展的对话，其间她努力想把他脸上的每一个细节都记在心里。（你以为这很容易，其实不然；因为它们总是动来动去的。）当时她差点就吻他了……

那天下午，他在出城之前顺路过来跟她道别，她又一次差点吻了他。凯丝站在人行道上，利瓦伊则从卡车的驾驶室里探身出来，这个时候迎上去吻他一下简直轻而易举，也没什么危险，因为他在卡车里不能下来，而且马上就要出城去了。所以情况不会一发而不可收拾，更不会因此而引出别的事端。不会有别的事了。

要是凯丝吻了他——要是她让利瓦伊知道他可以吻她——她就不会到现在还靠着去年十一月那个半睡半醒之间的吻过活了。

利瓦伊动身去阿诺德已经过了六个小时，凯丝给《西蒙，别放弃》写了两千字。今天晚上的进展如此神速，她在考虑明天休息一天，开始写她的小说写作作业——没准她还能写完呢。等到利瓦伊周日回来的时候，要是她能对他说那篇小说已经写完了，那一定很棒。

凯丝靠在椅子上，伸直了胳膊，门猛地开了，芮根闯了进来。凯丝一点都没有被吓到。

"哎呀，瞧瞧谁在这里。"芮根说，"就她一个人孤孤单单的。你不是应该跟我们'阿诺德之光'到什么地方去黏在一起吗？"

"他回家为姐姐过生日去了。"

"我知道。"芮根走到自己的衣橱前，站在那里，做沉思状，"他本来还想叫我搭车跟他一起回去呢。这个男生太害怕孤独了。"

"他也想叫我跟他一起回去。"凯丝说。

"去了以后你住哪儿？"

"这事他还没想好。"

"哈！"芮根边说边松开了戴在脖子上的橄榄花园领带，"我倒很愿意为了这事回阿诺德一趟，看看你跟玛丽斯见面的情形。"

"她真有那么糟糕?"

"也许现在不是这样了吧。我替你把她训练好了。"芮根把身上那件领尖有纽扣的衬衣从头上脱下来,伸手拿了一件黑色的毛衣。她的文胸是亮紫色的。

这个。正是因为凯丝总是会想起这种事情,所以她才一直没有吻利瓦伊。看到他前女友的鲜艳内衣,清清楚楚地知道是谁把他给训练好了。要是凯丝没有这么喜欢芮根该多好……

芮根穿过房间走到凯丝这边来,低下头,把头顶伸到凯丝的面前。"我的头发有香蒜面包的味儿吗?"

凯丝小心翼翼地吸了一口气。"不算难闻。"

"该死。"芮根说着站直了身体,"我没时间洗头了。"她在门后面的镜子前把头发甩开,然后拿起她的手提包。"好了,"她说,"如果不发生什么错得离谱的事情,今天晚上应该是只有你一个人在宿舍。别干出什么我不会做的事情来哦。"

"我还没沦落成那样。"凯丝干巴巴地说。

芮根哼了一声,出门去了。

凯丝对着房门皱起眉头。不许吃醋。这一条已经规定过了,不过凯丝还想再规定一条,只针对她自己:不要拿自己跟芮根比。那就像用苹果去比……葡萄柚。

几分钟之后,她的手机响了,凯丝忘掉仅存的一点妒意,露出了微笑。利瓦伊睡觉前应该会给她打电话的。她拿起手机正要接听,却看见屏幕上出现的是琳恩的名字。琳恩。

圣诞假期以来,她和琳恩一直没有说过话,连短信也没发过。这样大概有三个月了。这会儿琳恩打电话给她干什么?也许是打错了吧。也许又把她当成考特尼了。

凯丝把电话拿在手里盯着看,仿佛在等它给她一个解释。

铃声不响了。凯丝看着电话。它又响了起来。

还是琳恩。

凯丝按下了接听键,把电话举到耳边。"喂?"

"喂?"这不是琳恩的声音,"凯瑟?"

"是我。"

"谢天谢地。我是……你妈妈。"

你妈妈。凯丝把耳朵从电话旁挪开了。

"凯瑟?"

"是我。"凯丝有气无力地说。

"我跟琳恩一起在医院里。"

你妈妈。凯瑟。

琳恩。

"怎么了?她没事吧?"

"她喝得太多了。有人——说实话我真的什么也不知道——有人把她丢在这里。我以为你也许会知道呢。"

"不,"凯丝说,"我不知道。我就来。你在医院?"

"圣伊丽莎白医院。我给你爸爸打过电话了。他正在乘飞机赶回来。"

"好的。"凯丝说,"我就来。"

"好。"劳拉说,"那就好。"

凯丝点点头,依旧把手机拿得离耳朵远远的,然后垂下手把它放在腿上,按下了挂机键。

是芮根回来接她去的。凯丝先给利瓦伊打了电话。倒不是因为她觉得他能帮得上忙,他离这儿有四个小时车程呢——而是因为她想回家。捉迷藏游戏里的那种家。意味着安全的那种家。利瓦伊没有接电话,于是她给他发短信把情况大概说了一下:"琳恩进医院了"。然后她给爸爸打了电话,可是他也没有接。

芮根知道圣伊丽莎白医院的地址,她在医院大门口把凯丝丢了下来。"需要我陪着你吗?"

"不用了。"凯丝说,她指望芮根能够看穿她的心思。可是芮根没有,她开着车走了。凯丝在旋转门里站了一会儿,感觉自己好像没法把门推过去似的。

现在是晚上了,医院里多数地方都锁着门。服务台没有人,主电梯也关闭了。凯丝最后终于找到了急诊室,那里的一位工作人员告诉她,琳恩已经被送到楼上去了。那人打发凯丝走进了另外一条空无一人的走廊。踏出电梯,她总算是来到六楼了,可是她也不知道自己在找什么。

凯丝试图想象出劳拉的样子,但她能记得的只有妈妈在全家福照片里的模样。褐色的长头发,褐色的大眼睛,手上戴着银色的戒指,穿着褪色的牛仔裤。在她的婚礼那天,她穿的是一件简简单单的黄色背心裙,那已经是一个兆头了。

那个女人不在这里。

候诊室里空荡荡的,只有一个金发的女人坐在角落里,双手握拳放在腿上。凯丝走进来的时候,她把头抬了起来。

"凯瑟?"

凯丝花了好几秒钟才把这些线条和色彩还原成她觉得自己也许会认得的那张脸。在这几秒钟的时间里,一部分凯丝朝着那个金发的陌生女人奔去,双臂抱住她的大腿,把脸贴在她的肚子上。另一部分凯丝在尖叫，能多大声就多大声。还有一部分凯丝放火烧了全世界，只为了看着它被焚毁殆尽。

那个女人站起身来，朝着凯丝走过来。

凯丝站在原地一动也没动。

劳拉从她身边走过，去了护士站，小声地讲了几句。

"你就是那个妹妹？"护士抬起头来问道。

凯丝点点头。

"我们有几个问题要问你。"

凯丝尽力回答了他们的问题。她不知道琳恩刚才喝了什么。她不知道她去过哪里，也不知道她是跟谁一起。

其他那些问题问的都是凯丝觉得自己不应该在陌生人面前回答的事情——在劳拉面前。她就站在那里，看着凯丝的脸，仿佛在做记录似的。凯丝无助地看着她，一脸戒备的表情，于是劳拉又回到角落里。琳恩经常喝酒吗？是的。她经常烂醉如泥吗？是的。她以前昏厥过吗？有过。她还吸食其他毒品吗？我不知道。她有没有在服药？避孕药。你有医保卡吗？有。

"我能见见她吗？"凯丝问道。

"现在还不行。"护士答道。

"她没事吧？"

"我不是她的护士，不过医生刚才把情况告诉你妈妈了。"

凯丝回过头看着劳拉，看着妈妈，看着这个心烦意乱、眼神疲惫、穿着昂贵牛仔裤的金发女人。凯丝走过去，坐在她对面，让自己的情绪稳定下来。这不是久别重逢，这什么都不是。凯丝是为了琳恩才来的。

"她没事吧？"

妈妈把头抬了起来。"我想没事吧。她还没有醒。几个小时以前，有人把她丢在急诊室里，然后离开了。我猜她当时有点……呼吸不畅。我真的不知道怎么会这样。他们在给她输液。现在就是时间的问题了。等着吧。"

劳拉的发型是长一些的波波头，垂到下巴底下的头发就像两只尖尖的翅膀。她穿着一件笔挺的白衬衣，手上戴了好多戒指。

"他们怎么会打电话给你的？"凯丝问道。也许这话问得不太礼貌，不过她却并不在意。

"哦。"劳拉说。她伸手到一个米色的蔻驰包里拿出琳恩的手机，隔着过道递了过来。

凯丝接过手机。

"他们看了她的通讯录。"劳拉说，"他们说总是第一个打电话给妈妈的。"

妈妈。凯丝心里想着这个词。

她拨通爸爸的号码，电话直接转到了语音信箱。她站起身来，走了几步，和劳拉隔开几把椅子，想保留一点隐私。"爸，我是凯丝，现在人在医院，还没有见到琳恩。等我有了进一步的消息再打电话给你。"

"我早前跟他通过话。"劳拉说，"他在塔尔萨。"

"我知道。"凯丝说，她低头看着手机，"他为什么不打电话给我呢？"

"我……我说我会打给你。他得打电话给航空公司。"

凯丝又坐了下来，但并不是在劳拉的正对面。她已经没有什么话要跟她说了，也不想再听她说什么。

"你——"劳拉清了清嗓子。她每说一句话都仿佛没法一口气说完似的。"你们俩看起来还是这么像。"

凯丝猛地抬起头来看着她。

可是却好像根本没有在看任何人。

接着又好像在看这样一个人。当你从噩梦中醒来时,会期待着她来安慰你。

以前每当利瓦伊问起她妈妈的事,凯丝总是说自己不太记得了。事实也的确是这样。

可现在不是了。此刻,凯丝坐在离劳拉这么近的地方,她脑海里似乎有一扇隐秘的小门被打开了。她能够清清楚楚地看见,妈妈坐在餐桌的另一头,正为了琳恩说的什么话而哈哈大笑,于是琳恩就一直一直说,妈妈就一直一直笑。她的笑声是通过鼻子发出来的。她有一头黑发,她会把记号笔塞进马尾辫里,她什么东西都会画。花儿、海马、独角兽。她要是被惹火了,跟她们说话时就会很凶。她还会打响指,边讲电话边打响指,啪,啪,啪。她还会正颜厉色、龇牙咧嘴地说"嘘"。她在卧室里,对着爸爸大喊大叫。她在动物园里,帮着琳恩去追孔雀。她在擀面团,准备做姜饼。她讲着电话打着响指。她在卧室里大声怒吼。她站在门廊上,一遍又一遍地将凯丝的头发捋到耳后,用又长又扁的拇指抚摸着她的脸庞,许着她并不会遵守的诺言。

"我们是双胞胎。"凯丝说。她再也想不出比这更愚蠢的回答了。可是当"你们俩看起来还是这么像"这话是从一个妈妈嘴里说出来的时候,她就只配得到这样的回答。

凯丝拿出手机给利瓦伊发短信。"我在医院,还没有见到琳恩。酒精中毒。我妈也在。明天给你打电话。"接着她又输入道,"幸好你读到这条短信时——终于读到这条短信时——身在别处,这样会让我感觉好一些。"手机的电量指示变红了。

劳拉也拿出了手机。（为什么凯丝要叫她劳拉？小的时候，凯丝甚至不知道妈妈叫什么名字。爸爸叫她"宝贝"——神色不安、精神紧张、小心翼翼地——"宝贝"，而妈妈则叫他"亚特"。）劳拉也在发短信，也许是发给她丈夫吧，不知道为了什么，这让凯丝很生气。因为她在给人家发短信。因为她在显摆自己的新生活。

凯丝抱起双臂，看着护士站。她觉得眼泪就要流出来了，于是告诉自己，这是因为琳恩，其中一些眼泪也确实是为琳恩而流的。

她们等着。

继续等着。

但是并没有在一起等。

劳拉起身去过一次洗手间。她走路的姿势跟琳恩很像，臀部扭来扭去，边走边把头发从脸上甩开。"你想喝点咖啡吗？"她问道。

"不用，谢谢。"凯丝说。

劳拉走了以后，凯丝又给爸爸打了电话。要是他接听的话，她敢肯定自己一定会哭得更凶，没准还会叫他"爸爸"。可是他没有接电话。

劳拉带回来一瓶水，放在凯丝身旁的桌子上。凯丝没有打开。

护士们对她俩视而不见。劳拉翻着一本杂志。这时一位医生从里面走出来，进了候诊室。她俩都站了起来。

"艾弗里夫人？"他看着凯丝的妈妈说道。

"她怎么样了？"劳拉说。凯丝觉得她答得很熟练。

"我想她会没事的。"医生说，"她的呼吸很平稳，摄入氧气的情况也正常。给她输的液她都吸收了。几分钟之前，她稍微清醒了一点，跟我说了几句话。我想她只是受了点惊吓而已……有时候受点惊吓也是值得的。"

"我可以见她了吗？"凯丝问道。

医生转过头来看了看凯丝。她几乎能听到他的心里在说双胞胎。"可以。"他说，"这应该没问题。我们还要给她做一项检查。等做完以后，我让护士出来叫你。"

凯丝点点头，又一次交叉起双臂抱在腹部。

"谢谢你。"劳拉说。

凯丝回到椅子上坐下来等，可是劳拉却依然站在护士站旁边。过了一小会儿，她走到自己刚才坐的椅子旁，拿起蔻驰包，把一张用过的纸巾塞进口袋里，紧张地捋平了包上的皮带。

"那么，"她说，"我想我要回家了。"

"什么？"凯丝猛地抬起头来。

"我该走了。"劳拉说，"你爸很快就会到的。"

"可是——你不能走。"

劳拉把手提包挎到胳膊上。

"你听见医生的话了。"凯丝说，"咱们再过一会儿就能见她了。"

"你去看她吧。"劳拉说，"你应该去。"

"你也应该去。"

"你真的希望我去吗？"劳拉的声音很刺耳，凯丝有点被她吓到了。

"这是琳恩希望看到的。"

"别那么肯定。"劳拉说，听起来她似乎又累了，用手捏着自己的鼻梁，"你看……我不应该在这里的。他们打电话给我纯属偶然。现在你来了，你爸也快到了——"

"你不能这样把人孤零零地丢在医院里。"凯丝说。她激动得脸都红了。

"琳恩不是一个人。"劳拉丝毫不为所动,"有你陪着她呢。"

凯丝一下子站了起来,身体摇晃了几下。不是琳恩,她在心里说道,我说的不是琳恩。

劳拉把手提包的带子又往上拉了一些。"凯瑟——"

"你不能就这样一走了之……"

"这才是明智之举。"劳拉压低声音说道。

"这是哪个平行世界里的道理?"凯丝觉得气血上涌,简直就像一个瓶塞快要从喉咙里爆出来了似的,"哪门子的妈妈会看都不看孩子一眼就离开医院?哪门子的妈妈会这样离开?琳恩还不省人事呢。要是你认为这事跟你一点关系都没有,那你就是在逃避深层次的现实。我就在这里,你已经十年没有见到我了,可你竟然要走?现在就走?"

"别把矛头指向我。"劳拉怒气冲冲地说,"显然你根本不希望我在这里。"

"我是在怪我自己。"凯丝说,"需要你或是不需要你都跟我没有关系,讨你喜欢也不是我要考虑的事情。"

"凯瑟——"劳拉的嘴抿得紧紧的,两只手也攥得紧紧的,"我主动联系过你。我尝试过的。"

"你是我妈妈。"凯丝说。她的拳头攥得更紧了,"再努力一点试试看。"

"现在谈这事不是时候,也不是地方。"劳拉的声音很温和,却也很坚定,她拉扯着自己的手提包,"我以后再跟琳恩谈。我也很乐意以后再跟你谈。我很想跟你谈谈,凯瑟。但是我现在不能待在这里。"

凯丝摇了摇头。"以后就不用谈了。"她脱口而出，却又觉得说得不够明白。她希望自己能多说几个字，或者措辞更好一些。"以后就永远不用谈了。"

劳拉扬起下巴，将头发从脸上甩开。她不要再听了。她才是满不在乎的那一个。"我不该待在这里，"她又说了一遍，"我不会像这样介入进来的。"

说完她就走开了。昂首挺胸，臀部扭来扭去。

他要把自己看到的情景告诉大法师。

我终于见到哈姆德拉姆了，先生。我知道我们在跟谁作战。我自己。

"你剩下的东西。"那个恶魔是这么说的。

我剩下的东西是什么？西蒙想不出。一个幽灵？一个空洞？一声回响？

一个愤怒的、紧张到双手发抖的小男孩？

——摘自《西蒙·斯诺与第七棵橡树》第二十四章

杰玛·T.莱斯利2010版权所有

二十九

又过了一个小时,护士才回来。凯丝把那瓶水打开喝了。她用衬衣擦了擦脸,觉得这间候诊室比圣理查德的那间真是舒服多了。她想玩玩手机,可是它已经没电了。

护士走出来的时候,凯丝站了起来。"你是来看琳恩·艾弗里的吗?"

凯丝点点头。

"现在你可以进来了。你想等你妈妈一起吗?"

凯丝摇摇头。

琳恩的病房里只有她一个人。房间里很黑,她的眼睛是闭着的,凯丝看不出她是睡着还是醒着。

"我有什么需要注意的吗?"凯丝对护士问道。

"不需要,她现在只是在休息。"

"我们的爸爸很快就到。"凯丝说。

"好的。到时候我们让他进来。"

凯丝慢慢地、轻轻地在琳恩床边的椅子上坐了下来。琳恩的脸色很苍白。她的脸颊上有一块黑斑，也许是淤青吧。她的头发比圣诞节的时候长了一些，垂下来挡住了眼睛，卷卷曲曲地簇拥在她的脖子周围。凯丝把她的头发拨到了后面。

"我没睡，你知道的。"琳恩小声地说。

"你的酒醒了没有？"

"还没完全醒，昏昏沉沉的。"

凯丝又一次把琳恩的头发捋到后面，仿佛是在安慰她。反正这个动作对凯丝来说是一种安慰。"出什么事了？"

"不记得了。"

"谁把你送来的？"

琳恩耸了耸肩。她的胳膊上在进行静脉注射，还有个东西绑在她的食指上。离近了一闻，似乎有呕吐物的味道，还有琳恩的味道——汰渍洗衣液和马克·雅可布牌罗兰女士香水的味道。

"你没事吧？"

"晕乎乎的。"她说，"觉得恶心。"

"爸爸在路上了。"

琳恩呻吟了一声。

凯丝抱起双臂撑在床垫的边缘，把脑袋枕在胳膊上，松了一口气。"不管是谁送你进的医院，"她说，"幸好他们把你送来了。我……很抱歉。"

抱歉我不在你身边，抱歉你不想要我陪着你，抱歉我早先不知道该如何阻止你。

此刻，她和琳恩待在一起，琳恩也没有什么大碍了，凯丝这才意识到自己有多疲惫。她把眼镜塞进外套的口袋里，又把头枕在了胳膊上。就在她正要迷迷糊糊睡去的时候——也可能是在她刚刚睡着的时候——她听见了琳恩的啜泣声。凯丝抬起头。琳恩在哭。她闭着眼睛，泪水淌下来流到她的头发上。凯丝简直都能感觉到自己的头发痒痒的。"怎么啦？"

琳恩摇了摇头。凯丝用手指抹去琳恩的眼泪，又在衬衣上擦了擦手指。

"要我去叫护士来吗？"

琳恩又摇了摇头，开始在床上挪动身体。"到这儿来。"她说，同时腾出一块地方。

"你确定吗？"凯丝问道，"我可不希望你为了我而被自己的呕吐物给呛住。"

"没什么可吐的了。"琳恩小声说道。

凯丝踢掉靴子，爬过床上的栏杆，在琳恩为她腾出来的地方躺了下来。她小心地把胳膊放到琳恩的脖子下面。"来。"凯丝说。

琳恩背对着她蜷作一团，头靠着凯丝的肩膀。凯丝尽量解开了绕在琳恩胳膊上的管子，然后紧紧地握住她的手。琳恩的手黏乎乎的。

琳恩的肩膀还在一抖一抖的。

"好了。"凯丝说，"没事了。"

凯丝努力想让自己不要比琳恩先睡着，可是房间里很暗，她也很累了，眼前的一切都模糊起来。

"哦，天哪。"她听见爸爸说道，"哦，琳恩，宝贝。"

凯丝睁开眼睛，爸爸正在俯下身亲吻她俩的前额。凯丝小心地坐了起来。

琳恩双眼还肿着,但却是睁开的。

爸爸站直了身体,把手放在琳恩的脸颊上。"上帝啊。"他摇着头说道,"孩子。"

他穿着灰色的正装长裤和浅蓝色的衬衣,衬衣已经从裤子里跑了出来。他的领带是橘色底上印着白色星爆图案的,被他塞进了口袋里,却又露出来垂在外面。这是他做讲演的打扮,凯丝心里想道。

她习惯性地看了看他的眼睛。那双眼睛虽然疲惫不堪、闪闪发亮,但眼神却很清澈。

这时凯丝才觉得自己已经不堪重负,突然之间——尽管出事的并不是她——她向前靠过去抱住了他,把脸贴在他那件穿脏了的衬衣上,直到听见他心跳的声音。他抬起胳膊来抱着她,很温暖。

"好了。"他粗着嗓子说道。凯丝感觉到琳恩握住了她的手。"没事了。"爸爸又说道,"咱们都没事了。"

"琳恩用不着住院。你在家里多休息、多喝水就行了。"医生说。

真正的家。奥马哈。"你跟我一起回去。"爸爸说,琳恩并没有争辩。

"我也回去。"凯丝说,他点了点头。

护士拔掉琳恩的静脉注射,凯丝扶着她去了洗手间,当她趴在洗脸池上干呕的时候,凯丝在给她拍背。接着,凯丝又帮着她洗了脸,让她换回自己的衣服:牛仔裤和紧身背心。

"你的外套呢?"爸爸问道。琳恩只是耸了耸肩,凯丝脱下自己的开衫递给她。

"上面有汗味。"琳恩说。

"那也是你现在身上最好闻的味道了。"凯丝答道。

他们得等琳恩的出院手续办完才能走。护士问她是否愿意跟戒瘾专家谈一谈,琳恩拒绝了。爸爸皱了皱眉。

"你吃饭了吗?"凯丝问他。

他打了个哈欠。"咱们开车会路过免下车餐厅的。"

"我来开车。"凯丝说。

昨天晚上爸爸本来想从塔尔萨飞过来,可是航班要到今天下午才有,结果他只好租了一辆车——"凯利把公司的信用卡给了我"——然后开了七个小时。

护士把出院单拿来了,并且告诉琳恩,她必须坐轮椅离开医院。"这是规定。"

琳恩抱怨起来,可爸爸却只是站在轮椅后面说:"你是想吵架还是想回家?"

护士打开电动门让他们出去,外面就是候诊室,凯丝觉得胃里一跳,这才意识到自己竟然有点盼着看到劳拉依然坐在那里。可能性简直微乎其微,凯丝心想。

门开了,琳恩猛地吸了一口凉气,很像抽泣的声音。那一刻凯丝以为要不就是劳拉还没有走,要不就是琳恩又想吐了。

有个男人坐在候诊室里,双手抱着头。他听见琳恩的吸气声,先是抬起头,接着站了起来,琳恩已经从轮椅上下来了,拖着脚步朝他走去。他把她揽在怀里,低下头把脸贴在她那沾着呕吐物的头发上。

是那天在马格西的那个大块头。出手打人的那一个。凯丝记不起他的名字了,哈维尔、胡里奥……

"他是谁?"爸爸问道。

"汉德罗。"凯丝说。

"啊。"他看着拥抱在一起的两人说道,"汉德罗。"

"没错……"凯丝希望并不是汉德罗把琳恩丢在急诊室里然后一走了之的,也希望他对琳恩脸上的淤青毫不知情。

"嗨。"有人说道,凯丝往旁边迈了一步,这才发现自己站在走廊的正中间。"嗨。"那人又说了一遍。

她抬起头,迎面看见的是利瓦伊的笑脸。

"嗨!"她说,这个字几乎是带着感叹号出来的,"你在这儿干吗?"

"我收到你的短信,又给你回了短信。"

"我的手机没电了。"凯丝抬头看着他笑出皱纹的眼睛和欣慰的笑容,想把他的一切都看在眼里。

他手里拿着两杯咖啡,法兰绒衬衣的口袋里还塞着一根香蕉。"艾弗里先生?"他边说边递出一杯咖啡,"这本来是买给汉德罗的,不过他似乎已经不需要了。"

爸爸接过咖啡。"谢谢,利瓦伊。"

"利瓦伊。"凯丝也说道,她知道自己就快要哭了,"你用不着来的。"

他攥了个松松的拳头,轻轻地拍了拍她的下巴底下,朝着她走了一小步。"不,我要来的。"

凯丝努力想忍住不笑,结果却笑得无比灿烂。她的嘴都快咧到耳朵根了。

"他们不让我进去。"他说,"汉德罗也不行。只有直系亲属才能进去。"

凯丝点了点头。

"你姐姐没事吧?"

"没事。宿醉,还有难为情……我们马上要回奥马哈,我们三个都回去。"

"你还好吧?"

"还好。还好。"她伸手握住他的手捏了一下。"谢谢你。"她说。

"你压根就不知道我来了。"

"我现在知道了,我会把这种感觉留到以后慢慢体会的。谢谢你……你有没有错过你姐姐的生日派对?"

"没有,明天做完礼拜之后才举行。我打算小睡一下,然后开车回去——如果你不需要我做什么的话。"

"不需要。"

"你饿了吗?"

凯丝笑了。"你是打算给我一根香蕉吃吗?"

"我打算给你半根香蕉。"利瓦伊边说边松开了她的手。他把咖啡递给她,然后从口袋里拿出香蕉剥了皮。凯丝回头瞥了一眼琳恩。她正在把汉德罗介绍给爸爸认识。琳恩都不像个人样了,可是汉德罗看着她的目光就好像她是湖中仙女一样。利瓦伊递给凯丝半根香蕉,她接了过来。"干杯。"他轻轻地跟她击了个掌。

凯丝在他的注视之下把香蕉给吃了。"现在让我把月亮摘下来给你都可以。"她说。

利瓦伊的眼睛里闪着幸福的光芒,他扬起一条眉毛。"是啊,可你愿意为了我杀掉月兔吗?"

回家是凯丝开的车。他们先去了麦当劳的得来速餐厅,爸爸点了两个麦香鱼三明治,还说她俩谁也不能为这事向他唠叨。

琳恩做了个怪相。"我才不在乎这对你的胆固醇有没有坏处。这味道闻着就让我恶心。"

"那也许你就不应该把自己喝到头昏眼花、不省人事。"爸爸说。这时凯丝才意识到他并不打算假装一切正常。他不会允许琳恩我行我素下去。

凯丝把她的芝士汉堡在方向盘上拍碎了，州际公路上就只有她一个人没有超速。

到家以后，琳恩直接去洗澡了。

爸爸站在起居室里，看起来有点心烦意乱。"她洗好了你去洗。"凯丝对他说，"我还没那么糟糕。"

"咱们得谈谈这事。"他说，"今晚就谈。我说的不是你。你不用谈。我和琳恩得谈谈。圣诞节的时候我就应该跟她谈的，可是当时有好多别的事情……"

"对不起。"

"别这么说，凯丝。"

"这也要怪我，是我瞒着你的。"

他摘下眼镜，揉了揉前额。"也没有瞒住那么多。我知道她是在干什么……我以为她会——我也说不好——自我修正，以为她发泄完就好了。"

他的领带几乎要完全从口袋里跑出来了。"你应该睡一觉，"凯丝说，"洗个澡，然后睡一觉。"

琳恩从浴室里走出来，身上穿着爸爸的睡袍，有气无力地对他们笑了笑。凯丝拍了拍爸爸的胳膊，然后跟着琳恩上楼去了。凯丝到房间的时候，琳恩正站在自己的梳妆台前，不耐烦地在一个几乎空荡荡的抽屉里翻来翻去。"我们一件睡衣都没有。"

"冷静点，琼斯[1]。"凯丝边说边走到她自己的梳妆台前，"给你。"她递给琳恩一件T恤和一条短裤，这是她高中时上体育课穿的。

琳恩换上衣服，爬进被窝里。凯丝爬到了被子上面，待在她旁边。

"你身上有呕吐物的味道。"琳恩说。

"你的呕吐物。"凯丝说，"你感觉怎么样了？"

"很累。"琳恩闭上了眼睛。

凯丝温柔地在琳恩的额头上轻轻拍了拍。"那是你男朋友吗？"

"是的。"琳恩小声说道，"亚力汉德罗。"

"亚力汉德罗。"凯丝说，她在说到"汉"字的"罗"字的时候特意夸张了一些，"你们是从上学期就开始约会了吧？"

"是的。"

"昨天晚上你是跟他一起出去的吗？"

琳恩摇摇头。眼泪开始从她的眼睫毛之间涌了出来。

"那你是跟谁一起出去的？"

"考特尼。"

"你脸上的淤青是怎么回事？"

"不记得了。"

"所以这并不是亚力汉德罗打的。"

琳恩猛地睁开眼。"天哪，凯丝，当然不是。"她又一次用力地闭上眼睛，往后一缩，"他没准会跟我分手的，他不喜欢我喝醉。他说这样很不像话。"

"他今天早上看起来可不像是要跟你分手的样子。"

琳恩颤巍巍地深吸了一口气。"我现在没法想这事。"

---

[1] 琼斯：原文为Junie B. Jones，美国一套儿童读物的女主角。

"那就不要想。"凯丝说,"睡吧。"

琳恩睡了。凯丝回到楼下。爸爸也睡着了,他没有洗澡。

凯丝感觉到一种难以言喻的平静。先前她和利瓦伊在医院的大厅里分别时,他对她说的最后一句话是"给你的手机充电"。于是凯丝把手机插上了电源,然后开始洗衣服。

"咱们做不成朋友。"巴兹边说边把球传给了西蒙。

"为什么?"西蒙问道,他把球踢起来在膝盖上颠着。

"因为咱们已经是对头了。"

"咱们又不是永远都要做对头。没有这条规定。"

"有规定。"巴兹说,"我自己定的。别跟西蒙做朋友。他的朋友已经太多了。"他用肩膀把西蒙挤到一边,用自己的膝盖接住了球。

"你真是气死人了。"西蒙说。

"很好。我这是在履行你死对头的职责。"

"你不是我的死对头。哈姆德拉姆才是。"

"嗯。"巴兹说,他让球落到地上,然后踢还给西蒙,"咱们走着瞧吧。事情还没完呢。"

——摘自《巴兹,你喜欢它》

由同人小说网作者魔法凯丝和叛徒琳恩发表于2008年9月

三十

"这事咱们用不着谈。"琳恩说。

"你刚刚才因为酒精中毒住过院。"爸爸说,"咱们要谈谈这事。"

凯丝把一叠墨西哥卷饼放在他俩之间的桌面上,然后在桌子的上首坐了下来。

"没什么好谈的。"琳恩还在嘴硬。她的气色依然很难看。眼睛底下有黑眼圈,皮肤蜡黄蜡黄的。"你会说我不应该喝那么多,而我会说你是对的——"

"不。"爸爸打断了她的话,"我要说的是你根本就不应该喝酒。"

"嗯,这可是非常不现实。"

他一拳捶在桌上。"怎么就他妈的不现实了呢?"

琳恩靠在椅子上,过了一小会儿才回过神来。他从来没对她俩说过脏话。"人人都喝酒。"她淡定地说。只有她一个人是理智的。

"你妹妹就不喝酒。"

琳恩翻了个白眼。"请原谅,但我可不打算把大学时光都用来一本正经地坐在宿舍里写什么同性恋魔法师。"

"我反对。"凯丝边说边伸手拿了一张卷饼。

"反对有效。"爸爸说,"琳恩,你妹妹的平均绩点是4.0,她还有个很懂礼貌的男朋友。她的大学生活过得就很好。"

琳恩猛地转过头。"你交男朋友了?"

"你还没有见过利瓦伊?"爸爸似乎大吃一惊,而且很伤心,"你们俩连话都不说了?"

"你抢了你室友的男朋友?"琳恩睁大了眼睛。

"说来话长。"凯丝说。

琳恩还在盯着她。"你跟他接吻了吗?"

"琳恩。"爸爸说道,"我跟你的谈话是很严肃的。"

"你想要我说什么?我喝得太多了。"

"你已经控制不了自己了。"

"我挺好。我才十八岁呢。"

"一点不错。"他说,"所以你要搬回家来。"

凯丝差点把嘴里的猪肉丝给吐了出来。

"我不搬。"琳恩说。

"你要搬回来。"

"你不能逼我搬。"她说,努力让自己的口气听起来不像是只有十二岁的样子。

"我还真就能逼你。"他在桌上敲着手指,敲得非常用力,看着都疼,"我是你爸。我要摆摆架子。很久以前我就该这么做了,不过我想,亡羊补牢,犹未为晚。我可是你爸爸。"

"爸。"凯丝小声地说。

"不。"他瞪着琳恩说道,"我不会让你再出这种事的。我不要再接到这样的电话了。从现在起,我不想每一个周末都在琢磨你在哪里、跟谁在一起、是不是醉到连摔进阴沟里都不知道。"

凯丝从没见过爸爸这么生气。她听过他咆哮怒吼,也见过他挥舞着双臂,嘴里骂骂咧咧,耳朵里都要冒出火来了。但那从来都跟她俩无关。他从来不对她俩发火。

"这是警告。"爸爸用手指着琳恩说道,几乎是在喊了,"这事对你来说就他妈是一个危险的预兆,而你却想要视而不见。要是我明知道你没有吸取教训还送你回学校,那我算是哪门子的父亲?"

"我已经十八岁了!"琳恩喊道。凯丝觉得这恐怕是个战略失误。

"我才不管!"他也吼了回去,"你还是我女儿。"

"现在学期还没结束,我会挂掉所有科目的。"

"你用龙舌兰酒毒害自己的时候可没担心学校的事。"

她歪过脑袋。"你怎么知道我喝的是龙舌兰酒?"

"天哪,琳恩。"他苦叹了一声,"当时你身上的味道就像个玛格丽塔[1]搅拌机。"

"你现在也还有这个味道。"凯丝小声嘀咕道。

琳恩把手肘撑在桌上,双手捂住了脸。"人人都喝酒。"她固执地说。

爸爸把椅子向后一推。"如果你为自己辩解的只有这句话,那么我也只能说,你搬回家来。"

他站起身来,走进自己的房间,砰的一声关上了门。

琳恩的头和手一起倒在桌上。

凯丝把自己的椅子挪近了一些。"你想吃点阿司匹林吗?"

---

[1] 玛格丽塔:一种用龙舌兰酒配制的鸡尾酒。

琳恩过了几秒钟才开口。"你为什么不生我的气？"

"我干吗要生你的气？"凯丝问道。

"你自从去年十一月到现在就一直在生我的气。不，从去年七月开始。"

"嗯，我现在不生气了。你的头疼吗？"

"你不生气了？"琳恩转过头来看着凯丝，脸却依然靠在桌上。

"昨天晚上你把我吓坏了。"凯丝说，"所以我决定再也不要那么疏远你。要是我已经三个月没跟你说话，而你却死了，这可怎么办？"

"我不会死的。"琳恩又白了她一眼。

"爸说得对。"凯丝说，"你听起来就像个傻瓜。"

琳恩垂下眼睛，用手腕在脸上擦了擦。"我不会戒酒的。"

凯丝很想问她，为什么不戒？可说出口的却是"那就停一段，一直到年底都别喝了。让他知道你能控制自己"。

"我不敢相信你竟然交了男朋友。"琳恩小声说道，"而且我还对此一无所知。"她的肩膀抖了起来。她又哭了。凯丝从没见过琳恩这么爱哭。

"嗨……"凯丝说，"没事了。"

"我不会死的。"琳恩说。

"好。"

"我只是……我真的好想你……"

"你的酒醒了吗？"凯丝问道。

"我觉得醒了吧。"

凯丝靠过去，坐在椅子的边缘，拽了拽琳恩的头发。"没事了。我也想你。倒不是想着喝醉酒这事，而是想你。"

"我对你太坏了。"琳恩看着桌子小声说道。

"我对你也很坏。"

"那倒不假。"琳恩说,"不过……天哪,你会原谅我吗?"

"不会。"凯丝说。

琳恩可怜兮兮地抬眼望着她。

"我用不着原谅你。"凯丝说,"咱俩之间不是这样的关系。你跟我是一条心的。永远都是。不管发生什么事。"

琳恩抬起头,用大拇指的背面擦了擦眼睛。"真的?"

凯丝点点头。"真的。"

爸爸跑步去了。

琳恩吃了一个卷饼,然后又上床去了。

凯丝终于看到了利瓦伊发来的短信。

"这就掉头……三点钟到。"

"凯瑟……我真的很在乎你。现在跟你说这话似乎正是时候。还有一个小时就到了。"

"在候诊室里,不是家人不让进,汉德罗也来了。来找我……好吗?如果你需要我。"

"回到阿诺德。天气好极了。你知道吗?阿诺德也有黄土的大峡谷和一座座沙丘。凯瑟·艾弗里,这里的生物多样性会让你流泪的。打电话给我甜心,这话的意思是叫你给我打电话……不是叫你喊我甜心,不过如果你想这么喊我也可以。给我打电话给我打电话给我打电话。"

于是凯丝拨通了他的电话,利瓦伊正在跟家人一起吃晚餐。"你还好吗?"他问道。

"很好。"她说,"局势有点紧张。爸爸对琳恩发火了,可他实在是不知道怎么对我们发火——琳恩表现得就像个淘气的大孩子。我看她也不知道怎么干坏事。"

"真想跟你多说几句。"利瓦伊说,"可是我妈认为和家里人在一起的时候不该打电话。我明天到路上再给你打,好吗?"

"只有在平坦的直路上、而且没有其他车的时候才能打。"

"你明天回来吗?"他问。

"不知道。"

"我想你。"

"真傻。"她说,"我早上还见到你呢。"

"不是因为时间久。"利瓦伊说,她能听出他是笑着说的,"是因为距离远。"

几分钟之后,他发来了短信:"想到个主意……要是你很无聊又很想我,就写一篇关于咱俩的同人小说吧。色色的那种,以后你可以念给我听。这个主意很棒吧?"

凯丝低头对着手机傻傻地笑了。

她想试着想象一下如今丢下利瓦伊搬回家来会是什么情况。可她甚至都没法去想今年夏天没有他会怎么样。

爸爸不会真这么干的吧。让琳恩退学,那样太疯狂了……

可爸爸就是个疯子。也许他是对的,琳恩已经失去控制了,而且是最糟糕的那种失控。她的感觉是:我很好,谢谢关心。

凯丝喜欢琳恩住在家里。琳恩和爸爸都在同一个地方,这样凯丝就能照顾他们了。要是凯丝能从自己身上分出一块来留在这里守着他俩该多好。

大门开了,爸爸一阵风似的进来了,他刚跑完步,还在气喘吁吁的。他把钥匙和手机放在了桌上。"嗨。"他对凯丝说道,同时摘下眼镜、擦了擦脸，然后又把眼镜给戴上了。

"嗨。"她说，"我把你的卷饼放在烤箱里。"

他点点头，从她身旁走过去进了厨房。凯丝跟在他后面。

"你是要替她辩护吗？"他问道。

"不是。"

"凯丝，她本来可能会没命的。"

"我知道。而且……我想这种糟糕的情况已经持续很久了。我觉得她就是运气好。"

"据我们所知，确实如此。"爸爸说。

"只是……退学？"

"你还有更好的主意吗？"

凯丝摇了摇头。"也许她应该跟顾问之类的人谈一谈。"

爸爸做了个鬼脸，仿佛凯丝把什么湿漉漉的东西扔到了他身上。"天哪，凯丝，要是有人强迫你去跟顾问谈话，你会有什么感觉？"

还真有人强迫过我，她暗暗想道。"我不喜欢那样。"她说。

"是啊……"爸爸把卷饼从烤箱里拿出来放在盘子上，又给自己倒了一杯牛奶。他看起来还是很疲惫，一副可怜至极的样子。

"我爱你。"她说。

他抬起头来，手里拿着的牛奶盒停在杯子上方。他额头上忧心忡忡的皱纹似乎少一些了。"我也爱你。"他说，仿佛刚才凯丝那句话是个问题似的。

"现在对你说这话好像正是时候。"她说。

爸爸点点头，眼神里满是浓浓的父爱。

"我能借你的笔记本电脑用用吗？"她问道。

"行啊。当然可以。就放在……"

"我知道,谢了。"凯丝走进起居室,拿起爸爸那台银色的笔记本电脑。她对这台机器垂涎已久,不过他总是说她用不着价值一千八百美元的文字处理机。

凯丝到楼上的时候,琳恩正在哭着打电话。她从床上下来,走进衣橱,坐在地板上,然后关上了门。除了她在哭这一点有点奇怪,这种行为倒并不反常。她们有个很大的衣橱,每当需要隐私的时候就会这么做。

凯丝打开自己在同人小说网的账号,漫不经心地浏览着大家的评论。评论太多了,没法一一回复,于是她总回复了一条:"嗨,各位,谢谢!忙着写小说,没空回复了!"随后打开了最新一章的草稿……

上一回她写到巴兹跪在妈妈的墓碑前。他想要对她解释为什么自己要背叛父亲、为什么要抛下匹奇家族去跟西蒙并肩作战。"这不仅仅是为了他。"巴兹边说边用他那修长的手指抚摸着妈妈的名字,"这是为了沃特福德,也是为了魔法世界。"

过了一会儿,琳恩从衣橱里走出来,爬到了凯丝的床上。凯丝往旁边挪了一点,依然在打字。

又过了一会儿,琳恩盖上被子睡着了。

这之后又过了一会儿,爸爸伸头从楼梯的最上面一级偷偷看了看屋里。他看着凯丝,用口型说了一句晚安。凯丝点了点头。

她写了一千字。

又写了五百字。

屋里黑漆漆的,所以凯丝无从得知琳恩已经醒了多久,也不知道她从自己的胳膊肘上方看了多久。

"大法师真的打算背叛西蒙吗?还是这只是个烟幕弹?"琳恩的

声音很小，尽管并没有人会被她吵醒。

"我觉得他是动真格的。"凯丝说。

"看完他叫西蒙烧掉龙蛋的那一章以后我哭了三天。"

凯丝没再继续打字。"你看了？"

"我当然看了。你都没看最近的点击量吗？简直是在飞涨。现在没人会放弃《别放弃》的。"

"我以为你已经很久都不看了。"

"嗯，你错了。"琳恩用手撑着脑袋，"你看错的事堆得像山一样高了，把这事也加上去吧。"

"我认为大法师会杀了巴兹。"这话凯丝还没有对别人说过，甚至对帮她校对的人都没说。

琳恩坐了起来，一脸惊呆的表情。"凯丝，"她轻声说道，"不要……"

"亚力汉德罗跟你分手了吗？"

琳恩摇了摇头。"没有……他只是很生气。凯丝。你不能杀掉巴兹。"

凯丝不知道该说什么。

琳恩拿起笔记本电脑，把它挪过来，几乎全都放在了自己的腿上。"上帝啊，你就把这看作一种干预吧……"

第二天是周日，早上凯丝醒来的时候，卧室里只剩下她一个人。她闻到了咖啡的香味，还有食物的味道。

她来到楼下，发现爸爸坐在餐桌前，面前放着一个本子。她把笔记本电脑递给了他。"啊。很好。"他说，"琳恩说咱们得等你来。"

"等我来干什么?"

"等你来了我再裁决。我要对你们两个傻瓜扮演所罗门国王了。"

"所罗门国王是谁?"

"这都怪你妈妈,她想要你们在没有宗教的环境里长大。"

"她还觉得你应该一个人把我们养大呢。"

"亲爱的,到此为止吧。琳恩?过来。你妹妹已经睡醒了。"

琳恩走进餐厅,手里端着个炖锅,还拿了垫锅的三脚架。"你刚才在睡觉,"她边说边把锅放在桌上,"于是我就做了早餐。"

"哦,天哪。"爸爸说道,"这是肉汁意式方饺吗?"

"不是。"琳恩说,"这是新品,奶酪肉汁意式方饺。"

"坐下。"他说,"咱们开始谈了。"他身上穿的又是跑步的衣服,看起来既紧张又不安。

琳恩坐了下来。她装出很放松的样子,其实却很紧张。凯丝从她紧紧攥着拳头的样子就能看出来,她真想伸手去把她的拳头给撬开。

"好。"爸爸说着把肉汁意式方饺推到旁边,这样它就不会刚好挡在他俩之间了,"我的条件是:你可以回学校去。"琳恩和凯丝不约而同地松了一口气。"但是不能喝酒。一滴都不能沾。适量地喝也不行,和男朋友一起不能喝,在派对上也不能喝——永远不能喝。从这个礼拜起,你每周去见一次顾问,还要开始参加嗜酒者互诫会。"

"爸。"琳恩说,"我不是酒鬼。"

"很好。这个也不传染,你要去参加互诫会。"

"我跟你一起去。"凯丝主动说道。

"我还没有说完。"爸爸说。

"你还想怎么样？"琳恩抱怨道，"抽血化验吗？"

"每个周末你都要回家。"

"爸。"

"要不你就彻底搬回家。这全看你自己到底怎么选。"

"我有自己的生活。"琳恩说，"在林肯。"

"孩子，别跟我扯你的生活。你的行动表明你根本就无视自己的生活。"

琳恩的双拳攥得紧紧的，就像放在腿上的两块煤渣。凯丝踢了踢她的脚踝。琳恩的脑袋耷拉了下来。"好吧，"她说，"就这样吧。"

"很好。"爸爸说完深吸一口气，憋了一秒才呼出来，"我回头开车送你回去，如果你觉得自己已经做好准备的话。"他站起身来，看了一眼肉汁意式方饺，"我不吃这玩意。"

凯丝把炖锅拉近一些，拿起一把汤匙。"我吃。"她吃了一口，面皮入口即化。"好软，我喜欢。"她说，"都不需要用牙咬，我喜欢这样。"

琳恩看了凯丝一会儿，然后拿过汤匙舀起一口。"味道跟普通的肉汁意式方饺有点像……"

凯丝把汤匙又拿了回去。"但是奶酪的味道更浓。"

"这就是三种安慰食品的合体。"琳恩说。

"就像比萨形状的枕头。"

"就像沾了水的奇多粟米脆。"

"那个太难吃了。"凯丝说，"咱们不能用它来打比方。"

"我开始觉得你不想看到我了。"

"我从来都不想看到你。"西蒙说着试图从自己的室友身边挤过去。

"明白了。"巴兹走过去挡在门口,"从前确实是这样,直到你决定要永远跟我在一起。生命本身不过是个空壳而已,除非你知道我的心就在附近的某处跳动着。"

"这是我做的决定?"

"也许是我做的决定吧。没关系,都一样。"

西蒙深深地吸了一口气,显然失去了信心。

"斯诺。你失去信心了吗?"

"有点吧。"

"万能的大法师啊,没想到我还能看到这一天。"

——摘自《西蒙,别放弃》

由同人小说网作者魔法凯丝发表于2012年2月

三十一

　　她们到达施拉姆楼的时候，亚力汉德罗已经等在那里了。他规规矩矩地跟凯丝握了握手。"这是兄弟会的礼数。"琳恩说，"他们全都是这样的。"汉德罗参加了东校区的一个兄弟会，她说那个兄弟会叫农庄。"千真万确，就叫这个名字。"

　　农庄的成员大多是来自其他州的农科专业学生。汉德罗的家乡在斯科茨布拉夫，那里实际上近乎属于怀俄明州。"我压根不知道那儿还有墨西哥人。"琳恩说，"可他却宣称那里有个很大的墨西哥移民社区。"

　　汉德罗只说了这么几句话："很高兴终于认识你了，凯丝。琳恩无时无刻不在说你的事。每当你贴出西蒙·斯诺的小说时，她就不许我跟她说话了，一直到她读完为止。"他看上去跟琳恩的多数男朋友都很像。短发，干净，一副橄榄球运动员的身板。可是在凯丝的记忆中，琳恩从来没像看亚力汉德罗这样看过那些男朋友中的任何一个。这一次好像是她被收服了。

　　晚上十点利瓦伊才从阿诺德回来。

凯丝已经洗过澡、换上了睡衣。她觉得这个周末根本就不是两天，而是像两年那么长。她似乎听见利瓦伊在说，新生一月，老生半年。

他打电话跟她说自己回来了。知道他俩身处同一个城市，反而让凯丝对他的思念之情突然爆发起来。在她的胃里。为什么人们没完没了说的都是心呢？利瓦伊带给凯丝的所有感受几乎都发生在她胃里。

"我能顺路过来一下吗？"他问道，仿佛很想来的样子，"跟你说声晚安？"

"芮根在。"凯丝说，"她正在洗澡。我想她要睡觉了。"

"那你能下来吗？"

"下来去哪儿？"凯丝问道。

"咱们可以坐在我车里……"

"外面冻死了。"

"咱们可以打开暖气。"

"暖气坏了。"

他犹豫了一下。"咱们可以到我家去。"

"你的室友们不在吗？"她仿佛有一长串理由，而且还打算一个一个地问完。可是她甚至也说不清自己为什么还要问问题。

"没关系。"利瓦伊敦促道，"我有自己的房间。再说了，他们也很想见见你。"

"我想那天在派对上我就已经见过他们中大多数人了。"

利瓦伊呻吟了一声。"芮根给咱们定了多少条规则？"

"不知道，五条还是六条？"

"好，这是第七条：不许再谈起那个倒霉的派对，除非是在绝对有关联的情况下。"

凯丝笑了。"那我还能用什么事来逗你呢？"

"我相信你会想出来的。"

"想不出。"她说，"你总是不停地对我好。"

"凯丝，跟我回去吧。"她听得出他在微笑，"时间还早，我还不想说晚安。"

"我从来都不想道晚安，可咱们还是得说的。"

"等一下，你也不想？"

"不想。"她小声地说。

"跟我回去吧。"他也小声说道。

"去你的邪恶老巢？"

"没错，人人都这么称呼我的房间。"

"嗨。"凯丝说，"我已经告诉过你了。去你家、你的房间，这有点太过火了……咱们走进去，屋里只有一张床。我会紧张到吐的。"

"也会渴望到吐吗？"

"主要是因为紧张。"她说。

"干吗要把这事想得那么严重？你的房间里不是也只有一张床吗？"

"是两张床。"她说，"还有两张桌子，以及室友随时可能进来的威胁。"

"所以咱们才应该去我家。没人会突然进来打扰咱们。"

"我就是因为这个才紧张。"

利瓦伊嗯了一声，仿佛在考虑这个问题似的。"如果我保证不碰你呢？"

凯丝大笑起来。"那我就一点儿也不想去了。"

"要是我保证让你先碰我呢？"

"你在开玩笑吗？在咱们俩的感情里，我才是靠不住的那个人。整天动手动脚的。"

"凯瑟，这一点我是真没看出来。"

"在我的脑子里，我整天动手动脚的。"

"我想住在你的脑子里。"

凯丝用手捂住了脸，仿佛怕被他看见似的。他们很少像这样打情骂俏，这么直白。也许是电话让她本性毕露。也许是因为这个周末。这个周末的一切。

"嗨，凯丝……"利瓦伊的声音温柔极了，"咱们到底在等什么？"

"这话什么意思？"

"你曾经发誓婚前守贞吗？"

她笑了起来，不过还是设法做出一副受到冒犯的样子。"没有。"

"那么——"他很快地呼出一口气，好像在逼着自己说什么话似的，"还是跟信任有关？我还没有赢得你的信任？"

凯丝的声音小得几乎要听不见了。"天哪，利瓦伊。不是的，我相信你。"

"我甚至都没有提到上床这事。"他说，"我是说……不仅仅是上床。如果这样能让你感觉好一点，咱们可以绝口不谈这事。"

"绝口不谈？"

"留待进一步讨论。如果你知道我并不是迫不及待地要跟你上床，如果你知道这事还连影子都没有，你觉得你会不会放松下来并且……允许我碰你？"

"怎么个碰法？"她问道。

"你要我在玩偶身上演示给你看吗？"

凯丝笑了。

"爱抚。"他说，"我想要爱抚你，抱着你。我想要坐在你身旁，哪怕我可以选择做其他的事情。"

她深深地吸了一口气，觉得自己不应该沉默，至少要对他这番话有所回应。"我也想要爱抚你。"

"真的？"

"真的。"她说。

"哪一种爱抚？"他问道。

"你已经把信用卡的卡号告诉接线员了吗？"

利瓦伊笑了起来。"凯丝，跟我回家吧。我想你了。我还不想说晚安。"

门猛地开了，芮根回到了房间里，身上穿着T恤和瑜伽裤，头发上还包着一条毛巾。

"嗯，好吧。"凯丝说，"你什么时候到？"

他显然在咧着嘴笑。"我已经在你楼下了。"

凯丝穿上褐色的针织打底裤和格子呢衬衫裙，这裙子是她从琳恩的宿舍拿来的。附带的针织腕套让她想起了骑士戴的护臂，仿佛她就是一个身穿粉红色钩编盔甲的骑士。利瓦伊取笑她爱穿毛衣，这反而让她变本加厉了。

"要出去？"芮根问道。

"利瓦伊刚回来。"

"要我熬夜等你吗？"她不怀好意地笑着说。

"当然。"凯丝说,"你应该等。这样你就有时间想想自己多么无耻地破坏了规矩。"

凯丝觉得等电梯挺傻的。女生们都穿着睡衣从她身边经过,可凯丝穿的却是一身外出的衣服。

她步出电梯走进大厅时,利瓦伊已经在那里了。他背靠着一根柱子,正在跟人说话——一个女生,他一定是在哪里认识她的……他一看见凯丝,笑容马上就变得更灿烂了。他用肩膀顶着柱子让自己站直了身体,立刻跟那个姑娘挥手作别。

"嗨。"他边说边吻着凯丝的头顶,"你的头发是湿的。"

"洗过头就会这样啊。"

他替她戴上兜帽。她则赶在他伸手之前握住了他的手,他回报给她一个格外灿烂的微笑,露出了好多牙齿。

他俩走出大楼时,她打从心眼里知道——打从胃里知道,自己不到天亮是不会回来的。

起初凯丝还以为利瓦伊家里又在举行派对。屋里播放着音乐,几乎每个房间里都有人。

可这些人只是他的室友而已。还有他室友的朋友以及女朋友,有一个也许是他室友的男朋友。

利瓦伊把她介绍给大家。"这是凯瑟。""这是我女朋友,凯瑟。""各位?这是凯瑟。"她紧张地微笑着,明知道自己不可能记住其中任何一个人的名字。

然后,利瓦伊领着她走上楼梯,这显然不是屋子里原先就有的。楼梯平台很窄,古里古怪的,平台上延伸出一条条过道,可过道之间的间隔却并不规则。利瓦伊把大家的房间指给她看,又把所有的洗手间都指了出来。凯丝在心里数着,他们已经上了三层楼,利瓦伊还在爬楼梯。楼梯变得非常狭窄,他俩没法再并肩走在一起,利瓦伊便在前面带路。

楼梯又转了一个弯,终于到头了,这里只有一扇门。利瓦伊在门口停住脚步,转过身来,笨拙地抓住了走廊两边的扶手。

"凯瑟。"他咧嘴笑道,"我总算正式把你带到我的房间了。"

"谁想到它在迷宫的尽头呢?"

他打开身后的房门,接着握起她的双手,拉她走上楼梯,让她进了房间。

房间很小,狭窄的天窗从两侧伸了出去。屋里没有顶灯,于是利瓦伊打开了大号双人床旁边的一盏台灯。这个房间里真的就只有一张床。还有一个青绿色的双人沙发,磨得锃亮,看样子至少用了半个世纪了。

她抬起头,看了看四周。"咱们是在房子的最顶端,对吧?"

"这里以前是仆人的住处。"他说,"只有我愿意爬这么多级楼梯。"

"你是怎么把沙发搬上来的?"

"我说服汤米帮我一起搬的。太困难了。我都不知道人家是怎么转过那些拐角把这个床垫搬上来的,它一开始就在这儿了。"

凯丝不安地转了个身,地板在她脚下吱嘎作响。利瓦伊的床没有铺,一床看起来旧旧的被子凌乱地铺在床上,枕头也摆得乱七八糟。他把被子拉平整,又从地上捡起一个枕头。

这个房间似乎离室外比距离室内其他地方还要更近一些。没遮没挡的。凯丝都能听得见风从窗框里呼啸而过的声音。"我敢说这里冬天很冷——"

"夏天很热。"他说,"你口渴吗?我可以沏一点茶。刚才还在楼下的时候我就应该问你的。"

"我不渴。"她说。

利瓦伊站着的时候,头发都蹭到天花板上了。"我去换身衣服,你不介意吧?从家里走之前,我帮忙给马饮水来着,沾上了一些泥巴。"

凯丝想要挤出一个微笑。"当然不介意,你去吧。"

有一面墙上装着几个抽屉,利瓦伊跪下去打开其中一个,然后弯着腰走出了房间——他比门框至少要高出一英寸——凯丝小心翼翼地在那张双人沙发上坐了下来,身下的织物凉凉的。她用手掌从沙发上摸过,这是一种滑溜溜的棉布,上面有着粗糙不平的漩涡和花朵。

这个房间比她想象的还要糟。

又黑又偏。几乎就是在树上。简直像被施了魔法似的。

在这里进行微积分测验倒是蛮亲切的。

她脱下外套放在他床上,又把湿透的靴子拽了下来,将两腿跷起来放在沙发上。要是她屏住呼吸,甚至能听到美好冬季乐团的歌静静地从至少两层楼以下的地方传来。

凯丝还没有准备好,利瓦伊就回来了。(这简直是一定的。)看样子他已经洗过脸了,身上穿着牛仔裤和浅蓝色的法兰绒衬衣。这个颜色很适合他,衬得他脸色古铜、发色金黄,嘴唇也粉粉的。他挨着她在沙发上坐下。她就知道他会这样。这个屋里根本没有地方容得下私人空间了。

他把凯丝的手从沙发上拾起来,松松地用双手握住,低下头看了看,随后用指尖拂过她的手背,顺着手指来来回回地抚摸着。

她深吸了一口气。"你怎么会住到这儿来的?"

"我和汤米在一起工作。他以前的一个室友毕业搬出去了,当时我本来跟三个游手好闲的家伙住在一起,而且又不在乎爬楼梯……这房子是汤米的爸爸买来投资房地产的。他从大二起就住在这里了。"

"那他现在呢?"

"在法学院读书。"

凯丝点点头。利瓦伊越是摸着她的手,她就越发觉得痒。她把手指伸直,轻轻地呼出一口气。

"感觉舒服吗?"他问道,同时抬起眼睛望着她,但是却并没有抬头。她又点了点头。要是他一直这么摸下去,她就连点头都做不到了,只能用眨一次眼来表示"是",眨两次眼来表示"不是"。

"这个周末出了什么事?"他问,"大家怎么样了?"

凯丝摇摇头。"很疯狂。大家都很好。我……我想琳恩跟我没事了。我想我们和好了。"

他的嘴唇往一侧翘了起来。"真的吗?"

"真的。"

"那太好了。"能听得出他是发自肺腑的。

"是的。"凯丝说,"是很好。我感觉……"

利瓦伊把一条腿跷起来放在他俩之间,膝盖碰到了她的大腿。她差点跳起来从沙发的扶手边翻下去了。

他发出一种沮丧的声音,半是笑声,半是叹气,又皱了皱鼻子。"你真的这么紧张吗?"

"我猜是吧。"她说,"对不起。"

"你知道原因吗?我的意思是,你为什么会紧张?我先前说过,有所为有所不为,既然说了就会做到。"

"可是这里实在没什么可为的。"凯丝说,"只有一张床。"

他拉起她的手放在自己的胸口。"你害怕的就是这个?"

"我也不知道自己在害怕什么……"这是撒谎。弥天大谎。她害怕的是,一旦他开始爱抚她,他们就不会停下。她害怕自己还没准备好做那个人,那个不肯停下的人。"对不起。"她说。利瓦伊低头看着他俩的手,似乎很失望,也很迷惑——这样对待他可真是太差劲了。欺骗他,疏远他,在他一次又一次不辞辛劳地帮助她之后。

"这个周末……"凯丝说。她想要靠他近一些,于是就跪在他身边的沙发垫上。"谢谢你。"

利瓦伊又露出了笑容,抬起眼睛——还是没有抬头——望着她。

"我想我没法告诉你这对我来说有多重要。"她说,"你在医院。你来了。"他捏了捏她的手。凯丝并没有到此为止:"我想我也没法告诉你,你对我有多重要。"她说,"利瓦伊。"

他把整张脸都抬了起来,眼睛里又充满了希望,但却小心翼翼的。

"到这儿来。"他边说边拉了拉她的手。

"我不知道该怎么做。"

他咬紧了下巴。"我有个主意。"

"我没法给你念同人小说。"她逗他道,"我的电脑没带来。"

"你不是带手机了吗?"

她歪过脑袋。"你真是这么想的?同人小说?"

"是啊。"他边说边抚摸着她的手心,"这总是能让你放松下来。"

"我以为你是因为喜欢这个故事才会一直叫我念给你听的……"

"我确实喜欢这个故事,也喜欢它让你放松的样子。兔子那篇你还没有念完呢,你知道的。你也从来没有给我念过《别放弃》。"

凯丝转过头看了一眼自己的外套。她的手机就放在口袋里。"我觉得自己让你失望了。"她说,"我来到这里,本来是应该跟你做点什么的,而不是为了读什么差劲的同人小说。"

利瓦伊咬住嘴唇,努力忍住了笑。"做点什么。这就是那事的代号吗?好了,凯丝,我想知道发生了什么事。他们刚刚把兔子给杀了,西蒙也终于明白巴兹是个吸血鬼了。"

"你确定要听我念?"

利瓦伊微微一笑,看起来依然有点过于谨慎,然后点了点头。

凯丝从沙发上坐起来,找到了自己的手机。她并不习惯在网上搜索自己的小说,不过当她输入"魔法凯丝"和"第五只兔子"的时候,立刻就搜到了自己的小说。

她在找上回读到了哪里,利瓦伊轻轻地将手放在她的手腕上,把她拉回来靠在自己身上。"可以吗?"他问道。

她点了点头。"我有没有读过这一段:'西蒙不知道该说什么。也不知道对……这事该作何反应,对眼前这血淋淋的一切'?"

"是的,我觉得读过了。"

"咱们有没有读到兔子着火那一段?"

"什么?没有。"

"好,"凯丝说,"我想我知道了。"她靠在利瓦伊的胸口,感觉到他的下巴贴着自己的头发。没关系的,她对自己说。我以前也曾经这样过。她把眼镜架在头发里,清了清嗓子。

西蒙不知道该说什么。也不知道对……这事该作何反应。对眼前这血淋淋的一切。

他捡起剑,在自己的斗篷上把它擦干净了。"你没事吧?"

巴兹舔了舔嘴唇——西蒙觉得他恐怕是以为自己的嘴唇很干——然后点了点头。

"那就好。"西蒙说,说完他才意识到,这就是他的心里话。

这时一股火焰从巴兹的背后冒了出来,把他的脸投进阴影里。

他迅速转过身,从兔子身边退开了。火焰吞噬了它的爪子,火苗已经爬上了这只畜生的胸膛。

"我的魔杖……"巴兹说着看了看周围的地板,"斯诺!施一个灭火咒。"

"我……我一个也不知道。"西蒙说。

巴兹伸手够到西蒙握着魔杖的那只手,然后用自己那血淋淋的手指把西蒙的手指包了起来。"许个愿吧!"他喊道,同时轻轻挥起魔杖在空中画了个半圆。

火噼噼啪啪地灭了,托儿所里又暗了下来。

巴兹松开西蒙的手,又开始在地上到处搜寻自己的魔杖。西蒙朝着那个可怕的尸体走近了一些。"现在又怎样?"他对着它问道。

仿佛是在回答他的问题似的,那只兔子开始闪闪发光,接着慢慢地消失了。它不见了,只剩下硬币和烧焦毛发的气味。

还有别的什么……

巴兹变出一个蓝色光球。"啊。"他说着捡起了自己的魔杖,"被那个畜生坐在屁股底下了。"

"你看。"西蒙边说边指着地板上的另一块阴影,"我想这是把钥匙。"他弯腰把它捡了起来。一把古色古香的钥匙,钥匙齿上有尖尖的兔牙。

巴兹走近了一些来看。他身上还在往下滴血,血腥味浓郁扑鼻。

"你觉得这就是我要找的东西吗?"西蒙问道。

"嗯,"巴兹若有所思地说,"钥匙似乎的确要比杀人的巨兔有用一些……你还要打几只兔子?"

"五只。但是我一个人不行。这一只本来会杀掉我的,要不是——"

"咱们得把这个烂摊子清理干净。"巴兹边说边低头看着厚绒地毯上的污渍。

"等大法师回来,咱们得把这事告诉他。"西蒙说,"这里受损太严重了,我们自己没法处理。"

巴兹没有说话。

"走吧。"西蒙说,"咱们现在至少可以把自己清理干净。"

男生淋浴室跟学校里其他地方一样空无一人。他们选的淋浴间一个在这头,一个在另一头……

"怎么了?"利瓦伊问。

凯丝停下来不念了。

"我感觉把这种感伤的同性恋情大声念出来怪怪的。你的室友们也在。其中有一个是同性恋吧？屋里真有同性恋的时候，我倒觉得没法念这个了。"

利瓦伊咯咯地笑了。"你说的是迈卡？相信我，这没关系的。他总是当着我的面看一些直男的东西。他爱死《泰坦尼克号》了。"

"那不一样。"

"凯丝，没事的。没人能听见……等一下，这真的是洗澡的场面？就像货真价实的洗澡场面一样？"

"天哪。"凯丝说，"当然不是。"

利瓦伊活动了一下搂在她腰上的胳膊，直到刚好把她搂住。接着，他用嘴巴紧贴着她的头发。"读给我听吧，甜心。"

西蒙先洗好了，穿上了干净的牛仔裤。他扭头看了看巴兹的隔间，从那个男孩脚踝上流过的水依然是粉红色的。

吸血鬼，西蒙想道，看着血水流过，他才第一次允许自己想到了这个词。

这本来应该让他充满憎恨与厌恶。想到巴兹时他往往都会有这样的感觉。可是这一刻，西蒙却只觉得松了一口气。巴兹帮他找到了兔子，帮他跟兔子作战，保住了他俩的小命。

西蒙感到很欣慰，也很感激。

他将自己那几件血迹斑斑而且还烧焦了的衣服塞进垃圾桶里，然后回到了宿舍。巴兹过了很久才回来。他回来时气色很好，比西蒙这一年来见到的都要好。巴兹的脸蛋和嘴唇都是红扑扑的，灰色的眼睛底下也没有了黑眼圈。

"你饿了吗？"西蒙问他。

巴兹开始大笑起来。

太阳还没有爬出地平线，厨房里不会有人来。西蒙找到了面包、奶酪和苹果，他把这些都扔进一个大浅盘里。坐在空荡荡的餐厅里吃东西似乎有点怪，于是他和巴兹就在厨房里席地而坐，背靠着墙上的柜子。

"咱们先把这事给了结了。"巴兹边说边在一只青苹果上啃了一口，显然是想装出一副漫不经心的模样来，"你打算把我的事告诉大法师吗？"

"他已经认为你是个讨人厌的饭桶了。"西蒙说。

"没错。"巴兹轻声地说，"但这事更糟，你知道的。你知道他必须要怎么做。"

把巴兹交给女巫团。

这就意味着他肯定得坐牢，没准还会死。六年来，西蒙一直在设法把巴兹赶出学校，可是他并不想看到他被绑在火刑柱上。

然而……巴兹是个吸血鬼。吸血鬼，真该死。他是个怪物，而且，他本来就已经是西蒙的敌人了。

"怪物。"利瓦伊重复道。他抬起一只手来解开凯丝的头发。她的眼镜本来架在头发里，现在从旁边掉到了她的胳膊上。利瓦伊把眼镜捡起来，扔到自己的床上。"你的头发还没干。"他边说边用一只手把她的头发给抖开了。

西蒙看着巴兹，又一次努力想让自己怕他几分。可是他能感觉到的只有一点令人厌倦的失望而已。"这是什么时候的事？"

"我已经告诉过你了，"巴兹说，"咱们刚刚才离开犯罪现场。"

"你是在托儿所里被咬的？小的时候？那怎么没人注意到？"

"我妈妈死了。我爸爸猛冲进来，把我带回了庄园。我想他也许起过疑心……不过我们从没有谈过这事。"

"难道他都没发现你开始吸人血了吗？"

"我不吸人血。"巴兹傲慢地说道，声音非常严厉，"再者说了，对鲜血的饥渴并没有立刻显露出来，而是到了青春期才有的。"

"就像痤疮一样？"

"斯诺，别以为人家都跟你一样。"

"你是什么时候开始想吸血的？"

"今年夏天。"巴兹说着低下了头。

"那你还没有……"

"没有。"

"为什么不吸？"

巴兹转过脸来看着他。"你在跟我开玩笑吗？吸血鬼杀了我妈妈。要是被人发现我是吸血鬼的话，我就会一无所有……我的魔杖、我的家人，也许还有我这条小命。我是个魔法师。我不是——"他对着自己的喉咙和脸做了个手势，"那东西。"

西蒙在想，他和巴兹在一起住了这么多年，有没有距离彼此这么近过，是否曾允许对方坐在离自己这么近的地方。他跟巴兹的肩膀都快要碰到一起了，无可否认，巴兹的皮肤很是光洁，可西蒙就连他皮肤上每一个小小的疙瘩和斑点都看得到，还有他嘴唇上的每一个线条和灰色眼眸里每一点蓝色的闪光。

"那你是怎么活下来的？"西蒙问道。

"想办法呗，谢谢你关心。"

"情况不妙。"西蒙说，"你的样子糟透了。"

巴兹假笑了一声。"再次谢谢你，斯诺。你真会安慰人。"

"我说的不是现在。"西蒙说，"现在的你看起来好极了。"巴兹扬起一条眉毛，同时撇下另一条眉毛。"可是最近……"西蒙继续说道，"你看着就好像越来越衰弱似的。你有没有……在喝……什么东西？"

"我已经尽力了。"巴兹边说边把苹果核丢进盘子里，"你不会想知道细节的。"

"我想知道,"西蒙争辩道,"你瞧,作为你的室友,要是你没有带着嗜血的欲望到处溜达,那我就是个既得利益者。"

利瓦伊的手依然放在凯丝的头发上。她感觉到他把手抬了起来,感觉到他在吻自己的后颈。他的另一只手拉着她紧紧地贴在他身上。凯丝集中注意力看着自己的手机。这篇小说是很久以前写的,她都不太记得结局是什么了。

"我不会咬你的。"巴兹死死盯着西蒙的眼睛说。

"那就好。"西蒙说,"幸好你仍然打算用已经过时的方式来杀我。不过你得承认这对你来说实在很困难。"

"当然困难了。"他向空中挥起一只手,西蒙看出这是巴兹的典型动作,"我有着古人对于鲜血的渴望,而一无是处的血袋就整日在我的周围晃来晃去。"

"整日整夜。"西蒙柔声说道。

巴兹摇了摇头,把目光转向别处。"我说过我不会伤害你的。"他喃喃地说。

"那就让我帮你。"西蒙挪过来一点,只有一英寸而已,这样他俩的肩膀就挨在一起了。尽管隔着他的T恤和巴兹那件领尖有纽扣的棉质衬衣,他还是能感觉到巴兹身上不再冰凉冰凉的了,而是暖暖的,似乎又恢复了健康。

"你为什么想帮我?"巴兹问道,又转过脸来看着西蒙。离得这么近，西蒙甚至能感觉到巴兹呼出的温和热气吹在自己的下巴上。"你会为了帮助自己的敌人而向导师保守秘密吗？"

"你不是我的敌人。"西蒙说，"你只是……一个很差劲的室友而已。"

利瓦伊笑了，凯丝感觉到他的气息吹在自己脖子上。

巴兹笑了，西蒙感觉到他的气息吹在自己的眼睫毛上。

"你讨厌我。"巴兹争辩道，"打从咱俩认识的那一刻起，你就讨厌我。"

"但是我并不讨厌的是，"西蒙说，"你现在的所作所为——为了保护他人，你抗拒着自己身上最强烈的欲望。这比我所做过的任何事情都要高尚。"

"那些不是我身上最强烈的欲望。"巴兹小声地说。

"你知道吗，"西蒙说，"咱俩在一起的时候，你有一半的时间都在自言自语。"

"哈，斯诺，我还以为你没有发现呢。"

"我当然发现了。"西蒙说，他感觉这六年的恼火与怒气——还有这半天的精疲力竭——在他的双耳之间晕晕乎乎就要达到顶峰了。他摇了摇头，刚才他一定是向前靠过去了，因为他和西蒙的鼻子还有下巴都要撞到一起了……"让我帮你吧。"西蒙说。

巴兹的脑袋一动也不动。随后他点了点头，他的前额"砰"的一声轻轻地撞在西蒙额头上。

"我当然发现了。"西蒙说，他的嘴巴不由得向前伸了过去。他想起了从这个男孩双唇间流过的一切。鲜血、愤怒和咒骂。

可是这会儿巴兹的嘴唇软软的，还有苹果的味道。

一切都要就此改变了，可是这一刻，西蒙却并不在乎。

凯丝闭上眼睛，感觉到利瓦伊的下巴正在沿着她的领子后面移动。

"继续念啊。"他悄声说道。

"没法念了。"她说，"到这里就结束了。"

"结束了？"他的脸从她的后颈处挪开了，"可是后来怎么样了？他们跟其他的兔子作战了吗？他们在一起了吗？西蒙有没有跟阿加莎分手？"

"这些随你怎么想都行。小说里没有写。"

"但你可以写啊。这本来就是你写的。"

"这是两年前写的。"凯丝说，"我也不知道自己当时在想什么。尤其是最后一段，太没有说服力了。"

"从头到尾我都喜欢。"利瓦伊说，"我喜欢那句'古人对鲜血的渴望'。"

"没错，那句词还行……"

"读点别的东西吧。"他低语道，吻着她耳朵下面的皮肤。

凯丝深深地吸了一口气。"读什么呢？"

"什么都行。其他同人小说、大豆报告……你就像一只爱听勃拉姆斯[1]的猛虎——只要你在读书，你就肯让我碰你。"

他说得对：只要她在读书，就会感觉他碰的似乎是别人。现在想起这一点，她觉得自己好像是搞砸了。

凯丝松开手，手机掉到了地板上。

她慢慢地转过身来面对着利瓦伊，感觉到自己的腰在他的怀抱里转动着。她抬起头看着他的下巴，摇了摇头。"不。"她说，"不要，我想集中精神。我也想爱抚你。"

她刚把双手放在他的法兰绒衬衫上，利瓦伊的胸口就剧烈地起伏起来。

他睁大了眼睛。"好吧……"

凯丝把注意力集中在自己的指尖，感受着法兰绒的质感，感受着它从他穿在里面的T恤上滑过，感受着衣服底下的利瓦伊，感受着他身上隆起的肌肉和骨骼。他的心脏在凯丝的手掌下跳动着，刚好在掌心的位置，仿佛她合起手指就能将它握住……

"我是真的喜欢你。"利瓦伊低语道。

她点点头，摊开了手掌。"我也是真的喜欢你。"

"再说一遍。"他说。

她笑了。真应该有个词来形容那种刚一开始就结束的笑。这种笑声只有一个音节，表达的是惊喜和认同。凯丝的笑就是这样的，笑完之后她低下头，双手紧贴在他的胸前。"利瓦伊，我是真的喜欢你。"

她感觉到他将双手放在她的腰上，亲吻着她的头发。

"一直说下去。"他说。

1　勃拉姆斯：德国作曲家。

凯丝微微一笑。"我喜欢你。"她边说边用自己的鼻子去碰他的下巴。

"要是早知道今晚会跟你见面,我就刮胡子了。"

他说话的时候下巴一动一动的。"我喜欢你这个样子,"她说,任凭他的胡茬儿刮蹭着自己的鼻子和脸颊,"我喜欢你。"

他抬起一只手放在她的脖子后面,让她保持这个姿势不要动。"凯丝……"

她咽了一口唾沫,将双唇贴在他的下巴上。"利瓦伊。"

直到这时,凯丝才意识到利瓦伊的下颌边缘就近在咫尺。然后想起她曾经对自己保证过要在这里做些什么。她闭上眼睛,吻着他下巴的下面和后面,这些地方很柔软,还有点胖乎乎的,就像婴儿一样。他把脖子弓了起来,这甚至比她原先期望得还要美好。

"我喜欢你。"她说,"这么这么喜欢。我喜欢你这里。"

凯丝伸手搂住了他的脖子。天哪,他好温暖。他的皮肤如此温暖、如此厚实,比她的皮肤厚实多了。她将手指滑进他的头发里,轻轻抱着他的后脑勺。

他也学着她的样子,双手扶在她脑后,将她的脸拉到自己面前。"凯丝,要是我现在吻你的话,你会不会从我身边一下子跳开?"

"不会。"

"你会惊慌失措吗?"

她摇摇头。"也许不会吧。"

他咬着下嘴唇的一侧,露出了笑容。他那弯弯的双唇并没有完全笑开。

"我喜欢你。"她轻声说。

他把她往跟前拉了一点。

对。就这样。亲吻利瓦伊。

现在她很清醒，嘴里也没有因为整晚大声读书而仿佛拖泥带水一般，所以这一次感觉好多了。她连连点头，回吻着他。

每一次巴兹和西蒙接吻，凯丝总是会大书特书他俩其中一个张开嘴的那一刻。可是当你真的在跟别人接吻的时候，要想闭着嘴巴其实是很难的。凯丝早在利瓦伊压根还没碰到她的嘴唇时就把嘴张开了，现在也还依然没有闭上。

利瓦伊的嘴巴也是张开的，可是他时不时就会往后缩一点，仿佛有话要说。然后再一次把下巴伸到前面来，跟她的下巴撞在一起。

天哪，他的下巴。她真想这就跟他的下巴结婚，恨不得把它给封锁起来只让自己一个人碰。

利瓦伊又一次往后缩的时候，凯丝转而吻起了他的下巴，仰起脸紧紧贴在他的下颌底下。"我好喜欢你的下巴这里。"

"我好喜欢你。"他说，把脑袋向后靠在沙发上，"甚至还不只是喜欢，你明白吗？"

"还有这里。"她边说边用鼻子去顶他的耳朵。利瓦伊的耳垂紧贴着脑袋，这让凯丝想起了旁氏表[1]以及孟德尔[2]。她想用牙齿咬住他的耳垂往外拽。"你的耳朵这里真好看。"她说。他把肩膀耸了起来，好像被她弄得很痒似的。

"来，到这儿来。"他边说边用力拉着她的腰部。她就坐在他身边，不过他似乎是想要她坐到自己腿上来。

"我可不轻。"她说。

"没事。"

---

[1] 旁氏表：又称棋盘法，是用于预测特定杂交或育种实验结果的一种图表。
[2] 孟德尔：奥地利遗传学家。

凯丝心里一直都一清二楚，要是跟利瓦伊单独在一起，她一定会出乖露丑，此刻她的所作所为正是如此。她正在撕咬着他的耳朵，想用自己脸上的每一个部位去感受它。

我不介意的……她想象得出明天他对芮根或者是他那十八个室友之一说起这事的样子。她一直在舔我的耳朵，不肯停下来。我觉得她恐怕是有恋耳癖吧。至于她对我的下巴做了什么，我还是不跟你们说的好。

利瓦伊依然抱着她的腰，抱得很紧，仿佛他准备像花样滑冰那样来个托举似的。"凯丝……"他说，随后咽了一口唾沫。他的喉结往下一沉，凯丝真想用嘴把它接住。

"这里也好看。"她说。她的声音听起来很痛苦。他太可爱、太美好，简直让她无法承受。"好看的地方太多了。真的……你的整个脑袋都好看。我喜欢你的脑袋。"

利瓦伊大笑起来，她却想去吻他脸上所有动起来的地方。他的喉咙，他的嘴唇，他的双颊，还有他的眼角。

巴兹亲吻西蒙的时候肯定不会像这样乱七八糟的。

凯丝的鼻子都快要撞上利瓦伊的美人尖了，西蒙对巴兹可不会这样。

她终于还是对利瓦伊的双手投降了。她爬到他腿上，膝盖跪在他的臀部两侧。他伸长脖子仰望着她，凯丝把双手放在他的太阳穴上，捧着他的脸。"这里，这里，这里。"她边说边吻着他的额头，禁不住抚摸着他那轻如羽毛一般的头发，"哦，天哪，利瓦伊……这里太好看了，我简直要受不了了。"

她用双手和脸颊抚平他的头发，然后吻着他的头顶，就像他每次吻她的时候那样。她和利瓦伊交往这么久以来，她就只许他吻头顶。

利瓦伊的头发并没有洗发水的味道，也不像刚刚收割的苜蓿，闻起来主要还是咖啡的香味，上回他在凯丝床上睡了一夜之后，凯丝的枕头一个星期都是这个味儿。她的嘴停留在他的发际线上，他的头发在这里是最少最细的，比她头发软多了。"我喜欢你。"她说，同时却又觉得怪怪的，眼里涌出泪水来，"我好喜欢你，利瓦伊。"

然后她吻了我那日益后退的发际线，她想象他说道。在她的想象里，利瓦伊就像丹尼·祖科[1]，他的室友们则是雷鸟帮的其他成员。再多说一点，再多说一点。

他的脸被她捧在手里，热乎乎的。

"到这儿来。"他边说边用一只手握住她的下巴，随后仰起自己的下巴，吻上了她的唇。

这就对了。

就是这样。亲吻利瓦伊。

这样，这样，还有这样。

"你哪里是动手动脚……"过了一些时候，他轻声地说。他已经缩到了双人沙发的一角，她坐在他腿上。她这样已经好几个小时了，就像个吸血鬼一样蜷在他身上。尽管已经筋疲力尽，她却依然用麻木的嘴唇在他胸前的法兰绒衬衣上蹭来蹭去，不肯停下。"根本就是动嘴动舌。"他说。

"对不起。"凯丝说，然后咬起了嘴唇。

"别犯傻了。"他边说边用大拇指把她的嘴唇从牙齿底下拉了出来，"也不要道歉……再也不要。"

---

[1] 丹尼·祖科：音乐剧《火暴浪子》中的男主角，他把自己与女主角之间的恋情告诉了自己帮派的朋友们。

他使劲把她拉了起来,让她俯视着他的脸。结果她的眼神却习惯性地向下溜达到了他的下巴上。"看着我。"他说。

凯丝抬起眼睛,看着利瓦伊那张蜡笔画一般的脸。太漂亮了,太美好了。

"你能到这里来跟我在一起,"他说着抱了她一下,"我很开心。"

她笑了,眼神又开始往下飘。

"凯瑟……"

她回去看他的眼睛。

"你知道我已经爱上你了,对吧?"

"你一直都知道？"

"也不是一直。"佩妮洛普说，"但是已经很久了。至少是从五年级开始就知道了，当时你坚持要咱们跟着巴兹在城堡里到处转悠，每隔一天就去跟踪一次。你还叫我去看了他所有的橄榄球比赛。"

"那是为了确保他没有作弊。"西蒙习惯性地说。

"没错。"佩妮洛普说，"我已经开始好奇了，你到底还能不能自己想清楚。你已经想清楚了，对吧？"

西蒙不由自主地露出了微笑，脸也红了，这个星期他已经不是第一次这样了。第五十次都不止了。"是的……"

——摘自《西蒙，别放弃》
由同人小说网作者魔法凯丝发表于2011年3月

三十二

琳恩回来了,这种感觉就好像有人把凯丝原本颠倒的世界又给翻了回来,仿佛过去这整整一年来凯丝都是挂在地板上的,同时还要设法让自己别跌到天花板底下去。

如今凯丝想什么时候给琳恩打电话都可以。无须多虑,也无须忧心。她们一起吃午餐,也一起吃晚餐。她们围绕着对方的日程来安排自己的时间,把每一个小小的空隙都填满。

"你就像一只快乐的海星,"利瓦伊说,"把丢掉的胳膊或是腿又找回来了。"看到他喜笑颜开的样子,会让人以为他才是那个姐姐失而复得的人。"以前那样可不好,你跟你妈妈不说话,跟你姐姐也不说话,你们俩就像雅各和以扫[1]。"

"我还是不跟我妈妈说话啊。"凯丝说。

她跟琳恩谈过妈妈的事了,而且谈得还很多。

听说劳拉不肯待在医院里,琳恩倒并不吃惊。"麻烦事她是不做的。"琳恩说,"我都不相信她居然会来。"

---

[1] 雅各和以扫:《圣经》中的人物。雅各和以扫是一对双生子,曾因继承权反目。

"她没准以为你要死了。"

"我才没有。"

"为人父母就是最麻烦的事了。"凯丝说，有点恼火，"她怎么能躲开麻烦事呢？"

"她也不想为人母。"琳恩说，"她希望我叫她'劳拉'。"

凯丝本来已经打算在心里开始称呼劳拉为"妈妈"了。现在她决定以后对她还是压根什么都不称呼算了⋯⋯

琳恩依然跟她（那个没法称呼的人）有来往。她说她们多数都是短信联系，在脸谱网上也是朋友。琳恩觉得这个程度的投入是可以接受的，她似乎认为这样比不相往来要好一些，同时又比亲密无间要安全。

凯丝就不能接受了。她的脑子不是这么运作的。她的心也没法这么想。

不过她已经不再为这事跟琳恩吵架了。

如今凯丝和琳恩的关系又像从前一样了，利瓦伊觉得他们应该一天到晚都在一起。他们四个人。"你知道汉德罗也是农学院的吗？"他问道，"我们还一起上过课呢。"

"也许咱们应该多多进行四人约会。"凯丝说，"以后再来个四人婚礼，这样咱们就能在同一天结婚了，到时穿着一样的礼服，四个人同时点燃同心烛。"

"呸。"利瓦伊说，"我要自己选衣服。"

他们四个确实一起出去过一两次，不过纯属偶然。那是在汉德罗来接琳恩的时候，还有利瓦伊来接凯丝的时候。

"你不会想跟我和琳恩一起玩的，"凯丝想要说服他，"我俩就只会听着饶舌音乐谈论西蒙，其他的什么也不做。"

距离《第八支舞》的出版只剩下六个星期了，关于这事，琳恩比凯丝还要紧张。"我不知道你要怎么让这一切圆满收场。"她说。

"我已经有大纲了。"凯丝总是这么对她说。

"是啊,可是你还得上课呢。把你的大纲给我看看吧。"

通常她们都是待在凯丝的宿舍里,挤在一起看着笔记本电脑。这里离校园比较近。

"别指望我能分得清你俩谁是谁。"当这种现象变成家常便饭以后,芮根说道。

"我的头发短一些。"琳恩说,"她是戴眼镜的。"

"打住。"芮根抱怨道,"别让我看你们。这里简直像是在演《闪灵》[1]一样。"

琳恩歪过脑袋眯起眼睛。"真不知道你是说真的还是在开玩笑。"

"那都无所谓。"凯丝说,"别理她就好。"

芮根对着凯丝怒目而视。"你是查克,还是寇弟[2]?"

今天她们待在琳恩的房间里,好让芮根能有个喘息的机会。她俩坐在琳恩床上,笔记本电脑摆在两人的腿上。考特尼也在,她正准备出去。今天晚上她要跟兄弟会的成员们一起学习。

"你不能杀掉巴兹。"琳恩边说边按着向下的方向键浏览着凯丝的《别放弃》大纲。她俩总是会回到这一点上,琳恩的态度很坚决。

"我从来没有想过我会杀掉巴兹。"凯丝说,"从来没有。但这是最终的救赎,你明白吗?经过这么多年的争斗,经过这一年难能可贵的相亲相爱,如果他为了西蒙牺牲自己……那就会让他俩共同经历

---

[1] 《闪灵》:一部美国恐怖电影。里面有双胞胎鬼魂的恐怖镜头。
[2] 查克和寇弟:查克和寇弟是美剧《小查与寇弟的顶级生活》里的两位主角,是一对双胞胎兄弟。

的一切更加甜蜜。"

"要是你杀掉巴兹,我就只能杀掉你了。"琳恩说,"而且我后面还有很多人排着队要杀你。"

"我非常肯定巴西尔会在最后一部电影里死掉,"考特尼边说边穿上了夹克,"西蒙非杀他不可——他是个吸血鬼。"

"那他得先在最后一部小说里死掉才行。"凯丝说。她依旧搞不清楚考特尼究竟是真傻还是只是懒得在开口说话前先动动脑子。琳恩对着凯丝摇了摇头,又翻了个白眼,仿佛在说,别浪费时间跟她说话。

"别把自己累着了,女士们。"考特尼说,她一边往外走一边挥了挥手。只有凯丝一个人跟她挥手道别。

琳恩和考特尼之间一定发生了什么事。凯丝不知道是急诊室那件事还是别的什么。她俩还是朋友,也还在一起吃午饭。但即使是一点点小事似乎也会惹恼琳恩——考特尼穿高跟鞋配牛仔裤的样子,或是她错以为bought的过去分词是boughten。凯丝问过这事,可琳恩只是耸了耸肩,没有理会她。

"她说得不对。"凯丝这会儿说道,"我觉得杰玛·T.莱斯利不能把巴兹除掉。"

"你也不能。"琳恩说。

"可是这样会让他成为一位最最浪漫的英雄人物。想想《西区故事》里的托尼和《泰坦尼克号》里的杰克吧。不然就想想耶稣。"

"这纯属放屁。"琳恩说。

凯丝咯咯地笑了。"放屁?"

琳恩用胳膊肘捣了她一下。"没错。最具英雄主义的行为不应该是死亡。你总是说,想把巴兹应得的那些故事都给他,想把他从杰玛手里解救——"

"我只是觉得她没有意识到他这个人物所具备的潜力。"凯丝说。

"所以你就打算让他死掉?最完美的报复难道不应该是好好活着吗?让巴兹和西蒙从此过上幸福的生活,让《别放弃》以朋克摇滚的风格画上句点。"

凯丝大笑起来。

"我是认真的。"琳恩说,"他俩一起经历了这么多——不仅仅是在你的小说里,而且在原著里以及咱们读过的关于他俩的几百篇同人小说里都是如此……想想你的读者们吧,要是留那么一点希望给我们,那该有多美好啊。"

"可是我不希望这篇小说落入俗套。"

"从此过上幸福的生活,或者哪怕只是今后永远在一起,这并不是俗套。"琳恩说,"这是两个人所能努力争取的最崇高、最勇敢的结果。"

凯丝仔细打量着琳恩的脸,仿佛在看着一面稍微有点变形的镜子,又像是透过一层模糊的玻璃。"你恋爱了吗?"

琳恩的脸红了,低下头看着笔记本电脑。"这跟我没关系。我说的是巴兹和西蒙。"

"我说的是你。"凯丝说,"你恋爱了吗?"

琳恩把电脑拖过来,只放在她自己一个人的腿上,开始把鼠标滚回凯丝这份大纲的最顶端。"是啊。"她冷冷地说,"这又没有错。"

"我可没说这有错。"凯丝咧开嘴笑了,"你恋爱了。"

"哦,闭嘴吧,你不也一样。"

凯丝争辩起来。

"别嘴硬了。"琳恩指着凯丝的脸说道。"我见过你看着利瓦伊的样子。你曾经这样写过西蒙,他的目光追随着巴兹,'仿佛他是这间屋里最明亮的光,仿佛他将余下的一切都投进了阴影',对吗?你就是这个样子的。你根本就没法让视线离开他。"

"我……"凯丝相当肯定,利瓦伊就是这间屋里最明亮的光,在任何地方都是。明亮、温暖、劈啪作响。他就像是人形的篝火。"我是真的喜欢他。"

"你跟他上床了吗?"

"没有。"凯丝知道琳恩是什么意思,也知道她想听的不是什么利瓦伊祖母的被子,更不是他俩像两张叠放在一起的椅子一样蜷在彼此怀里睡觉这回事。"你呢?跟汉德罗上床了没?"

琳恩笑了。"切。那么……你打算跟他上床吗?"

凯丝揉了揉右手的手腕,她打字的那只手腕。"是啊。"她说,"我想会吧。"

琳恩一把抓住凯丝的胳膊,推了她一下。"哦,我的天哪,到时候你会告诉我吗?"

"废话。"凯丝也推了她一把,"总之,我觉得这事不用着急,不急在这一时,但是他让我有所期待。而且,他让我觉得……一切都会很顺利,我用不着担心自己会搞砸。"

琳恩白了她一眼。"你不会把这事搞砸的。"

"嗯,可我也不会轻松就搞定的,对吧?还记得我花了多久才学会开车吗?而且我到现在都不会往后倒着溜冰……"

"想想你为西蒙和巴兹写过多少回美好的第一次。"

"这完全是两码事。"凯丝不屑地说,"甚至连相同的身体部分都没有。"

琳恩咯咯地笑了,怎么也停不下来。她把电脑抱在胸前。"他们的部分会比你自己的部分——"她还在傻笑着,"让你感觉更顺心,而且……你还没看过他们的部分呢……"

"我写的时候都设法绕过去了。"凯丝也咯咯地笑了起来。

"我知道,"琳恩说,"你写得可真不赖。"

她俩笑完以后,琳恩在凯丝的胳膊上打了一拳。"你会很顺利的。就像上课一样,最初的几次,你只有在场才能拿到分。"

"那可太好了,"凯丝嘲笑地说,"这样我就感觉好多了。"她摇了摇头,"现在谈这个还为时过早。"

琳恩露出了微笑,不过看起来却很认真,仿佛想要什么东西。"嗨,凯丝——"

"又怎么啦?"

"不要杀掉巴兹。我甚至可以为你校对小说,如果你希望这样的话。只是……不要杀掉他。巴兹比任何人都应该得到一个圆满的结局。"

"嘘。"

"我只是——"

"别说话。"

"我担心——"

"别担心。"

"可是——"

"西蒙。"

"巴兹？"

"我在。"

——摘自《西蒙，别放弃》

由同人小说网作者魔法凯丝发表于2011年9月

三十三

"你开始写了吗?"派珀教授问道。

"是的。"凯丝撒了谎。

她这完全是情不自禁。她没法说不是——那样派珀教授就可能彻底放弃这次的努力。凯丝还是没有把任何进展拿给她看……

因为凯丝根本就毫无进展。

其他的事情太多了。琳恩、利瓦伊、巴兹、西蒙、爸爸……其实,凯丝已经不像以前那样担心爸爸了。这就是琳恩每个周末都回家的好处。周末的时候,琳恩待在家里,哪儿也去不了,觉得无聊透顶,几乎会把一切都向凯丝实时直播,不停地给她发短信或是邮件。

"爸在给我看一部关于路易斯和克拉克[1]的纪录片。他这是想逼我喝酒啊。"琳恩压根不知道凯丝还有小说写作的作业这回事。

凯丝本来想告诉派珀教授——再一次告诉她——自己不是写小说的那块料,实际上她有小说恐惧症。可是等凯丝来到这里,抬起头看着派珀教授那一脸的希望和信心……

---

[1] 路易斯和克拉克:两位伟大的美国西部探险家。

她就说不出口了。她宁愿忍受这一次次宛如酷刑般的查问,也不肯说出真相——只有当她坐在这间办公室里的时候,才会想起自己的作业。

"太好了。"教授说着探身越过桌子拍了拍凯丝的胳膊,脸上的笑容和凯丝想要看到的一模一样,"这样我就放心了。本来我还以为又要跟你讲一通'血与泪、苦与甜'这样的话——我都不知道自己还能不能说得出来。"

凯丝微微一笑,觉得自己真是个讨人厌的家伙。

"那么,跟我说说吧。"教授说,"我能看看你已经写好的部分吗?"

凯丝直摇头,摇得太快了,然后又改用比较正常的速度继续摇着头。"不行,我是说,现在还不行。我只是……还不行。"

"好吧。"派珀教授似乎有点怀疑,(也有可能是凯丝自己太多疑了。)"那你能告诉我写的是什么吗?"

"可以。"凯丝说,"当然可以。我写的是……"她的脑海里出现了一个巨大的车轮,正在绕着她旋转,就像《价格猜猜猜》[1]或者《幸运大轮盘》[2]里的那种。轮子滚到哪算到哪——这就是她要写的东西。"我写的是……"

派珀教授笑了,仿佛她知道凯丝在撒谎,但却仍然真心希望她能把这篇小说写出来。

"我妈妈。"凯丝说完咽了一口唾沫。

"你妈妈。"教授重复道。

"是的。我是说……我是从这里写起的。"

---

[1] 《价格猜猜猜》:一档享誉美国近40年的电视竞猜类节目。
[2] 《幸运大转盘》:美国的一档电视游戏节目。

教授的表情几乎都有点调皮了。"每个人都是。"

"这里就是个鹰巢。"凯丝说。

利瓦伊背靠床头坐着,凯丝坐在他腿上,膝盖把他的臀部夹在中间。最近她在他腿上消磨了很多时间。她喜欢坐在上面,觉得这样只要她想就能挪开,虽然她基本上从来都不想。她也常常故意不去想也许还能在他腿上做什么事。在凯丝看来,他的腿上是一个抽象的领域。既没有固定,也不在地图上。要是她把利瓦伊的大腿上面看作一个具体的位置了,最后就只能从床上爬下来,自己蜷缩在那张双人沙发上。

"鹰巢是什么?"他问道。

"老鹰的巢穴。"

"哦。"他点点头,"是啊。"他抬起一只手梳理着头发。凯丝也用手跟他一起梳,感受着他那丝绸一般光滑柔软的头发从指间滑过。他对她笑了笑,仿佛她是店里的客人,刚刚点了一杯薄荷拿铁。

"你没事吧?"她问道。

他点点头,在她的鼻子上吻了一下。"当然没事。"他又笑了,可是笑得有点勉强。

"出什么事了?"凯丝动身从他的腿上下来,却被他抱住了。

"没事。没什么大事,只是——"他闭上眼睛,似乎很头疼,"我今天拿回一个测验的试卷。考得不好,就算对我来说都不算高。"

"哦。你考前做准备了吗?"

"准备得显然还不够。"

凯丝也不知道利瓦伊究竟花了多少时间在学习上。他连书都没有翻开过，但他到哪里都戴着耳塞。每一回她下楼来到他车上的时候，他都在听老师的讲课。可是她一上车，他就把耳塞拔下来了。

凯丝回想起他以前跟芮根一起学习的样子，屋里到处都是学习闪卡，一道题接着一道题地提问……

"你没考好都是因为我，对吗？"

"不是。"他摇了摇头。

"那也跟我脱不了干系。"她说，"你都不跟别人一起学习了。"

"凯瑟，看着我。我这辈子从来没有这么开心过。"

"你看着可不像开心的样子。"

"我说的不是现在。"他笑了。虽然疲倦，却很真诚。凯丝真想亲吻他那一动不动的樱桃小口。

"你得学习。"她边说边对着他的胸口打了一拳。

"好。"

"跟芮根一起，跟你利用的那些女生一起。"

"好。"

"跟我一起，如果你愿意的话，我可以帮助你学习。"

他伸手去够她的马尾辫，开始把橡皮筋往下拽，她的头随之往后仰去。

"你的作业已经够多的了。"他说，"还有成千上万的西蒙粉丝紧紧盯着你写的每一个字。"

利瓦伊在解她的辫子，凯丝抬起头看着石膏天花板上的一道道裂缝。"如果这样就能待在这里，在鹰巢里，跟你在一起。"她说，"而不是让你去别的地方跟别人在一起，那我很乐意做出牺牲。"

他把她的头发拉到前面来，它们刚好垂到她的肩膀下面。"我不知道你爱的是我呢，"他说，"还是这个房间。"

"都爱。"凯丝说，她说完才想明白他的措辞，脸都红了。

他笑了，仿佛刚才是在逗她。"那好。"他边说边摆弄着她的头发，"我学习再用功一些。"他跷起双腿，把她往前颠了一下，"把你的眼镜摘下来吧。"

"干吗？我还以为你喜欢我的眼镜呢。"

"我是喜欢。但是我尤其喜欢你摘下它们的时候。"

"你今晚要学习吗？"

"不用。我刚刚才考砸过，没什么要学的了。"他又用腿颠了她一下。

她白了他一眼，把眼镜摘了下来。

利瓦伊咧开嘴笑了。"你的眼睛是什么颜色的？"

她努力把眼睛睁到最大。

"我看得见。"他说，"可我不知道它们是什么颜色的。你的驾照上写的是什么颜色？"

"蓝色。"

"不是蓝色的。"

"是的，外面一圈是。"

"中间是褐色的，"他说，"边上是灰色，这两者之间是绿色。"

凯丝耸了耸肩，低下头看着他的脖子。他的耳朵后面有一颗痣，喉咙下边还有一颗。他现在比她第一次见到他的时候白一些了，那天他看着真黑，就像个在外面玩了一整个暑假的小孩子。

"今年暑假你干什么？"她问。

"在牧场里干活。"

"我能见到你吗?"

"能啊。"

"什么时候?"

"咱们会见到面的。"他摸了摸她的脸颊。

"没法像这样见面了吧……"

利瓦伊看看房间四周,双手捧起她的脸。"没法像这样。"他不情愿地承认道。

凯丝点点头,俯下身去吻他耳朵下面的那颗痣。"你确定你不用学习?"

"你要学习吗?"

"不用。"她说,"今天是周五。"

利瓦伊刚刚刮过胡子,他的下巴和脖子格外迷人,软软的,散发着薄荷的香味。她用一只手顺着他的法兰绒衬衣前面向下摸,直到她的手指摸到第一粒纽扣。她立刻就决定解开它。

利瓦伊吸了一口气。

她又摸到了下一粒扣子。

在她解开第三粒纽扣以后,他挣脱她的手,把衬衣拉起来从头上脱掉,露出了里面的T恤。凯丝低头看着他的胸膛,仿佛以前从来没有见过这样的东西,好像她从来没去过公共游泳池一样。

"你穿着衣服的时候比较显瘦。"她吃惊地说,手指从他的肩膀拂过。

他笑了。"你这是在夸我吗?"

"这是……我没想到你看起来有这么壮。"

他想吻她,不过她却把脑袋向后一仰——她还没有看够。利瓦伊乍看起来肌肉并不发达,不像汉德罗,甚至连艾贝尔都不如。可是他很结实,身材也很好,肩膀、胳膊和胸前都能看到肌肉的曲线。

凯丝真恨不得能回到过去重写关于巴兹或是西蒙胸部的每一个场景。她以前都把他俩的胸膛写得又扁又平、线条分明,而且还硬邦邦的。可是利瓦伊的动作和呼吸都是那么轻柔,肌肉曲线玲珑,凹下去的地方也是暖暖的。利瓦伊的胸膛是活生生的。

"你真美。"她说。

"你才是。"

"别跟我争,你真美。"

脱下利瓦伊的衬衣让凯丝很受启发,她想把自己的衣服也脱掉。利瓦伊也是这么想的。他摆弄着她衣服的下摆,接吻的时候悄悄把手指伸到了下摆的下面。接吻。凯丝喜欢这个词。她在自己写的小说里都不怎么舍得用,因为这个词太强大了。哪怕只是说出口,都会有接吻的感觉。语言可真是妙不可言。

利瓦伊接吻时动的是下颌和下嘴唇。她没跟多少人接过吻,不知道这样算不算与众不同,不过她觉得应该算。他吻着她,手指在她的衣服下摆底下游走。要是她这会儿把手举起来,他没准会替她脱了衬衣吧。她相信他一定会脱得很起劲。凯丝也不记得自己究竟在等什么、怕什么……

她是想等到结婚吗?就目前来看,她满脑子想的都是利瓦伊……可她近期是不可能嫁给他的。想到这一点,她反而更想要他了。如果她以后没有跟利瓦伊结婚的话,那么他的胸和他的唇可就不会一辈子对她敞开了,至于在他腿上可能会发生的事情,无论是什么,她都不能想什么时候做就什么时候做了。要是他俩各自跟别人结婚了怎么办?她应该现在就跟他上床,趁着她还能这么做。

这种逻辑是错误的,她的脑子在大喊,简直错得离谱。

你又怎么会知道自己什么时候才会离结婚很近呢?她在心里问自己。是时间上很近?还是距离上很近?

凯丝的手机响了。

利瓦伊在她的嘴里舔着,仿佛想从她的喉咙后部里把最后一丁点果酱给舔出来似的。

她的手机又响了。

也许不是什么重要的事。琳恩抱怨爸爸,要不就是爸爸抱怨琳恩。再不然就是他俩当中有一个正在被急速送往医院……

凯丝挣脱开来,抓住利瓦伊的双手,想要喘口气。

"我来看看。"她说,"是琳恩……"

他点点头,把手从她的衬衣上拿开了。凯丝很想从他腿上滑下来,就像从竹马上滑下来那样,不过她忍住了。这样感觉会很好,但她的尊严恐怕就永远找不回来了。于是她醉醺醺地从他身上爬下来,在床上伸出手去拿手机。

他也跟着她爬过来,想从她肩膀上看她的手机。

琳恩。"嗨,你真应该回到奥马哈来。汉德罗来了,我们等会儿打算到玛雅宝藏去跳舞。多好玩啊!来吧!"

"去不了。"凯丝给她回短信道,"跟利瓦伊在一起。"

她把手机扔到地板上,然后又想回到利瓦伊腿上去。然而他已经靠着床头、弓着腿坐在那里了。大腿坐不成了。

她想把他的膝盖挪开,可是他不让。他看着她,仿佛还是想弄明白她的眼睛到底是什么颜色。

"你没事吧?"她问道,跪在他面前。

"没事。你那边也没事吧？"他用下巴指了指她的手机。

凯丝点点头。"什么事都没有。"

利瓦伊也点点头。

凯丝又点了点头。

随后她将双臂举过了头顶。

阿加莎可怜兮兮地在斗篷底下搓着手指头。（不过她这样依然很漂亮。阿加莎就连满脸泪水的时候也还是个大美人。）西蒙很想对她说这不要紧，叫她忘了和巴兹在森林里那一幕……阿加莎站在月光下，握着巴兹那苍白的双手……

"告诉我吧。"西蒙说，他的声音在颤抖。

"我不知道该说什么。"她哭着说，"你在，你很好，你是对的。他就在那儿……可是他却不一样。"

"他是个怪物。"西蒙咬牙切齿地说。

阿加莎却只是点了点头。"也许吧。"

——摘自《西蒙·斯诺与第七棵橡树》

杰玛·T.莱斯利2010版权所有

三十四

她俩走进电梯,凯丝按下了九楼。

"真不敢相信咱们竟然已经吵了十五分钟,就为了西蒙在一篇蹩脚的同人小说里是该伸手去拿剑还是拿魔杖。"

凯丝说的"真不敢相信"指的是"不敢相信自己有多幸福"。琳恩到她的宿舍来了,她俩要一起写《别放弃》,一直写到利瓦伊下班。这已经成了每天的固定程序。凯丝喜欢固定程序。她觉得一股血清素[1]涌上心头。

琳恩推了她一下。"那可不是蹩脚的同人小说。它很重要的。"

"只是对我来说很重要罢了。"

"对我也很重要。还有读它的其他所有人。再说了,只对你一个人很重要也就足够了。你已经写了快两年。这是你毕生的心血之作。"

"天哪,听着好可悲。"

"我的意思是,它是你到目前为止的毕生心血,而且写得棒极

---

[1] 血清素:一种神经传导物质,如果数量不足,会对人体有负面影响,如冲动、焦虑、记忆力降低、注意力下降等。

了。哪怕你没有成千上万的粉丝,它也是你最大的成就。汉德罗不敢相信你有那么多读者。他觉得你应该设法用它来赚钱……他搞不懂同人小说究竟是怎么一回事。我们看过《大法师传人》,可是他看睡着了。"

凯丝倒吸了一口凉气,不过是半开玩笑的。"你从来没有跟我说过他跟咱们不是一路的。"

"我想等到你了解他以后再告诉你。利瓦伊怎么样?"

电梯门开了,凯丝住的这一层到了,她俩走了出来。"他很喜欢。"她说,"西蒙·斯诺,同人小说,什么都喜欢。他叫我大声把自己写的东西读给他听。"

"他对耽美情节不反感吗?"

"没有,他一点也不介意。怎么啦?汉德罗会反感吗?"

"会。"

"那他也不喜欢同性恋的人吗?"

"那倒不会……嗯,没准也不喜欢吧。他反感的主要是异性恋女孩写同性恋男孩这一点,他觉得这很变态。"

听了这话,凯丝咯咯地笑了,随后琳恩也跟她一起笑起来。

"他觉得我是变态的那一个。"凯丝说。

"得了吧。"琳恩又推了她一把。

凯丝停住了脚步。有个男生站在她的宿舍门口。

不应该出现在这里的那个男生。

"怎么啦?"琳恩也停下了,"你忘记什么东西了吗?"

"凯丝。"尼克边说边向前走了几步,"嗨。我在等你。"

"嗨。"凯丝说,"嗨,尼克。"

"嗨。"他又说了一遍。

凯丝距离自己的宿舍只剩下两米不到的距离，可她却不想再往前走了。"你来干什么？"

尼克低垂着眉毛，张着嘴。她能看见他的舌头在沿着牙齿滑来滑去。"我只是想跟你谈谈。"

"这就是你的图书馆男生吗？"琳恩问道。她看着他，仿佛他只是脸谱网上的一张照片，而不是一个活生生的人。

"不是。"凯丝说，她的否认主要是针对"你的"。

尼克看了琳恩一眼，然后决定不去理她。"听着，凯丝——"

"打电话不能说吗？"凯丝问道。

"我没有你的手机号码。我打到你的宿舍去了——学生名录上有你的信息——给你留了不少语音留言。"

"咱们还有语音留言？"

凯丝宿舍的门突然开了，芮根把头伸出来往外看。"这是你朋友？"她问凯丝，对着尼克点了点头。

"不是。"凯丝说。

"我看也不是，所以我跟他说只能在外头等。"

"你做得对。"琳恩说，声音很大，"他看起来确实不像现代人……"

芮根和琳恩并不知道凯丝和尼克之间发生了什么事，也不知道他是怎样利用了凯丝。她们只知道，她不愿意再谈起他，也不肯再去爱情图书馆。她觉得太难为情了，没有跟任何人细说这事。

现在面对面直视着他，凯丝反倒不难为情了。她很愤怒。这是抢劫。她曾经跟尼克一起写过一些很精彩的内容，可是现在她再也没法把这些拿回来了。要是她用了其中的任何语句、任何笑话，人们就可能会说这是她从他那里偷来的。她可从来没想过要偷尼克的东西——

除了他戴着的那条佩斯利围巾,她一直都很喜欢这条围巾。不过尼克大可以留着他那令人作呕的第二人称和一般现在时,还有他笔下那些骨瘦如柴、手指被尼古丁熏黄的女孩们。那些女孩如今嘴里说的都是凯丝写的笑话,这一点让她大为光火。

"听着,我只是想跟你谈谈。"他说,"不会很久的。"

"那就谈吧。"琳恩说。

"没错。"芮根说着靠在了门柱上,"谈吧。"

尼克似乎在等着凯丝帮他解围,不过她可没有这个心情。她倒是想转身走人,把他丢在这里去应付芮根和琳恩,这两个人即使并不讨厌你,多数时候也不好相处、很不客气。

"说吧。"凯丝说,"我听着呢。"

"好吧……"尼克清了清嗓子,"呃。那好。我来是想告诉你,告诉凯丝,"他看着她,"我的小说被《草原篷车》选中了。这是本校的文学期刊。"他对琳恩说,"对于本科生来说,这是无上的荣光。"

"祝贺你。"凯丝说,她觉得又一次被他彻头彻尾地利用了,仿佛他又抢劫了她一次,这次还是用枪指着她的。

尼克点点头。"谢谢。嗯……指导老师,你知道的,派珀教授,她,呃——"他看了看走廊四周,有点不安,随后稍稍地出了一口气,"她知道我的小说是在你的帮助之下写出来的,她认为如果咱俩能共享这一殊荣,那就太好了。"

"他的小说……"琳恩看着凯丝说道。

"太好了?"凯丝问道。

"这份刊物声望很高。"尼克说,"而且咱俩会署名为合著者,所有的荣誉都归咱俩——咱们甚至可以按照字母排序,你的名字排在前面。"

凯丝感觉到有人把手搭在她背上。"嗨。"利瓦伊说着在她头顶吻了一下,"我提前下班了。嗨!"他爽朗地对尼克说,同时伸出胳膊绕过凯丝去跟他握手,"我是利瓦伊。"

尼克握住他的手,一脸疑惑,同时又觉得受了打扰。"我是尼克。"

"图书馆的尼克。"利瓦伊说,他依然兴高采烈的,搂住了凯丝的肩膀。

尼克转过头看着凯丝。"你怎么想?这样是不是很棒?你会跟派珀教授说你同意的吧?"

"我不知道。"凯丝说,"只是……"只是,只是,只是。"发生了这么多事,我也说不清这样是否合适……"

他用那对深蓝色的眼睛紧紧盯着她。"凯丝,你一定要答应。这对我来说是一个大好机会。你知道我有多想要这个机会。"

"那就拿去好了。"凯丝轻声说。她努力想假装自己生命中所有重要的人并没有站在这里听着这一切。"尼克,你可以抓住这个机会,用不着和我分享。"

尼克也在假装周围没有其他人。"我做不到。"他说,又往前迈了一步,"她——派珀教授——说要么把咱俩的名字一起登出来,要么就压根别发表。凯丝。求你了。"

走廊里变得异常安静。

芮根看着尼克,仿佛她在把他往铁轨上绑。

琳恩也看着他,就像是从他小说里走出来的一个冷酷少女,流露出对他的蔑视。

利瓦伊依然在微笑,就像那天他对着马格西的那些醉鬼们微笑一样,那是在他说服汉德罗挥出拳头之前。

凯丝继续假装他们全都不在。她想起了尼克的小说——他俩的小说——想起了她为之倾注的一切,想起了眼前的机会,也许她可以从中得到回报了。

随后她又想起当初自己和尼克并肩坐在书库里,想让他松开手把笔记本给她。

利瓦伊搂了搂她的肩膀。

"对不起。"凯丝说,"不过我什么荣誉也不想要。你一直都是对的,这是你的小说。"

"不。"他咬紧牙关说道,"我不能失去这个机会。"

"你还会再有其他机会的。你是一个伟大的作家,尼克。"她说,这话是发自内心的,"你不需要我。"

"不。我不能失去这个机会。我已经丢了助教的位子,就因为你。"

凯丝往后退了一步,靠在利瓦伊怀里。

芮根把门又开大了一些,琳恩从尼克身旁挤过去,推着凯丝进了宿舍。"很高兴认识你。"利瓦伊说,只有非常了解利瓦伊的人才能看出这并不是他的真心话。

尼克站在原地没有动,仿佛依然以为他也许能说服凯丝帮助自己。

芮根当着他的面一脚把门给踢得关上了。"你真的跟那家伙约会过?"她问道,门还没有完全关上,"他就是你的图书馆男朋友?"

"是写作搭档。"凯丝说,她躲开所有人的视线,把自己的包放在书桌上。

"真是个白痴。"芮根嘀咕道,"我敢肯定我妈也有一条那样的围巾。"

"他是不是把你的小说给偷走了？"琳恩问道，"就是你们一起写的那篇？"

"不是，也不完全是这样。"凯丝猛地转过身，"无所谓了。"她尽量让自己的语气显得很坚强，"可以吗？"

她抬起头看着这三张面孔，他们全都准备去替她打抱不平，她这才意识到这事真的已经无所谓了。尼克——没有她就写不出他那篇反爱情小说的尼克——早已经是过眼云烟了。

凯丝对着利瓦伊咧开嘴笑了。

"你还好吧？"他问道，他也禁不住对她露出了笑容。愿上帝保佑他。永远永远保佑他。

"我感觉好极了。"她说。

她姐姐依然在打量着凯丝。"那就好。"琳恩说，仿佛下了什么结论，"好。很好。"随后她转过身看着利瓦伊，在他胳膊上捶了一下。"好吧，星巴克中尉，既然你来了，不妨送我到农舍去吧，在路上还可以弄点白巧克力摩卡给我们喝喝。"

"那不如现在就走。"利瓦伊大度地说，"我把车停在消防通道上了。"

凯丝又把包给拿了起来。

"我还想告诉你们，"利瓦伊边说边打开门——凯丝偷偷向外看去，确认尼克已经走了——"我知道这话出自《太空堡垒卡拉狄加》。"

"好了，好了，好了。"琳恩说，"你是个头等极客。"

到达汉德罗的兄弟会时，利瓦伊下车去帮琳恩开门。他如今已经不是每次都在凯丝上车和下车的时候替她开门了。因为在他有机会这么做以前,凯丝往往已经就位了。琳恩从卡车上下去之后,凯丝很不情愿地从驾驶座上溜下来,扣好了自己的安全带。

利瓦伊启动卡车,然后换了挡,看都没有看她一眼。自打从她宿舍出来以后,他就没有仔细看过她。

"你没事吧?"她问道。

"没事。只是饿了。你饿不饿?"他还是没有看她。

"是因为尼克吗?"她问道。她发现自己期待着他是因为尼克才这样。

"不是。"利瓦伊说,"应该是因为他吗?你似乎不想谈起他。"

"确实不想。"凯丝说。

"那就好。你饿了吗?"

"不饿。你吃醋了?"

"没有。"他摇了摇头,仿佛想要摆脱什么念头。随后他转过脸来对她微微一笑。"你希望我吃醋吗?"他扬起一条眉毛,"要是你好这口的话,我倒是可以大闹一场。"

"我看免了吧。"凯丝说,"不过还是谢谢你。"

"那就好,我也饿得没力气发火。咱们在哪里停一下吃点东西好不好?"

"不好。"她说,"要是你想吃的话,我可以给你做一点吃的,用鸡蛋做。"

利瓦伊对着她开心地笑了。"天哪,好啊。我可以看着你做吗?"

凯丝笑了。"你可真好笑。"

利瓦伊想吃煎蛋。他从冰箱里拿来了鸡蛋和奶酪，凯丝则找出了煎锅和黄油。看到这间厨房，凯丝几乎已经不会再想起那个早已离去的金发女孩。那姑娘不过是昙花一现罢了。

　　凯丝刚把三个蛋打好，利瓦伊就拽了拽她的马尾辫。"嗨。"

　　"嗯？"

　　"你姐姐为什么不喜欢我？"

　　"没人不喜欢你。"凯丝边说边用叉子搅着鸡蛋。

　　"那为什么你只有在我不在的时候才跟她一起玩？"

　　凯丝回过头看了他一眼，他靠在水槽上。

　　"奶酪。"她说，对着他的手点头示意，"磨碎。"可他却只是一直看着她，一动也没动。凯丝说："也许是因为我希望你只属于我一个人呢？"

　　"也许吧……"他说，用一只手梳起了头发，"也许是我让你丢脸了。"

　　她把鸡蛋倒进煎锅里，自己伸手去拿奶酪刨丝器。"你哪里让我丢脸了？是你那高高瘦瘦的好姿色还是你那让人无法拒绝的好性格？"

　　"亚力汉德罗是校董奖学金的获得者。"利瓦伊在她身后轻声地说，"沙山地区有一半都是他们家的。"

　　"等等……你说什么？"凯丝把手里的东西全都放下了，转过身来看着他，"你真的以为我觉得你丢了我的脸？"

　　利瓦伊温柔地笑了，耸了耸肩。"宝贝，我又没生气。"

　　"不，你简直是疯了。我压根就不知道汉德罗的这些情况，再说了，谁在乎这些东西呢？"凯丝把手伸到他胸前，紧紧抓住他的黑色运动衫，"天哪，利瓦伊。看看你……你……"她不知道该用什么词来形容利瓦伊。他就像一幅岩画。他就是那个红气球[1]。她踮起脚尖，把他往前拉下来，直到他的脸近到她都没法同时看见他的两只眼睛了才停下。"你是有魔力的。"她说。

利瓦伊笑得眼睛都眯成一条缝了。她亲吻着他的嘴角，他转过脸来吻住了她的唇。

凯丝听见鸡蛋开始在煎锅里噼啪作响，她挣脱开来，可是利瓦伊依然搂着她的腰不肯放。

"那又是为什么呢？"他问道，"难道琳恩没有不喜欢我？是我让你感到受了约束吗？我看得出来，琳恩在的时候，你就不希望我在场。"

凯丝在他胸口推了一把，把他推开了，然后回到炉灶前，迅速地把奶酪磨碎了撒在鸡蛋上。"这不关你的事。"

利瓦伊想要回到她的视线之内，于是靠在炉边的吧台上。"你怎么知道的？"

"只是……没什么，这有点怪。"她说，"如果你是跟我们一起长大的，或者说你是同时认识的我们俩，就不会这样了……"

"那又有什么区别呢？"

凯丝耸了耸肩，用一个木头锅铲刮着煎蛋。"那样我就会知道，你是在充分了解情况的基础上选择了我。"

利瓦伊探身到炉灶上方，想要看着她的眼睛。

"回去。"凯丝说，"你会烫着自己的。"

他往后退去，不过只退了几英寸而已。"我当然会选你。"

---

[1] 红气球：一部法国奇幻电影。片中的小男孩捡到一只红气球，红气球仿佛一个淘气却又乖巧的孩子，紧紧跟随着小男孩去学校、坐车、上教堂，为他带来了莫大的快乐。

"可是你当时不认识琳恩。"

"凯丝……"

她真希望自己能别只是盯着煎蛋，而是还能做点别的什么。"我知道你觉得她很漂亮——"

"你知道这一点是因为我觉得你很漂亮。"

"你说过她很性感。"

"什么时候说的？"

"你第一次见到她的时候。"利瓦伊似乎一时没有反应过来，一条眉毛弯成了漂亮的曲线。"你把她称作超人。"凯丝说。

"凯瑟，"他说，回忆起来了，"我那是想要吸引你的注意。我想用间接的方式来夸你性感。"

"好吧，你夸得很糟糕。"

"对不起。"他又搂住了她的腰，她一直在低头看着鸡蛋。

"我知道你喜欢我。"她说。

"你知道我爱你。"

凯丝还是盯着煎锅。"可是她跟我很像。甚至连我们的一些最好的朋友都分不清我们俩。而且，要是他们能分清，那就是因为琳恩是更好的那一个。因为她说话多一些，笑容也多一些，或者干脆就是看起来漂亮一些。"

"我能够把你们俩分得清清楚楚。"

"我是长头发，她不戴眼镜。"

"凯丝……好了，看着我。"他拽着她的腰带袢，她趁着还没被他拉得转过身去面对着他，赶紧给煎蛋翻了个面。"我可以分得清你们俩。"他说。

"我们说话的声音一样，说的内容也差不多。我们的手势也都是一样的。"

"确实如此。"他说着点了点头，用手抬起她的下巴，"但实际上正是这些让你们俩之间的区别反而更大了。"

"这话什么意思？"

"我是说，有时候你姐姐会说一些话，听到她用你的声音把这些话说出来，简直会让我大吃一惊。"

凯丝抬起头看着他的眼睛，有点迟疑。他的眼睛很大，也很真诚。"比如像？"

"我一时想不出具体的话来。"他说，"好比说……她比你笑得更多，但是跟她接近以后才发现，不知是什么原因，她反而更难相处。"

"我才是那个宅在屋里足不出户的人。"

"我也解释不好了……我喜欢琳恩。"他说，"以我对她的了解，她比你要……强悍一些。"

"那叫自信。"

"也不完全是自信，或许吧。更像是……她在任何情况下都能得到自己想要的东西。"

"这并没有错啊。"

"是没错，我知道。"利瓦伊说，"可是你不会这样。你不会每时每刻都步步紧逼。你会留心观察，将一切都看在眼里。我喜欢你这样。我更喜欢这种感觉。"

凯丝闭上眼睛，感觉到泪水流下脸庞。

"我喜欢你的眼镜。"他说，"喜欢你的西蒙·斯诺T恤，喜欢你不会对每个人都露出笑容，因为这样一来，当你对我微笑的时候……凯瑟。"他亲吻着她的嘴，"看着我。"

她照做了。

"即使所有人都任我选,我也会选你。"

凯丝艰难地吸了一口气,抬起一只手去摸他的下巴。"利瓦伊。"她说,"我爱你。"

利瓦伊的脸笑得开了花,随后吻起她来。

过了几秒钟,他又抽离开来……

"再说一遍。"

后来,她不得不重新给他做了个蛋卷。

"你知道身为一名魔法师,最令人失望的事情是什么吗?"

佩妮洛普摇了摇头,白了他一眼,这么多年以来,这一连串的动作她已经娴熟无比。"别傻了,西蒙。魔法是不会让人失望的。"

"会的。"他争辩道,不过部分是为了逗她,"我总是以为,到了这会儿咱们已经学会飞了。"

"哦,呸。"佩妮洛普说,"人人都能飞,只要有朋友。"

她对着他举起自己戴戒指的那只手,咧开嘴笑道:"飞吧,飞吧,飞走吧!"

西蒙感觉到自己渐渐离开脚下的台阶,他笑着做了个慢动作的空翻。再度直立起来的时候,他用自己的魔杖瞄准了佩妮洛普。

——摘自《西蒙·斯诺与五片利刃》第十一章
杰玛·T.莱斯利2008版权所有

三十五

"瞧瞧她们。"芮根边说边慈爱地直摇头,"她们都长大了。"

凯丝转过头看了看摆着谷类食物的吧台,有两个宿醉还未醒的大一新生正在笨手笨脚地摸索着勺子。

"我还记得那天晚上,她们回来的时候身上有了平生第一个文身,文的是小马宝莉[1]。"芮根说。

"还有那天早上咱们发现那些文身感染发炎了。"凯丝加了一句,她在喝番茄汁。关于这一点,凯丝还是会怀念宿舍的——随时都可以喝到四种不同的果汁,其中也包括番茄汁——在别的地方能喝到这个吗?芮根不喜欢看她喝番茄汁。"就像在喝血似的。"芮根说,"要是血也像肉汁一样不会凝固的话。"

芮根还在盯着那两个宿醉的女生。"不知道明年咱们还能看到多少熟悉的面孔。每年都会新来一批,但是其中大多数人都不会再回来住宿舍的。"

"明年,"凯丝说,"我就不会再犯下这么依赖你的错误了。"

---

1 小马宝莉:孩之宝公司针对女童推出的动画片。

芮根从鼻子里哼了一声。"要是咱们明年还想住在一起的话,那就得把咱们的住校申请表交上去了。"

凯丝放下了手里的果汁。"等等……你是说还想跟我住在一起吗?"

"我去,是的,你甚至都不回来,看来我终于有属于自己的房间了。"

凯丝笑了,随后又吸了一大口番茄汁。"好吧……我会考虑的。你还有别的性感前男友吗?"

琳恩是对的。

她一直在催凯丝每天晚上都要给《西蒙,别放弃》更新一章。"不然你就没法赶在《第八支舞》出版之前写完了。"

奥马哈的书虫书店会在午夜举办首发派对,她俩打算回去参加。利瓦伊也想去。

"咱们要穿上戏装打扮一番吗?"有天晚上他在他的房间里问她。

"我们自打上初中以后就不再穿戏装了。"凯丝坐在双人沙发上,腿上摆着笔记本电脑。如今他在房间里的时候她也能写作了。她对于《别放弃》是如此专注,哪怕跟一屋子马戏团的动物们共处一室也能写。

"见鬼。"他说,"我挺想穿戏装的。"

"你想打扮成谁的样子?"

"大法师。要不就扮成其中一个吸血鬼——维达利亚伯爵。或者是巴兹,这样会不会让你欲火焚身?"

"我已经欲火焚身了。"

"她在屋子的另一头说道。"

"对不起。"凯丝边说边揉着眼睛。利瓦伊一整晚都在拿话激她、取笑她,想要让她分神出来玩一会儿。"要是我希望琳恩睡前能读到这一章的话,就得赶紧把它写完。"

凯丝就快要写到《别放弃》的大结局了,所以每一章都至关重要。如果她这会儿写出什么败笔来,那以后就没法补救或挽回了。她已经没有余地来填补空白,每一章都意味着一条情节主线尘埃落定或是一个角色隆重谢幕。她希望所有的人物都能拥有配得上自己的结局。不仅仅是巴兹、西蒙、阿加莎和佩妮洛普,还包括其他所有的角色——不情不愿的吸血鬼猎人德克兰、牧羊人EB、本尼迪克特教授、马克教练……

凯丝尽量不去关注自己作品的点击量——那样只会给她徒增压力——可她知道点击量已经创下了历史新高,而且是高出了好几万次。读者给她的评论太多了,琳恩开始代她处理,用凯丝的用户名向大家表示感谢并回答一些基本问题。

凯丝在学业方面也没有落后,尽管只是勉强跟得上而已。在她眼里,其他那些作业就像一个又一个的圈,她只有跳过去了才能写西蒙和巴兹。

但是,她之所以能写这么多,原因之一就是……她的脑子从来没有真正从魔法世界里切换出来。这样当她坐下来写作的时候,她就用不着费力地慢慢回想起情节,也不用等着自己进入状态。她就在其中,一直都在,全天候都在。现实生活对她来说反而变成了次要的东西。

她的笔记本电脑猛地合上了,凯丝差一点就来不及把手指缩回来。她甚至都没注意到利瓦伊走过来坐在了双人沙发上。他拿过她的电脑,轻轻地放在地板上。"广告时间。"

"书里可没有广告时间。"

"我不是个爱读书的人。"他边说边把她拉到自己腿上,"那就是幕间休息?"

凯丝很不情愿地爬到他腿上,还在想着自己刚才打的最后几个字,不知道要不要把它们抛在一边。"书里也没有幕间休息。"

"那书里有什么?"

"有结局。"

他把双手放在她的髋部。"你就快要写到结局了。"他说着用鼻子去碰她T恤的衣领。他的头发弄得她下巴痒痒的,凯丝脑子里的咒语解开了,要不就是又被下了一个新的咒语。

"好吧。"她叹了一口气,吻着他的脑袋,晃进他怀里,"好吧。幕间休息。"

"你得给佩妮洛普单独写一章。"琳恩说。她俩走在回宿舍的路上,啪嗒啪嗒地走过一个又一个水坑。琳恩穿着黄色的长筒胶靴,她总是跳进水坑里,把凯丝的小腿和脚踝溅得透湿。

"我要把这一章放在哪里?"凯丝哈着热气说。雪已经在融化了,但她还是能够看得见自己呼出的热气。"本来我两个星期以前就该写这章的,现在再写的话,看起来就像是被逼无奈的一样……所以真正的作家在全书写完以前都是不给人家看的。我真恨不得能回到开头去重写。"

"你就是真正的作家。"琳恩说,她溅起了很多水花,"你就跟狄更斯一样,他也是分期连载的。"

"我要把你的靴子给弄坏。"

"你这是嫉妒。"琳恩又走进一个水坑。

"我才不是嫉妒。这靴子真难看。我敢说你穿着它们一定会流脚汗。"

"无所谓,反正没人知道。"

"等你回到我的宿舍、把靴子脱下来的时候,我就会知道了。这可真恶心。"

"嗨。"琳恩说,"我想跟你谈谈这事。"

"什么事?"

"你的宿舍……我觉得明年咱俩可以住在一起。要是你想的话,咱们可以住在庞德楼,我不介意。"

凯丝停下脚步,转过头看着她的姐姐。琳恩又往前走了一小会儿才注意到这一点,于是她也停了下来。

"你想跟我住一个房间?"凯丝问道。

琳恩有点紧张。她耸了耸肩。"是啊,如果你愿意的话。如果你不是还在为了一切……生气的话。"

"我没有生气。"凯丝说。她又想起去年暑假的那天,琳恩对她说不想再跟她住在一起了。凯丝从来没经历过这种被人狠狠背叛的感觉,几乎从来没有过。"我没生气。"她又说了一遍,这次她是真心的。

琳恩翘起嘴唇,跺着脚走进她俩之间的一个水坑。"那就好。"

"但我没法跟你住一起。"凯丝说。

琳恩的脸色一沉。"这是什么意思?"

"嗯,我已经告诉芮根,我还会跟她一起住的。"

"可是芮根讨厌你。"

"什么?没有,她不讨厌我。你怎么会这么说?"

"她对你那么刻薄。"

"她就是这个样子的。其实,我觉得我是她最好的女性朋友

477

了。"

"哦。"琳恩说。她的样子看起来那么小小的,还被雨淋湿了。凯丝也不知道该说什么了……

"你才是我最好的朋友,"凯丝不大自然地说,"你知道的。与生俱来的好友,一辈子的好友。"

琳恩点了点头。"没错……算了,没关系的。我应该想到这一点的,想到你们还会住在一起。"她开始继续往前走,凯丝跟在她后面。

"考特尼呢?"

"她要搬到女生联谊会的宿舍去。"

"哦。"凯丝说,"我都忘了她是预备会员了。"

"不过我不是因为这个才问你的。"琳恩说,仿佛这话很重要似的。

"你应该搬到庞德楼来。你可以跟我们住在同一层楼。我说真的。"

琳恩微微一笑,挺起胸膛,已经变回了平日的那个她。"对啊。"她说,"好吧。干吗不搬呢?那里离校园比较近。"

凯丝跳进了下一个大水坑,溅得琳恩连大腿都湿了,琳恩边跳边叫。这可太值了,反正凯丝的脚早就已经湿透了。

"这是摩根的恩典,西蒙。慢一点。"佩妮洛普伸出一只胳膊挡在他胸前,往四下里望了望这个亮得有点古怪的庭院,"要通过一道燃烧的火门,还有其他途径的。"

——摘自《西蒙·斯诺与第三道门》第十一章

杰玛·T.莱斯利2004版权所有

三十六

听到有人敲门的时候,凯丝已经写了四个小时,她感觉自己就好像站在湖底,看着天上的太阳。

是利瓦伊。

"嗨。"她边说边戴上眼镜,"你怎么不给我发短信?我收到短信就会下楼的。"

"我发了。"他说着吻了吻她的额头。她从口袋里掏出手机,有两条未读短信和一通未接来电。她的手机设置成静音了。

"对不起。"她说着摇了摇头,"我来把东西收拾一下。"

利瓦伊在她床上坐了下来,看着她收拾。看见他坐在那里,背靠着墙壁,凯丝的心头涌起许多回忆和无限柔情,她爬到床上,又开始在他脸上到处亲吻。

他咧嘴一笑,垂下长长的手臂搂住她。"你还有很多东西要写吗?"

"是啊。"她说,用自己的下巴在他的下巴上蹭来蹭去,"'路迢安能寝[1]'。"

---

[1] 路迢安能寝:原文为"Miles to go before I sleep",出自诗人罗伯特·弗罗斯特的著名诗篇《雪夜林畔小驻》,译文来自网络,译者不详。

"你还没有拿给教授看吗？"

凯丝刚刚开始咬他的下巴，听到这话她缩了回来，看着他脸上的牙印。"什么意思？"

"你是一点一点交上去的呢，还是打算等整篇小说写完了再交？"

"我……我一直在写的是《别放弃》。"

"是的，我知道。"他说，微笑着用手抚平她的头发，"我问的是你的小说写作作业。等你写完以后，我希望你能念给我听。"

凯丝坐回到床上。利瓦伊依然一手摸着她的头，一手扶着她的臀部。"我……我不会的。"她说。

"你不愿意念给我听？是因为太私人了还是怎么的？"

"不。不是因为这个。我只是……我没打算写。"

利瓦伊的笑容渐渐消失了。他还是没听明白。

"我没在写。"她说，"当初说我会写根本就是一个错误。"

他用手抱紧了她。"不，不是这样的。你是什么意思？你还没开始写？"

凯丝坐得离他更远了，她从床上下来，开始收拾自己的笔记本电脑。"我对教授说我能写，可是我错了。我写不出来。我压根不知道要写什么，这就已经很够呛了。我甚至都不知道能不能写完《别放弃》。"

"你当然会写完的。"

她猛地抬起头来看着他。"我只有九天的时间了。"

利瓦伊还是一脸迷惑，也许还有一点受伤。"这个学期还有十二天就结束了。我大约还有十四天才会回阿诺德，但是在我看来，你还有一辈子的时间可以完成《别放弃》。"

凯丝的脸色不由得冷酷起来。"你不明白。"她说，"一点也不明白。"

"那就解释给我听。"

"再过九天，《西蒙·斯诺与第八支舞》就要出版了。"

利瓦伊耸了耸肩。"所以呢？"

"所以我已经为此写了两年。"

"为了完成《别放弃》？"

"没错。而且我得赶在这一系列小说完结以前写完它。"

"为什么？难道杰玛·莱斯利在跟你比谁写得快吗？"

凯丝把缠在一起电源线的强行塞进包里。"你不明白。"

利瓦伊粗声叹了一口气，用手指梳起了头发。"你说得对。我不明白。"

凯丝把手伸进外套的袖筒里时，两只手都在颤抖。她穿的是一件有羊毛内衬的粗线厚毛衣。

"我不明白的是你怎么能两次放弃这门课。"利瓦伊说，他皱起眉头，有点激动，"我拿到的每一分都得拼命争取——我真希望大多数课程都能再给我一次机会。而你却要对这项作业弃之不顾，就因为你不想写，就因为你随随便便给自己定下的这个最后期限，其他的一切你都看不见了。"

"我不想谈这事。"她说。

"你压根就不想谈。"

"你说得对，我这会儿没工夫跟你争。"

这话是不该说的。利瓦伊抬起头来看着她，深受打击。凯丝苦苦思索着想找点别的话说，可是她想到的全是不该说的。"也许今晚我还是留在宿舍的好。"

他扫了她一眼，她没想到他的眼神居然会这么冷淡，眉毛之间出现了两道深深的直线。

"好。"他说着站起身来,"九天后再见。"

他出门以后,她才结结巴巴地说了一句:"什么?"

凯丝并不是想找茬儿跟他冷战九天,她只想赶紧摆脱今晚。她没时间为小说写作感到内疚,就连想到这篇愚蠢的小说都会让凯丝觉得自己被撕成了两半。

她躺在床上,哭了起来。枕头上没有利瓦伊的气味,他俩谁的气味也没有。

他不明白。

等到西蒙·斯诺系列的最后一部小说出版以后,一切就结束了。所有的一切。这么多年的想象和重塑。杰玛·T.莱斯利会写下最后一个字,这就是终结,过去两年来凯丝所构建的一切都会化为平行宇宙,而且还是与官方版本不兼容的平行宇宙……

想到这个,她趴在枕头上咯咯地笑了,脸上还带着泪,一副可怜兮兮的样子。

好像赶在杰玛·T.莱斯利前头先写完就能改变这一点似的。

好像凯丝只要说句话就真的可以让巴兹和西蒙从此幸福快乐似的。对不住了,杰玛,我很感激你所做的一切,但结局应该是这个样子的,我想咱们都会赞同这一点吧。

这并不是一场比赛。杰玛·T.莱斯利压根就不知道凯丝的存在。谢天谢地。

但是……当凯丝闭上眼睛时,她能看到的就只有巴兹和西蒙。

她能听到的就只有他们在她脑子里谈话的声音。他们属于她,像这样永远属于她。他们彼此相爱,因为她相信他们就是如此。他们需要她来为他们安排好一切,也需要经她的手才能坚持到底。

巴兹和西蒙住在她的脑子里。而利瓦伊住在她的胃里。

住在她胃里某个地方的利瓦伊,已经走了。

再过九天,一切就结束了。再过十二天,凯丝就不再是大一新生了。再过十四天……

天哪,她可真是个傻瓜。

她打算永远这么傻下去吗?傻乎乎地过完她这悲惨的一生?

凯丝一直哭到她也不知道自己在哭什么了,然后跌跌撞撞地下了床想去喝水。打开宿舍的房门,她看到利瓦伊坐在走廊的地上,他弯起双腿放在胸前,弓着身子伏在膝盖上。她从宿舍里走了出来,他抬起头来看着她。

"我真是个傻瓜。"他说。

凯丝跪倒在他的两腿之间,抱住了他。

"我简直不敢相信自己竟然会说出那种话。"他说,"我就连九个小时见不到你都受不了。"

"不,你是对的。"凯丝说,"是我失去理智了。这篇同人小说从头到尾都荒唐得很,它甚至都不是真实的。"

"我不是这个意思。它是确确实实存在的。你必须把它给写完。"

"好。"她边说边吻着他的下巴,试图回忆起自己刚才吻到哪儿了,"但不是今天,你说得对,我有的是时间。他们全都在等着我呢。"她把手伸到了他的外套里面。

他抱着她的肩膀。"你该做什么就做什么。"他说,"只要让我待在旁边就好。接下来的两星期都这样,好吗?"

她点点头。十四天,和利瓦伊在一起。然后,今年就要落幕了。

"也许跟它打并不能解决问题。"西蒙说。

"什么？"巴兹靠在一棵树上，想要喘口气。他的头发粘在一起，卷成一绺一绺的，脸上沾满了淤泥和鲜血。西蒙的样子只怕还更糟糕。"你现在不能投降。"巴兹边说边把手伸到西蒙胸前，抓住他斗篷上扣起来的皮带，猛地把他往前拽，"我不会让你投降的。"

"我不会投降的。"西蒙说，"我只是……也许战斗并不是解决之道。对你而言这解决不了问题。"

巴兹弯起一条漂亮的眉毛。"那你是打算抱着哈姆德拉姆亲一亲吗？这就是你的计划？就因为他才十一岁，就因为他看起来跟你很像。这样没用的，也是不正常的，即使对你来说也不例外。"

西蒙挤出一声笑，抬起一只手牢牢地抓住了巴兹的后颈。"我也不知道自己打算干什么。但是我不打了，巴兹。要是咱们继续这样下去，那就没什么可以打了。"

——摘自《西蒙，别放弃》
由同人小说网作者魔法凯丝发表于2012年4月

三十七

"凯瑟。"

"唔。"

"嗨。醒醒。"

"不要。"

"要的。"

"为什么?"

"我得去上班了。要是咱们再不走的话,我就要迟到了。"

凯丝睁开眼睛。利瓦伊已经冲过澡了,身上穿着他那哥特风格的星巴克制服,散发着浓浓的爱尔兰之春香皂的气味。

"我能待在这里吗?"她问道。

"待在这里?"

"是啊。"

"你会困在这里一整天都出不去的。"

"我喜欢这里。再说了,我就写点东西。"

他咧开嘴笑了。"那好。行吧。我带晚饭回来……你只管写东西就行。"他说着在她额头上吻了一下,"代我向西蒙和巴兹问好。"

凯丝本来以为自己也许会再睡一会儿，不过却睡不着了。她起床冲了个澡（现在她身上的味道跟利瓦伊一样了），很庆幸没有在走廊里看见其他人。他至少有一个室友在家，她听见了音乐声。

凯丝爬上楼梯回到利瓦伊的房间。昨天晚上很暖和，他俩睡觉时就没关窗户。不过天气已经变了，现在这里冷得要命，尤其是她的头发还是湿的。她抓起笔记本电脑爬到他床上，把被子对折起来盖在身上。她还不想关窗子。

她按下电源键，等着电脑启动，然后打开一个Word文档，看着光标对她一闪一闪——她在空白的屏幕上看见自己的脸。一万字，写得好不好都无所谓，反正除了她只有一个人会读。凯丝从哪里写起都可以，只要她写完就行。她开始打字了……

我坐在后门的台阶上。

不对……

她坐在后门的台阶上。

每个字似乎都沉重无比、令她心痛，仿佛它们是凯丝从自己的胃里一个一个凿下来的。

一架飞机从头顶飞过，这样不对，完全不对，她姐姐也知道这一点，因为她捏了捏她的手，仿佛如果她不这么做，她俩就会一起消失似的。

写得不好，不过总算是个开头。凯丝以后还可以改。这就是凑字数的美妙之处——你写得越多，它们就越不值钱。等她设法写出了更好的东西，再回过头来把这个删掉，这种感觉会很好。

飞机飞得很低，就像是在用慢动作飞过天空，让人还以为它是想找个合适的屋顶好降落呢。她俩能听见飞机的引擎声。这声音似乎比屋里的叫喊声离她们还要近。姐姐伸出手，好像她能摸到它、抓住它一样。

女孩捏了捏姐姐的另一只手,想让她坐在台阶上别动。要是你走了,她心想,我就跟你一起走。

有时候写作就像走下坡路,手指在键盘上飞快打字的速度跟不上大脑,就好像下坡时腿脚追不上地心的引力。

凯丝一直落在后面,身后留下一串乱七八糟的文字和并不贴切的明喻。有时候她的下巴会颤抖。有时候她会用毛衣擦擦眼睛。

停下来休息的时候,她饿了,而且尿急得不行,差点就等不及来到三楼的洗手间。她在利瓦伊的背包里找到一个蛋白棒,然后又爬到床上,一直写到她听见他跑上楼梯的声音。

她在他开门之前合上了笔记本电脑。看到他的笑容,她觉得双眼都被点着了,直烧到喉咙那里。

"不要蹦来蹦去的。"琳恩凶巴巴地说,"你这样会让人家以为我们都是书呆子。"

"没错。"芮根说,"我们就是因为这个才像书呆子的,就因为你蹦来蹦去。"

利瓦伊低下头对着凯丝笑了。"对不起,这种气氛感染了我。"他穿着她的"别放弃"红T恤,里面是一件长袖的黑T恤,不知道为什么,巴兹和西蒙在他胸口对峙的画面特别惹火,简直叫人心神不宁。

"没关系。"她说。其实她也被这种气氛感染了。他们已经排队排了两个多小时。书店在播放西蒙·斯诺电影的原声音乐,到处都是人。凯丝认出其中几个来,她在以前的午夜发布会上见过他们,这就好像他们都属于同一个俱乐部,每隔几年就会见一次面。

十一点五十八分。

书店的员工们开始把一大箱一大箱的书往外摆——这些都是特制的箱子,深蓝的底色上印着金色的星星。书店经理穿着一件斗篷,戴着一顶尖尖的女巫帽,这就错得离谱了。沃特福德没人戴尖顶女巫帽。她站在椅子上,用一根魔杖在一台收银机上敲了一下,那魔杖就像是叮当小仙女用的东西。凯丝翻了个白眼。

"电影我就不看了。"芮根说,"明天还有一门期末考试呢。"

利瓦伊又在蹦来蹦去了。

经理隆重地为排在队伍第一个的人在收银机上进行了结算,书店里所有的人都鼓起掌来。队伍突然开始朝前走去——几分钟之后,凯丝来到收银台前,店员递给她一本少说有三英寸厚的书。护封摸起来像是天鹅绒的。

凯丝往收银台旁边走了一步,尽量把路让出来,同时双手紧紧地攥着那本书。封面上是一副西蒙的插图,他在满头繁星下高举着大法师之剑。

"你没事吧?"她听见有人——利瓦伊——问她。"嗨……你在哭吗?"

凯丝的手指从封面上掠过,摸到了凸起来的金字。

有人跟她撞了个正着,把她捧着的书推进她怀里。把两本书都推进了她怀里。凯丝抬起头,看见琳恩伸出一只胳膊来抱着她。

"她俩都哭了。"凯丝听见芮根说道,"我要看不下去了。"

凯丝腾出一只手来抱着姐姐。"我简直不敢相信这真的结束了。"她小声地说。

琳恩紧紧地搂着她,摇了摇头,她也在哭。"别这么危言耸听,凯丝。"琳恩哑着嗓子笑道,"这永远不会结束的……这是西蒙。"

西蒙朝着哈姆德拉姆迈了一步。他从来没有离它这么近过。

它的热度和引力几乎要让他无法招架，他觉得哈姆德拉姆仿佛要把他的心穿破胸膛吸出来，再把他的思想从脑子里抽走一样。

"我用自己的渴望造就了你。"西蒙说，"用我对于魔法的渴求。"

"用你的能力。"它说。

西蒙耸了耸肩，在哈姆德拉姆的面前，在它的重压之下，他费了九牛二虎之力才做出这个动作。

西蒙花费了毕生的精力——好吧，是过去八年的精力——想要变得更强大，想要不辜负自己的命运，想要成为能够打败阴险大魔王哈姆德拉姆的魔法师，也许他就是唯一一个这样的魔法师。

可他所做的却反而让哈姆德拉姆的需求愈加旺盛。

西蒙向前迈出了最后一步。

"我不再渴望了。"

——摘自《西蒙·斯诺与第八支舞》第二十七章
杰玛·T.莱斯利2012版权所有

三十八

这是她在庞德楼度过的最后一个周五夜晚。

她的房间里有个男生。

他躺在凯丝的床上,占了很大的地方,远超过他应得的那一块,正在吃她没吃完的花生酱。

他把勺子从嘴里拿出来。"你交上去了吗?"

"从她的门缝底下塞进去了。为了以防万一,我还会用邮件给她发一份的。"

"你会读给我听吗?"

"呸。"凯丝从包里拿出《第八支舞》丢到床上。"这才是当务之急。"她说,"让一让。"

利瓦伊皱起鼻子,想要把花生酱从牙齿上唰下来。

凯丝推了推他的肩膀。"让一让。"他咧嘴一笑,靠在她的枕头上,拍了拍床上位于他弓起的两腿之间的那块地方。她爬到他的膝盖中间,他张开双臂抱住她,把她拉进怀里。她感觉到他的下巴紧贴着自己的后脑勺。

"你要把花生酱沾到我的头发上吗?"

"这是预防措施。等我回头把口香糖弄到你头发上的时候,它就不会粘上去了。"

她翻开书,想要找到上次读到哪里了。这实在是本大部头。他们已经读了两天,只有在学习和考试的时候才停下,可是却还有四百页没念完。他们能在一起的时间只剩一个周末了,凯丝打算一直读到自己没气了为止。

"真不敢相信居然还没人抢着来跟我剧透。"她说。

"我倒是打算过一会儿把你给抢走。"利瓦伊说,"不过要是你愿意的话,我也可以现在就动手。"

"今天我跟琳恩一起吃午饭,有四次她差点就跟我剧透了。我连网都不敢上——同人小说网上到处都有人在泄露剧情。"

"我做了一个标牌别在我的围裙上,上面写着'别告诉我西蒙·斯诺怎么样了'。"

"也许我应该把这句话写在我的脑门上。"凯丝说。

"等我抢走你的时候,这也可以作为其中一步……"

"你还记得咱们读到哪儿了吗?我把书签给弄掉了。"

"三百九十页。哈姆德拉姆让狼人鱼与学校为敌,它们到处乱爬,拖着鱼鳍,把所有的东西都弄得湿答答的,还对着小孩子们直咬牙,然后咱们小说里的英雄佩妮洛普·邦斯施了一个咒语,让云彩落下银雨——"

"我觉得是巴兹施的咒语。"

"没错,但是佩妮洛普在看着呢,起作用的是她。"

"三百九十页。"凯丝说,"准备好了吗?"

利瓦伊推得她转过身来,在她脖子上亲了几下,又咬了一口,接着把凯丝挤在他的膝盖之间,紧紧地夹着她的腰。"好了。"

凯丝想象着他闭上眼睛——然后清了清嗓子。

银子的雨滴就像水银一样从西蒙的皮肤上弹走了，可是却紧紧吸在狼人鱼的皮毛上，看着怪恶心的。那野兽的黄眼睛里现出钢铁般的灰色线条，然后瘫软下来倒在地上，溅起一地泥浆。

西蒙屏住呼吸，看了看草坪四周。所有的狼人鱼都倒下了，佩妮洛普正领着一群小孩子返回相对安全的城堡里。

巴西尔大步流星地穿过草地向西蒙走来，边走边把银雨从他的黑色斗篷上往下掸。他甚至已经懒得把尖牙给藏起来了，西蒙在这儿都能看得见。

西蒙调整了一下握剑的姿势，将大法师之剑举了起来，仿佛在发出警告。

巴兹在他面前停住脚步，叹了一口气。"斯诺，你歇歇吧。"西蒙把剑举得更高了。

"你当真以为我是想跟你打架吗？"巴兹问道，"在眼下这个关头？"

"今天跟咱们这辈子的其他任何一天怎么就该不一样呢？"

"因为今天我们在打仗，而且我们就要输了，是你就要输了……虽然只是这一次而已。我一直以为自己看到你输了会很满足，可事实却并非如此。"

西蒙想要争辩——说他不会输，说这场战斗他输不起——可是却没有勇气说出口。他担心巴兹是对的，他害怕真的是这样。"那你想怎么样，巴兹？"他无精打采地问道，任凭手中的剑垂到了一边。

"我想帮你。"

西蒙笑了一声，用衣袖擦了擦脸，在脸上留下一道道血迹和银光。"真的吗？鉴于过去这八年来你都在试图杀了我，以及其他种种，要是我不相信你说的是真话，还请你原谅。"

"难道你不觉得，要是我真有心杀了你，那现在早就已经得手了吗？"巴兹扬起一条浓黑的眉毛，"我还不至于那么无能，你知道的。我主要只是想让你不好受而已……另外还想偷走你的女朋友。"

西蒙握着剑柄的手指绷紧，巴兹又往前走了一步。

"斯诺，要是你输了这场战斗，那咱们就都输了。也许我希望这个世界上没有你，也没有你那个专制的老爸。但是我并不希望这个世界失去魔法。要是哈姆德拉姆赢了的话……"

西蒙仔细端详着巴兹那张表情严肃的苍白面孔，还有他那对仿佛要冒出烟来的灰眼睛。曾经有好几次，西蒙觉得他熟悉这双眼睛更甚于自己的眼睛——

利瓦伊咯咯地笑了。

"嘘。"凯丝说，"真不敢相信她居然真的会这么写……"

还有好几次，他觉得自己最了解的就是宿敌的这张面孔，就连对阿加莎的脸，他都没这么了解。

"让我帮你吧。"巴兹说。他的声音里有些东西是西蒙没有听出来的。也许是真诚吧。是脆弱。

西蒙很快就下定了决心。他做决定一向很快。他点了一下头，将大法师之剑收进剑鞘，接着在自己的牛仔裤上擦了擦手，然后伸到身前。

巴兹迎着西蒙的目光，死死盯着他的眼睛，眼神跟往常一样凶神恶煞的，西蒙在想，他俩之间是不是有太多的仇恨——太多的过往——永远都无法突破了。有太多太多东西，要么就搁在一边，要么就彻底忘记。

那些诅咒。

那些魔法。

那些他们摔倒在地、拳头直挥、魔杖乱舞、扼住彼此咽喉的时候……

随后巴兹握住了他的手。

两位魔法师——如今已经长成了两个小伙子——握了握手，在这一刻，他们的心意是相通的，这就是此刻的全部意义。

"那阿加莎怎么办？"西蒙问道。握完手之后，他俩的手又垂到了身体两侧。

巴兹咧嘴一笑，开始沿着陡峭的山坡往城堡走去。

"别傻了，斯诺。我是不会放弃阿加莎的。"

跟自己的姐姐玩捉迷藏会有一个问题——有时候她会觉得玩腻了，然后就不来找你了。

可是你却还在那里——沙发下、衣橱里、挤在丁香树后面，你还不想放弃，因为她也许只是在等待时机而已，但是她也有可能已经溜达走了……

也许她正在楼下看着电视，吃着剩下的薯片。

你就等着。一直等到你都忘记了自己在等，直到你只记得死寂与安静。一只蚂蚁从你膝上爬过，你却丝毫没有畏缩。她会不会来找你现在已经不重要了。藏起来就够了。（只要没人找到你，你就赢了，哪怕根本就没人在找。）

你从树后冲出来，因为你想出来了。这就像潜水很久以后的第一口气。树枝被你踩得噼啪作响，这个世界更热了，也更明亮了。准备好了没有，我来了。

不管有没有准备好，我都来了。

——摘自低年级组大奖获得者凯瑟·艾弗里的《被你留下》

《草原篷车》2012年秋季号

致 谢

谢谢，谢谢，谢谢诸位在我写作本书期间给我支持。不过我特别要感谢：

贝瑟妮，她是一位出色的试读者，从来不知道疲倦，也是一个了不起的好朋友。为了让生活和网络更加美好，她整日四处奔波。

福雷斯特，他谈起这些角色来仿佛他们全都是真人一般。还有杰德，他从来不会对他们感到厌烦。

我的编辑萨拉，她可真是棒极了。

以及圣马丁出版社的每一位员工，他们为了帮我的书找到读者——也为了帮读者找到我的书——他们真的工作得很卖力。

谢谢你，克里斯托弗，你这个经纪人实在是大材小用了。

谢谢萝茜和老弟，你们给我带来了快乐。

还要谢谢凯，是你叫我把这本书写出来的。

另外，我在决定写作本书之前，阅读了大量（真的是很大的量）的同人小说。于我而言，阅读同人小说是一种脱胎换骨般的经历。它改变了我对于写作和叙事的看法，帮助我更好地理解了自己与虚构世界及人物之间的密切关系。所以，我要谢谢所有的同人小说作者。

扫描二维码，关注卖书狂魔熊猫君，
并回复"少女作家"，
试读蓝波·罗威的另一作品《这不是告别》。

图书在版编目（CIP）数据

少女作家的梦和青春／（美）蓝波·罗威著；夏星译．—— 上海：文汇出版社，2017.8
ISBN 978-7-5496-2272-6

Ⅰ．①少… Ⅱ．①蓝… ②夏… Ⅲ．①长篇小说－美国－现代 Ⅳ．① I712.45

中国版本图书馆 CIP 数据核字（2017）第 196027 号

Copyright©2013 by Rainbow Rowell
This edition arranged with The Lotts Agency Ltd.
Simplified Chinese edition copyright©2017
by Shanghai Dook Publishing Co.,Ltd
through Andrew Nurnberg Associates International Limited
ALL RIGHTS RESERVED

中文版权 ©2017 上海读客图书有限公司
经授权，上海读客图书有限公司拥有本书的中文（简体）版权
著作权合同登记号：09-2017-563

少女作家的梦和青春

作　　者／	蓝波·罗威
译　　者／	夏星
责任编辑／	张涛
特邀编辑／	孙若羚　黄迪音
封面装帧／	陈艳丽
出版发行／	文汇出版社
	上海市威海路 755 号
	（邮政编码 200041）
经　　销／	全国新华书店
印刷装订／	三河市吉祥印务有限公司
版　　次／	2017 年 8 月第 1 版
印　　次／	2017 年 8 月第 1 次印刷
开　　本／	890mm×1270mm 1/32
字　　数／	372 千字
印　　张／	15.75

ISBN 978-7-5496-2272-6
定　　价／ 59.90 元

侵权必究
装订质量问题，请致电010-85866447（免费更换，邮寄到付）